Sófocles

Áyax
Electra
Edipo rey
Edipo en Colono
Antígona
Las Traquinias
Filoctetes

OBRAS SELECTAS

– SÓFOCLES –

ÁYAX
ELECTRA
EDIPO REY
EDIPO EN COLONO
ANTÍGONA
LAS TRAQUINIAS
FILOCTETES

Calle Primavera, 35
Polígono Industrial El Malvar
28500 Arganda del Rey
MADRID-ESPAÑA

ISBN: 84-8403-705-3
Depósito legal: M-6831-2004

Autor: Sófocles
Traducción cedida por EDITORIAL LIBSA
Prólogo: Francisco Caudet Yarza
Diseño de cubierta: Juan Manuel Domínguez
Impreso en: COFÁS, S. A.

EDMOBSS

IMPRESO EN ESPAÑA – PRINTED IN SPAIN

BIOGRAFÍA

El que sabe corresponder a un favor recibido
es un amigo que no tiene precio.

SÓFOCLES

ADVERTENCIA A LOS LECTORES

Estamos hablando de un personaje que dejó de existir hace dos mil cuatrocientos años, detalle éste que por sí solo revela la enorme dificultad existente para el prologuista cuando trata de obtener información con la que iniciar su tarea. Pero en el camino documental surgen más y mayores contratiempos a la hora de reunir material sobre el hombre y su obra, dada la circunstancia de que es mínimo el compendio informativo que ha llegado hasta nuestros días procedente de tan lejana época histórica. Por otra parte, lo que tampoco ayuda en nada, surgen fuertes discrepancias entre biógrafos, escritores e historiadores, a la hora de concretar datos tan elementales y básicos como el año —¡ya no digamos la fecha exacta!— de nacimiento de Sófocles; algunos lo sitúan en unos parámetros de no excesiva diferencia, otros se alejan, o no, bastante de la realidad, y el resto de la versión considera más conveniente sin entretenerse demasiado en comprobaciones y cálculos.

Comprenderá el lector que, si bien hemos acudido a las fuentes informativas que nos han parecido más fiables y fidedignas, ello no nos exime de la posibilidad de incurrir en algún error de procedencia del que, obviamente, no podemos responsabilizarnos. Puntualizados estos matices que hemos considerado de importancia para el correcto desenvolvimiento de la tarea que se nos ha encomendado, iniciaremos a continuación el trabajo sobre la vida y legado profesional de Sófocles.

Aunque nuestro protagonista, como ya se ha dicho con anterioridad, murió hace más de veinticuatro siglos, sigue vivo en sus escritos como uno de los más grandes literatos que ha conocido la historia de la Humanidad. Las pocas obras incólumes que de él se conservan han sido suficientes para instar a sus admiradores e incondicionales a elevarlo a igual categoría que Shakespeare. Sólo cabe imaginar —porque los elementos reales no nos lo permiten— la magnitud que hubiese cobrado la figura de este ateniense si toda su producción le hubiera sobrevivido.

Sófocles nació a una milla al noroeste de Atenas, en Colono Hípico (hoy parte de Atenas) entre los años 497 y 495 a. de C. Debido a que su padre, Sofilo, participó en los beneficios de una fábrica familiar de armas y armaduras, Sófocles fue un niño privilegiado que disfrutó del confort de los elegidos, recibiendo una educación que no hizo otra cosa que desarrollar y potenciar sus talentos naturales. El más destacado de sus maestros fue el célebre Lampros, que entonces gozaba de infinita reputación y que instruyó a tan aventajado alumno en la danza y la música. Además, cursó muchas otras materias, entre las que figuraban la poesía, la filosofía, las matemáticas, la estronomía, las leyes, el atletismo y las tácticas militares.

A los dieciséis años era uno de los jóvenes más hermosos y mejor instruidos de Atenas. Fue entonces cuando se le eligió para dirigir el coro y la danza de adolescentes en los festejos que se celebraron en Atenas después de la victoria de Salamina, en el año 480 a. de C. Su amor por la naturaleza y por lo bello debió desarrollarse todavía más gracias a las largas temporadas que pasó en el campo, en una de las bellas y bucólicas comarcas de Ática.

A pesar de su entorno aristocrático y de sus derechos, Sófocles fue un hombre del pueblo: amable, generoso, cordial, asequible; en una palabra: *popular.* Los compañeros atenienses mantuvieron su forma de ser y su carácter en un alto grado de estima a lo largo de toda su vida. El hecho de que fuese un varón físicamente agradable y bien parecido quizá fue una circunstancia que ayudó a consolidar su popularidad.

Sófocles conquistó su derecho a estar presente en la literatura ateniense con la obra *Triptólemo*, la cual no ha llegado hasta nuestros días. La presentó en el 468 a. de C., a la edad de veintiocho años, en el devenir de un concurso dramático, para derrotar a Esquilo, cuya preeminencia como poeta trágico había sido incontestable hasta aquel momento. Las obras que entraban en competición se representaban en un teatro alzado en culto a Dionisio, dios del vino y la fertilidad. Sófocles acabó ganando hasta veinticuatro premios más en competencia con Esquilo y otros extraordinarios escritores. De cuantas veces se presentó a concursar nunca quedó por debajo del segundo puesto. Su preeminencia duró hasta el año 441 a. de C., en el que fue vencido por Eurípides en uno de aquellos concursos que se celebraban en Atenas.

Hasta la época de Sófocles los dramaturgos escribían las obras de tres en tres. La segunda continuaba la acción de la inicial y la tercera era una prórroga de la acción de la segunda. La secuencia de las tres obras se denominaba trilogía, aunque hubiese sido más correcto y ajustado a derecho nombrarlas como trilogías encadenadas. Sófocles rompió con esta tradición escribiendo obras unitarias, que por ellas mismas tenían sentido y contenido representando asimismo una unidad dramática. *Áyax* es un ejemplo de una unitaria obra de Sófocles. La serie de Edipo: *Edipo rey, Edipo en Colono* y *Antígona,* no puede considerarse técnicamente una trilogía (aunque en ocasiones, de manera errónea, se le concede ese calificativo), sino que podría llamarse *trilogía libre,* porque las obras se escribieron como unidades por sí mismas y además fueron compuestas en épocas muy distantes entre sí.

Alguna de las otras innovaciones de Sófocles fue la de elevar de 12 a 15 el número de integrantes del coro, incrementando asimismo el número de actores en las obras de dos a tres, ya que él dio capital importante, por un lado al héroe como figura espectacular de la obra, y por otra, prefirió siempre los diálogos al lirismo. También deben considerarse aportaciones de nuestro personaje no sólo la preponderancia y aumento de los decorados, sino también la mayor importancia del vestuario.

En común con escritores de su misma época e incluso posteriores, incluyendo al propio Shakespeare, Sófocles basó sus creaciones en historias familiares a su auditorio. Por ejemplo, los textos acerca de *Edipo* y *Áyax* eran bien conocidos por la escucha griega del tiempo del dramaturgo, de igual forma que los relatos sobre *Ricardo III* y *Julio César* eran completamente familiares para la audiencia contemporánea del literato inglés. De esta forma, las obras de Sófocles requerían una soberbia escritura y caracterización, igual que las del británico, para mantener el interés de la escucha. Los giros del argumento y los finales sorpresivos, básicos en la literatura moderna, no están presentes en los trabajos de Sófocles. El auditorio conocía, por ejemplo, que Edipo ignoraba (hasta el final de *Edipo Rey*) que el hombre al que mata y la mujer que ama eran su padre y su madre. Este tipo de ironía dramática ocurre a menudo en los escritos de Sófocles, permitiendo a la audiencia ser absorbida por la respuesta de un personaje a una situación más que a la superación de una situación.

Mientras interpretaba viejas historias de forma novedosa, Sófocles maleaba a los protagonistas de nuevas maneras. Estos actores experimentaron sensibles mutaciones mostrándose más humanos que nunca, exhibiendo arrogancia, ignorancia, indecisión, depresión, desafío y resignación. Sin embargo, sus caracteres mantenían por lo general su dignidad a pesar de sus defectos y debilidades.

El manejo de Sófocles de la tragedia humana estuvo influenciado, parcialmente, por las tragedias bélicas. Durante su existencia había presenciado los devastadores enfrentamientos de Persia y el Peloponesto e incluso participó en una batalla cuando servía como general con Pericles para sofocar la rebelión de Samos, una isla egea.

Al margen de su carrera militar, Sófocles fue tesorero de la ciudad, colaborando en el control del dinero de los estados de la Confederación de Delian. También sirvió como miembro del consejo de gobierno y como cura al servicio de Asclepio, dios de la medicina. Dada su longevidad, avanzado incluso en años, se mantuvo productivo en actividades cívicas y literarias. A la edad de noventa años creó *Edipo en Colono.*

De su esposa Nicóstrata tuvo un hijo, Yofón, que fue asimismo poeta trágico, y de Theoris de Siciore, un descendiente ilegítimo, Aristón, padre de Sófocles *el Joven*, por quien el anciano poeta siempre sintió un especialísimo afecto.

Del amplio complejo literario del que fue autor Sófocles —se supone que compuso entre 115 y 123 piezas—, sólo se conservan, completas, siete obras.

ÁYAX (c. 450 a. de C.). Relato con gran intensidad dramática que muestra el dolor del guerrero griego al darse cuenta de que, cegado momentáneamente por Minerva, en vez de dar muerte a los atridas, sus enemigos personales, que le han negado la panoplia de Aquiles, ha asesinado a inofensivos animales. Vuelto a la realidad tras su delirio, avergonzado y temeroso de las burlas de que seguramente será objeto, resuelve suicidarse, lo que lleva a efecto pese a las súplicas de Tecnusa, su cautiva, que le ha dado un hijo. Después de despedirse con ternura de todos, saluda a la luz del día en un patético apóstrofe y se inmola. Pero su memoria no queda deshonrada como presuponía, pues Áyax es glorificado ante los jefes helenos por su hermano Teucer y por el propio Ulises, su rival, que reclaman y obtienen para sus restos los honores de la sepultura.

ANTÍGONA (c. 441 a. de C.). Es una de las tragedias más justamente apreciadas por la nobleza de pensamientos y generosidad de sentimientos, y en ella se ofrece al espectador el martirio de la joven hija de Edipo, víctima de su celo fraternal, después de haber sido modelo de piedad filial. A pesar de la prohibición de su tío Creón, sucesor de Edipo en el trono de Tebas, no siente miedo de enterrar a su hermano Polínice, que ha sucumbido a la lucha fratricida con

Eteocles, y paga con la vida la audacia de haber preferido a la observancia de las órdenes arbitrarias de un tirano el respeto a las leyes escritas en los corazones de las personas justas. La dulce Antígona, que ha nacido para amar, no para odiar, está enamorada de su primo Hemón, hijo del dictador, que la ve expirar en el calabozo donde ha sido confinada por su desobediencia.

EDIPO REY (c. 430 a. de C.). Obra maestra de Sófocles y tal vez de toda la dramática antigua, destinada a demostrar la fragilidad de la felicidad humana. Edipo, proclamado rey de Tebas, a la que con su talento y valor ha salvado, quiere ahora salvar a su pueblo de la peste. La escena en que los tebanos, prosternados ante los altares, imploran la misericordia de los dioses, es de las más conmovedoras que se hayan presentado en teatro. Edipo envía a su hermano Creón a consultar al oráculo délfico, el cual manifiesta que el único medio de que Tebas recupere la salud es vengar convenientemente la muerte de Layo, el último soberano. Edipo se dispone a cumplir la voluntad del oráculo y lanza un anatema contra el culpable, que le es desconocido. Luego interroga al adivino Tiresias, y de lo que éste le dice y otros testimonios viene en convencimiento de que Layo, a quien él mismo ha dado muerte, es su propio padre. Abandonado sobre el monte Citerón, fue recogido y adoptado por Polibio, a quien cree su progenitor y más tarde se casa con Yocasta, su madre, de la que tiene dos hijos. Inconscientemente ha incurrido en dos crímenes, el de incesto y el de parricidio, comprendiendo que es él mismo, y no otro, quien está atrayendo sobre la ciudad la ira de los dioses a través de la mortal epidemia. Su madre, atormentada por los remordimientos, se había dado muerte y Edipo, después de arrancarse los ojos, parte gimiendo al destierro, compadecido incluso por sus mismos enemigos.

ELECTRA (c. 413 a. de C.). La protagonista es una doncella de singular firmeza y el argumento es el mismo tratado por Esuqilo en su escrito *Las Coéforas*, pero resulta más variada y de mayor fuerza la pieza de Sófocles, y con la diferencia de que el personaje principal no es Orestes, sino la propia Electra. Ella es quien arma el brazo de su hermano para que dé muerte a Clitemnestra, su madre, y a Edipo, vengando así a Agamenón, padre de Orestes, escarnecido por una esposa infiel y asesinado por el amante de ella. Hay que precisar que el origen del crimen expiador no está inspirado por la irresistible sentencia del destino, sino que nace, se desarrolla y llega a su espantaso objetivo a causa de pasiones bien humanas: el horror de una madre abyecta y el afecto exaltado de un hermano llorado largo tiempo, pues el reconocimiento de Orestes y Electra no sucede hasta las últimas escenas.

LAS TRAQUINIAS (entre 420 y 410 a. de C.). Recibe este título por las doncellas de Traquinia (Tesalia). Este libreto presenta las torturas y muerte de Hércules, involuntariamente causadas por el amor y los celos de Deyanira, que queriendo asegurarse de su fidelidad le hace revestir la túnica empapada con la sangre del centauro Neso.

FILOCTETES (c. 409 a. de C.). Esta obra trata de los esfuerzos intentados por los griegos para arrancar a Filoctetes —abandonado y herido hacía más de diez años en la isla de Lemnos— el arco y las flechas de Hércules, sin los cuales era imposible la toma de Troya. El prudente Ulises, que teme la venganza del que abandonó cobardemente, se hace acompañar de Neoptolemo, hijo de Aquiles, a quien encarga que procure conquistar la confianza de Filoctetes por medio del engaño. Con repugnancia accede el joven a las exhortaciones de Ulises, y Filoctetes, luego de tantos años de soledad y postración, al oír hablar griego, se entrega confiadamente al recién llegado, sobre todo cuando se entera de que es hijo de Aquiles, su antiguo compañero de luchas. Una vez conseguidas las armas, se descubre la añagaza y Ulises le pide al herido que se embarque con ellos hacia Troya, a lo que Filoctetes se niega. Ulises le dice que, aunque no quiera ir con ellos, se va a llevar igualmente las armas y en ese instante Neoptolemo se arrepiente de lo que ha hecho y las devuelve a su legítimo propietario. Al final Hércules aparece en escena e insta al herido a regresar a Troya y le predice que sus heridas sanarán.

EDIPO EN COLONO (representada en 401 a. de C. por iniciativa de Sófocles *el Joven,* después de la muerte del poeta). Es distinto de *Edipo rey,* pero en cierto modo es su complemento y continuación. El asunto, tomado de algún mito local, es la rehabilitación por la desgracia, enérgicamente aceptada y sobrellevada, del culpable de un delito involuntario. Tiene por escenario el fondo del bosque sagrado de las Euménides y el protagonista desaparece bajo el suelo divino de una especie de apoteosis misteriosa y serena, legando al hospitalario país que le ha acogido el beneficio de su permanente protección.

Se conocen los títulos de algunas obras perdidas: *El matrimonio de Helena, Andrómeda, Los hijos de Antenor, Atreo, Dánae, Hércules niño, Andrómaca, Ifigenia, Las mujeres de Cólquida y Fedra.* De otras obras nos han llegado sólo algunos fragmentos más o menos extensos, entre los que cabe destacar los cuatrocientos versos de *Los Sabuesos*, que se descubrieron el año 1912 en un papiro egipcio.

Sófocles murió hacia el año 405 en Atenas.

EL TEATRO GRIEGO

La historia del teatro en Occidente tiene sus raíces en Atenas, entre los siglos VI y V a. de C. Allí, en un pequeño hoyo de forma cóncava —que los protegió de los fríos vientos del monte Parnaso y de la canícula del sol matinal—, los atenienses celebraban los ritos en honor de Dionisio; estas primitivas ceremonias rituales irían luego evolucionando hacia el teatro, constituyendo uno de los grandes logros culturales de la Grecia milenaria. Lo cierto es que este nuevo arte estuvo tan estrechamente asociado a la civilización helena que cada una de las ciudades y colonias más importantes contó con un teatro, cuya calidad edilicia era una seña identificativa de la importancia del poblado.

El teatro griego —o, para ser más exactos, esa forma de teatro que conocemos como *tragedia*— había tenido su origen en el ditirambo, una especie de danza que se realizaba en honor del dios Dionisio (o Dionisios). Si tenemos en cuenta que Dionisios era el prócer del vino y la fertilidad, no debe sorprendernos que las danzas dedicadas a honrarles no fuesen moderadas y que sus cultores estuvieran ebrios. A finales del siglo VII a. de C., las representaciones del ditirambo se habían difundido desde Sición, en las tierras dóricas del Peloponeso donde se habrían originado, hacia los alrededores de Corinto, donde ganaron en importancia literaria. Muy pronto se habrían extendido hasta Tebas y hasta las islas Paros y Naxos.

En nada se parecieron las representaciones teatrales de la Atenas de Pericles a las espontáneas ceremonias de la fertilidad de dos siglos atrás. Sin embargo, el teatro tuvo su origen en dichos ritos. Lo atestiguan los mismos vocablos *tragedia* y *comedia*. La palabra tragedia, del griego *tragos* (cabra) y *odé* (canción), nos retrotrae literalmente a los ditirambos de los pequeños poblados, en los que sus intérpretes vestían pieles de macho cabrío e imitaban las *cabriolas* de dichas bestias y donde, muy a menudo, un cabrito era el premio a la mejor representación. Aunque Aristóteles no concuerde con ello, quedan pocas dudas de que la palabra comedia deriva de *komazein* (deambular por los villorrios), lo que sugiere que los intérpretes —a causa de su rudeza y obscenidad— tenían prohibido actuar en las ciudades.

En el siglo VI, Tespis, un poeta lírico, que viajaba en carreta de pueblo en pueblo, organizando las celebraciones de las festividades locales, introdujo el ditirambo en el Ática. Dejando a un lado las desordenadas danzas de lascivos bebedores, los ditirambos que Tespis escribió, dirigió y protagonizó, fueron representaciones orgánicas de textos literarios para cantar y bailar, con acompañamiento de flauta, interviniendo cincuenta hombres jóvenes. Habría sido de Tespis —o de Frínico, su sucesor— la idea de destacar a uno de los intérpretes del resto del coro, creando así la necesidad del diálogo dramático. Surgía así la forma teatral que denominamos tragedia. Esta nueva modalidad recibió la aprobación oficial en el año 538 a. de C., cuando el tirano Pisístrato decretó la primera competencia ateniense en tragedias. La presentación como competencia cívica elevó esta nueva forma de celebración al sagrado nivel cultural de los juegos de Atenas. Pisístrato aseguraría más tarde su permanencia al asignarle un predio en un punto muy concurrido de la ciudad, una loma ubicada entre la zona más escarpada de la parte alta de la ciudad y la calle de los Trípodes. Este terreno fue consagrado a Dionisios. Nada queda de las primitivas estructuras que entonces fueron utilizadas como teatros, aunque los estudiosos, basándose en fragmentos de información recogidos en diversas fuentes, han logrado ensamblar distintas partes de un rompecabezas que nos da una imagen bastante fiable de dichos edificios. Sabemos, por ejemplo, que la estructura principal del área de actuación era la orquesta circular (del griego *orcheisthai:* bailar), donde el coro bailaba y cantaba. Es probable que las zonas circulares y pavimentadas que las comunidades griegas usan todavía para trillar el grano —debido a su forma y utilidad— hayan sido las primeras orquestas (este término aún sirve para designar en algunos teatros europeos el área que, luego de quitar las butacas, puede ser utilizada para bailar). Adyacente a esta zona, había un altar para los dioses, donde se recibían y conservaban las ofrendas y un edificio donde los actores se vestían y del que pasaban a la zona circular, reservada para las danzas. Ambos edificios estaban construidos en madera. Además, según parece, el público ateniense, que era muy numeroso para permanecer de pie, se sentaba en rampas de tierra dispuestas alrededor de la orquesta. Tiempo después, sobre esas rampas, se construyeron gradas de madera para que el auditorio estuviese más cómodo.

Muy poco nos ha sido legado del vasto repertorio ateniense que incluía cientos de obras teatrales, ya que prácticamente sólo hemos recibido como herencia el nombre de buena parte de sus autores. De todas maneras, no existe la menor duda de que el teatro en Atenas fue una institución maravillosamente coordinada, cuya función primordial consistía en exaltar la cultura ateniense, en enseñar moralidad y en proporcionar la ciudadanía su sentido de identidad. En el siglo de Pericles, esa institución habría de alcanzar su cenit artístico, llegando a figurar, junto con la democracia, la historia, la filosofía y la retórica, el más alto de los niveles intelectuales. A menudo, la tragedia ateniense rendía homenaje al pasado mítico del gobierno de la ciudad, presentando aspectos de la historia que ya eran bien conocidos de la audiencia. Al hacerlo, los antiguos dramaturgos griegos observaban un orden invariable de presentación, imponiendo reglas de composición para los futuros autores y ofreciendo una estructura familiar, por lo que la ciudadanía podía juzgar la excelencia de sus trabajos y su representación. Así, tanto en el teatro como en sus competitivos juegos públicos, los atenienses daban lugar a otra asamblea dinámica donde los ciudadanos participaban, juzgando el valor de lo que el gobierno local había escogido fomentar. El orden de interpretación de una tragedia requería la existencia de un *prólogo,* en el cual el autor informaba a los espectadores sobre el mito y las circunstancias particulares que él había elegido para representarlo. Luego seguía el *párodos,* durante el cual el coro se adueñaba de la orquesta, interponiéndose entre el auditorio y la acción. Luego se representaban los *episodios* de la acción, cada uno de los cuales estaba ligado al otro por las intervenciones líricas del coro, llamadas *stásima.* La obra terminaba con el éxodo, durante el cual el coro hacía abandono de su área de interpretación. La puesta en escena de las obras —instituidas y subvencionadas por decretos civiles— era una de las partes principales de las Dionisíacas con cuyas celebraciones Atenas honraba a Dionisios; la asistencia a dichas representaciones era obligatoria para todos los ciudadanos. Un gran carruaje en forma de barco —con lo que se conmemoraba la mítica de Dionisios desde el mar— era arrastrado a través de las calles por actores disfrazados de sátiros hasta el sagrado recinto ubicado al pie de la acrópolis. Dentro del carruaje, sentado en un trono adornado por enredaderas de vides, se hallaba el actor principal, portando la máscara y atuendos de Dionisios. En la zona de actuación del sagrado recinto, y a la vista de todos, se colocaba la antigua estatua de madera de la deidad. Ello servía para recordarles constantemente que Dionisios era en verdad el patrocinador de aquellos juegos rituales, sumamente competitivos.

El público ateniense estaba formado por espectadores ávidos y pacientes. Llegaban al teatro en cuanto se asomaba el sol y generalmente veían —en rápida sucesión— tres obras del mismo autor sobre el mismo argumento mítico. Luego seguía una cuarta obra, llamada *drama de sátiros,* en la cual, idéntico mítico que acababa de ser interpretado con solemnidad, era ampliamente ridiculizado. Sin duda, se trataba de una reacción saludable después de tanta solemnidad.

LOS TRES DRAMATURGOS GRIEGOS

ESQUILO (525-456 a. de C.). Vino al mundo en Eleusis, cerca de Atenas. Participó en la batalla de Maratón contra los persas. Es el primero de los tres grandes trágicos, aunque hubo antes que él otros autores destacados. Escribió cerca de noventa obras, de las cuales sólo se han conservado siete: *Las suplicantes, Los persas, Siete contra Tebas, Prometeo encadenado* y la trilogía formada por *Agamenón, Las Coéforas* y *Las Euménides.* Ganó su primer premio en 458 a. de C. Introdujo el segundo actor y la vestimenta especial de los actores. Es un legítimo heredero de la dicción épica y los extensos cantos del coro muestran su gran maestría lírica.

SÓFOCLES (497 ó 496 ó 495-406 a. de C.). Sobre nuestro personaje central y *leit motiv* del presente volumen, hemos glosado amplia, extensamente, en la primera parte de este prólogo, por lo que consideramos absurdo repetir ahora una serie de datos y explicaciones que el lector acaba de leer y tiene frescos en la memoria.

EURÍPIDES (480-406 a. de C.). Nació en Salimis y no se le conoce vida pública. Dio vida a ochenta o noventa escritos y obtuvo cinco victorias. Se conservan diecisiete tragedias: *Alcestes, Medea, Hipólito, Las Troyanas, Helena, Orestes, Ifigenia en Áulide, Andrómaca, Los hijos de Héracles, Hécuba, Las suplicantes, Electra, Héracles furioso, Ifigenia entre los tauros, Ión, Las fenicias, Las Bacantes* y el drama satírico *El cíclope.* En el año 408 a. de C. se trasladó a Mecdonia, a la corte del rey Arquelao, donde murió. Fue un poeta amante de las innovaciones: desarrolló en gran medida la complejidad de los personajes, sobre todo los femeninos (los novelistas de la época helenística siguen su escuela); además, para escándalo de los conservadores, se desentiende de ciertas formas en las partes líricas e introduce la llamada *música nueva* y trata con gran libertad las historias y los mitos tradicionales. Si bien parte del público de su época rechazó la dramaturgia revolucionaria de Eurípides, posteriormente fue el autor más aclamado.

Después que Tespis creó la primitiva estructura de la tragedia separando a un miembro del coro de los restantes, exigiendo así la necesidad del diálogo, sólo bastó un siglo para que la tragedia alcanzara su pleno desenvolvimiento. Los años de su máximo esplendor coinciden estrechamente con las vidas de Esquilo, Sófocles y Eurípides. De los cientos de tragedias escritas por estos tres autores y sus contemporáneos, únicamente treinta y dos han llegado hasta nosotros. Siete se le atribuyen a Esquilo, otras siete a Sófocles; de las dieciocho restantes, diecisiete son, sin duda, obras de Eurípides. Estos treinta y dos escritos nos demuestran la evolución de la tragedia de una forma teatral, autoritaria y disciplinada, hasta una forma de celebración de lo individual.

Sófocles, que contaba treinta años menos que Esquilo, le ganó a éste en el 406 a. de C. y sus principales creaciones giran en torno de la leyenda de Edipo. Todas las obras que tratan esta leyenda constituyen el denominado Ciclo de Edipo o Ciclo Tebano, una de cuyas derivaciones, la tragedia de *Antígona,* es tal vez el tema clásico más recreado por la dramaturgia contemporánea. A este respecto podemos recordar, entre otras, la *Antígona* de Anouilh (1942), la de Salvador Espriu Castelló (1939), la de Bertolt Brecht (1948) y la *Antígona 66* de J. M. Muñoz Pujol (1966). Entre las obras de Sófocles sobre el ciclo tebano destacan: *Edipo Rey, Edipo en Colono* y *Antígona.*

Esta novedad, cuya inmediata aceptación indicó un paso significativo en el gran cambio producido al pasar de un teatro evocativo a otro de mayores reclamos visuales, produjo en efecto reclamos que habían de crecer hasta el punto en que la poética realidad del primitivo teatro griego llegó a confundirse con la realidad de la vida cotidiana. Parece acertado suponer que todas estas innovaciones estaban en el espíritu de estos tiempos, ya que la sombra de Sófocles recibió la aclamación oficial y popular, permitiéndole ganar dieciocho premios y recibiendo el espaldarazo de Aristóteles, que consideró a su *Edipo Rey* como un modelo de excelencia. Eurípides, algo más joven que Sófocles, tenía un punto de vista más independiente e individualista. Sus escritos, rebosantes de escepticismo, atacaban directa y críticamente a las normas establecidas. Durante su vida sólo ganó cinco premios, pero sus creaciones fueron las más apreciadas por las generaciones venideras. Aún en nuestros días se representan más a menudo que las de Esquilo y Sófocles, probablemente porque el interés de Eurípides en la complejidad psicológica del hombre fue semejante al de nuestra época.

Los antiguos griegos castigaban tanto la liviandad como el sacrilegio con fuertes multas o el exilio, pero supieron comprender que las intenciones de los escritos eran obra de hombre y que su gobierno estaba sujeto a las debilidades propias de los mortales. En consecuencia conocieron y asimilaron los poderes terapéuticos de la risa. La comedia perduró entre ellos mucho más tiempo que la tragedia y, así como ésta evolucionó también, la comedia tomó el lugar que le correspondía asignado oficialmente. En realidad, cada representación realizada durante las Dionisíacas culminaba con la presentación de la comedia, lo que permitía que los espectadores acabasen el día riendo. En estas comedias se empleaban los mismos escenarios que en las obras trágicas y, a menudo, desmitificaban en forma cómica los mismos recursos que durante ese día habían servido para los dioses en apoteosis. Así como el auditorio se sentaba a una distancia prudencial de los actores en el transcurso de las representaciones trágicas, en las comedias, los actores, a menudo se adelantaban y se dirigían de manera individual a algún magistrado que se encontraba entre el público, llamándole la atención sobre algún suceso político. Ni el mismo Pericles se vio libre de esta sátira pública. Las comedias representadas durante las Dionisíacas, *Las Leanas,* eran las verdaderas fiestas de la comedia. Dado que eran escasos los extranjeros que se atrevían a desafiar los tormentosos mares de diciembre y enero para asistir a tales representaciones, los atenienses podían *soltarse el pelo* y atacar a sus autoridades sin escrúpulos, despiadadamente incluso. Lo hacían empleando tan grotescas y groseras obscenidades, que a veces no se permitía la asistencia de las mujeres, pese a que desde los tiempos más remotos *Las Leneas* habían sido la fiesta oficial de las féminas. Los cuatro grandes maestros de la comedia antigua fueron Crates, Cratino, Eupolis y Aristófanes, siendo este último de mayor vis cómica y el más inteligente y audaz de todos. Sus observaciones eran tan agudas que ninguna figura pública escapó a su censura. A pesar de su amor por la sátira, los atenienses detestaban la ridiculización pública cuando era desmesurada o en exceso procaz, de modo que en varias ocasiones Aristófanes pagó cara su excesiva franqueza.

Mucho después de que la tragedia griega declinara, la comedia todavía continuaba reinando en forma suprema, pero tras la muerte de Aristófanes tan sólo un autor, llamado Menandro, destacó lo suficiente como para ser recordado. Sus obras eran completamente diferentes a las sátiras políticas de Aristófanes y tendían a ser piezas divertidas y a menudo agradablemente impúdicas, cuyos mayores recursos cómicos residían en la complicada estructura de sus argumentos. Menandro inventó al personaje del esclavo pícaro o inteligente, que habría de convertirse en una figura del repertorio de la futura literatura teatral europea. Fue el único de los antiguos grandes dramaturgos de Atenas que pudo ver concluido e inaugurado el teatro que se iniciara durante la administración de Pericles.

En las primitivas representaciones de la tragedia, el actor desempeñaba en cierto sentido un papel similar al del sacerdote. Era designado por las autoridades para desempeñar *el papel del pueblo,* así como el atleta era elegido asimismo para competir en su nombre y representar la ciudad en los juegos. Este distingo ayuda a explicar la naturaleza y la función del actor en lo que Jacob Burckhardt llamó el elemento *agónico* o competitivo de la cultura griega. Para los helenos, que organizaron todos los aspectos de su vida personal y cultural en sentido competitivo, tanto los juegos como las obras trágicas eran situaciones muy serias. Para ellos el vocablo *juego* carecía de las connotaciones festivas que tiene para nosotros. Las obras trágicas no se hacían solamente para presentarlas en una competencia oficial: los mismos elementos que la componían, los enfrentamientos del individuo contra determinadas circunstancias —el destino, la sociedad u otros individuos— dependían de una competencia y era la fuerza de esta lucha básica y penetrante la que daba sentido a cada línea del diálogo.

Los actores, al igual que los atletas, tenían que entrenarse. Y aunque los antiguos teatros eran famosos por su extraordinaria acústica, la voz del actor debía ser fuerte, ágil y meliflua, para que pudiese ser oída y aceptada por el exigente auditorio ateniense. El actor llevaba *coturnos* (calzado con plataforma gruesa), una túnica convencional y una gran máscara, que incluía en su parte superior una peluca muy elaborada. Estaba literalmente escondido dentro de una efigie a la que correspondía animar, moviéndose sobre sus empinados *coturnos* con la gracia de un bailarín y hablando a través de su máscara con fuerza y capacidad artísticas, de manera que cada una de sus palabras llegara hasta la última fila de una audiencia compuesta por quince mil espectadores.

El patrocinador asignado a tal fin pagaba por las máscaras y los trajes de los miembros del coro, teniendo que proporcionar asimismo las vituallas necesarias para todo el elenco durante los ensayos y pagarle a cada integrante lo estipulado en el contrato. Sin embargo, el actor debía sufragar él mismo los gastos ocasionados por sus máscaras y trajes. Las máscaras estaban hechas con madera, cuero o lino endurecido, y a las mejores se las atesoraba no sólo por su valor, sino porque se tornaban más cómodas con el uso. El actor conservaba sus máscaras en excelente estado, cuidando de que fueran pintadas nuevamente al finalizar cada representación. El vestuario y los adornos estaban diseñados convencionalmente, permitiendo que los espectadores identificasen a los personajes en cuanto hicieran su aparición en escena; obras posteriores fueron estructuradas de modo que un actor pudiera interpretar a dos personajes con el tiempo suficiente entre entradas y salidas como para mudarse de traje y máscara. Se consideraba sumamente inapropiado entrar en escena sin máscara, aun en las obras cómicas. En las rarísimas ocasiones en que un comediante acudía a escena sin máscara, embadurnaba su rostro con pinturas para ocultar su identidad. Solamente los hombres podían actuar en el teatro griego; un buen dramaturgo escribía sus obras de tal manera que el actor principal pudiese demostrar el grado de su talento interpretando primero un personaje masculino y luego otro femenino.

En los tiempos antiguos los actores trágicos eran ciudadanos muy respetados; los mejor dotados eran requeridos con frecuencia y se les pagaban sumas considerables para que se trasladasen a lugares lejanos e interviniesen en representaciones de distintos festivales. Por el contrario, había poca demanda de intérpretes de comedias fuera de su propia región, debido a que la naturaleza satírica y política de la antigua comedia era sumamente localista. Como consecuencia, el comediante profesional se desarrolló después que Menandro cambió la estructura de la comedia, respondiendo a demandas más universales y apolíticas.

Sin embargo, mucho antes que los actores, existieron los mimos ambulantes, que al no tener el problema del idioma, ejercían su actividad a través de todo el mundo conocido, tanto en las plazas, campamentos militares, palacios y espacios libres en las aldeas. Dado que la naturaleza de su arte se aleaba con la sátira, él mismo seleccionaba su material entre los lugares comunes de la experiencia cotidiana, señalando las debilidades de los seres humanos. Era una especie de hechicero que daba al espectador la sensación de que veía lo que en realidad no estaba allí y creaba, mediante gestos muy bien estudiados, objetos imaginarios cuya existencia era lograda por medio de la minuciosa observación que hacían de ellos. Al cambiar su apariencia física en un instante, se transformaba lo mismo en otra persona como en un animal o un objeto. Su éxito dependía de su virtuosismo y agilidad. En el año 430 a. de C., Sofrón escribió una obra para mimos, elevando este arte popular a la categoría de forma literaria. A ello siguió una época brillante para el mimo, que se prolongó hasta la Edad Media. El mimo llegó a estar equiparado a una «celebridad» cuya aparición en los entreactos pronto fue tan necesaria para el teatro griego como la de los payasos para los circos. Los grandes mimos de la época helenística conquistaron riquezas e influencias; sin embargo, siempre pesó sobre sus hombros *algo* de su mala reputación originaria.

FRANCISCO CAUDET YARZA

Áyax

ÁYAX

ATENEA.
ULISES.
ÁYAX.
CORO DE MARINEROS SALAMINOS.
TECMESA.
MENSAJERO.
TEUCRO.
MENELAO.
AGAMENÓN.
EURISACES.
PEDAGOGO.
HERALDO.

(*Campamento de los griegos.* ODISEO *examina unas huellas ante la tienda de* ÁYAX. *Aparece* ATENEA.)

ATENEA: ¡Oh, hijo[1] de Laertes, siempre te veo en acecho y tratando de sorprender al enemigo! Y he aquí que te encuentro cerca de las tiendas marinas de Áyax, al extremo de la flota, en caza ya y examinando las huellas recientes del hombre, para saber si está dentro o fuera. Has venido conducido como por el olfato sagaz de una perra lacenia, porque ese hombre está allí, bañada la cabeza en sudor y las manos ensangrentadas. No tienes necesidad de seguir espiando a través de esa puerta. Dime la razón del trabajo que has tomado para que te manifieste lo que sé acerca de esto.

---

[1] Ulises.

ULISES: ¡Oh, voz de Atena, de aquella de todas las Diosas que me es más querida! ¡Aunque permaneces invisible, tu palabra penetra en mis oídos y resuena en mi espíritu, tal como el sonido estrepitoso de la trompeta de bronce de los tirrenos! Y, ahora, has comprendido bien que rondaba en torno a ese enemigo, Áyax, el que lleva el escudo; porque es él mismo, y no otro, el que vengo espiando hace mucho tiempo. Esta noche ha cometido contra nosotros una acción perversa que no hemos visto; si es que la ha cometido, sin embargo, porque no sabemos nada de seguro, y andamos vagando inciertos. Por eso me he impuesto la tarea de hacer averiguaciones. Hemos encontrado todo el ganado del botín muerto y degollado por una mano desconocida, juntamente con los guardianes del rebaño. Todos acusan a Áyax de esta acción; y uno de los guardas me ha referido y afirmado que le había visto marchando solo a grandes pasos a través del llano, empuñando una espada recién teñida de sangre. He seguido al punto sus huellas y he aquí que encuentro algunas indudables y otras con las que me hallo turbado, y no sé quién me dará una certidumbre. Así es que vienes a tiempo, porque, para las cosas pasadas y para las futuras, me veo conducido por ti.

ATENEA: Sabía esto, Ulises, y me he puesto en camino hace largo tiempo para protegerte y favorecer tu caza[2].

ULISES: Querida dueña, ¿me he tomado un trabajo que no será inútil?

ATENEA: ¡Ciertamente! Porque él es quien ha hecho eso.

ULISES: ¿En virtud de qué demanda furiosa ha obrado así?

ATENEA: Lleno de furor de que le hayan sido negadas las armas de Aquileo[3].

ULISES: ¿Y por qué se ha lanzado sobre los rebaños?

---

[2] Obsérvese la insistencia en el uso de términos de la caza.

[3] Muerto Aquileo, su armadura debía ser regalada al combatiente griego más sobresaliente tras el héroe muerto. En una votación, a lo que parece nada limpia, fue otorgada no al más valeroso, Áyax, sino al más astuto, Ulises.

ATENEA: Estaba en la creencia de que mojaba sus manos en vuestra sangre.

ULISES: ¿Meditaba, pues, esa matanza contra los argivos?

ATENEA: Y la habría hecho, si yo me hubiera descuidado.

ULISES: ¿Con qué audacia y con qué arrogancia de espíritu?

ATENEA: Por la noche, y furtivamente, ha salido solo contra vosotros.

ULISES: ¿Se ha acercado mucho? ¿Ha alcanzado el término del camino?

ATENEA: Ya tocaba a las tiendas de los dos jefes.

ULISES: ¿Y cómo ha detenido su mano ávida de matanza?

ATENEA: Le he rehusado esa alegría irremediable, habiendo enviado imágenes engañosas a sus ojos. Y le he desviado hacia el ganado del botín, hacia los mezclados rebaños, no repartidos todavía, y que los boyeros guardaban en confusión. Y se ha precipitado, matando a los bueyes portadores de cuernos, hiriendo aquí y allá, creyendo matar por su mano a los Atreidas, y lanzándose tan pronto sobre uno, tan pronto sobre otro. Y yo excitaba al hombre acometido por la furiosa demencia y le hacía caer en asechanzas. Al fin, descansando de su faena, ha atado los bueyes sobrevivientes y los demás rebaños, y se los ha llevado todos a sus tiendas, cierto de poseer hombres y no bestias cornudas; y ahora los atormenta, atados en su tienda. Pero yo volveré su mal manifiesto, para que lo veas y lo relates a todos los argivos. Quédate aquí con confianza y no temas nada de ese hombre. Yo volveré sus ojos hacia otro lado, no sea que distinga tu rostro. ¡Hola! ¡Tú[4] que oprimes con ligaduras manos cautivas! ¡Áyax, yo te llamo, ven aquí, sal!

ULISES: ¿Qué haces, Atenea? No le llames afuera.

ATENEA: Cállate y no temas nada.

ULISES: ¡Por los Dioses! ¡Que siga más bien en su tienda!

ATENEA: ¿Qué tienes, pues? ¿No ha sido éste siempre un hombre?

---

[4] Dirigiéndose a Áyax tras abrir la puerta de la tienda.

ULISES: Es mi enemigo, y ahora más todavía

ATENEA: ¿No es muy agradable reírse de los enemigos?

ULISES: Me basta con que permanezca en su tienda.

ATENEA: ¿Temes ver a un hombre manifiestamente en demencia?

ULISES: Si tuviera sano el espíritu, no temería mirarle.

ATENEA: Pero, ahora, no te verá, aun estando cerca.

ULISES: ¿Cómo, si mira con los ojos?

ATENEA: Yo extenderé una niebla sobre sus ojos que ven.

ULISES: Todo puede ser hecho, cuando en ello trabaja un dios.

ATENEA: Ahora sé mudo y quédate donde estás.

ULISES: Me quedaré. No obstante, mejor querría estar lejos de aquí.

ATENEA: ¡Hola! Tú, Áyax, te llamo de nuevo. ¿Por qué haces tan poco caso de tu protectora?

(Sale ÁYAX *de su tienda, látigo en mano.)*

ÁYAX: ¡Salve, oh, Atenea! ¡Salve, hija de Zeus! ¡Cuán a tiempo vienes! Yo te colmaré de dorados despojos a cambio de este botín.

ATENEA: Bien has dicho; pero dime: ¿has empapado bien tu espada en la sangre de los argivos?

ÁYAX: De ello puedo gloriarme y no negaré el hecho.

ATENEA: ¿Has puesto una mano armada sobre los Atreidas?

ÁYAX: De modo que ya no ultrajen a Áyax.

ATENEA: ¿Han perecido, si comprendo bien tus palabras?

ÁYAX: Muertos son. ¡Que me arranquen ahora mis armas!

ATENEA: Bien. Pero, ¿y el hijo de Laertes? ¿Cuál ha sido su suerte? ¿Es que se te ha escapado?

ÁYAX: ¿Preguntas dónde está ese zorro sutil?

ATENEA: Sin duda: hablo de Ulises, tu adversario.

ÁYAX: Está atado en mi tienda, ¡oh, dueña!, y es ese un espectáculo muy agradable para mí. No quiero que muera todavía.

ATENEA: ¿Qué harás antes de eso? ¿Qué provecho obtendrás?

ÁYAX: Antes, habiéndole atado a una columna de la morada...

ATENEA: ¿Qué mal vas a hacer al desgraciado?

ÁYAX: Es preciso que tenga, antes de morir, la espalda toda ensangrentada por el látigo.

ATENEA: No desgarres así a ese desdichado.

ÁYAX: Yo haré todas las otras cosas que te agraden, Atenea; pero sufrirá ese castigo, no otro.

ATENEA: Puesto que te place obrar así, hiere, y no olvides nada de lo que quieres hacer.

ÁYAX: Voy a obrar, y te pido que vengas así siempre en mi ayuda.

ATENEA: Mira, Ulises, cuán grande es el poder de los Dioses. ¿Has encontrado nunca un hombre más sensato y mejor en la acción que lo era éste?

ULISES: Nadie, en verdad. Tengo piedad de este desventurado, por más que sea mi enemigo, porque es víctima de un destino adverso, y pienso en el mío tanto como en el suyo, porque todos los que vivimos no somos nada más que imágenes y sombras vanas.

ATENEA: Puesto que ves esto, guárdate de hablar jamás con insolencia de los Dioses, y de no henchirte de orgullo, si prevaleces sobre alguno por tu fuerza o por la abundancia de riquezas. Un solo día abate o levanta las cosas humanas. Los Dioses aman a los modestos y aborrecen a los impíos.

(Salen de escena ATENEA *y* ODISEO. *Entra en escena el coro de marineros salaminos.)*

CORO: Telamonio, que posees Salamina rodeada por las olas, si tú prosperas, yo me regocijo; pero si el odio de Zeus o la palabra violenta y funesta de los danaos te cerca, entonces me veo acometido por un gran temor, y me estremezco como el ojo de la paloma alada. Así los elevados clamores de un rumor siniestro nos han hecho saber que, la noche pasada, lanzándose a la pradera donde brincan los caballos, degollaste los rebaños de los danaos y mataste con el hierro reluciente todo lo que quedaba del botín de la lanza. Ulises esparce tales rumores, y los murmura al oído de todos, y les persuade sin trabajo. Las cosas que dice de ti son fácilmente creídas, y cualquiera que le oye insulta tus miserias y se regocija de ellas todavía más que el que las revela. Las injurias que se lanzan a los grandes hombres no se desvían fácilmente; pero el que dijera otro tanto de mí no persuadiría, porque la envidia ataca al poderoso. Los humildes, sin embargo, sin los poderosos, son débil apoyo para la ciudad. El humilde prospera con la ayuda de los poderosos, y el hombre poderoso se eleva con la ayuda de los humildes. Pero no se puede enseñar estas cosas verdaderas a insensatos. Y, ahora, te ves asaltado por el clamor de los hombres; y, sin ti, no podemos oponernos a ello, ¡oh, Rey!, porque, habiendo huido de tus ojos, charlan como una bandada de pájaros. Pero, si te adelantas, espantados por el gran buitre, guardarán al punto silencio y quedaran mudos.

Estrofa

¿Es, pues, la hija de Zeus, conducida por toros, Artemis —¡oh, nueva terrible! ¡Oh, madre de mi vergüenza!—, la que te ha lanzado contra esos rebaños de bueyes que son de todos, sea que haya sido dejada sin recompensa de alguna victoria o de alguna caza, sea que se haya visto frustrada de ilustres despojos? ¿Es Ares, vestido de coraza de bronce, el que, reprochándote la ayuda de su lanza, ha vengado su injuria por medio de esas emboscadas nocturnas?

Antistrofa

Telamonio, no ha sido por tu propio impulso, en efecto, como has cedido a esa demencia de lanzarte contra unos rebaños.

¿No has sido más bien atacado por un mal divino? ¡Que Zeus y Febo repriman, pues, las malvadas palabras de los argivos! Si los dos grandes reyes, o alguno de la muy inicua raza de los Sisífidas[5] esparcen esas mentiras urdidas furtivamente, yo te conjuro, ¡oh, Rey!, no permanezcas por más tiempo inerte en tus tiendas marinas, por temor de confirmar contra ti ese rumor malévolo.

Epodo

Antes bien, sal de tus moradas donde has permanecido largamente en una ansiosa inacción, irritando así tu mal uranio. Durante ese tiempo, el furor de tus enemigos, que ningún temor reprime, se despliega impunemente, como el fuego en los valles en que el viento sopla. Con estallidos de risa, te cubren de amarguísimos ultrajes, y yo estoy roído por el dolor.

(Sale TECMESA, *esposa de Áyax.)*

TECMESA[6]: Compañeros marinos de Áyax, salidos de los Erecteidas nacidos de Gea, nos es preciso gemir, nosotros que tenemos cuidado de la casa de Telamón porque el terrible, el grande, el vigorosísimo Áyax gime ahora víctima de la violencia del mal.

CORIFEO: ¿Qué calamidad ha traído la noche después de un día tranquilo? Di, hija del frigio Teleutas, tú a quien el violento Áyax ama y reverencia como la compañera de su lecho, tú, su cautiva. Sabiendo la verdad puedes dárnosla a conocer por tus palabras.

---

[5] Sísifo es el prototipo de la astucia. Con la expresión «alguno de la muy inicua raza de los Sisífidas» es significado Ulises. Obsérvese también que Ulises destaca igualmente por su astucia como Sísifo, nombre parlante de la raíz de «hábil».

[6] Tecmesa, hija del rey frigio Teleutante, secuestrada por Áyax, con motivo de una excursión por aquella región. Luego, hecha su esposa le dio un hijo, Eurísaces.

TECMESA: ¿Cómo recordaré esta horrible cosa? Vas a conocer una desgracia no menos terrible que la muerte. Esta noche, el ilustre Áyax, atacado de demencia, se ha cubierto de ignominia. Puedes ver en su tienda los animales degollados y ensangrentados, víctimas del hombre.

Estrofa

CORO: ¿Qué noticia nos traes del hombre furioso? ¡Cosa abrumadora, ineluctable, que han extendido los rumores de los príncipes danaos y que la voz pública exagera todavía! ¡Ay de mí! Temo el mal que va a sobrevenir. Es manifiesto que habrá de morir el hombre que ha degollado con mano furiosa y la espada ensangrentada los rebaños y sus pastores de a caballo.

TECMESA: ¡Ay de mí! Es, pues, de allí, es de allí de donde ha vuelto, trayendo los rebaños llenos de ligaduras; y ha degollado los unos tumbados en la tierra, y ha cortado los otros por el medio, a través de los costados. Y ha cogido dos carneros blancos, y ha cortado la cabeza del uno y el cabo de la lengua que ha arrojado a lo lejos; y el otro lo ha atado de pie a una columna con una correa de caballo, golpeándole con un doble látigo y abrumándole a palabras insultantes que sólo un dios, y no un hombre, le ha enseñado.

Antistrofa

CORO: He aquí el momento en que cada uno, cubriéndose la cabeza, debe emprender la fuga en secreto, o sentándose en el banco de los remeros, alejar a fuerza de remos la nave que corre sobre el mar, porque los dos jefes Atreidas prorrumpen en amenazas contra nosotros. Temo sufrir una muerte miserable bajo las piedras y verme sometido al mismo suplicio que éste a quien oprime la inevitable fuerza del destino.

TECMESA: Ya no le oprime. Su furor se ha calmado como suele calmarse el soplo violento del Noto al que no acompaña el relámpago brillante. Antes bien, habiendo recobrado el espíritu, está ahora atormentado por un nuevo dolor; porque contemplar los propios males cuando nadie los ha causado más que uno mismo, aumenta amargamente los dolores.

CORO: Pero, si se ha apaciguado, creo que eso es muy beneficioso para él. En efecto, la inquietud de un mal pasado es menor.

TECMESA: ¿Qué escogerías, si te fuese dado escoger: o afligiendo a tus amigos, estar alegre tú mismo, o sufrir de los mismos males?

CORO: Es más amargo, ¡oh, mujer!, sufrir por los dos lados.

TECMESA: Por más que estemos librados de ese mal, estamos, sin embargo, expuestos a la desgracia.

CORO: ¿Cómo has dicho? No comprendo tus palabras.

TECMESA: Durante todo el tiempo que Áyax ha permanecido en estado de demencia, se regocijaba del mal que le poseía, y el disgusto nos afligía, a nosotros que estábamos sanos de espíritu. Y ahora que el mal le deja respirar, es víctima por completo de una amarga pena, y nosotros no estamos en nada menos atormentados que antes. En lugar de un dolor, ¿no tenemos dos?

CORO: En verdad, pienso como tú, y temo que esta plaga no haya sido infligida a este hombre por un dios. ¿Cómo, en efecto, puesto que se halla librado de su mal, no está más alegre que cuando estaba enfermo?

TECMESA: Las cosas son así, sábelo bien.

CORO: ¿Cuáles han sido los comienzos de ese mal que le ha invadido? Dínoslo, a nosotros que gemimos contigo.

TECMESA: Te diré todo lo que ha sucedido, puesto que compartes mi dolor. En plena noche, cuando las antorchas de la velada ya no ardían, habiendo cogido una espada de dos filos, pareció querer salir sin razón. Entonces le interpelé con estas palabras: «¿Qué haces, Áyax? ¿Adónde vas, no llamado, ni apremiado por algún mensaje, ni por el sonido de la trompeta? Ahora, todo el ejército duerme.» Y él me respondió esta breve frase siempre dicha: «Mujer, el silencio es el honor de las mujeres.» Habiéndole oído, me callé, y él se lanzó solo afuera, y no sé lo que ha sucedido en el intervalo. Después volvió, trayendo a su tienda, atados juntos, toros, perros de pastor y todo un botín cornudo. Y cortó la cabeza a los unos, y, derribando a los otros, les degolló y les hizo pedazos; y ató a otros, que desgarró a latigazos, hiriendo aquel ganado como si hiriese a hombres. Después, se lanzó fuera, hablando con voz ronca a no sé qué espectro, insultando tan pronto a los Atreidas, tan pronto a Ulises, con risas y envaneciéndose de haberse vengado de sus injurias. Después, se precipitó en su tienda, y, volviendo en sí al cabo de largo rato, cuando vio su morada llena de carnicería por su demencia, se golpeó la cabeza, gritó y se arrojó sobre los cadáveres del rebaño degollado, mesándose los cabellos con las uñas. Y permaneció así largo tiempo mudo. Luego, me amenazó con un gran castigo si no le revelaba todo lo que había ocurrido, y me preguntó por fin en qué estado había caído. Y yo, llena de temor, ¡oh, amigo!, le referí todo, en cuanto lo sabía. Y al punto se lamentó con alaridos lúgubres tales como jamás había oído salir de él; porque acostumbraba a decir que lamentarse de ese modo era de un hombre cobarde y de un corazón vil. Por eso, cuando estaba acometido por el dolor, sin gritos ni lamentos, gemía sordamente como un toro que muge. Ahora, abrumado por ese infortunio, sin beber ni comer, permanece sentado e inmóvil en medio de los animales degollados por el hierro; y es evidente que medita algún mal designio, porque lo atestigua con sus palabras y con sus gemidos. Por eso, ¡oh, queridos!, es por lo que he venido. Entrad, y, si podéis, id en su ayuda, porque los hombres tales como éste suelen ser persuadidos por las palabras de sus amigos.

CORIFEO: Tecmesa, hija de Teleutas, nos refieres cosas terribles diciéndonos que este hombre está atacado de demencia.

(Se oye la voz de ÁYAX.)

ÁYAX: ¡Ay de mí! ¡Ay!

TECMESA: Parece que su mal va a crecer. ¿No oís cómo Áyax lanza clamores?

ÁYAX: ¡Ay de mí!

CORIFEO: ¡Otra vez! Parece víctima del mal o turbado por el recuerdo de los males pasados.

ÁYAX: ¡Ay de mí! ¡Hijo, hijo!

TECMESA: ¡Desdichada de mí! Eurísaces[7], él te llama. ¿Qué tiene en la mente? ¿Dónde estás? ¡Desgraciada de mí!

ÁYAX: Llamo a Teucro[8]. ¿Dónde está Teucro? ¿Andará siempre buscando botín? En cuanto a mí, yo muero.

CORIFEO: Se diría que vuelve en sí. Abrid la entrada. Quizá, si me ve, tendrá alguna vergüenza.

TECMESA: Ya abro. Puedes mirar lo que ha hecho y cómo está él mismo.

(TECMESA *abre la puerta y aparece* ÁYAX *rodeado de los despojos de reses muertas.*)

Estrofa I

ÁYAX: ¡Oh, queridos compañeros marinos, mis únicos amigos, los únicos que me habéis guardado vuestra fe, ved por qué olas de sangrienta tempestad me encuentro rodeado!

CORIFEO: ¡Ay de mí! No me has atestiguado, Tecmesa, sino cosas demasiado verdaderas. Esto prueba con exceso que se encuentra en estado de demencia.

Antistrofa I

ÁYAX: ¡Oh, hábiles marinos, mis compañeros, que, en la nave, movéis el remo, vosotros, vosotros solos, entre los que se cuidaban de mí, estáis prontos a socorrerme! ¡Vamos! ¡Matadme!

---

[7] Hijo de Áyax y Tecmesa. Lleva un nombre parlante que significa «el portador del enorme escudo», lo que, como en el caso de Telémaco, que significa «el que combate lejos», conviene al padre y por lo mismo se aplica a los hijos.

[8] Hermano de Áyax, sólo de padre. Áyax y Teucro estuvieron siempre muy unidos.

CORIFEO: Habla mejor. No acrezcas, dando mal por mal, la medida de tu desgracia.

Estrofa II

ÁYAX: ¿Veis este hombre audaz, de gran corazón, intrépido otras veces en los combates, atrevido ahora contra pacíficos animales? ¡Oh! ¡Qué de risas excitaré! ¡En qué oprobio he caído!

TECMESA: Dueño Áyax, no digas tales cosas, yo te conjuro.

ÁYAX: ¿No has salido? ¡Vuelve el pie atrás! ¡Ay de mí! ¡Ay!

TECMESA: Por los Dioses, yo te lo suplico, vuelve a la razón.

ÁYAX: ¡Oh, infeliz, que he dejado a esos impíos escapar de mi mano, y que, precipitándome sobre bueyes de retorcidos cuernos y sobre rebaños baladores he derramado su sangre negra!

CORIFEO: ¿A qué te atormentas por cosas realizadas? Nada puede hacer que lo que es no sea.

Antistrofa II

ÁYAX: ¡Oh, tú que todo lo espías, obrero de desdicha, hijo de Laertes, sórdido vagabundo del ejército, cómo debes reír a carcajadas en tu alegría!

CORIFEO: Según un dios lo quiere, cada cual ríe o llora.

ÁYAX: ¡Que no le vea cara a cara, aunque estoy abrumado de males, ¡ay de mí!

CORIFEO: No hables orgullosamente. ¿Olvidas que eres víctima del infortunio?

ÁYAX: ¡Oh, Zeus, primer padre de mis ascendientes! Pueda yo, habiendo muerto a ese charlatán y odioso embustero y a los dos reyes también, morir al fin yo mismo.

TECMESA: Si haces esa imprecación, desea también mi muerte. ¿Qué me importa vivir, muerto tú?

Estrofa III

ÁYAX: ¡Oh, oscuridad, luz mía! ¡Oh, Erebo para mí muy espléndido! ¡Recibid, recibidme por habitante, recibidme! ¡Porque no soy digno en adelante de ser socorrido ni por los Dioses, ni por la raza de los mortales! La poderosísima hija de Zeus me atormenta hasta la muerte. ¿Adónde huiré? ¿Dónde me detendré? Si todo me falta, amigos, la venganza, siguiendo mis huellas, me verá tendido sobre las víctimas de mi demencia, y ocurrirá seguramente que todo el ejército me matará atacándome por los dos lados.

TECMESA: ¡Oh, desventurado! ¿Es posible que un hombre tan prudente hable así, cosa que no hubiera jamás querido hacer antes?

Antistrofa III

ÁYAX: ¡Oh, estrechos y antros donde resuenan las olas del mar; oh, prados de la ribera, largo tiempo, largo tiempo me habéis retenido delante de Troya, pero no me veréis en adelante respirando la vida! ¡Que quien lo oye lo sepa! ¡Oh, cercanas ondas del Escamandro[9], benévolas para los argivos, no veréis más a este hombre, lo digo con orgullo, que no ha sido igualado por ninguno de los que han venido de la tierra helénica a Troya! ¡En cuanto a él, ahora yace deshonrado en tierra!

CORIFEO: Estás acechado por males tan terribles que no sé si debo contenerte o dejarte hablar así.

ÁYAX: ¡Ay, ay! ¿Quién hubiera jamás pensado que mi nombre convendría así a mis males? Ahora, en efecto, ¿por qué no gritaré dos o tres veces: ¡Ay! ¡Ay!, sumido como estoy en semejantes males? Mi padre volvió en otro tiempo de esta misma tierra del Ida, habiendo obtenido los más altos premios de las más grandes acciones guerreras y la más ilustre gloria; y yo, su hijo, que he venido a esta misma Troya con no menor denuedo y que he llevado a cabo acciones igualmente grandes,

---

[9] Río próximo a Troya

muero deshonrado entre los argivos. Pero, al menos, tengo por cierto que si Aquileo vivo hubiese discernido sus armas a quien hubiera alcanzado la palma del valor, ninguno las habría tenido mejor que yo. Ahora, por sus astucias, los Atreidas las han entregado, con menosprecio de mis gloriosas acciones, a un hombre sutil e impío. Y si estos ojos y este espíritu turbado no me hubieran desviado de lo que había resuelto, no podrían en lo sucesivo pronunciar un juicio semejante contra nadie. Pero la hija imponente y no domada de Zeus me ha alucinado, cuando alzaba la mano sobre ellos, y me ha enviado una demencia furiosa que ha hecho que haya manchado mis manos con la sangre de estos animales. Y ahora, habiendo escapado de mí contra mi voluntad, se burlan de mí, pero, cuando un dios lo quiere, el cobarde escapa del más valiente. ¿Qué es preciso, pues, que haga? Soy evidentemente detestado por los Dioses, el ejército de los helenos me aborrece, y soy odioso a Troya entera y a este país. ¿Atravesaré el mar Egeo, volviendo a mi morada, abandonando esta estación de naves y dejando a los Atreidas? Pero ¿con qué cara me presentaré a mi padre Telamón? ¿Cómo sostendrá la vista del que vuelve sin gloria y privado de esos premios al valor de que él había obtenido el honor ilustre? Esto no es soportable. ¿Si, precipitándome contra los muros troyanos, combatiese solo contra todos ellos, y si, llevando a cabo una acción heroica, muriese al fin? Pero, haría una cosa útil y agradable a los Atreidas. Esto no me place nada. Es preciso intentar otra vía por la cual pruebe a mi anciano padre que no ha nacido de él un cobarde. En efecto, es vergonzoso para un hombre desear una larga vida si no hay remedio alguno a sus males. ¿Qué es lo que un día añadido a otro día puede traer de felicidad, haciendo retroceder la muerte al siguiente? No estimo en ningún precio al hombre que se lisonjea con una vana esperanza. O vivir gloriosamente o morir lo mismo conviene a un hombre bien nacido. Esto es todo lo que tengo que decir.

CORIFEO: Nadie dirá jamás, Áyax, que ese lenguaje no es tuyo y te ha sido inspirado, porque es propio de tu espíritu. Reprime, sin embargo, esa cólera, y, olvidando tus penas, déjate regir por tus amigos.

TECMESA: ¡Oh, dueño Áyax! No hay mal más terrible para los hombres que la servidumbre. Yo nací de un padre libre y más poderoso por sus riquezas que ningún otro entre todos los frigios, y ahora soy esclava. Así los Dioses y, sobre todo, tu brazo lo han querido. Por eso, desde que he entrado en tu lecho, me preocupo de lo que a ti se refiere. Te conjuro, pues, por Zeus que protege el hogar, por tu lecho donde te has unido a mí, no me dejes convertirme en el triste objeto de risa y el juguete de tus enemigos, entregándome al capricho de cada cual. El día en que, muriendo, me abandones con tu muerte, no dudes que, violentamente arrebatada por los argivos, coma, con tu hijo, un alimento servil. Y algún nuevo dueño, insultándome, dirá tal vez esta frase amarga: «Mirad la esposa de Áyax, que fue el más poderoso del ejército por su fuerza; ved qué servidumbre sufre en lugar del destino envidiable que era el suyo.» Dirá tales palabras, y la dura necesidad me atormentará, y esas palabras deshonrarán a ti y a tu raza. ¡Respeta a tu padre, que abandonarás agobiado por una triste ancianidad; respeta a tu madre cargada de numerosos años, que suplica sin descanso a los Dioses, para que vuelvas sano y salvo a la morada! ¡Oh, Rey, ten piedad también de tu hijo, que, privado de los cuidados debidos a su edad, y privado de ti, será maltratado por tutores injustos; tantas miserias nos dejarás a él y a mí, si mueres! No hay nada, en efecto, que yo pueda mirar, si no eres tú, puesto que has destruido mi patria por la lanza, y la Moira ha arrebatado a mi padre y a mi madre, que han muerto y habitan en el Hades. ¿Quién podría, fuera de ti, reemplazar patria y riquezas? Mi única salvación está en ti. Acuérdate, pues, de mí. Conviene que un hombre se acuerde de lo que le ha agradado, y la gratitud acarrea siempre la gratitud. Aquel en quien se desvanece la memoria de un beneficio, no puede ser tenido por un hombre bien nacido.

CORIFEO: Quisiera, Áyax, que fueses tocado de piedad como yo. Alabarías, en efecto, sus palabras.

ÁYAX: Yo le tributaría grandes alabanzas si se atreviese a realizar lo que voy a ordenarle.

TECMESA: ¡Oh, querido Áyax, te obedeceré en todo!

ÁYAX: Tráeme, pues, a mi hijo, para que le vea.

TECMESA: Acometida de temor, le había alejado.

ÁYAX: ¿Es por terror de mi mal, o quieres hablar de algún otro temor?

TECMESA: Temía que el desgraciado muriese si te encontraba por casualidad.

ÁYAX: Ello no hubiera sido imposible a mi genio.

TECMESA: Así he obrado para arrojar la desgracia lejos de él.

ÁYAX: Te alabo por ese proceder y por tu previsión.

TECMESA: ¿Qué servicio puedo prestarte ahora?

ÁYAX: Haz que le vea frente a frente y que le hable.

TECMESA: Está guardado cerca de aquí por los sirvientes.

ÁYAX: ¿Por qué tarda y no viene con prontitud?

TECMESA: ¡Oh, hijo! Tu padre te llama. ¡Que aquel de los sirvientes que tiene cuidado de él le traiga aquí!

ÁYAX: ¿Acude a tus palabras o no las ha oído?

TECMESA: Hele aquí: un sirviente le trae.

(Entra un esclavo llevando de la mano a EURÍSACES.)

ÁYAX: Tráele, tráele aquí. No se espantará, a la vista de este degüello, si verdaderamente ha nacido de mí; antes bien, es preciso que, desde muy joven, se haga a las costumbres bravías de su padre, y que tenga un natural semejante al suyo. (ÁYAX *toma en brazos a su hijo* EURÍSACES.) ¡Oh, hijo, plegue a los Dioses que seas más feliz que tu padre y semejante a él por lo demás! Así serás irreprochable. Y, ahora, me es lícito llamarte dichoso, porque no sientes nada de mis males. La vida más dichosa es no saber nada, hasta que se aprende a regocijarse o a gemir. Cuando hayas llegado a esa edad, es preciso que pienses entonces en mostrar a mis enemigos de qué padre has nacido. Mientras tanto, aliméntate de dulces alientos y deja crecer tu joven vida, delicias de tu madre. Ninguno de los aqueos, lo sé, te insultará con odiosos ultrajes, aun en mi ausencia, porque te dejaré un guardián vigilante, Teucro, que te criará y te educará. Ahora está lejos de aquí, haciendo botín. Pero vosotros, hombres portadores de escudos, pueblo marino, os ordeno, si consentís en ayudarle, que le anunciéis mi voluntad, para que, habiendo conducido este niño a mi morada, le muestre a mi padre Telamón y a mi madre Eribea, para que sea el sostén de su vejez. En cuanto a mis armas, que ni los jueces de los juegos ni el que me ha perdido las ofrezcan como premio a los aqueos; antes bien, este escudo, de siete pieles de buey de espesor e impenetrable, del cual has recibido tu nombre, tómalo, hijo Eurísaces, y poséelo, para hacerlo mover con ayuda de la correa. Mis otras armas serán sepultadas conmigo. (ÁYAX *entrega el niño a* TECMESA.) Mujer, recoge este niño deprisa, cierra la entrada de la morada y no prorrumpas en gemidos ante la tienda. Ciertamente, la mujer está siempre demasiado pronta a llorar. Te digo que cierres prontamente la puerta. No es de un sabio médico hacer encantaciones para un mal que no pide más que ser cortado.

CORIFEO: Estoy espantado de oír esta violencia apresurada, y tus rudas palabras no me agradan.

TECMESA: ¡Oh, dueño Áyax! ¿Qué meditas en tu espíritu?

ÁYAX: No lo preguntes ni lo investigues. Es bueno ser prudente.

TECMESA: ¡Ay de mí! ¡Cuán desesperada estoy! ¡Te conjuro por los Dioses, por tu hijo, no nos abandones!

ÁYAX: Me importunas demasiado. ¿No sabes que estoy dispensado de todo deber para con los Dioses?

TECMESA: ¡Pronuncia palabras de buen augurio!

ÁYAX: Habla a quien te oiga.

TECMESA: ¿No te persuadirás, pues?

ÁYAX: Hablas desmedidamente.

TECMESA: Estoy espantada, en efecto, ¡oh, Rey!

ÁYAX: ¿No la encerraréis prontamente?

TECMESA: ¡Por los Dioses, apacíguate!

ÁYAX: Eres insensata si piensas en reformar ahora mi carácter.

(*Salen de escena* TECMESA *y su hijo.* ÁYAX *entra en su tienda.*)

Estrofa I

CORO: ¡Oh, ilustre Salamina rodeada de olas, tú que vives ahora feliz y siempre gloriosa para todos los hombres; en cuanto a mí, desgraciado, espero desde hace mucho tiempo la posesión de las llanuras del Ida, en el transcurso sin fin de los meses, gastado por el curso móvil del tiempo, y alimentando la amarga esperanza de que partiré al fin para el sombrío y odioso Hades!

Antistrofa I

Y aumenta mis males ver a Áyax que no puede curar, ¡ay de mí!, acometido de una demencia divina, él a quien enviaste hace tiempo para que fuera victorioso en las luchas de Ares, y que, ahora, privado de su juicio, causa una amarga aflicción a sus amigos, porque las grandes acciones que ya ha realizado con sus valientes manos son desdeñadas por los ingratos Atreidas.

Estrofa II

Ciertamente, cuando su anciana madre, invadida por la blanca vejez, sepa que está acometido de demencia, no exhalará una suave queja, ni un triste canto como el desgraciado ruiseñor, sino que lanzará clamores y alaridos, y su pecho resonará con los golpes de sus manos, y se mesará los blancos cabellos.

Antistrofa II

Porque valdría más que fuese sepultado en el Hades que estar afligido por un mal irremediable, él que, sobresaliendo sobre los bravos aqueos por la excelencia de su raza, no tiene sus ordinarias costumbres, y cuyo espíritu se halla extraviado. ¡Oh, desdichado padre, es preciso que conozcas la calamidad lamentable de tu hijo, tal como la raza de los Eácidas[10] no la ha sufrido jamás, excepto en éste!

(Entra ÁYAX *con la espada en la mano.)*

ÁYAX: El tiempo largo e infinito manifiesta a la luz todas las cosas ocultas y oculta las cosas manifiestas, y no hay nada que no pueda suceder. La santidad de los juramentos sagrados es violada y el rigor de los firmes espíritus es vencido. Yo que, hace poco, resistía a todo victoriosamente, como el hierro aceitado, he aquí que me veo ablandado por esta mujer, y tengo compasión de dejarla viuda y a mi hijo huérfano en medio de mis enemigos. Pero me voy a los baños y a las praderas de la orilla, para, purificado de mis manchas, escapar a la cólera terrible de la Diosa. Cuando llegue a un lugar desierto y no frecuentado, esconderé esta espada, la más odiosa de las armas, en la excavada tierra, allí donde nadie la vea. La noche y Ades la guardarán bajo tierra, porque, desde el día en que la recibí de Héctor, ese enemigo tan mortal, nada bueno me ha venido de los argivos. Y es verdadera esta sentencia que comúnmente se dice: los dones de un enemigo no son ni dones ni cosas útiles. Por eso sabremos en lo sucesivo ceder ante los Dioses, aprenderemos a reverenciar a los Atreidas. ¿Por qué no? La grandeza y el poder ceden ante el que manda; los inviernos nivosos ceden el lugar a los estíos fructíferos; el astro de la noche sombría retrocede cuando resplandece el día conducido por sus blancos cabellos, y el soplo de los vientos huracanados se apacigua sobre el mar quejumbroso; y el sueño, que domina a todos los vivos, desliga a los que había encadenado y no los retiene siempre. ¿Por qué nosotros no hemos de aprender a ser más modestos? En cuanto a mí, lo aprenderé al fin, sabiendo ahora que es preciso odiar a nuestro enemigo, como si pudiese amarnos de nuevo; y, por otra parte, he de amar a un amigo y ayudarle con mis servicios, como si, algún día, pudiese convertirse en mi enemigo. Para el mayor número de los hombres el puerto

---

[10] Eaco, hijo de Zeus, fue padre de Telamón y abuelo de Áyax. Los Eácidas, pues, conforman, entre otras, la familia de Áyax.

de la amistad no es seguro. Pero basta. Tú, mujer, entra, y suplica a los Dioses para que realicen lo que deseo. Y vosotros, compañeros, rendidme el mismo honor, y decid a Teucro, en cuanto venga, que se preocupe de nosotros y se tome un interés igual al vuestro. Y yo iré allí donde es preciso que vaya. Vosotros haced lo que he dicho, y tendréis noticia pronto de mi salud, por más desgraciado que ahora sea.

Estrofa

CORO: Me estremezco de deseo, salto con gran alegría! ¡Ío, Pan! ¡Pan, oh, Pan[11], que corres sobre el mar, desciende hacia nosotros desde las rocas nevadas de Cilene! ¡Oh, tú, que conduces los coros de los Dioses, hábil en saltar por tu solo instinto, ven para dirigir conmigo las danzas de Nisa y de Cnoso![12] Porque siento ahora el deseo de la danza. ¡Y tú, ven, Apolo Delio, ven a través del mar Ícaro[13] y séme favorable!

Antistrofa

Ares[14] ha disipado el dolor terrible que turbaba mis ojos. Ahora, de nuevo, ¡oh, Zeus!, resplandece una luz pura que me deja acercarme a las naves rápidas que corren sobre el mar, puesto que Áyax, habiendo olvidado sus males, ha procedido bien para con los Dioses y obedeciendo piadosamente sus leyes venerables. El largo tiempo destruye todas las cosas, y no

---

[11] Hijo de Hermes, nacido en Cilene, montaña de Arcadia, es Pan, una de esas divinidades producto y productor de la energía vital de la Naturaleza, protector de los rebaños, a los que en ocasiones, sin embargo, infunde «pánico». A él, como a otros seres de su índole, por ejemplo los sátiros, les gusta la música.

[12] Nisa es el lugar legendario del nacimiento de Dionisio, dios también de la vegetación y de la alegría vital. Cnoso es el lugar de los sacerdotes Coribantes, que con sus ruidos protegieron al niño Zeus de la voracidad de su padre Crono.

[13] El mar de Ícaro se sitúa entre las islas de Samos y Miconos.

[14] Ares, símbolo de la guera y de toda violencia.

niego que todo no pueda ocurrir, puesto que Áyax ha vuelto de su cólera desesperada y de sus querellas terribles con los Atreidas.

(Entra corriendo en escena un MENSAJERO *procedente del campamento griego.)*

MENSAJERO: Ante todo, amigos, quiero anunciaros esto: Teucro acaba de llegar de las altas montañas misias. Habiendo venido al medio del campamento ha sido insultado por la multitud unánime de los argivos. En cuanto le hubieron visto de lejos, se reunieron en torno suyo, y entonces le colmaron de maldiciones, sin que nadie moderase su lengua; y le llamaban el hermano del insensato, del que hacía traición al ejército, y afirmaban que nada le preservaría de morir, aplastado por las piedras; y llegaron a sacar ya su espadas de las vainas. Sin embargo, la querella, llevada al más alto punto, se ha apaciguado, habiendo sido calmada por las palabras de los ancianos. Pero, ¿dónde está Áyax para que le refiera estas cosas, porque es preciso decirlo todo al que manda?

CORIFEO: No está aquí, sino que acaba de salir, teniendo nuevos designios conformes a sus nuevos pensamientos.

MENSAJERO: ¡Ay de mí! ¡Ay! ¡El que me ha enviado ha estado, pues, demasiado lento en hacerlo, o yo mismo he tardado en venir!

CORIFEO: ¿En qué has faltado a tu misión?

MENSAJERO: Teucro prohibía que Áyax saliese de su tienda antes de que él mismo estuviese aquí.

CORIFEO: Se ha marchado, pero con mejores designios, a fin de sacrificar su cólera a los Dioses.

MENSAJERO: Esas palabras están llenas de demencia, si Calcante[15] ha profetizado sabiamente.

---

[15] Calcante, portador de nombre parlante que significa «el que abre la boca o el que habla», algo adecuado a su función, es el prestigioso adivino de los griegos que luchan en Troya.

CORIFEO: ¿Qué dice, pues, y qué ha manifestado sobre la partida de Áyax?

MENSAJERO: No sé más que esto, habiendo estado presente yo mismo. Calcante, habiendo salido, sin los Atreidas, del círculo en que los reyes deliberaban, y habiendo puesto familiarmente su mano derecha en la mano de Teucro, le dijo y le recomendó que retuviese a Áyax en su tienda, por todos los medios, mientras el sol luciese, y no le dejara escaparse de ella si quería volverle a ver vivo. Y era hoy solamente, a lo que decía, cuando la cólera de la divina Atena debía perseguir a Áyax. Y el adivino decía también que estos hombres de una talla muy alta eran precipitados por los Dioses en terribles calamidades, porque, siendo hombres, no piensan como conviene a hombres. Desde que abandonó sus moradas, manifestó su demencia no escuchando los prudentes consejos de su padre. Y éste le dijo estas palabras: «Hijo, trata de vencer por medio de tus armas, pero siempre con la ayuda de los Dioses.» Y él respondió arrogante y estúpidamente: «Padre, con la ayuda de los Dioses de nada puede considerarse victorioso un hombre. Yo estoy cierto de obtener esa gloria, aun sin su ayuda.» Así se envanecía con palabras orgullosas. Después, a la divina Atena, que le excitaba y le mandaba descargar una mano terrible sobre los enemigos, respondió estas palabras soberbias e impías: «Reina, socorre a los demás argivos; allí donde yo esté, jamás el enemigo romperá nuestras líneas.» Por estas palabras, y llevando su orgullo más allá del destino humano, ha excitado la cólera implacable de la Diosa. Sin embargo, si sobrevive a este día, quizá podremos salvarle, con ayuda de un dios. Así ha hablado el adivino, y Teucro me ha enviado al punto a traerte estas órdenes para que vigiles a Áyax; pero si las he traído en vano, el hombre no vive ya o Calcante no ha profetizado nada.

CORIFEO: ¡Oh, desgraciada Tecmesa; oh, raza lamentable, sal y oye qué palabras trae! Él hiere en lo vivo y rechaza toda alegría.

(Sale TECMESA *de la tienda.)*

TECMESA: ¿Por qué me haces levantar, a mí, desdichada, que reposo apenas de mis males inagotables?

CORIFEO: Oye de boca de este hombre qué triste nueva nos ha sido traída de Áyax.

TECMESA: ¡Ay de mí! ¿Qué anuncias, hombre? ¿Vamos a perecer?

MENSAJERO: No sé lo que será de ti, pero temo por Áyax, si ha salido.

TECMESA: Ciertamente, ha salido; por eso estoy ansiosa, preguntándome qué quieres decir.

MENSAJERO: Teucro ordena retenerle en su tienda y que le impidáis salir solo.

TECMESA: ¿Dónde está Teucro y por qué ha dicho eso?

MENSAJERO: Acaba de llegar y teme que esa salida de Áyax le sea fatal.

TECMESA: ¡Ay de mí! ¡Desventurada! ¿Por qué ese hombre ha sabido eso?

MENSAJERO: Por el adivino Testórida que ha dicho que este día mismo había de ver la muerte o la vida de Áyax.

TECMESA: ¡Ay de mí! Amigos, socorredme en esta necesidad que me apremia. ¡Que una parte de vosotros apresure la pronta llegada de Teucro; que los unos vayan hacia las colinas occidentales, los otros hacia las orientales, y que busquen dónde puede estar Áyax que fatalmente ha salido! Veo que me ha engañado y que me ha retirado su antiguo favor. ¡Ay de mí! ¿Qué haré, oh, hijo? Este no es el momento de quedarse. Iré yo misma con tanta prontitud como piedad. ¡Vamos! Apresurémonos; es preciso no detenerse.

CORIFEO: Estoy pronto, y no son solamente palabras: la prontitud de mis pies seguirá de cerca.

(Salen de escena el CORO, TECMESA *y el* MENSAJERO.
Entra en escena ÁYAX.*)*

AYAX: La espada mortífera está enderezada de suerte que, aun poniendo cuidado despacio en ello, no podría penetrar mejor. Este don de Héctor, de ese huésped tan detestado y odioso a la vista, está hundido en la tierra enemiga de Troya. Recientemente he aguzado su hierro sobre la piedra, y lo he sujetado y preparado para que sea para mí muy benévolo y yo muera prontamente. Así estamos bien dispuestos. Después de esto, tú, el primero, ¡oh, Zeus!, ayúdame, como conviene. No te pediré un don considerable. Envía por mí un mensajero que lleve a Teucro la lamentable noticia para que, antes que todos los demás, se apodere de mí, atravesado por esta espada sangrienta, y para evitar que habiéndome visto desde luego uno de mis enemigos, sea arrojado como presa a los perros y a las aves carnívoras. No te pido más que esto, ¡oh, Zeus! Al mismo tiempo, invoco a Hermes subterráneo, conductor de las almas, para que me duerma dulcemente, y allí donde haya atravesado mi costado con esta espada, muera con una caída fácil y pronta. Llamo también en mi ayuda a las Vírgenes que ven siempre las acciones de los mortales, las venerables Erinias de pies rápidos, para que sepan cómo muero miserable por causa de los Atreidas. ¡Id, oh, Erinias vengadoras y rápidas, sacrificad todo el ejército y no perdonéis nada! ¡Y tú, que conduces tu carro a través del alto Urano, Helios, cuando veas la tierra de mi patria, reteniendo un poco tus riendas de oro, anuncia mis calamidades y mi destino a mi anciano padre y a mi madre mísera! Sin duda, la infeliz, en cuanto haya oído esta noticia, esparcirá por toda la ciudad un gran alarido. Pero, ¿de qué sirve lamentarse en vano? Más bien importa obrar con prontitud. ¡Oh, Tanato, Tanato, ven ahora y mírame, aunque deba invocarte también, allí donde ambos habitaremos! ¡Y tú, vivo resplandor del día espléndido, y tú, Helios, conductor de carro, os hablo por última vez, y nunca ya en adelante! ¡Oh, luz; oh, tierra de la patria, suelo sagrado de Salamina! ¡Oh, paterno hogar, ilustre Atenas! ¡Oh, generación mía, fuentes, ríos, llanuras troyanas, yo os llamo! ¡Salve, oh, criados conmigo! Áyax os dice estas últimas palabras. Yo referiré el resto a las Sombras en el Hades.

(ÁYAX *se deja caer sobre su espada y muere.*
Entra en escena el CORO *buscando a* ÁYAX.
El CORO *va dividido en dos Semicoros.)*

PRIMER SEMICORO: El trabajo unido al trabajo lo lleva al colmo. ¿Dónde, en efecto, no he penetrado? Sin embargo, ningún lugar me ha revelado nada. Pero he aquí, he aquí que oigo algún rumor.

SEGUNDO SEMICORO: Somos nosotros, vuestros compañeros de naves.

PRIMER SEMICORO: ¿Qué hay, pues?

SEGUNDO SEMICORO: He recorrido todo el lado occidental del campo naval.

PRIMER SEMICORO: ¿Qué has encontrado?

SEGUNDO SEMICORO: Abundancia de fatiga, y no he visto nada más.

PRIMER SEMICORO: Yo he recorrido el lado oriental, y el hombre no se ha dejado ver por parte alguna.

Estrofa

CORO: ¿Quién, pues, entre los pescadores laboriosos, despierto y acechando su presa, cuál de las Diosas olímpicas o de las que habitan en los ríos que corren hacia el Bósforo, quién me dirá dónde ha visto errante al indómito Áyax? Es, en efecto, terrible para mí haber llevado a cabo una carrera desgraciada con una fatiga tan grande y no haber descubierto a ese hombre insensato y débil.

TECMESA: ¡Ay de mí! ¡Ay!

CORIFEO: ¿Qué grito se ha escapado de ese bosque próximo?

TECMESA: ¡Ay de mí! ¡Desdichada!

CORIFEO: Veo a la cautiva Tecmesa, la mujer desventurada, que prorrumpe en gemidos.

TECMESA: Yo perezco, yo muero; esto está concluido, amigos; nada sobrevive de mí.

CORIFEO: ¿Qué ocurre?

TECMESA: ¡Ved a nuestro Áyax, que yace ahí, con una herida reciente, hecha por la espada, lejos de todos!

CORIFEO: ¡Ay de mí! ¡Ay! Está perdido para mí el regreso. ¡Ay! Me has matado también, ¡oh, Rey!, a mí, tu compañero. ¡Oh, desgraciado de mí! ¡Oh, mujer lamentable!

TECMESA: Puesto que ello es así, ahora conviene lamentarse.

CORIFEO: Pero, ¿qué miserable mano ha cometido ese crimen?

TECMESA: Su propia mano, sin duda. Esa espada fija en tierra y sobre la cual se ha precipitado lo prueba.

CORIFEO: ¡Ay de mí! ¡Oh, infortunio! Hete aquí todo ensangrentado, sin la ayuda de ningún amigo, y yo, estúpido e inerte, he descuidado velar sobre ti. ¿Dónde está tendido el indomable Áyax, de nombre desdichado?

TECMESA: No permitiré que se le mire, sino que le cubriré enteramente con esta vestidura. Nadie, en efecto, siendo su amigo, soportaría la vista de la sangre negra que corre de su nariz y de la herida que se ha hecho él mismo. ¡Ay de mí! ¿Qué haré? ¿Cuál de tus amigos te llevará? ¿Dónde está Teucro? ¡Qué a tiempo vendría si viniese ahora, para honrar a su hermano muerto! ¡Oh, desgraciado Áyax, qué hombre has sido, y qué hombre lamentable te veo, en estado para arrancar lágrimas hasta a tus enemigos!

Antistrofa

CORO: ¡He aquí, pues, oh, desdichado, el fin que, en tu obstinación, habías de dar, por un destino terrible, a tus miserias incesantes! ¡Por eso, noche y día, proferías los gemidos de tu corazón indómito, esparciendo palabras lamentables y terribles contra los Atreidas! Ciertamente, fue el origen de grandes males el día en que las armas de Aquileo fueron propuestas para premio del valor.

TECMESA: ¡Ay de mí!

CORIFEO: Sé que un amargo dolor penetra hasta las entrañas.

TECMESA: ¡Ay de mí!

CORIFEO: No es extraño, mujer, que gimas de nuevo, cuando una desgracia reciente te priva de un amigo semejante.

TECMESA: Tú razonas sobre estas cosas, pero yo las siento demasiado.

CORIFEO: Lo reconozco.

TECMESA: ¡Ay de mí! ¡Hijo, qué servidumbre vamos a sufrir! ¡Qué dueños nos están reservados!

CORIFEO: ¡Ay! ¡Ciertamente, prevés, en este duelo, un horrible ultraje de los Atreidas sin piedad; pero que un dios se oponga a ello!

TECMESA: Estas cosas no hubieran sucedido sin la intervención de los Dioses.

CORIFEO: Ciertamente, te han reservado una carga harto pesada.

TECMESA: La hija terrible de Zeus, la diosa Palas, ha urdido por completo esta calamidad en favor de Ulises.

CORIFEO: Sin duda ese hombre sutil se burla de nosotros con su astuto espíritu; se ríe a carcajadas de los males que ha causado la demencia de Áyax, ¡ay de mí! Y los dos reyes Atreidas, al conocerlos, se ríen con él.

TECMESA: ¡Que se rían y se regocijen, pues, de los males de éste! Quizá, deseándole menos cuando vivía, le lloren muerto, echando de menos su lanza; porque los insensatos que poseían un bien no lo estiman sino cuando lo han perdido. Es más cruel para mí que haya perecido que ello les es agradable; pero para él esto es dulce, puesto que posee lo que deseaba y ha muerto como ha querido. ¿Qué tienen, pues, ellos que reírse de él? Ha sido muerto por los Dioses, y no, ciertamente, por ellos. ¡Que Ulises prodigue, pues, sus vanos ultrajes! En lo sucesivo, para ellos, Áyax no existe; sino que ha muerto, dejándome los dolores y las lamentaciones.

(Sale TECMESA. *Aparece* TEUCRO *en escena.)*

TEUCRO: ¡Desgraciado de mí!

CORIFEO: Cállate, porque me parece oír la voz de Teucro profiriendo un clamor que llega a la altura de esta calamidad.

TEUCRO: ¡Oh, queridísimo Áyax; oh, querido hermano! ¿Todo ha concluido, pues, para ti, como lo dice el rumor de las gentes?

CORIFEO: El hombre ha muerto, Teucro, sábelo.

TEUCRO: ¡Ay! ¡Oh, infortunio terrible para mí!

CORIFEO: Puesto que las cosas son tales...

TEUCRO: ¡Oh, desdichado, desdichado de mí!

CORIFEO: ... no queda más que gemir.

TEUCRO: ¡Oh, calamidad amarga!

CORIFEO: ¡Demasiado amarga, en verdad, Teucro!

TEUCRO: ¡Ay de mí! ¡Desventurado! ¿Qué se ha hecho su hijo? ¿En qué lugar de la tierra troyana está?

CORIFEO: Está solo en la tienda.

TEUCRO: Tráele prontamente aquí, no sea que uno de los enemigos le arrebate como al cachorro de la leona viuda. ¡Ve! ¡Date prisa, corre!, porque se suele insultar a los muertos.

CORIFEO: En verdad, cuando él vivía, te recomendaba tener cuidado de su hijo, como lo haces.

TEUCRO: ¡Oh, el más amargo de todos los espectáculos que haya visto con mis ojos! ¡Oh, el más triste de los caminos que haya hecho jamás, cuando he venido aquí; oh, queridísimo Áyax, a la primera noticia de tu fatal desgracia, siguiéndote y buscando tus huellas! En efecto, la rápida fama, tal como la voz misma de un dios, había extendido entre los aqueos el rumor de que habías perecido. Y yo, desdichado, cuando lo supe lejos de aquí, me lamenté; ¡y, ahora que te veo, muero! ¡Ay de mí! *(A un esclavo.)* ¡Vamos! Descúbrele, para que vea toda mi desventura, y cuán grande es. ¡Oh, cosa terrible de mirar! ¡Oh, sobrado cruel audacia! ¡Qué amargos cuidados me reserva tu muerte! ¿Dónde, en efecto, y hacia qué hombres podré ir, yo que no he venido a darte ayuda en tus dolores? ¡Ciertamente, Telamón, que es tu padre y el mío, me recibirá con semblante dulce y benévolo cuando vuelva sin ti! ¿Por qué no, él que no sonreía siquiera, alegre con una noticia feliz? ¿Qué no dirá, qué perdonará reprochándome, a mí, hijo ilegítimo de una madre cautiva, de haberte traicionado por temor y por cobardía, ¡oh, queridísimo Áyax!, para poseer por tu muerte tu morada y tus riquezas? Ese hombre lleno de cólera dirá esto, triste por la vejez e irritable como es por la causa más ligera. Al fin, seré arrojado de mi patria, tratado como un esclavo, no como un hombre libre. Estas cosas me están reservadas en mi morada; y, delante de Troya, mis enemigos son numerosos, y pocos otros me sostienen, y todas estas calamidades me han venido de tu muerte. ¡Ay de mí! ¿Qué haré? ¿Cómo arrancar de ti esta espada aguda y mortífera por medio de la cual has entregado el alma, desgraciado? ¿Habías previsto que Héctor, muerto como está, te perdería un día? ¡Ved, por los Dioses, el destino de estos dos hombres! Héctor, atado al carro rápido con la misma correa que le había dado Áyax, ha sido destrozado hasta que ha entregado el alma; y Áyax, arrojándose sobre esta espada, presente de Héctor, ha perecido de una herida mortal! ¿No ha forjado Erinia esta espada y el horrible obrero Ades ese escudo? Por eso diré que los Dioses han urdido esto como todo lo demás contra los hombres. ¡Si este pensamiento parece menos cierto a algún otro, que crea lo que prefiera, y yo lo mismo!

CORIFEO: No digas más, sino piensa más bien en sepultar a este hombre y en la respuesta que debes dar bien pronto. En efecto, veo un enemigo. Viene quizá, malvado como es, para reírse de nuestros males.

TEUCRO: ¿Qué hombre guerrero es ese que distingues?

CORIFEO: Menelao, por quien emprendimos esta navegación.

(*Entra* MENELAO.)

TEUCRO: Ya le veo: estando cerca es fácil de reconocer.

MENELAO: ¡Hola!, ¡tú!, yo te lo digo: no sepultes ese cadáver y déjale tal como está.

TEUCRO: ¿Por qué esas palabras insolentes?

MENELAO: Yo lo quiero así, y el que manda el ejército lo ordena.

TEUCRO: ¿No dirás por qué motivo das esa orden?

MENELAO: Es que habíamos creído traer a los aqueos un compañero y un amigo, y hemos hallado en él un enemigo más funesto que los mismos frigios. Habiendo meditado la matanza del ejército, ha salido de noche para matarnos con la lanza; y, si un dios no hubiera desbaratado su designio, hubiéramos sufrido la suerte que él se ha proporcionado y estaríamos sumidos en una muerte vergonzosa, y él viviría. Pero un dios ha desviado su furor sobre nuestros rebaños. Por eso nadie es bastante poderoso para colocar ese cadáver bajo tierra. Arrojado sobre la arena amarilla de la costa, será pasto de las aves marinas. No dejes, pues, a tu corazón henchirse desmedidamente; porque, si no hemos podido reprimir a Áyax vivo, al menos lo haremos ahora que está muerto, y, si no quieres, te obligaremos por la fuerza. Jamás, vivo, quiso obedecer a mis palabras. Sin embargo, es de un mal espíritu que un simple ciudadano se niegue a obedecer a los magistrados. Jamás serán respetadas las leyes en la ciudad, si se sacude el temor, y jamás un ejército obedecerá a las órdenes de los jefes, estando libre de temor y de pudor. Antes bien, es preciso que todo hombre, cualquiera fuerza que posea, piense, sin embargo, que puede ser abatido por una pequeña falta. Sabe, pues, que está sano y salvo el que tiene temor y pudor; pero también que la ciudad en que prevalezcan la violencia y la injuria tiene que ser tal como una nave que perece después de una correría feliz. Guardemos una justa medida de temor, y pensemos que a cambio de las cosas que nos regocijan debemos sufrir las que nos afligen. Todas se suceden las unas a las otras. Este hombre era fogoso e injuriador; yo soy orgulloso a mi vez, y te mando no ponerle en la tumba, no sea que mueras tú mismo queriendo sepultarle.

CORIFEO: Menelao, después de haber hablado con tanta prudencia, no llegues a ser injuriador para los muertos.

TEUCRO: No me asombraré, ¡oh, ciudadanos!, de ver flaquear a un hombre de raza vil, cuando los que parecen haber salido de una raza ilustre pronuncian palabras tan insensatas. ¡Vamos! Vuelve a empezar todo eso. ¿No dices que trajiste Áyax a los aqueos y que no navegó de su propio impulso y voluntariamente? ¿En qué eres tú su jefe? ¿En qué te es lícito mandar a los que él trajo de la patria? Tú viniste, siendo rey de Esparta, y no teniendo sobre nosotros ningún poder, y no te pertenece darle órdenes más que él mismo tiene derecho para hacerte obedecer a las suyas. Tú viniste aquí sometido a otros; no eres el jefe de todos y no has sido jamás el de Áyax. ¡Manda a los que conduces y háblales arrogantemente! Pero, que lo prohibáis o no tú y el otro jefe, encerraré a Áyax en la tumba, como es justo, sin cuidado de tus amenazas. En efecto, jamás combatió por tu esposa, como los que sufren todos los peligros de la guerra. Estaba ligado por su juramento, y no ha hecho nada por ti, porque no tenía en ninguna estima a los hombres de nada. Ven, pues, aquí, trayendo contigo al jefe mismo seguido de numerosos heraldos, porque no me cuido en modo alguno de tu palabrería, mientras seas lo que eres.

CORIFEO: No apruebo, vuelvo a decirlo, que se digan tales palabras en la aflicción, porque son amargas, y ofenden, aunque justas.

MENELAO: No me parece muy humilde este arquero.

TEUCRO: Mi destreza tampoco es despreciable.

MENELAO: Tu espíritu se henchiría grandemente si llevases un escudo.

TEUCRO: Sin armas bastaría para Menelao armado.

MENELAO: Tu lengua sustenta un gran denuedo.

TEUCRO: Con ayuda de la justicia es lícito tener el corazón alto.

MENELAO: ¿Encuentras justo que prevalezca el que me ha muerto?

TEUCRO: ¿Quién te ha muerto? Dices cosas maravillosas. ¿Vives y estás muerto?

MENELAO: Un dios me ha salvado; pero, en cuanto de él dependía, estoy muerto.

TEUCRO: Salvado por los Dioses, no ultrajes, pues, a los Dioses.

MENELAO: ¿He violado, pues, las leyes de los Dioses?

TEUCRO: Ciertamente, si no permites enterrar a los muertos.

MENELAO: Lo prohíbo para mis enemigos. Eso no conviene.

TEUCRO: ¿Se ha opuesto, pues, Áyax a ti jamás como enemigo?

MENELAO: Me aborrecía y le aborrecía: eso no se te ha ocultado.

TEUCRO: Es que sabía que le habías engañado con un falso sufragio.

MENELAO: Esa falta fue de los jueces, no mía.

TEUCRO: Mal puedes ocultar tus numerosas malas acciones.

MENELAO: Esas palabras serán funestas para alguien.

TEUCRO: Ciertamente, nosotros sufriremos por ellas menos que tú.

MENELAO: No te diré más que una palabra: este hombre no será sepultado.

TEUCRO: Óyelo a tu vez: será sepultado.

MENELAO: He visto recientemente a un hombre, audaz de lengua, que excitaba a los marineros a navegar, cuando el huracán amenazaba; pero no hubieras oído su voz mientras la tempestad rugía por todas partes; porque, envuelto en su capa, se dejaba pisotear por el primer marinero que pasaba. Así te ocurrirá a ti, cuando una gran tempestad brote de una pequeña nube y reprima fácilmente el clamor odioso de tu boca insolente.

TEUCRO: Y yo he visto un hombre, lleno de demencia, que insultaba los males de los demás. Después, alguno, semejante a mí y que tenía el mismo espíritu, habiéndole mirado frente a frente, le dijo estas palabras: «Hombre, no injuries a los muertos. Si obras así sabe que serás castigado.» Así es como advertía a aquel miserable. Y veo a ese hombre, y si no me engaño, no es otro sino tú. ¿He hablado oscuramente?

MENELAO: Me voy, porque sería vergonzoso que se supiese que ha combatido con palabras el que puede obligar por la fuerza.

TEUCRO: Vete, pues, porque es también muy vergonzoso para mí oír a un insensato extenderse en palabras vanas.

(Se va MENELAO.)

CORIFEO: He aquí que una gran querella se prepara. Tanto como puedas, Teucro, apresúrate a abrir una fosa profunda donde sea encerrado en la tierra negra para que obtenga una tumba ilustre entre los mortales.

(Entra en escena TECMESA *acompañada de su hijo,* EURÍSACES.)

TEUCRO: He aquí que el hijo del hombre y su mujer llegan a tiempo para celebrar los funerales del muerto desgraciado. ¡Oh, hijo! Ven aquí, y toca como suplicante al padre que te ha engendrado. Permanece, mirándole y teniendo en tus manos mis cabellos, los de ésta y los tuyos, protección de los suplicantes. ¡Si alguien del ejército te arrastrase por fuerza lejos de estos funerales, que ese hombre malvado muera y quede insepulto lejos de su patria, y que la raíz de su raza sea cortada como yo corto este bucle! Ten a tu padre y guárdale, hijo, y que nada te aleje, sino permanece sentado cerca de él. Y vosotros no estéis como mujeres, en lugar de obrar como hombres. Protegedles hasta que yo vuelva y haya preparado su tumba, incluso si nadie lo permitiera.

Estrofa I

CORO: ¿Cuándo llegará el término de este desarrollo de años que, sin descanso, traen sobre mí las miserias sin fin de los trabajos guerreros, ante esta ancha Troya, oprobio desgraciado de los helenos?

Antistrofa I

¡Pluguiera a los Dioses que se hubiese desvanecido en los soplos del inmenso Éter, o que hubiese sufrido el Hades común a todos, el hombre que enseñó a los helenos el uso de las armas lamentables, vueltas las unas contra las otras! ¡Oh, fatigas que han precedido a otras fatigas! En efecto, aquel hombre ha perdido a la raza de los hombres.

Estrofa II

Él es quien me ha negado la alegría de las coronas y de las anchas copas, y del dulce sonido de las flautas y de las voluptuosidades nocturnas. ¡Ay! ¡El me ha quitado el amor! ¡Y me encuentro tendido, abandonado mojando mis cabellos rocíos abundantes, recuerdo de la funesta Troya!

Antistrofa II

Antes el valiente Áyax era mi baluarte contra los terrores nocturnos y los dardos crueles; pero ha sido entregado a un Genio odioso. ¿Qué deleite tendré en adelante? ¡Pluguiera a los Dioses que estuviese yo allí donde el promontorio cubierto de bosques de Sunión domina el alto mar para saludar a la santa Atena!

(Entra en escena TEUCRO.*)*

TEUCRO: Me he apresurado, habiendo visto al jefe Agamenón, que viene hacia nosotros con paso rápido. Ciertamente, su boca va a abrirse para mí con palabras siniestras.

(Entra en escena AGAMENÓN.*)*

AGAMENÓN: Se me anuncia que te atreves a prorrumpir impunemente en insolencia contra nosotros. Sin embargo, has nacido de una cautiva[16] ¿Cuánto alzándote sobre la punta de los

[16] Se refiere a Hesione, hija de Laomedonte, dada por Heracles a Telamón como premio a su valor, con ocasión de la invasión troyana de Heracles y sus aliados. Es fácil comprobar en la literatura griega el intento de herir los sentimientos de un hijo con la alusión a la condición social de su madre, por ejemplo Eurípides era llamado «el hijo de la verdulera».

pies, no te envanecerías orgullosamente si hubieses sido criado por una madre libre, puesto que, no siendo más que un hombre de nada, combates por el que no es ya nada, diciendo que no somos los jefes ni de las naves, ni de los aqueos, ni de los tuyos, y que Áyax subió a sus naves por su propia voluntad? ¿No es un gran oprobio oír tales cosas a un esclavo? ¿Y por qué hombre hablas tan insolentemente? ¿Dónde ha ido, dónde se ha detenido, que yo no lo haya hecho también? ¿No hay hombres entre los aqueos, excepto éste? Hemos hecho mal en proponer las armas de Aquileo como premio a los argivos, si somos declarados inicuos por Teucro, y si no os place, aunque vencidos, acatar el juicio de todos, llenándonos siempre de injurias y atacándonos con pérfidos ardides, porque habéis perdido vuestra causa. Procediendo así, ninguna ley sería estable jamás, si aquellos a quienes la sentencia ha declarado vencedores se ven obligados a ceder, y los vencidos desposeen a los primeros. Antes bien, esto debe ser reprimido. No es por la gran masa del cuerpo y por los anchos hombros por lo que los hombres son los primeros, sino que los que piensan sabiamente son los que prevalecen en todo lugar. El buey de anchos costados es impelido en el recto camino por un pequeño látigo. Preveo que habrá que usar de ese remedio para ti si no vuelves a la sana razón, tú que, en favor de un hombre que no vive ya y que ya no es más que una sombra vana, te atreves a ultrajar y hablar con una boca sin freno. ¿No reprimirás ese espíritu insolente? ¿No puedes, pensando de quién has nacido, traer aquí algún hombre libre que hable por ti? Porque no puedo comprender lo que dices, no entendiendo la lengua bárbara.

CORIFEO: ¡Pluguiera a los Dioses que fueseis más moderados uno y otro! No tengo nada mejor que decir sobre lo que concierne a ambos.

TEUCRO: ¡Ay! ¡Cuán pronto se borra la memoria de un muerto y de los servicios que ha prestado entre los que sobreviven, puesto que este hombre no evoca tu recuerdo por la más ligera palabra, Áyax, él por quien, exponiendo tu alma, has sufrido tantas veces los trabajos de la guerra! Pero todas esas cosas se olvidan. ¡Oh, tú que acabas de pronunciar tantas palabras inútiles! ¿No te acuerdas ya de que, estando bloqueados en vuestros atrincheramientos, y a punto de perecer en medio de la fuga de todos, sólo Áyax os libertó, cuando ya llameaban las popas y los bancos de los remeros, y cuando el feroz Héctor, habiendo franqueado los fosos, saltaba sobre las naves? ¿Quién rechazó aquellas calamidades? ¿No fue éste que tú dices no haber jamás tenido pie firme contra el enemigo? ¿No son ciertas esas grandes acciones de Áyax? Y, de nuevo, solo contra el solo Héctor, ¿no sostuvo el combate, habiendo corrido la ventura de la suerte por su propio impulso y no habiendo echado cobardemente un poco de arcilla en el casco cabelludo, sino un gaje que debía salir de él fácilmente el primero? ¡Esto hizo, y yo estaba allí, yo, el esclavo, yo, dado a luz por una madre bárbara! ¡Miserable! ¿Cómo te atreves a hablarme así cara a cara? ¿Ignoras que el antiguo Pélope, que fue tu abuelo, era un bárbaro frigio, y que el muy impío Atreo que te engendró ofreció en un festín a su hermano los propios hijos de éste? Y tú mismo has nacido de una madre cretense, a la que tu padre, habiendo sorprendido en adulterio, ordenó arrojar al mar para que sirviese de pasto a los mudos peces. Tal como eres, te atreves, pues, a reprocharme mi nacimiento, a mí, que he nacido de Telamón, que, por premio a su glorioso valor, obtuvo el honor de tomar a mi madre por compañera de su lecho, ella que procedía de una raza real, hija de Laomedón, y dada a mi padre como una ilustre recompensa por el hijo de Alemena[17]. Yo, pues, irreprochable y nacido de padres irreprochables, ¿seré un oprobio para los míos, a quienes quieres dejar insepultos, abrumados ya por tantos males? ¡Y no tienes vergüenza alguna de reconocerlo! Pero sabe esto: dondequiera que arrojéis a éste os arrojaréis los tres con él porque es más bello para mí encontrar una muerte gloriosa combatiendo por él que por tu causa o por la mujer de tu hermano. Mira, en fin, no lo que me toca, sino lo que te interesa, porque, si me ofendes en cualquier cosa que sea, sentirás un día no haber sido más bien tímido que violento conmigo.

---

[17] Heracles, jefe de la anterior expedición contra Troya, en la que le acompañó Telamón, padre de Áyax.

(*Entra en escena* ULISES.)

CORIFEO: Rey Ulises, sabe que has venido a tiempo no para cuestionar como ellos, sino para zanjar la cuestión.

ULISES: ¿Qué es eso, hombres? He oído desde lejos la voz de los Atreidas lanzarse contra este hombre valiente.

AGAMENÓN: Rey Ulises, ¿no hemos oído a éste las palabras más afrentosas?

ULISES: ¿Qué palabras? Yo perdono a quien se ve provocado por los ultrajes que responda con ultrajes.

AGAMENÓN: Los ultrajes que ha recibido eran tales como los que me ha lanzado.

ULISES: ¿Qué ha hecho, pues, para que le insultes?

AGAMENÓN: No quiere que ese cadáver quede insepulto, y dice que lo sepultará, a pesar mío.

ULISES: ¿Es permitido a un amigo decirte cosas verdaderas, y, sin embargo, quedar en paz contigo como antes?

AGAMENÓN: Di. Si te lo prohibiese, no tendría razón, puesto que te tengo por el más grande de mis amigos entre los argivos.

ULISES: Escucha, pues. Te conjuro, por los Dioses, no persistas cruelmente en arrojar allí a este hombre insepulto; que tu violencia no te impulse a tanto odio que no tengas cuidado alguno de la justicia. Este hombre era el más grande enemigo que yo tuviese en el ejército desde el día en que me fueron discernidas las armas de Aquileo; y, sin embargo, por irritado que haya estado contra mí, no seré inicuo hasta el punto de reconocer que era el más valiente de los argivos, de todos, tantos cuantos somos, los que hemos venido a Troya, excepto Aquileo. Tú serías, pues, injusto privándole de ese honor, y le ultrajarías menos aún que a las leyes de los Dioses. No es lícito ultrajar a un hombre después de su muerte, aunque se le haya odiado vivo.

AGAMENÓN: Entonces, Ulises, ¿eres tú el que te me resistes en su favor?

ULISES: Ciertamente. Le odiaba cuando convenía odiarle.

AGAMENÓN: ¿No deberías más bien insultar a ese muerto?

ULISES: No te regocijes, Atreida, de una ventaja impía.

AGAMENÓN: No es fácil a un rey ser piadoso.

ULISES: Pero los reyes pueden obedecer a los amigos que les aconsejan bien.

AGAMENÓN: Corresponde a un hombre justo obedecer a los reyes.

ULISES: Alto ahí. El que es vencido por un amigo no es menos vencedor.

AGAMENÓN: Acuérdate del hombre para el cual pides esa gracia.

ULISES: Era mi enemigo, pero había nacido noblemente.

AGAMENÓN: ¿Qué te ocurrirá, si respetas así a un enemigo muerto?

ULISES: La virtud prevalece en mí sobre el odio.

AGAMENÓN: ¡Qué móvil tienen el espíritu estos hombres!

ULISES: Muchos son ahora amigos que más tarde se odiarán.

AGAMENÓN: ¿Apruebas que se adquieran tales amigos?

ULISES: No suelo alabar un alma inflexible.

AGAMENÓN: Harás de modo que se nos tome hoy por cobardes.

ULISES: Al contrario, pareceremos equitativos a todos los helenos.

AGAMENÓN: ¿Me aconsejas, pues, que deje sepultar ese cadáver?

ULISES: Ciertamente, porque yo también sería reducido a ello.

AGAMENÓN: ¡Cómo obra cada uno en su propio interés!

ULISES: ¿Por qué había yo de tener más cuidado de otro que de mí?

AGAMENÓN: Se dirá que esta acción es tuya y no mía.

ULISES: Cualquier cosa que hagas, serás alabado por todos.

AGAMENÓN: Sabe, pues, y ten por cierto, que quería concederte una gracia todavía más grande; pero ese hombre, vivo y muerto, no me será menos odioso. Puedes hacer lo que deseas.

(*Sale* AGAMENÓN.)

CORIFEO: Puesto que has tenido ese buen pensamiento, Ulises, sería un insensato el que dijera que no eres prudente.

ULISES: Yo declaro esto a Teucro: tanto he sido enemigo, cuanto seré en lo sucesivo un amigo. Quiero sepultar ese cuerpo, venir en vuestra ayuda y no olvidar nada de los honores que conviene rendir a los mejores hombres.

TEUCRO: Excelente Ulises, puedo alabarte de todas las maneras, puesto que has engañado enteramente mi esperanza. Tú que, en efecto, eras, de todos los argivos, el más grande enemigo de Áyax, sólo tú has venido en su ayuda, y, vivo, no has insultado a un muerto, como ese estratega insensato y su hermano lo han hecho queriendo dejarle ignominiosamente insepulto. Por eso, que el padre Zeus, dueño del Olimpo, que la inevitable Erinia y que la Justicia, que distribuye los castigos, hieran a esos miserables, del mismo modo que ellos han querido llenar de ultrajes a Áyax insepulto. Pero a ti, ¡oh, raza del viejo Laertes!, temo en verdad dejarte que toques esa tumba, recelando desagradar al muerto. Ayúdanos en las demás cosas, y si quieres que algún otro del ejército venga a los funerales, ello no nos desagradará.

ULISES: Quería, en efecto, ayudaros, pero si ello no te es agradable, parto, cediendo a tu deseo.

(*Sale* ULISES.)

TEUCRO: Basta, ha transcurrido ya mucho tiempo. En cuanto a vosotros, que los unos preparen una fosa profunda; que los otros pongan sobre el fuego un alto trípode destinado a los baños piadosos, y que una tropa de hombres traiga de la tienda las armas de Áyax. Tú, hijo, rodea tiernamente con tus brazos el cuerpo de tu padre, tanto como puedas, y levanta sus costados conmigo. En efecto, los brillantes labios de su herida arrojan aún una sangre negra. ¡Vamos! ¡Que cualquiera que se llame su amigo venga y se apresure a venir en ayuda de este hombre bueno entre todos y el mejor de los mortales!

CORIFEO: Ciertamente, la experiencia enseña muchas cosas a los hombres. Antes de que el acontecimiento nos sea manifiesto, ningún adivino nos dirá lo que ha de ocurrir.

Electra

ELECTRA

PEDAGOGO.
ORESTES.
ELECTRA.
CORO DE DONCELLAS ARGIVAS.
CRISÓTEMIS.
CLITEMNESTRA.
EGISTO.

(Ante el palacio real de Micenas. Al fondo, la llanura de la Argólide. Amanece.)

PEDAGOGO: ¡Oh, hijo de Agamenón, del jefe del ejército ante Troya! Ahora te es permitido ver lo que siempre has deseado. Esta es la antigua Argos, el suelo consagrado a la hija aguijoneada de Inaco[1]. He aquí, Orestes, el ágora licia del Dios matador de lobos; luego, a la iquierda, el templo ilustre de Hera. Ves, créelo, la rica Micenas, adonde hemos llegado, y la fatídica mansión de los Pelópidas[2], donde, en otro tiempo, después de la muerte de tu padre, te recibí de manos de tu hermana, y, habiéndote llevado y salvado, te crié hasta esta edad para ven-

---

[1] Inaco, dios-río de Argos, es el padre de Yo, sacerdotisa de Hera en Argos. Zeus se enamoró de ella y, para sustraerla a los celos de Hera, esposa de Zeus, la transformó en vaca, que fue torturada constantemente por un tábano.

[2] Pélope es el padre de Atreo. y Tiestes Atreo sacrificó a los hijos de su hermano sirviéndole a la mesa su propia carne. A su vez Agamenón fue asesinado por su esposa Clitemnestra con la colaboración de su amante Egisto.

gar la muerte paterna Ahora, pues, Orestes, y tú, el más querido de los huéspedes, Pílades, se trata de deliberar con prontitud sobre lo que es preciso hacer. Ya el brillante resplandor de Helios despierta los cantos matinales de las aves y cae la negra Noche llena de astros. Antes de que hombre alguno salga de la morada, celebrad consejo; porque, en el estado de las cosas, no ha ya lugar a vacilar, sino a obrar.

ORESTES: ¡Oh, el más querido de los servidores, cuántas señales ciertas me das de tu benevolencia hacia nosotros! En efecto, como un caballo de buena raza, aunque envejezca, no pierde ánimo en el peligro, sino que levanta las orejas, así tú nos excitas y nos sigues de los primeros. Por eso te diré lo que he resuelto. Tú, escuchando mis palabras con toda tu atención, repréndeme si me engaño. Cuando iba a buscar el oráculo pítico, para saber cómo había de castigar a los matadores de mi padre, Febo me respondió lo que vas a oír: «Tú solo, sin armas, sin ejército, secretamente y por medio de emboscadas, debes, por tu propia mano, darles justa muerte.» Así, puesto que hemos oído este oráculo, tú, cuando sea tiempo, entra en la morada, para que, habiendo averiguado lo que allí ocurre, vengas a decírnoslo con certeza. No te reconocerán ni sospecharán de ti, después de tanto tiempo y habiendo blanqueado tus cabellos. Diles que eres un extranjero focidio, enviado por un hombre llamado Fanoteo. Y, en efecto, éste es su mejor aliado. Anúnciales también, y júrales, que Orestes ha sido víctima del destino por una muerte violenta, habiendo caído de un carro veloz en los Juegos Píticos. ¡Que tales sean tus palabras! Nosotros, después de haber hecho libaciones a mi padre, como está ordenado, y depositado sobre su tumba nuestros cabellos cortados, volveremos aquí, llevando en las manos la urna de bronce que he escondido en las breñas, como sabes, a lo que pienso. Así les engañaremos con falsas palabras, trayéndoles la feliz noticia de que mi cuerpo ya no existe, que está quemado y reducido a ceniza. ¿Por qué, en efecto, me había de ser penoso estar muerto en las palabras, puesto que vivo y adquiriré gloria? Creo que no hay palabra alguna de mal augurio si ella es útil. He visto ya con mucha frecuencia sabios que se decía muertos volver a su morada y verse más honrados; por lo cual, estoy seguro de que yo también, vivo, apareceré como un astro ante mis enemigos. ¡Oh, tierra de la patria!, y vosotros, Dioses del país, recibidme favorablemente; y tú también, ¡oh, casa paterna!, porque vengo, impulsado por los Dioses, para purificarte con la expiación del crimen. No me despidáis deshonrado de esta tierra, sino haced que afirme mi casa y posea las riquezas de mis ascendientes. Basta. Tú, anciano, entra y haz tu oficio. Nosotros, salgamos. La ocasión apremia, en efecto, y ella es la que preside a todas las empresas de los hombres.

ELECTRA *(dentro del palacio)*: ¡Ay de mí!

PEDAGOGO: Me parece, ¡oh, hijo!, que he oído a una de las sirvientas suspirar en la morada.

ORESTES: ¿No es la infortunada Electra? ¿Quieres que permanezcamos aquí y escuchemos sus quejas?

PEDAGOGO: No, por cierto. Sin cuidarnos de cosa alguna, nos hemos de apresurar a cumplir las órdenes de Lojias[3]. Debes, sin preocuparte de esto, hacer libaciones a tu padre. Esto nos asegurará la victoria y dará un feliz término a nuestra empresa.

(Salen los tres personajes y hace acto de presencia ELECTRA.)

ELECTRA: ¡Oh, Luz sagrada, Aire que llenas tanto espacio como la tierra, cuántas veces habéis oído los gritos innumerables de mis lamentos y los golpes asestados a mi ensangrentado pecho, cuando se va la noche tenebrosa! Y mi lecho odioso, en la morada miserable, sabe las largas vigilias que paso, llorando a mi desgraciado padre, a quien Ares[4] no ha recibido, como un huésped ensangrentado, en una tierra extraña, sino de quien mi madre y su compañero de lecho, Egisto, hendieron la cabeza con un hacha cruenta, como los leñadores hacen con una encina. ¡Y nadie más que yo te compadece, oh, padre, víctima de esa muerte indigna y miserable! Pero yo no cesaré de gemir y de lanzar amargos lamentos mientras vea el fulgor

---

[3] Epíteto de Apolo que significa el zigzagueante, conveniente, pues, con un dios de la adivinación.

[4] Dios de la guerra.

centelleante de los astros, mientras vea la luz del sol; y, semejante al ruiseñor privado de sus pequeñuelos, ante las puertas de las paternas moradas prorrumpiré en mis agudos gritos en presencia de todos. ¡Oh, morada de Ades y de Perséfona, Hermes subterráneo y poderosa Imprecación, y vosotras, Erinias, hijas inexorables de los Dioses!, venid, socorredme, vengad la muerte de nuestro padre y enviadme a mi hermano; porque, sola, no tengo fuerza para soportar la carga de duelo que me oprime.

(Entra el CORO, *formado por mujeres de Micenas.)*

Estrofa I

CORO: ¡Oh, hija, hija de una madre indignísima, Electra! ¿Por qué estás siempre profiriendo los lamentos del pesar insaciable por Agamenón, por aquel que, envuelto en otro tiempo por los lazos de tu madre llena de insidias, fue herido por una mano impía? ¡Que perezca el que hizo eso, si es lícito desearlo!

ELECTRA: Hijas de buena raza, vosotras venís a consolar mis penas. Lo sé y lo comprendo, y nada de esto se me escapa; sin embargo, no cesaré de llorar a mi desgraciado padre; antes bien, por esa amistad misma, ofrecida por entero, os conjuro, ¡ay de mí!, que me dejéis con mi dolor.

Antistrofa I

CORO: Y, sin embargo, ni con tus lamentos, ni con tus súplicas, harás venir a tu padre del pantano de Ades común a todos; sino que, en tu aflicción insensata y sin límites, causará tu pérdida siempre gemir, puesto que no hay término para tu mal. ¿Por qué deseas tantos dolores?

ELECTRA: Es insensato quien olvida a sus padres víctimas de una muerte miserable; antes bien, satisface a mi corazón el ave gemebunda y temerosa, mensajera de Zeus, que llora siempre: ¡Itis! ¡Itis! ¡Oh, Nioba! ¡Oh, la más desdichada entre todas! Yo te reverencio, en efecto, como a una diosa, tú que lloras, ¡ay!, en tu tumba de piedra.

Estrofa II

CORO: Sin embargo, hija, esta calamidad no ha alcanzado más que a ti entre los mortales, y no la sufres con alma ecuánime como los que son tuyos por la sangre y por el origen, Crisótemis, Ifianasa[5] y Orestes, hijo de noble raza, cuya juventud está sepultada en los dolores, y que volverá, dichoso, algún día, a la tierra de la ilustre Micenas, bajo la conducta favorable de Zeus.

ELECTRA: ¡Yo le espero sin cesar, desventurada, no casada y sin hijos! Y ando siempre errante, anegada en lágrimas y sufriendo las penas sin fin de mis males. Y él no se acuerda ni de mis beneficios ni de las cosas ciertas de que le he advertido. ¿Qué mensajero me ha enviado, en efecto, que no me haya engañado? ¡Desea siempre volver, y deseándolo, no vuelve jamás!

Antistrofa II

CORO: Tranquilízate, tranquilízate, hija. Todavía está en el Urano el gran Zeus que ve y dirige todas las cosas. Remítele tu venganza amarga y no te irrites demasiado contra tus enemigos, ni les olvides mientras tanto. El tiempo es un dios complaciente, porque el Agamenónida que habita ahora en Crisa abundante en pastos no tardará siempre, ni el Dios que impera cerca del Aqueronte[6].

ELECTRA: Pero he aquí que una gran parte de mi vida se ha pasado en vanas esperanzas, y no puedo resistir más, y me consumo, privada de parientes, sin ningún amigo que me proteja; y hasta, como una vil esclava, vivo en las moradas de mi padre, indignamente vestida y manteniéndome en pie junto a las mesas vacías.

---

[5] Hermanas de Electra.

[6] El Aqueronte es uno de los ríos del Infierno.

Estrofa III

CORO: Fue lamentable, en efecto, el grito de tu padre, a su vuelta, en la sala del festín, cuando el golpe del hacha de bronce cayó sobre él. La astucia enseñó, el amor mató; ambos concibieron el horrible crimen ya lo cometiera un dios o un mortal

ELECTRA: ¡Oh, el más amargo de todos los días que he vivido! ¡Oh, noche! ¡Oh, desgracia espantosa del banquete execrable, en que mi padre fue degollado por las manos de los dos matadores que me han arrancado la vida por traición y me han perdido para siempre! ¡Que el gran Dios olímpico les envíe males semejantes! ¡Que nada feliz les suceda jamás, puesto que han cometido un tal crimen!

Antistrofa III

CORO: Trata de no hablar tanto. ¿No sabes tú, caída de tan alto, a qué indignas miserias te entregas así por tu plena voluntad? Has, en efecto, elevado tus males hasta el colmo, excitando siempre querellas con tu alma irritada. Es preciso no provocar querellas con los que son más poderosos que uno.

ELECTRA: El horror de mis males me ha arrebatado. Lo sé, reconozco el movimiento impetuoso de mi alma, pero no me resignaré a mis dolores horribles, mientras viva. ¡Oh, familia querida! ¿A quién podré oír una palabra discreta, a qué espíritu prudente? Cesad, cesad de consolarme. Mis lamentos no acabarán jamás; jamás, en mi dolor, cesaré de prorrumpir en quejas innumerables.

Epodo

CORO: Te hablo así por benevolencia, aconsejándote como una buena madre, para que no aumentes tu mal con otros males.

ELECTRA: ¿Hay una medida para mi dolor? ¿Está bien no cuidarse de los muertos? ¿Dónde está el hombre que piensa así? No quiero ni ser honrada por semejantes hombres, ni gozar en paz de la dicha, si se me concede, no acordándome de rendir a mis padres el honor que les es debido, y comprimiendo el ardor de mis agudos gemidos. Porque si el muerto, no siendo nada, yace bajo tierra, si éstos no expían la muerte con la sangre, todo pudor y toda piedad perecerán entre los mortales.

CORIFEO: En verdad, ¡oh, hija!, he venido aquí tanto por ti como por mí. Si no he hablado bien, tú llevas la ventaja y te obedeceremos.

ELECTRA: Ciertamente, tengo vergüenza, ¡oh, mujeres!, de que mis lamentos os parezcan demasiado repetidos; pero perdonadme, la necesidad me obliga a ello. ¿Qué mujer de buena raza no se lamentaría así viendo las desgracias paternas que, día y noche, parecen aumentar más bien que disminuir? En primer lugar, tengo por mi más cruel enemiga a la madre que me concibió; después, yo habito mi propia morada juntamente con los matadores de mi padre; estoy bajo su poder, y depende de ellos que posea alguna cosa o que carezca de todo. ¿Qué días crees que vivo cuando veo a Egisto sentarse en el trono de mi padre, y cubierto con los mismos vestidos derramar las libaciones en ese hogar ante el que le degolló? ¿Cuando, finalmente, veo este supremo ultraje: el matador acostándose en el lecho de mi padre con mi miserable madre, si es lícito llamar madre a la que se acuesta con ese hombre? Es de tal modo insensata que habita con él sin temer a las Erinias. Antes bien, por el contrario, como regocijándose del crimen realizado, cuando vuelve el día en que mató a mi padre con ayuda de sus insidias, celebra coros danzantes y ofrece víctimas a los Dioses salvadores. Y yo, desdichada, viendo aquello, lloro en la morada, y me consumo, y, sola conmigo misma, deploro esos festines funestos que llevan el nombre de mi padre; porque no puedo lamentarme abiertamente tanto como quisiera. Entonces, mi madre bien nacida, en alta voz, me llena de injurias tales como éstas: «¡Oh, detestada por los Dioses y por mí! ¿Eres la única cuyo padre haya muerto? ¿Ningún otro mortal está de duelo? ¡Que tú perezcas miserablemente! ¡Que los Dioses subterráneos no te libren jamás de tus lágrimas!» Ella me llena de estos ultrajes. Pero si alguna vez alguien anuncia que Orestes debe volver, entonces grita, llena de furor: «¿No eres tú causa de esto? ¿No es esta tu obra, tú que, habiendo arrebatado a Orestes de mis manos, le has hecho criar secretamente? ¡Pero sabe que sufrirás castigos merecidos!» Así ladra, y en pie a su lado, su ilustre amante la excita, él, cobarde y malvado, y en no lucha sino con ayuda de las mujeres! ¡Y yo, esperando siempre que la vuelta de Orestes ponga término a mis males, perezco durante este tiempo, desgraciada de mí! Porque, prometiendo siempre y no cumpliendo nada, destruye mis esperanzas presentes y pasadas. Por eso, amigas, no puedo moderarme en medio de tales miserias, ni respetar fácilmente la piedad. Quien está sin cesar abrumado por el mal, aplica forzosamente al mal su espíritu.

CORIFEO: Dime, ¿mientras nos hablas así, Egisto está en la morada o fuera?

ELECTRA: Ha salido. Créeme, si hubiese estado en la morada, yo no hubiera podido traspasar el umbral. Está en el campo.

CORIFEO: Si ello es así, te hablaré con más confianza.

ELECTRA: Ha salido. Di, pues, lo que quieras.

CORIFEO: Pues, en primer lugar, te pregunto: ¿qué piensas de tu hermano? ¿Debe volver o tardará todavía? Deseo saberlo.

ELECTRA: Dice que volverá, pero no procede como habla.

CORIFEO: Se suele vacilar antes de emprender una cosa difícil.

ELECTRA: Pero yo le he salvado sin vacilar.

CORIFEO: Cobra ánimo: es generoso y vendrá en ayuda de sus amigos.

ELECTRA: Estoy segura de ello; a no ser así, no hubiera vivido mucho tiempo.

CORIFEO: No hables más, porque veo salir de la morada a tu hermana, nacida del mismo padre y de la misma madre, Crisótemis, que lleva ofrendas, tales como se acostumbra hacer a los muertos.

CRISÓTEMIS: ¡Oh, hermana! ¿Por qué vienes de nuevo a lanzar clamores ante este vestíbulo? ¿No puedes aprender, después de tanto tiempo, a no entregarte a una vana cólera? Ciertamente, yo misma, sé también que el estado de las cosas es cruel, y, si tuviera fuerzas para tanto, mostraría lo que siento por ellos en el corazón; pero, rodeada de males, me es preciso para navegar plegar mis velas, y creo que me está vedado proceder contra los que no puedo alcanzar. Quisiera que tú hicieses lo mismo. Sin embargo, no es justo que obres como te aconsejo y no como juzgues acertado; pero yo, para vivir libre, es preciso que obedezca a quienes tienen la omnipotencia.

ELECTRA: ¡Es indigno de ti, nacida de tal padre, olvidar de quién eres hija para no inquietarte más que de tu madre! Porque las palabras que me has dicho, y con las cuales me censuras, te han sido sugeridas por ella. No las dices por tu propio impulso. Por eso, elige: o eres una insensata o, si has hablado con uso de razón, abandonas a tus amigos. Decías que, si tuvieras fuerzas para tanto, mostrarías el odio que sientes por ellos, ¡y te niegas a ayudarme cuando quiero vengar a mi padre, y me exhortas a no hacer nada! ¿No agrega todo esto la cobardía a todos nuestros otros males? Enséñame o indícame qué provecho obtendría con dar fin a mis gemidos. ¿Es que no vivo? Mal, en verdad, ya lo sé, pero eso me basta. Ahora bien; soy importuna para éstos, y rindo así honor a mi padre muerto, si alguna cosa agrada a los muertos. Pero tú, que dices odiar, no odias más que con palabras, y haces en realidad causa común con los matadores de tu padre. Si las ventajas que te son otorgadas, y de que gozas, me fuesen ofrecidas, no me sometería. A ti la rica mesa y el alimento abundante; para mí es bastante alimento no ocultar mi dolor. No deseo en modo alguno compartir tus honores. No los desearías tú misma, si fueses discreta. Ahora, cuando podías llamarte hija del más ilustre de los padres, te llamas hija de tu madre. Así es que serás reputada inicua por el mayor número, tú que haces traición a tus amigos y a tu padre muerto.

CORIFEO: ¡No demasiada cólera, por los Dioses! Vuestras palabras, para ambas, producirán sus frutos, si tú aprendes de ella a hablar bien, y ella de ti.

CRISÓTEMIS: Hace mucho tiempo, ¡oh, mujeres!, estoy acostumbrada a tales palabras de ella, y no me acordaría siquiera, si no hubiera sabido que la amenaza un gran infortunio que hará callar sus continuos lamentos.

ELECTRA: Habla, pues, di qué grande infortunio es ése, porque si tienes que enseñarme alguna cosa peor que mis males, no volveré a replicar.

CRISÓTEMIS: Siendo así, te diré todo lo que sé de ello. Han resuelto, si no cesas en tus lamentaciones, enviarte a un lugar donde no volverás a ver el resplandor de Helios. Viva, en el fondo de un antro negro[7] prorrumpirás en gemidos lejos de esta tierra. Por eso, medítalo, y no me acuses cuando esa desgracia haya llegado. Ahora es tiempo de tomar una prudente resolución.

ELECTRA: ¿Eso es lo que han decidido hacer conmigo?

CRISÓTEMIS: Ciertamente, en cuanto Egisto haya vuelto a la morada.

ELECTRA: ¡Plegue a los Dioses que vuelva con gran prontitud para ello!

CRISÓTEMIS: ¡Oh, desgraciada! ¿Por qué esa imprecación contra ti misma?

ELECTRA: ¡Para que venga, si piensa hacer eso!

CRISÓTEMIS: ¿Qué mal quieres sufrir? ¿Eres insensata?

ELECTRA: Es con el fin de huir muy lejos de vosotros.

CRISÓTEMIS: ¿No te cuidas de tu vida?

ELECTRA: Ciertamente, mi vida es bella y admirable.

CRISÓTEMIS: Bella sería, si fueses prudente.

ELECTRA: No me enseñes a hacer traición a mis amigos.

CRISÓTEMIS: No te enseño eso, sino a someterte a los más fuertes.

ELECTRA: Halágales con tus palabras; lo que dices no está en tu carácter.

---

[7] Lugar subterráneo, idéntico al ocupado por Antígona en la tragedia de igual nombre, por castigo de Creonte, donde había de morir de inanición.

CRISÓTEMIS: Sin embargo, es bueno no sucumbir por imprudencia.

ELECTRA: Sucumbiremos, si es preciso, habiendo vengado a nuestro padre.

CRISÓTEMIS: Nuestro padre mismo, lo sé, me perdona esto.

ELECTRA: Sólo a los cobardes pertenece aprobar esas palabras.

CRISÓTEMIS: ¿No cederás? ¿No serás persuadida por mí?

ELECTRA: No, por cierto. No soy insensata hasta ese punto.

CRISÓTEMIS: Iré, pues, allí donde debo ir.

ELECTRA: ¿Adónde vas? ¿A quién llevas esas ofrendas sagradas?

CRISÓTEMIS: Mi madre me envía a hacer libaciones a la tumba de mi padre.

ELECTRA: ¿Qué dices? ¿Al más detestado de los mortales?

CRISÓTEMIS: Que ella misma mató. Eso es lo que quieres decir.

ELECTRA: ¿Qué amigo la ha aconsejado? ¿A qué se debe que le haya placido eso?

CRISÓTEMIS: A un terror nocturno, según me ha parecido.

ELECTRA: ¡Oh, Dioses paternos, venid! ¡Venid ahora!

CRISÓTEMIS: ¿Te trae, pues, alguna confianza ese terror?

ELECTRA: Si me refieres su sueño, te lo diré.

CRISÓTEMIS: No podré decir de él sino poca cosa.

ELECTRA: Di al menos eso. Unas pocas palabras han elevado o derribado con frecuencia a los hombres.

CRISÓTEMIS: Se dice que ha visto a tu padre y el mío, vuelto de nuevo a la luz; después, habiendo aparecido en la morada, apoderarse del cetro que llevaba en otro tiempo y que lleva ahora Egisto y hundirlo en tierra, y que entonces un elevado ramo germinó y salió de él, y que toda la tierra de Micenas fue cubierta por su sombra. He oído decir estas cosas a alguien que estaba presente cuando ella refería su sueño a Helios. No sé más, si no es que me ha enviado a causa del terror que le ha causado ese ensueño. Te suplico, pues, por los Dioses de la patria, que me escuches y no te pierdas por imprudencia; porque si ahora me rechazas, me llamarás cuando seas víctima de la desdicha.

ELECTRA: ¡Oh, querida! No lleves nada a la tumba de lo que tienes en las manos, porque no te es lícito y no es piadoso llevar a nuestro padre esas ofrendas de una mujer odiosa y derramar esas libaciones. ¡Arrójalas a los vientos o escóndelas en la tierra profundamente excavada, a fin de que nada se acerque jamás a la tumba de nuestro padre: antes bien, hasta que ella muera, que ese tesoro le esté reservado bajo tierra! En efecto, si esa mujer no hubiera nacido la más audaz de todas jamás habría destinado esas libaciones detestables a la tumba de aquel a quien mató ella misma. Pregúntale, en efecto, si el muerto encerrado en esa tumba ha de aceptar de buen grado esas ofrendas de aquella por quien fue indignamente degollado, que le cortó la extremidad de los miembros como a un enemigo y que enjugó sobre su cabeza las manchas del asesinato. ¿Crees que esa muerte puede ser expiada con libaciones? No, jamás, eso no es posible. Por eso, no hagas nada. Corta la extremidad de tus trenzas. ¡He aquí las mías, las de esta desgraciada! Es poca cosa, pero no tengo más que esto. Presenta estos cabellos no cuidados y mi cinturón sin ningún adorno. Dobla las rodillas, suplicante, para que venga a nosotras, propicio, de debajo de tierra, para que nos ayude contra nuestros enemigos, y que, vivo, su hijo Orestes les derribe con mano victoriosa y les pisotee, y para que adornemos después su tumba con más ricos dones y con nuestras propias manos. Creo, en efecto, creo que ha resuelto algún designio enviándola ese sueño espantoso. Así, pues, ¡oh, hermana!, haz lo que te mando, lo cual servirá para tu venganza y la mía, así como al más querido de los mortales, a nuestro padre, que está ahora bajo tierra.

CORIFEO: Ha hablado piadosamente. Si eres prudente, ¡oh, querida!, la obedecerás.

CRISÓTEMIS: Lo haré como lo ordena; porque, tratándose de una cosa justa, es preciso no querellarse, sino apresurarse a hacerla. Mientras voy a obrar, os suplico, por los Dioses, ¡oh, amigos!, guardad silencio, porque si mi madre sabe esto, creo que no sería sin un gran peligro como me habría atrevido a ello.

Estrofa

CORO: A menos que yo sea una adivina sin inteligencia y privada de la recta razón, la Justicia anunciada vendrá, teniendo en las manos la fuerza legítima, y castigará en poco tiempo, ¡oh, hija! La noticia de ese sueño ha sido agradable para mí, y mi confianza se ha afirmado con ella; porque ni tu padre, rey de los helenos, es olvidable, ni esa antigua hacha de bronce de dos filos[8] que le mató tan ignominiosamente.

Antistrofa

Vendrá la Erinia de pies de bronce, de pies y de manos innumerables, que se oculta en horribles refugios; porque el deseo impuro de nupcias criminales y mancilladas por el asesinato se apoderó de ellos. Por eso estoy cierta de que ese prodigio que se nos aparece amenaza a los autores del crimen y a sus compañeros. O los mortales no adivinan nada por los sueños y por los oráculos o ese espectro nocturno será completamente beneficioso para nosotros.

Epodo

¡Oh, laboriosa cabalgada de Pélope, cuán lamentable has sido para esta tierra![9] En efecto, desde el día en que Mírtilo pereció, arrancado violenta e ignominiosamente de su carro dorado y

---

[8] El hacha de doble filo, propia de los sacrificios igual que del trabajo normaL

[9] Porque los pecados de Pélope son el origen de todos los males. Pélope consiguió la mano de Hipodamia, hija de Enomao, comprando la confianza del cochero de Enomao, Mírtilo. Pero luego Mírtilo pretendió abusar de Hipodamia y por ello fue arrojado por Pélope al mar y en su caída lanzó maldiciones contra Pélope y sus descendientes que dieron huen fruto.

precipitado en el mar, horribles miserias han asaltado siempre esta morada.

CLITEMNESTRA: Parece que vagabundeas de nuevo, y libremente. En efecto, no está aquí Egisto, él que suele retenerte, para que no vayas afuera a difamar a tus parientes. Ahora que ha salido, no me respetas. Y, ciertamente, has dicho con frecuencia y a muchos que yo estaba colérica, mandando contra todo derecho y justicia y llenándoos de ultrajes a ti y a los tuyos. Pero yo no tengo costumbre de ultrajar; si te hablo injuriosamente, es que tú me injurias con más frecuencia todavía. Tu padre, y no tienes otro pretexto de querella, fue muerto por mí, por mí misma, bien lo sé, y no hay ninguna razón para que lo niegue. Porque, no yo sola, sino la Justicia también le hirió; y convenía que tú vinieses en mi ayuda, si hubieras sido prudente, puesto que tu padre, por el que no cesas de gemir, el único de los helenos, se atrevió a sacrificar tu hermana a los Dioses, bien que no hubo sufrido tanto para engendrarla como yo para parirla. Pero, ¡sea!, dime por qué la degolló. ¿Fue en favor de los argivos? Pues no tenían ningún derecho a matar a mi hija. Si, como creo, la mató por su hermano Menelao, ¿no debía por ello ser castigado por mí? ¿No tenía ese mismo Menelao dos hijos que era más justo hacer morir, nacidos como eran de un padre y de una madre por quienes aquella expedición se emprendía? ¿Deseaba el Hades devorar a mis hijos más bien que a los suyos? ¿Se había extinguido el amor de aquel execrable padre hacia los hijos que yo había concebido, y sentía uno más grande hacia los de Menelao? ¿No son propias estas cosas de un padre malvado e insensato? Yo pienso así, aunque tú piensas lo contrario, y mi hija muerta diría como yo, si pudiese hablar. Por eso no me arrepiento de lo que hice; y tú, si te parece que obré mal, censura también a los otros, como es justo.

ELECTRA: Ahora no dirás que me interpretas así, habiendo sido provocada por mis palabras amargas. Pero, si me lo permites, te responderé, como conviene, por mi padre muerto y por mi hermana.

CLITEMNESTRA: ¡Anda! Lo permito. Si siempre me hubieses dirigido palabras tales, jamás hubiera sido ofendida por mis respuestas.

Electra: Te hablo, pues. Dices que mataste a mi padre. ¿Qué se puede decir más afrentoso, tuviera él razón o sinrazón? Pero te diré que le mataste sin derecho alguno. El hombre inicuo con quien vives te persuadió e impulsó. Interroga a la cazadora Artemis, y sabe lo que castigaba cuando retenía todos los vientos en Aulis; o más bien yo te lo diré, porque no es posible saberlo por ella. Mi padre, en otro tiempo, como he sabido, habiéndose complacido en perseguir, en un bosque sagrado de la Diosa, un hermoso ciervo manchado y de alta cornamenta, dejó escapar, después de haberlo muerto, no sé qué palabra orgullosa. Entonces, la virgen Latoida, irritada, retuvo a los aqueos hasta que mi padre hubo degollado a su propia hija por causa de aquella bestia fiera que había matado. Así es como fue degollada, porque el ejército no podía, por ningún otro medio, partir para Ilión o volver a sus moradas. Por eso mi padre, constreñido por la fuerza y después de haberse resistido a ello, la sacrificó con dolor, pero no en favor de Menelao. Pero aunque yo dijese como tú que hizo aquello en interés de su hermano, ¿era preciso, pues, que fuese muerto por ti? ¿En nombre de qué ley? Piensa a qué dolor y a qué arrepentimiento te entregarías si hicieses semejante ley estable entre los hombres. En efecto, si matamos a uno por haber matado a otro, debes morir tú misma para sufrir la pena merecida. Pero reconoce que alegas un falso pretexto. Dime, en efecto, si puedes, por qué cometes la acción tan vergonzosa de vivir con ese hombre abominable con ayuda del cual mataste tiempo ha a mi padre, y por qué has concebido hijos de él, y por qué rechazas a los hijos legítimos nacidos de legítimas nupcias. ¿Cómo puedo yo aprobar tales cosas? ¿Dirás que vengas así la muerte de tu hija? Si lo dijeras, ciertamente, ello sería vergonzoso. No es honesto que una mujer se despose con sus enemigos por causa de su hija. Pero no me es lícito afirmarlo sin que me acuses por todas partes con gritos de que ultrajo a mi madre. Ahora bien; veo que procedes respecto a nosotros menos como madre que como dueña, yo que llevo una vida miserable en medio de los males continuos con que nos abrumáis tú y tu amante. Pero ese otro, que se ha escapado a duras penas de tus manos, el mísero Orestes, arrastra una vida desgraciada, él a quien me has acusado con frecuencia de criar para ser tu matador. Y, si pudiese, lo haría, ciertamente, sábelo con seguridad. En lo sucesivo, declara a todos que soy malvada, injuriosa, o, si lo prefieres, llena de impudencia. Si soy culpable de todos esos vicios, no he degenerado de ti y no te causo deshonor.

CORIFEO: Respira cólera, lo veo, pero no veo que se cuide de saber si tiene derecho para ello.

CLITEMNESTRA: ¿Y por qué me había de cuidar de la que dirige a su madre palabras de tal suerte injuriosas, a la edad que tiene? ¿No te parece que ha de atreverse a cualquier mala acción, habiendo desechado todo pudor?

ELECTRA: En verdad, sábelo, tengo vergüenza de esto, parézcate lo que quiera; comprendo que estas cosas no convienen ni a mi edad, ni a mí misma; pero tu odio y tus actos me obligan: el mal enseña el mal.

CLITEMNESTRA: ¡Oh, insolente bestia! ¿Soy yo, son mis palabras y mis actos los que te dan audacia para hablar tanto?

ELECTRA: Eres tú misma la que hablas, no yo; porque realizas actos, y los actos hacen nacer las palabras.

CLITEMNESTRA: Ciertamente, ¡por la dueña Artemis!, juro que no escaparás al castigo de tu audacia, en cuanto Egisto haya vuelto a la morada.

ELECTRA: ¿Ves? Ahora estás inflamada de cólera, después de haberme permitido decir lo que quisiera, y no puedes oírme.

CLITEMNESTRA: ¿No puedes ahorrarme tus clamores y dejarme tranquilamente sacrificar a los Dioses, pues que te he permitido decirlo todo?

ELECTRA: Lo permito, lo quiero así; sacrifica, y no acuses a mi boca, porque no diré nada más.

CLITEMNESTRA: Tú, esclava, que estás aquí, trae esas ofrendas de frutos de toda especie, para que yo haga a este rey votos que disipen los terrores de que estoy turbada. Oye, Febo tutelar, mi plegaria oculta, porque no hablo entre amigos, y no conviene que lo diga todo delante de ésta, no sea que, impulsada por el odio, extienda a grandes gritos vanos rumores por la ciudad. Comprende, pues, así lo que diré. ¡Si la visión que se me ha aparecido esta noche me anuncia cosas felices, realízalas, Rey Licio! Si son funestas, desvíalas sobre mis enemigos.

Si ellos me tienden asechanzas, no permitas que me arrebaten mis riquezas, sino concédeme vivir, siempre sana y salva, poseyendo el cetro y la morada de los Atreidas, gozando de un feliz destino en medio de mis amigos y de aquellos de mis hijos que ahora me rodean, que no me aborrecen y no me desean el mal. Escúchanos favorablemente, Apolo Licio, y danos lo que te pedimos. En cuanto a las demás cosas, aunque me calle, creo que, siendo dios, las conoces bien, porque los hijos de Zeus lo ven todo.

(*Entra el* PEDAGOGO.)

PEDAGOGO: Mujeres extranjeras, quisiera saber si esta morada es la del rey Egisto.

CORIFEO: Lo es, extranjero, has creído bien.

PEDAGOGO: ¿Pienso acertadamente que ésta es su esposa? Efectivamente, su aspecto es el de una reina.

CORIFEO: Ciertamente: es ella misma.

PEDAGOGO: Salud, ¡oh, Reina! Traigo una buena noticia para ti y para Egisto, de parte de un hombre que os ama.

CLITEMNESTRA: Acepto el augurio, pero deseo saber en primer lugar quién te ha enviado.

PEDAGOGO: Fanoteo el focidio, que te anuncia un gran suceso.

CLITEMNESTRA: ¿Cuál, extranjero? Di. Enviado por un amigo, sé suficientemente que tus palabras serán buenas.

PEDAGOGO: Voy a decirlo en pocas palabras: Orestes ha muerto.

ELECTRA: ¡Ay de mí! ¡Infortunada! Hoy muero.

CLITEMNESTRA: ¿Qué dices, qué dices, extranjero? No escuches a ésta.

PEDAGOGO: Digo y repito que Orestes ha muerto.

ELECTRA: ¡Yo muero, desdichada! ¡No existo ya!

CLITEMNESTRA: Piensa en lo que te atañe[10]. Pero tú, extranjero, dime con verdad de qué modo ha perecido.

PEDAGOGO: Para eso soy enviado, y te lo referiré todo. Habiendo venido Orestes a la más noble asamblea de la Hélada, a fin de combatir en los Juegos Délficos, oyó la voz del heraldo anunciar la carrera por la cual se abrían las luchas; y entró, resplandeciendo de belleza, y todos le admiraban; y, cuando hubo franqueado el estadio de un extremo a otro, salió, obteniendo el honor de la victoria. No sabría decir en pocas palabras las innumerables grandes acciones y la fuerza de un héroe semejante. Sabe únicamente que volvió a alcanzar los premios de la victoria en todos los combates propuestos por los jueces de los juegos. Y todos le llamaban dichoso y proclamaban al argivo Orestes, hijo de Agamenón que reunió en otro tiempo el ilustre ejército de la Hélada. Pero las cosas son así, que, si un dios nos envía una desgracia, nadie es bastante fuerte para escapar a ella. En efecto, el día siguiente, cuando el rápido combate de los carros tuvo lugar al levantarse Helios, entró con numerosos rivales. Uno era acayo, otro de Esparta, y otros dos eran libios[11] y hábiles en conducir un carro de cuatro caballos. Orestes, que era el quinto, llevaba yeguas tesalias; el sexto venía de Etolia con fieros caballos; el séptimo era magneta; el octavo, con caballos blancos, era de Enia; el noveno era de Atenas, fundada por los Dioses; en fin, un beocio estaba en el décimo carro. Manteniéndose erguidos después que los jueces hubieron asignado, según la suerte, el puesto de cada uno de ellos en cuanto la trompeta de bronce hubo dado la señal, se precipitaron, excitando a sus caballos y sacudiendo las riendas, y todo el estadio se llenó con el estrépito de los carros resonantes, y el polvo se amontonaba en el aire; y todos, mezclados juntamente, no ahorraban los aguijones y cada uno quería adelantar a las ruedas y a los caballos agitados del otro; porque éstos arrojaban su espuma y sus ardientes resoplidos sobre las espaldas de los conductores de carros y sobre el círculo de las ruedas. Orestes, acercándose al último límite, lo rozaba con el eje

[10] Clitemnestra se dirige a su hija Electra.
[11] Africanos de Cirene, colonia griega fundada el 630 a. de C.

de la rueda, y, soltando las riendas al caballo de la derecha, contenía al de la izquierda. Ahora bien: en aquel momento, todos los carros estaban todavía en pie, pero entonces, los caballos del hombre de Enia, hechos duros de boca, arrastraron el carro con violencia, y, al volver, como, acabada la sexta vuelta, comenzaban la séptima, chocaron de frente con las cuadrigas de los libios. Una rompe a otra y cae con ella, y toda la llanura de Crisa se llena con aquel naufragio de carros. El ateniense, habiendo visto esto, se apartó de la vía y contuvo las riendas como hábil conductor, y dejó toda aquella tempestad de carros moverse en la llanura. Durante este tiempo, Orestes, el último de todos, conducía sus caballos, con la esperanza de ser victorioso al fin; pero, viendo que el ateniense había quedado solo, hirió las orejas de sus caballos rápidos con el sonido agudo de su látigo, y lo persiguió. Y los dos carros estaban lanzados sobre una misma línea, y la cabeza de los caballos sobresalía tan pronto de una como de otra cuadriga. El imprudente Orestes había llevado a cabo todas las demás carreras sano y salvo, manteniéndose derecho sobre su carro; pero entonces, soltando las riendas al caballo de la izquierda, tropezó con el extremo de la meta, y, habiéndose roto el cubo de la rueda, cayó rodando de su carro, enredado entre las riendas, y los caballos, espantados de verle tendido en tierra, se lanzaron a través del estadio. Cuando la multitud le vio caído del carro se lamentó por aquel hombre joven que, habiendo realizado hermosas acciones, y por un cruel destino, se veía arrastrado tan pronto por el suelo, tan pronto levantando las piernas en el aire, hasta que los conductores de carro, deteniendo trabajosamente los caballos que corrían, le levantaron todo ensangrentado y tal que ninguno de sus amigos hubiera reconocido aquel miserable cuerpo. Y le quemaron al punto sobre una hoguera; y unos hombres focidios, escogidos para ello, trajeron aquí, en una pequeña urna de bronce, las cenizas de aquel gran cuerpo, para que sea sepultado en su patria. He aquí las palabras que tenía que decirte; son tristes, pero el espectáculo que vimos es la cosa más cruel de todas las que hayamos jamás contemplado.

CORIFEO: ¡Ay de mí! ¡Ay! Toda la raza de nuestros antiguos dueños está, pues, aniquilada radicalmente.

CLITEMNESTRA: ¡Oh, Zeus! ¿Qué diré de estas cosas? ¿Las

llamaré favorables, o terribles, pero útiles, sin embargo? Es triste para mí no salvar mi vida sino por mis propias desventuras.

PEDAGOGO: ¿Por qué, ¡oh, mujer!, después de saber esto, te ves de ese modo atormentada?

CLITEMNESTRA: La maternidad tiene un gran poderío. En efecto, una madre, aunque se vea ultrajada, no puede aborrecer a sus hijos.

PEDAGOGO: ¡A lo que parece, hemos venido aquí inútilmente!

CLITEMNESTRA: Inútilmente, no. ¿Cómo has de haber hablado inútilmente, si has venido, trayéndome pruebas ciertas de la muerte de aquel que, nacido de mí, huyendo de mis pechos que le nutrieron y de mis cuidados, desterrado, ha llevado una vida apartada, que no me ha visto jamás después que abandonó esta tierra, y que, acusándome de la muerte de su padre, me amenazaba con un castigo horrible? De suerte que, ni durante la noche, ni durante el día, yo no gustaba el dulce sueño, y, por más tiempo que transcurriese, pensaba siempre que iba a morir. Ahora, pues, que me veo libre del peligro y no temo ya nada en adelante de él ni de ésta —porque ella era para mí una calamidad más amarga, viviendo conmigo y consumiendo siempre toda la sangre de mi alma—, llevaremos una vida tranquila, por lo menos en lo que concierne a sus amenazas.

ELECTRA: ¡Ay de mí! ¡Desdichada! ¡Ahora es, Orestes, cuando deploraré tu destino, puesto que, aun muerto, eres ultrajado por tu madre! ¿No es todo para el mayor bien?

CLITEMNESTRA: No, por cierto, para ti, sino para él. Lo que le ha sucedido está bien dispuesto.

ELECTRA: ¡Escucha, Némesis vengadora del que ha muerto!

CLITEMNESTRA: Ha escuchado a los que era preciso que escuchase, y ha cumplido sus votos.

ELECTRA: Insulta, porque ahora eres feliz.

CLITEMNESTRA: En lo sucesivo, ni Orestes ni tú destruiréis esta felicidad.

ELECTRA: Estamos destruidos nosotros mismos, en vez de que podamos destruirte.

CLITEMNESTRA (*al* PEDAGOGO): Mucho mereces, extranjero, si, trayéndonos esta noticia, has hecho callar sus clamores furiosos.

PEDAGOGO: Me voy, pues, si todo está perfectamente.

CLITEMNESTRA: No, por cierto, eso no sería digno ni de mí ni del huésped que te ha enviado. Entra, pues, y déjala llorar fuera sus propias miserias y las de sus amigos.

(Entran CLITEMNESTRA *y el* PEDAGOGO *en el palacio.)*

ELECTRA: ¿No os parece que, triste y gemebunda, llora y se lamenta por su hijo herido de muerte miserable? ¡Ha entrado allá riendo! ¡Oh, desgraciada de mí! ¡Oh, queridísimo Orestes, me has perdido con tu muerte! ¡Has arrancado de mi espíritu la esperanza que me quedaba de que, viviendo, volverías un día a vengar a tu padre y a mí, infortunada! Y ahora, ¿de qué lado volverme, sola y privada de ti y de mi padre? ¡Me es preciso ahora quedar esclava entre los más detestados de los hombres, matadores de mi padre! ¿No tengo la mejor de las suertes? Pero no viviré jamás con ellos, en sus moradas, y me consumiré, prosternada, sin amigos, ante el umbral! ¡Y si soy una carga para alguno de los que hay en la morada, que me mate! ¡Si no, será el dolor el que me matará, porque no tengo ya deseo alguno de vivir!

Estrofa I

CORO: ¿Dónde están los rayos de Zeus, dónde está el brillante Helios, si, viendo esto, permanecen tranquilos?

ELECTRA: ¡Ay! ¡Ay! ¡Ay de mí! ¡Ay de mí!

CORO: Hija, ¿por qué lloras?

ELECTRA: ¡Ay de mí!

CORO: No te lamentes demasiado alto.

ELECTRA: Me matas.

CORO: ¿Cómo?

ELECTRA: Si me aconsejas esperar en los que han manifiestamente partido para el Hades, me insultas, consumida como estoy de dolor.

Antistrofa I

CORO: Sé, efectivamente, que el rey Anfiarao ha muerto, envuelto en las redes de oro de una mujer, y que, sin embargo, ahora bajo la tierra...

ELECTRA: ¡Ay! ¡Ay! ¡Ay de mí!

CORO: ... reina sobre todas las almas.

ELECTRA: ¡Ay!

CORO: ¡Ay! Efectivamente, la mujer execrable...

ELECTRA: ¿Ha recibido el castigo del crimen?

CORO: ¡Sí!

ELECTRA: Ya sé, ya sé: alguien vino que vengó al que había sufrido; pero nadie sobrevive para mí: el vengador que yo tenía me ha sido arrebatado por el destino.

Estrofa II

CORO: Eres la más infortunada de todas las mujeres.

ELECTRA: Demasiado lo sé, no habiendo sido nunca mi vida sino triste y lamentable.

CORO: Ya sabemos lo que lloras.

ELECTRA: No me consueles, pues, más, ahora que...

CORO: ¿Qué dices?

ELECTRA: ... ninguna esperanza de socorro me queda del eupátrida fraternal.

Antístrofa II

CORO: El destino de todos los hombres es morir.

ELECTRA: ¡Qué! ¿En una lucha de caballos de pies rápidos, y enredados entre las riendas, como este desgraciado?

CORO: ¡Calamidad no prevista!

ELECTRA: Sin duda, en efecto. En tierra extraña, lejos de mis brazos...

CORO: ¡Ay!

ELECTRA: ¿Quién hubiera previsto que sería encerrado en la urna, sin tumba y privado de nuestras lamentaciones?

(*Entra* CRISÓTEMIS.)

CRISÓTEMIS: A causa de mi gozo, ¡oh, muy querida!, dejando a un lado todo miramiento, llego apresuradamente, porque traigo felices cosas y el reposo de los males que te desgarraban y por los que gemías.

ELECTRA: ¿Dónde has encontrado un consuelo a mis males, a los que no se podría hallar remedio alguno?

CRISÓTEMIS: Orestes está cerca de nosotros. Sabe que lo que te digo es seguro, tan cierto como que me ves en este instante.

ELECTRA: ¿Eres insensata, ¡oh, infeliz!, y te mofas de tus males y los míos?

CRISÓTEMIS: ¡Pongo por testigo al hogar paterno! Ciertamente, no me burlo al decir esto; antes bien, ten por cierto que él está aquí.

ELECTRA: ¡Oh, desventurada de mí! ¿Y por qué hombre has sabido esa noticia a la que prestas fe tan fácilmente?

CRISÓTEMIS: Por mí misma, no por otro, he visto las pruebas ciertas de ello, y en esto es en lo que tengo fe.

ELECTRA: ¡Oh, desdichada! ¿Qué prueba has descubierto? ¿Qué has visto que haya encendido en ti una alegría tan insensata?

CRISÓTEMIS: Escucha, ¡por los Dioses!, y tú dirás, sabiéndolo todo, si soy insensata o prudente.

ELECTRA: Habla, si tal es tu gusto.

CRISÓTEMIS: Voy, pues, a decirte todo lo que he visto. Habiendo llegado a la antigua tumba de mi padre, vi, en la cima, regueros de leche recientemente derramados, y el sepulcro paterno adornado con toda especie de flores. Viendo esto, admirada, observé si se mostraba ante mí algún hombre; pero estando tranquilo todo aquel lugar, me acerqué a la tumba, y vi, en la cima, cabellos recién cortados. En cuanto los hube apercibido, desgraciada, una imagen familiar impresionó mi ánimo, como si viese una señal de Orestes, del más querido de todos los hombres; y los tomé en mis manos, sin decir nada, y derramando lágrimas a causa de mi alegría. Ahora, como antes, es manifiesto para mí que esas ofrendas no han podido ser llevadas más que por él; porque ello no es cosa de mí ni de ti. Yo no he llevado esas ofrendas, ciertamente, lo sé bien; ni tú, porque, ¿podías hacerlo, puesto que no puedes salir libremente de la morada, ni siquiera para suplicar a los Dioses? Tales pensamientos no suelen venir al espíritu de nuestra madre, y si lo hubiera hecho, ello no se nos hubiera escapado. Sin duda alguna esos presentes fúnebres son de Orestes. Tranquilízate, ¡oh, querida! Los mismos no tienen siempre la misma fortuna. En verdad, la nuestra nos ha sido ya contraria, pero puede ser que este día sea el augurio de numerosos bienes.

ELECTRA: ¡Ay! Tengo desde hace mucho rato piedad de tu demencia.

CRISÓTEMIS: ¡Qué! ¿No te regocija lo que te digo?

ELECTRA: No sabes en qué lugar te extravías, ni en qué pensamientos.

CRISÓTEMIS: ¿No sabré lo que he visto claramente yo misma?

ELECTRA: ¡Ha muerto, oh, desdichada! Toda esperanza de salvación, proviniente de él, está perdida para ti. No pretendas ver jamás a Orestes.

CRISÓTEMIS: ¡Infeliz de mí! ¿Por quién has sabido eso?

ELECTRA: Por alguien que estaba presente cuando él fue muerto.

CRISÓTEMIS: ¿Dónde está ése? Me quedo estupefacta.

ELECTRA: Está en la morada, bien venido para nuestra madre, lejos de serle importuno.

CRISÓTEMIS: ¡Ay de mí! ¡Desgraciada! ¿De quién eran, pues, esas ofrendas numerosas sobre la tumba de nuestro padre?

ELECTRA: Creo que, seguramente, han sido depositadas allí por alguien, en honor de Orestes muerto.

CRISÓTEMIS: ¡Oh, desventurada! ¡Yo que, llena de alegría, me apresuraba a traerte una tal noticia, ignorando en qué calamidad estábamos sumidas! ¡Y he aquí que encuentro, al llegar, nuevas miserias añadidas a todas las demás!

ELECTRA: Sí, por cierto; pero, si me das crédito, nos libertarás del peso de nuestros males presentes.

CRISÓTEMIS: ¿Puedo yo resucitar a los muertos?

ELECTRA: No es eso lo que digo. No estoy de tal modo demente.

CRISÓTEMIS: ¿Qué ordenas, pues, que yo tenga fuerzas para cumplir?

ELECTRA: Que te atrevas a lo que yo te aconseje.

CRISÓTEMIS: Si ello es útil, no me negaré.

ELECTRA: ¡Mira! Nada se alcanza sin trabajo.

CRISÓTEMIS: Ya lo sé. Haré lo que pueda.

ELECTRA: Sabe, pues, cómo he resuelto obrar. Ya sabes que no contamos con la ayuda de ningún amigo. El Hades, arrebatándolos a todos, nos ha privado de ellos. Estamos solas y abandonadas. En verdad, tanto tiempo como he oído decir que mi hermano estaba entre los vivos y floreciente de juventud, he tenido la esperanza de que vendría un día a vengar la muerte paterna; pero, ahora, desde que no existe, pienso en ti, para que vengues la muerte de tu padre y no vaciles en matar a Egisto con la ayuda de tu hermana; porque no me es lícito callarte nada. ¿Hasta cuándo seguirás inactiva, teniendo todavía una firme esperanza, tú, a quien no queda, privada de las riquezas paternas, más que una abundancia de lamentos y de penas, por todo el tiempo que envejezcas, privada de nupcias? Porque, ciertamente, no esperes casarte algún día. Egisto no es de tal modo estúpido que permita, para su desgracia, que nazca una posteridad de ti o de mí. Pero, si eres dócil a mis consejos, en primer lugar, serás alabada, por tu piedad, por tu padre muerto y por tu hermano. Luego, lo mismo que has nacido libre, serás llamada libre en lo porvenir, y celebrarás nupcias dignas de ti; porque todos suelen admirar las cosas honestas. ¿No ves qué ilustre fama adquiriremos, tú y yo, si me obedeces? ¿Qué ciudadano, en efecto, o qué extranjero, al vernos, no nos colmará de alabanzas tales como éstas?: «Ved, amigos, esas dos hermanas que han salvado la morada paterna, y que, no economizando su vida, han dado muerte a sus enemigos, poseedores de inmensas riquezas. Es justo que todos las amen y las reverencien; es justo que en las fiestas sagradas de los Dioses y en las asambleas de los ciudadanos, todos las honren a causa de su varonil proceder.» Todos dirán esto de nosotras, mientras vivamos, y, aun después de la muerte, jamás disminuirá nuestra gloria. ¡Oh, querida, obedece! Ven en ayuda de tu padre y de tu hermano, libértame de mis miserias, libértate a ti misma, pensando cuán vergonzoso es a los que son bien nacidos vivir en el oprobio.

CORIFEO: En tales cosas, la previsión es útil a quien habla y a quien escucha.

CRISÓTEMIS: Antes de hablar así, ¡oh, mujeres!, si su espíritu no hubiese estado turbado, hubiera mostrado una prudencia que parece haber rechazado desde entonces. ¿En qué piensas, en efecto, cuando quieres obrar con tanta audacia y me pides que te ayude? ¿No lo ves? Tú eres una mujer, no un hombre, y tienes muchas menos fuerzas que tus enemigos. Su Genio está muy próspero hoy; el nuestro está debilitado, reducido a la nada. ¿Quién, pues, intentaría atacar a un hombre semejante sin incurrir en la mayor desgracia? Piensa en ello, no sea que, agobiadas ya de males, sufriéramos otros más crueles todavía si alguien oyese tus palabras. No tendremos ni consuelo, ni provecho en merecer una fama gloriosa, si perecemos vergonzosamente. Lo más amargo no es morir, sino desear la muerte y no poderla alcanzar. Por eso, te lo suplico, reprime tu cólera, antes que hayamos enteramente perecido y que toda nuestra raza haya sido aniquilada. Yo tendré por no pronunciado lo que has dicho y te guardaré el secreto. En cuanto a ti, comienza por lo menos a ser prudente, y aprende, encontrándote sin fuerzas, a ceder a los que son más fuertes que tú.

CORIFEO: Obedécela. No hay nada de lo más útil para los hombres que no pueda adquirirse con la prudencia y la sabiduría.

ELECTRA: No has dicho nada que no esperase de ti. Bien sabía que rechazarías mis consejos; pero yo obraré sola y por mi propia mano, y jamás dejaremos esto sin realizar.

CRISÓTEMIS: ¡Ah! ¡Pluguiera a los Dioses que ese espíritu hubiese sido el tuyo cuando nuestro padre fue muerto! Todo lo hubieras llevado a cabo.

ELECTRA: Yo era entonces la misma en cuanto al pensamiento, pero tenía el corazón más débil.

CRISÓTEMIS: Haz de modo que tengas siempre el corazón así.

ELECTRA: Me adviertes con esas palabras que no me ayudarás.

CRISÓTEMIS: A mal comienzo, mal fin.

ELECTRA: Admiro tu prudencia y aborrezco tu cobardía.

CRISÓTEMIS: Un día también te oiré alabarme.

ELECTRA: Jamás obtendrás eso de mí.

CRISÓTEMIS: El tiempo será bastante largo para juzgar entre nosotras.

ELECTRA: Vete, puesto que no me prestas ayuda alguna.

CRISÓTEMIS: Así será, pero te falta un espíritu dócil.

ELECTRA: Ve a contar todo esto a tu madre.

CRISÓTEMIS: No estoy inflamada de tal odio contra ti.

ELECTRA: Sabe al menos cuánto me cubres de oprobio.

CRISÓTEMIS: No te aconsejo el oprobio, sino la prudencia para ti misma.

ELECTRA: ¿Es preciso que me someta a lo que te parece justo?

CRISÓTEMIS: Cuando seas prudente, entonces nos conducirás.

ELECTRA: Es cruel hablar bien y no obtener éxito.

CRISÓTEMIS: Tú hablas claramente de tu propio defecto.

ELECTRA: ¿Cómo, pues? ¿Te parece que he hablado mal?

CRISÓTEMIS: Las acciones más justas dañan algunas veces.

ELECTRA: Yo no quiero vivir conforme a tales reglas.

CRISÓTEMIS: Si procedes así, me alabarás después del suceso.

ELECTRA: Obraré así, sin cuidarme de tus amenazas.

CRISÓTEMIS: ¿Es, pues, eso cierto? ¿No cambiarás de propósito?

ELECTRA: Nada me es más odioso que un mal consejo.

CRISÓTEMIS: Parece que no te cuidas de lo que te digo.

ELECTRA: He resuelto ya eso desde hace mucho rato.

CRISÓTEMIS: Me voy, pues, porque tú no habías de aprobar mis palabras, no más que yo apruebo tu resolución.

ELECTRA: Vuelve a la morada. No te acompañaré jamás en lo sucesivo, cualquiera que sea tu deseo, porque es grande tu demencia de perseguir lo que no existe.

CRISÓTEMIS: Si te crees prudente para ti misma, piensa así; pero, cuando hayas caído en la desgracia, aprobarás mis palabras.

(Entra CRISÓTEMIS *en palacio.)*

Estrofa I

CORO: ¿Por qué, pues, vemos a las aves que más alto vuelan y que son más animosas preocuparse del sustento de aquellos de quienes han nacido y que las han criado, y no obramos del mismo modo? Pero, ¡por los rayos de Zeus y de Temis Urania!, el castigo no perdonará por mucho tiempo a éstos. ¡Oh, Fama de los mortales, voz extendida de los que están bajo la tierra, habla a los Atreidas muertos y anúnciales estos oprobios lamentables!

Diles el abatimiento de su morada, y que sus hijas, divididas por la discordia, no están ya unidas por la amistad. Sola Electra, abandonada, gimiendo por sus males infinitos, combatida por un duelo sin fin, y, como el plañidero ruiseñor, sin tener ningún cuidado por su vida, está pronta a morir con tal que triunfe de esas dos Erinias. ¿Hay una hija tan bien nacida?

Estrofa II

Nadie, siendo bien nacido, se resignará a deshonrar su sangre, ni a dejar que la gloria de su nombre perezca. Y por eso, hija, ¡oh, hija!, has querido mejor el destino común a todos, para merecer la doble alabanza de ser discreta y de ser una hija irreprochable.

Antistrofa II

¡Plegue a los Dioses que vivas tan superior a tus enemigos por el poder y las riquezas como estás ahora agobiada por ellos! Porque te veo menos abrumada por el destino que excelsa por el respeto que tienes a las leyes sacratísimas que florecen entre los hombres y por la piedad hacia Zeus.

(Entran ORESTES *y* PÍLADES *con dos criados, uno de los cuales porta una urna.)*

ORESTES: ¡Oh, mujeres! ¿Estamos bien informados? ¿Hemos llegado adonde queríamos ir?

CORIFEO: ¿Qué buscas, y con qué intención has venido?

ORESTES: Busco hace mucho tiempo dónde habita Egisto.

CORIFEO: Has venido completamente en derechura. El que te mostró el camino no te ha engañado.

ORESTES: ¿Quién de vosotras anunciará en la morada nuestra deseada presencia, a nosotros que hemos venido juntos?

CORIFEO *(señalando a* ELECTRA*)*: Ésta, si verdaderamente conviene que uno de los allegados por la sangre lleve esa noticia.

ORESTES: ¡Ve, mujer! Entra y di que unos hombres focidios buscan a Egisto.

ELECTRA: ¡Ay de mí! ¡Desgraciada! ¿No traéis las pruebas de eso que hemos oído hablar?

ORESTES: No sé qué rumor es ése, sino que el anciano Estrofio[12] me ha ordenado traer una noticia que concierne a Orestes.

ELECTRA: ¿Qué es ello, extranjero? ¡El terror me sobrecoge!

ORESTES: Como ves, traemos lo poco que queda de él en esta pequeña urna.

ELECTRA: ¡Infortunada de mí! ¡La cosa es, pues, cierta! ¡Veo manifiestamente lo que me abruma!

ORESTES: Si te conmueves por la desgracia de Orestes, sabe que su cuerpo está encerrado en esta urna.

ELECTRA: Permíteme, te lo suplico por los Dioses, ¡oh, extranjero!, tomar esa urna en mis manos, si él está encerrado en ella, para lamentarme por mí y por toda mi raza llorando sobre esas cenizas.

ORESTES: Quienquiera que ella sea, vosotros que conducís esa urna, dádsela, porque no la pide con espíritu enemigo, sino que es de sus amigos o de su sangre.

ELECTRA: ¡Oh, recuerdo de aquel que fue para mí el más querido de los hombres, lo solo que quedas de mi alma, Orestes, cuán diferente vuelvo a verte de lo que esperaba de ti cuando te hice marchar! ¡Porque, ahora, te tengo, cosa vana, entre mis manos, y te hice salir de esta morada, oh, hijo, todo resplandeciente de juventud! ¡Pluguiera a los Dioses que hubiese muerto cuando te envié a tierra extraña, habiéndote sacado con mis manos y salvado de la muerte! ¡Hubieras muerto aquel día y habrías tenido la misma tumba que tu padre! Y he aquí que has perecido fuera de la morada, miserablemente desterrado en suelo extranjero, y lejos de tu hermana. Y yo, desventurada, no te he lavado con mis manos, ni retirado esta lamentable carga del fuego voraz, como era justo. ¡Sino que, infeliz, has sido

---

[12] El focense en cuya mansión se había exiliado el joven Orestes. Sin duda también este nombre está tomado deliberadamente en atención a su condición de *parlante*, que significa *el que pone la zancadilla al contrario o el que va cercando al enemigo.*

sepultado por manos extrañas, y vuelves, pesando poco, en una estrecha urna! ¡Oh, infortunada! ¡Oh, cuidados inútiles que tan frecuentemente te he prodigado con tan dulce fatiga! Nunca, en efecto, fuiste más querido para tu madre que para mí. Ninguna otra, en la casa, sino yo sola, era tu protectora, y me llamabas siempre tu hermana. Todo me falta a la vez en este día con tu muerte, y, como una tempestad, me lo has arrebatado todo al morir. ¡Mi padre ha perecido, yo soy muerta, tú no existes! Nuestros enemigos ríen; nuestra madre impía está insensata de gozo, porque me habías hecho anunciar frecuentemente que volverías como vengador. Pero un Genio, funesto para ti y para mí, lo ha deshecho todo, y trae aquí, en lugar de tu querida forma, tus cenizas y una sombra vana. ¡Ay de mí! ¡Oh, cuerpo mísero! ¡Ay! ¡Ay! ¡Oh, funesto viaje! ¡Ay! ¡Lo has hecho, oh, queridísimo, para perderme! ¡Sí, me has perdido, oh, hermano! Por eso, recíbeme en tu morada, a mí que ya no existo, para que, no siendo ya nada, habite conmigo bajo tierra. Cuando estabas entre los vivos, compartíamos el mismo destino, y, ahora que estás muerto, quiero compartir tu tumba, porque no creo que los muertos puedan sufrir.

CORIFEO: Tú naciste de un padre mortal, Electra. Piensa en esto, Orestes también era mortal. Reprime, pues, tus gemidos demasiado prolongados. Todos tenemos necesariamente que sufrir.

ORESTES *(hablando para sí mismo):* ¡Ay de mí! ¡Ay! ¿Qué diré? No encuentro palabras, y no puedo ya contener mi lengua.

ELECTRA: ¿Qué dolor te turba, que hablas así?

ORESTES: ¿No es la ilustre Electra la que veo?

ELECTRA: Ella misma, y bien desgraciada.

ORESTES: ¡Oh, destino infelicísimo!

ELECTRA: ¡Oh, extranjero! ¿Por qué te lamentas por nosotros?

ORESTES: ¡Oh, cuerpo indignamente ultrajado!

ELECTRA: Ciertamente, soy yo, no otra, la que tú compadeces, extranjero.

ORESTES: ¡Ay! Tú vives desdichada y sin esposo.

ELECTRA: Extranjero, ¿por qué lloras al mirarme?

ORESTES: ¡Cuántos de mis males ignoraba todavía!

ELECTRA: ¿Por qué palabras mías los has sabido?

ORESTES: Te he visto agobiada por numerosos dolores.

ELECTRA: Y, ciertamente, no ves sino poco de mis males.

ORESTES: ¿Cómo se puede ver otros más amargos?

ELECTRA: Me veo obligada a vivir con asesinos.

ORESTES: ¿De quién? ¿De dónde procede la desgracia de que hablas?

ELECTRA: Con los asesinos de mi padre. Y me veo forzada a servirles.

ORESTES: ¿Y quién puede forzarte a ello?

ELECTRA: ¡Mi madre! Pero no tiene nada de madre.

ORESTES: ¿Cómo? ¿Por la violencia o por el hambre?

ELECTRA: Por la violencia, por el hambre, por toda clase de miserias.

ORESTES: ¿Y nadie viene en tu ayuda ni te defiende?

ELECTRA: Ciertamente, nadie. No tenía más que un solo amigo, del cual me has traído las cenizas.

ORESTES: ¡Oh, desgraciada, mucho rato hace que tengo compasión de ti!

ELECTRA: Eres el único de todos los mortales que me tenga piedad.

ORESTES: Sólo sufro yo también de los mismos males.

ELECTRA: ¿Serás de nuestra familia?

ORESTES: Hablaría si supiese que éstas eran amigas nuestras.

ELECTRA: Amigas son. Hablarás ante mujeres fieles.

ORESTES: Deja, pues, esa urna, para que lo sepas todo.

ELECTRA: ¡Te suplico por los Dioses, extranjero, no me la quites!

ORESTES: Obedece a mis palabras y no te verás defraudada.

ELECTRA: ¡Por tu barba! No me arrebates esta urna queridísima.

(Intenta quitarle la urna.)

ORESTES: No te es lícito conservarla.

ELECTRA: ¡Oh! ¡Desdichada, si se me priva de tus cenizas, Orestes!

ORESTES: Habla mejor. Ne te lamentas justamente.

ELECTRA: ¿No me lamento justamente por mi hermano muerto?

ORESTES: No conviene que hables así.

ELECTRA: ¿Debo, pues, ser despreciada por él?

ORESTES: Por nadie; pero esa urna que tienes no te afecta en nada.

ELECTRA: ¿Cómo? ¿Puesto que llevo las cenizas de Orestes?

ORESTES: Las cenizas de Orestes no están ahí, si no es en palabras.

ELECTRA: ¿Dónde, pues, está la tumba de ese desgraciado?

ORESTES: En ninguna parte. Los vivos no tienen tumba.

ELECTRA: ¿Qué dices, hijo?

ORESTES: No digo nada falso.

ELECTRA: ¿Vive, pues?

ORESTES: Puesto que mi alma está en mí.

ELECTRA: ¿Eres tú, pues, Orestes?

ORESTES: Mira esta señal de mi padre y reconoce que digo verdad.

ELECTRA: ¡Oh, queridísima luz!

ORESTES: ¡Queridísima! Lo atestiguo.

ELECTRA: ¡Oh, voz, ya te oigo!

ORESTES: No me busques, pues, ya.

ELECTRA: ¡Ya te tengo en mis brazos!

ORESTES: Y me tendrás siempre.

ELECTRA: ¡Oh, queridísimas mujeres; oh, ciudadanas, ved a este Orestes que palabras astutas decían muerto y que la misma astucia nos vuelve sano y salvo!

CORO: Ya le vemos, ¡oh, hija!, y, por causa de la alegría de un tan feliz suceso, las lágrimas brotan de nuestros ojos.

Estrofa

ELECTRA: ¡Oh, retoño, retoño de un padre queridísimo, al fin has venido, has vuelto a hallar, te has acercado, has visto a los que deseabas grandemente!

ORESTES: Henos aquí. Pero aguarda en silencio.

ELECTRA: ¿Qué es ello, pues?

ORESTES: Lo mejor es callar, no sea que alguien oiga en la morada.

ELECTRA: Pero, por la virgen Artemis que me protege, no hay nada que temer de ese inútil rebaño de mujeres que están en la morada.

ORESTES: Piensa, sin embargo, que el espíritu de Ares está también en las mujeres, como tú misma lo experimentaste en otro tiempo.

ELECTRA: ¡Ay de mí! ¡Ay! Me evocas el claro recuerdo de la desgracia que nos hirió, y que no puede ser ni olvidada, ni aniquilada.

ORESTES: Lo sé también, pero no es necesario recordar eso sino en el momento preciso.

Antistrofa

ELECTRA: ¡Ah! Todo momento, todo momento es bueno para declarar legítimamente estas cosas, porque he aquí que puedo al cabo hablar con libertad.

ORESTES: Pienso como tú. Así, pues, conserva esa libertad.

ELECTRA: ¿De qué modo?

ORESTES: No hablando largamente cuando ello es inoportuno.

ELECTRA: ¿Quién, pues, pensará que es prudente callar en vez de hablar, cuando me es dado volverte a ver de pronto y contra toda esperanza?

ORESTES: Me has vuelto a ver cuando los Dioses me han ordenado volver.

ELECTRA: Me siento llena de una alegría aún más grande al saber que un dios ha hecho que vinieses a esta morada, porque pienso que ello es verdaderamente cosa de un dios.

ORESTES: No quisiera reprimir tu alegría; sin embargo, tengo el temor de que te abandones a ella con exceso.

ELECTRA: ¡Oh, tú que, después de tanto tiempo, has hecho este viaje afortunado, y que te has dignado mostrarte a mí, viéndome agobiada de males! No me...

ORESTES: ¿Qué no debo hacer?

ELECTRA: No me prohíbas gozar del placer de tu presencia.

ORESTES: Me sentiría, por el contrario, muy irritado si viese que se te prohibía.

ELECTRA: ¿Estás conforme, pues, conmigo?

ORESTES: ¿Por qué no?

ELECTRA: ¡Oh, amigas! Cuando supe esta noticia que jamás había esperado, aunque estaba desesperada, escuché muda y desventurada. Pero ya te poseo ahora; te me has aparecido, ostentando tu amadísimo rostro que jamás he olvidado, ni aun abrumada por las mayores desdichas.

ORESTES: ¡Basta de palabras superfluas! No me digas ni que mi madre es mala, ni que Egisto, agotando la morada de las riquezas paternas, las esparce y las disipa sin medida; porque las palabras inútiles harían perder un tiempo propicio. Infórmame más bien acerca de las cosas presentes, di en qué lugar debemos aparecer, o permanecer ocultos, para que reprimamos con nuestra llegada a nuestros insolentes enemigos. Y ten cuidado, cuando hayas entrado en la morada, con venderte, por tu semblante alegre, ante tu madre cruel; antes bien, laméntate por la falsa desgracia que se te ha anunciado. Cuando la cosa esté felizmente terminada, entonces será lícito reír y regocijarse libremente.

ELECTRA: ¡Oh, hermano! Todo lo que te plazca me placerá igualmente, porque recibo de ti y no de mí misma la dicha de que gozo; y no me atreveré a serte importuna, aun con la mayor ventaja para mí, porque serviría mal así al Genio que nos es ahora propicio. Ya sabes las cosas que pasan aquí, ¿cómo no, en efecto? Has oído que Egisto está ausente de la morada y que mi madre se encuentra en ella, pero no temas que ella vea en mí jamás un semblante alegre, porque un viejo odio está inmutable en mí, y después de haberte visto no cesaré jamás de derramar lágrimas de alegría. ¿Y cómo he de cesar de llorar, yo que, en un mismo momento, te he visto muerto y vivo? Me has causado una alegría tan inesperada, que, si mi padre volviese vivo, su vuelta no me parecería ya un prodigio, y creería verle, en efecto. Puesto que de este modo has vuelto hacia nosotros, conduce el asunto como es tu propósito; porque, si hubiese estado sola, hubiera alcanzado uno de estos dos objetos: o me habría gloriosamente libertado o habría sucumbido gloriosamente.

ORESTES: Os aconsejo el silencio, porque oigo que alguien sale de la morada.

ELECTRA: ¡Entrad, oh extranjeros! Por lo demás, lo que traéis no encontrará nadie en esta morada que lo rechace o que lo acoja de buen grado.

(Se presenta el PEDAGOGO.)

PEDAGOGO: ¡Oh, en extremo insensatos e imprevisores! ¿No os cuidáis, pues, de vuestra vida, o habéis perdido el juicio, que no os apercibís de que la desgracia está cerca, o que, más bien, estáis sumidos en ella del modo más peligroso? Si yo no vigilase desde hace mucho rato delante de las puertas, los propósitos que meditáis habrían penetrado en la morada antes que vosotros. Pero yo he previsto eso. Así, pues, terminando los largos discursos y los clamores alegres y sin medida, entrad; porque está mal vacilar en una tal empresa, y he aquí la ocasión de obrar con una gran prontitud.

ORESTES: ¿Cómo se presentarán las cosas cuando yo haya entrado?

PEDAGOGO: Del mejor modo, pues, por fortuna, nadie te conoce.

ORESTES: Seguramente has anunciado que había muerto.

PEDAGOGO: Sabe que eres aquí un habitante del Hades.

ORESTES: ¿Se regocijan con esa noticia? ¿Qué dicen?

PEDAGOGO: Ya te responderé, terminado el asunto. Por el momento, todo lo que atañe a ellos va bien, hasta lo que es malo.

ELECTRA: ¿Quién es éste, hermano? ¡Dímelo, por los Dioses!

ORESTES: ¿No le conoces?

ELECTRA: No me acude nada de él a la memoria.

ORESTES: ¿No te acuerdas ya de aquel en cuyas manos me pusiste en otro tiempo?

ELECTRA: ¿De quién? ¿Qué dices?

ORESTES: ¿Cuyas manos, por tu previsión, me llevaron a tierra focidia?

ELECTRA: ¿Éste es aquél? ¿El único que encontré fiel entre todos, cuando mi padre fue entregado a la muerte?

ORESTES: Éste es aquél. No me preguntes más.

ELECTRA: ¡Oh, amadísima luz! ¡Oh, único salvador de la casa de Agamenón! ¿Cómo has venido aquí? ¿Eres tú el que nos ha salvado, a éste y a mí, de innumerables males? ¡Oh, amadísimas manos! ¡Oh, tú, cuyos pies nos han prestado un felicísimo servicio! ¿Por qué me engañabas, cuando estabas presente, y no te revelabas a mí sino que, al contrario, me matabas con tus palabras, teniendo por mí tan benévolos designios? Salud, ¡oh, padre!, porque me parece ver a un padre. ¡Salud! ¡Sabe que, de todos los hombres, eres el que en un mismo día he más aborrecido y más amado!

PEDAGOGO: Basta. Numerosas noches y numerosos días transcurrirían, Electra, si me fuese preciso referirte lo que ha pasado desde aquel tiempo; pero a vosotros dos, que estáis aquí, os digo que ha llegado el tiempo de obrar. Clitemnestra está ahora sola y no hay hombre alguno en la morada; pero, si tardáis, pensad que tendréis que combatir, juntamente con éstos, a otros muchos enemigos más hábiles.

ORESTES: ¡No hay necesidad de más largos discursos, Pílades! Es preciso entrar apresuradamente, habiendo saludado primero las imágenes de los Dioses paternos, a todas, tantas cuantas están bajo este propileo.

(Entran en palacio ORESTES, PÍLADES *y el* PEDAGOGO.)

ELECTRA: ¡Rey Apolo! Escúchanos favorablemente, a ellos y a mí, que frecuentemente he tendido hacia ti mis manos llenas de presentes tanto cuanto he podido. Ahora, ¡oh, Apolo Licio!, vengo a ti, suplicándote con palabras, la única cosa que poseo; y te pido y te suplico que nos ayudes benévolamente en esta empresa, y que muestres a los hombres qué recompensas reservan los Dioses a la impiedad.

(Entra ELECTRA *en palacio.)*

Estrofa

CORO: ¡Ved adónde se precipita Ares[13], que respira una sangre ineluctable! Entran en la morada los Perros inevitables, vengadores de los crímenes horribles. Por eso no esperaré más tiempo, pues va a realizarse el acontecimiento que mi espíritu había previsto; porque el Vengador de los muertos entra con pie furtivo en la morada en que están las antiguas riquezas paternas, teniendo en las manos la espada recién aguzada. Y el hijo de Maya, Hermes, cubriéndole de tinieblas, le lleva a su objeto sin más tardar.

---

[13] Ares, que simboliza Guerra y Muerte.

(*Sale* ELECTRA.)

ELECTRA: ¡Oh, queridísimas mujeres! Los hombres van a llevar a cabo su obra, guardad silencio.

CORIFEO: ¿Cómo? ¿Qué hacen ahora?

ELECTRA: Ella prepara la urna funeraria y ellos están en pie cerca de ella.

CORIFEO: ¿Por qué has salido?

ELECTRA: A fin de vigilar para que Egisto no penetre bajo este techo por nuestra imprudencia.

CLITEMNESTRA *(desde el interior del palacio)*: ¡Ay de mí! ¡Ay! ¡Oh, morada vacía de amigos y llena de asesinos!

ELECTRA: Alguien grita en la morada. ¿No oís, oh, amigas?

Estrofa

CORO: ¡Desgraciada! He oído clamores espantosos, y estoy toda sobrecogida de horror.

CLITEMNESTRA: ¡Desdichada de mí! Egisto, ¿dónde estás?

ELECTRA: Alguien grita de nuevo.

CLITEMNESTRA: ¡Oh, hijo, hijo! ¡Ten piedad de tu madre!

ELECTRA: Pero tú no tuviste piedad de él en otro tiempo, ni del padre que le engendró.

CORO: ¡Oh, ciudad! ¡Oh, raza miserable, tu destino es perecer, perecer a la luz de este día!

CLITEMNESTRA: ¡Desdichada de mí! ¡Estoy herida!

ELECTRA: Hiérela de nuevo, si puedes.

CLITEMNESTRA: ¡Ay de mí! ¡Otra vez!

ELECTRA: ¡Pluguiera a los Dioses que Egisto lo fuese al mismo tiempo que tú!

CORO: Las imprecaciones se han cumplido: viven aquellos a quienes la tierra recubre. Los que han sido muertos vierten al fin a su vez la sangre de sus matadores. Pero heles aquí, todos cubiertos de sangre de la víctima sacrificada a Ares, y no tengo nada que decir.

(Salen ORESTES *y* PÍLADES *de palacio.)*

ELECTRA: Orestes, ¿en qué va vuestra obra?

ORESTES: Todo va bien en la morada, si Apolo ha profetizado bien.

ELECTRA: ¿Ha muerto la miserable?

ORESTES: No tienes ya que temer en adelante verte ultrajada por las palabras injuriosas de tu madre.

Antistrofa

CORO: Haced silencio, porque veo a Egisto.

ELECTRA: ¡Oh, hijas! ¿No entraréis?

ORESTES: ¿Dónde veis al hombre?

ELECTRA: Hele aquí. Viene hacia nosotros, alegre, saliendo del arrabal.

CORO: Retiraos prontamente bajo el pórtico; acabad felizmente lo que habéis felizmente realizado ya.

ORESTES: Tranquilízate, lo acabaremos.

ELECTRA: Haz, pues, pronto lo que has resuelto.

ORESTES: Heme aquí.

ELECTRA: Yo me ocuparé de lo que es preciso hacer aquí.

CORO: Es preciso deslizar algunas dulces palabras en los oídos de este hombre para que se lance imprudentemente en el combate oculto de la justicia.

(Entra en escena EGISTO.)

EGISTO: ¿Quién de vosotros sabe dónde están esos extranjeros focidios, que han venido a anunciarnos que Orestes había perdido la vida en un naufragio de carros? (*A* ELECTRA.) Ciertamente, a ti es a quien hablo, a ti, digo, siempre tan tenaz hasta aquí; porque creo que debes estar con gran cuidado por esa noticia y debes saberla perfectamente.

ELECTRA: La sé, ¿cómo no había de saberla? Estaría, en efecto, ignorante acerca de lo que me es más querido.

EGISTO: ¿Dónde están, pues, esos extranjeros? Dímelo.

ELECTRA: En la morada. Han recibido allí una hospitalidad amistosa.

EGISTO: ¿Han anunciado que había seguramente muerto?

ELECTRA: Han puesto la cosa de manifiesto; no han hablado solamente.

EGISTO: Podemos, pues, asegurarnos de ello claramente.

ELECTRA: Sin duda, y es un espectáculo lamentable.

EGISTO: Ciertamente, contra tu costumbre, me causas una gran alegría.

ELECTRA: Regocíjate, si ello es de naturaleza que te regocije.

EGISTO: Ordeno que se calle y que se abran las puertas, para que toda la multitud de los micenios y de los argivos mire, y que, si alguno de ellos estaba todavía lleno de esperanza, desespere de la vuelta de ese hombre viéndole muerto, y, viniendo a sanas resoluciones, acepte mi freno, sin ser obligado a ello por la fuerza o por el castigo.

ELECTRA: He hecho lo que podía ser hecho por mí. He aprendido al fin a ser prudente y a someterme a los más fuertes.

(Se abren las puertas de palacio y se contempla un cadáver tapado con un velo, y en pie a ambos lados de él se muestran ORESTES *y* PÍLADES.)

EGISTO: ¡Oh, Zeus! Veo la forma de un hombre muerto por la envidia de los Dioses. Si no es lícito hablar así, no he dicho nada. Quitad ese velo fuera de mis ojos, para que con mis lamentos honre a mi pariente.

ORESTES: Quítalo tú mismo. Toca a ti y no a mí contemplar esos restos y hablarles afectuosamente.

EGISTO: Me aconsejas bien, y haré lo que dices. En cuanto a ti, llama a Clitemnestra, si está en la morada.

ORESTES: Ahí está, cerca de ti. No mires ninguna otra cosa.

EGISTO: ¡Desdichado de mí! ¿Qué veo?

ORESTES: ¿Qué temes? ¿No la reconoces?

EGISTO: ¡Desgraciado! ¿En medio de los lazos de qué hombres he caído?

ORESTES: ¿No adivinas que hablas hace largo tiempo a vivos como si estuviesen muertos?

EGISTO: ¡Ay! Comprendo esa palabra, y el que me habla no puede ser otro que Orestes.

ORESTES: Aunque seas un excelente adivino, te has engañado largo tiempo.

EGISTO: ¡Ay de mí! Soy muerto. Pero permíteme al menos decir algunas palabras.

ELECTRA: Por los Dioses, hermano, no permitas que hable más largo tiempo y prolongue sus discursos. ¿Para qué, en efecto, cuando un hombre, presa de la desgracia, debe morir, darle un poco de espera? Mátale, pues, prontamente, y abandónale, muerto, a quienes le sepulten lejos de nuestros ojos, de una manera digna de él. Ése será el único remedio para mis largas miserias.

ORESTES: Apresúrate a entrar. No se trata ahora de discursos, sino de tu vida.

EGISTO: ¿Para qué me conduces a la morada? Si la acción que cometes es buena, ¿por qué llevarla a cabo en las tinieblas? ¿Por qué no matarme al instante?

ORESTES: No mandes. Ve adonde mataste a mi padre, para morir en el mismo sitio.

EGISTO: ¿Estaba, pues, en el destino que esta morada viese las calamidades presentes y futuras de los Pelópidas?

ORESTES: En cuanto a las tuyas, seguramente. En esto seré para ti un adivino muy verídico.

EGISTO: Te envaneces de una ciencia que no poseía tu padre.

ORESTES: Hablas demasiado, y no das un paso. Marcha, pues.

EGISTO: Ve delante.

ORESTES: Es preciso que me precedas.

EGISTO: ¿Temes que te me escape?

ORESTES: Ciertamente, no morirás como pretendes, sino como me conviene, para que tu muerte no carezca ni siquiera de esta amargura. Este castigo debería ser el de todos aquellos que quieren ser más poderosos que las leyes, es decir, la muerte. De este modo, los malvados serían menos numerosos.

CORO: ¡Oh, raza de Atreo, qué innumerables calamidades has sufrido antes de libertarte por este último esfuerzo!

Edipo rey

EDIPO REY

EDIPO.
SACERDOTE.
CREONTE.
CORO DE ANCIANOS TEBANOS.
TIRESIAS.
YOCASTA.
MENSAJERO.
SERVIDOR DE LAYO.
ENVIADO.

(Ante el palacio de EDIPO, *en Tebas, un grupo de jóvenes y ancianos están sentados en las gradas del altar. Portan en sus manos ramos de olivo con cintas de lana. Al frente del grupo, un sacerdote. Sale* EDIPO. *Les dirige una mirada, y luego la palabra.)*

EDIPO: ¡Oh, hijos, nueva raza del antiguo Cadmo! ¿Por qué permanecéis de ese modo ante mí con esos ramos suplicantes? Toda la ciudad está llena del incienso que arde y de los Peans[1] y lamentaciones que resuenan. He creído que no debía informarme de esto por otros, ¡oh, hijos! Y he venido yo mismo, yo, Edipo, célebre entre todos los hombres. Vamos, habla, anciano, porque conviene que hables por ellos. ¿Qué es esto? ¿Cuál es vuestro pensamiento? ¿Receláis algún peligro? ¿Anheláis ser socorridos en una calamidad actual? Ciertamente, yo

[1] El peán es un himno en honor a Apolo en su condición de curador de calamidades.

vendré en vuestra ayuda. No tendría yo piedad si no me sintiese impresionado por vuestra triste actitud.

SACERDOTE: Edipo, ¡oh, tú que imperas en la tierra de mi patria!, ya nos ves a todos prosternados ante tus altares: estos que no pueden todavía hacer grandes marchas, esos sacrificadores cargados de años, y yo mismo servidor de Zeus, y esta flor de nuestros jóvenes. El resto de la multitud, llevando los ramos suplicantes, está sentada en el Ágora, ante los dos templos de Palas y el hogar fatídico del Ismenio[2]. En efecto, como ves, la ciudad, azotada por la tormenta, no puede levantar la cabeza sumergida por la sangrienta espuma. Los frutos de la tierra perecen, encerrados todavía en las yemas; los rebaños de bueyes se consumen, y los gérmenes concebidos por las mujeres no nacen. Blandiendo su antorcha, la más odiosa de las divinidades, la Peste, se ha precipitado sobre la ciudad y ha devastado la morada de Cadmo. El negro Hades se enriquece con nuestros gemidos y nuestros lamentos. Por eso estos jóvenes y yo hemos venido a tus umbrales no porque nos parezcas igual a los Dioses, sino porque, en los males que acarrea la vida o en los que infligen los Genios irritados, eres para nosotros el primero de los hombres, tú que, a tu llegada a la ciudad de Cadmo, nos libraste del tributo pagado a la cruel Adivinadora, no estando advertido de nada, ni informado por nosotros. En efecto, fue con la ayuda de un Dios como tú salvaste nuestra vida. Todos lo piensan y lo creen. Pues ahora, Edipo, el más poderoso de los hombres, hemos venido a ti, suplicantes, a fin de que encuentres algún remedio para nosotros, sea que un oráculo divino te instruya, sea que un hombre te aconseje, porque yo sé que los sabios consejos traen los acontecimientos felices. Vamos, ¡oh, el mejor de los hombres!, vuelve esta ciudad a su antigua gloria, y cuida de la tuya. Esta tierra, acordándose de tu primer servicio, te llama todavía su salvador. ¡Plegue a los Dioses que, pensando en los días de tu pujanza, no digamos que, levantados por ti, hemos caído de nuevo! Restaura, pues, y tranquiliza a esta ciudad. Ya por un dichoso destino nos restableciste. Sé hoy igual a ti mismo. Porque si sigues imperando sobre esta tierra, más vale que esté llena de hombres que de-

[2] Nombre de un semidiós, hijo de Apolo Ismenio.

sierta. Una torre o una nave, en efecto, por grande que sea, no es nada vacía de hombres.

EDIPO: ¡Oh, lamentables jóvenes! Sé, no ignoro lo que venís a implorar. Sé de qué mal sufrís todos. Pero cualesquiera que sean los dolores que os afligen, no igualan a los míos; porque cada uno de vosotros sufre por sí, sin sentir el mal de otro; y yo gimo a la vez por la ciudad, por vosotros y por mí. Ciertamente, no me habéis despertado cuando dormía; sino, antes bien, sabed que he llorado mucho y se han agitado en mi espíritu no pocas inquietudes y pensamientos; de tal suerte, que el único remedio encontrado con la reflexión lo he intentado. Por eso es por lo que he enviado a Pito, a las moradas de Febo, al hijo de Meneceo, Creonte, mi cuñado, para que averigüe por qué acción o por qué palabra puedo salvar a esta ciudad. Ya, contando los días transcurridos desde su partida, estoy inquieto por lo que haga, pues hace mucho tiempo que está ausente, y excede de lo que es verosímil. ¡Cuando esté de vuelta, que sea yo tenido por un hombre malvado si no hago lo que haya prescrito el dios!

SACERDOTE: Hablas con oportunidad, ciertamente; porque éstos me anuncian que Creonte ha llegado.

EDIPO: ¡Oh, rey Apolo! ¡Ojalá venga con un oráculo tan propicio como alegre está su semblante!

SACERDOTE: A lo que se puede presumir, está contento. Si no, no vendría con la cabeza ceñida por una rama de laurel cargada de fruto.

EDIPO: Pronto lo sabremos, porque está bastante cerca para dejarse oír. ¡Oh, Rey, pariente, hijo de Meneceo! ¿Qué respuesta nos traes del dios?

(Entra CREONTE *en escena.)*

CREONTE: Una excelente, pues por difíciles de hacer que sean las cosas digo que son buenas si conducen a un término feliz.

EDIPO: ¿Cuál es el oráculo? Tus palabras, en efecto, no me dan ni confianza ni temor.

CREONTE: Si quieres que éstos oigan, estoy pronto a hablar. Si no, entremos en la morada.

EDIPO: Habla delante de todos. Estoy más afligido por sus males que cuidado tengo por mi propia vida.

CREONTE: Diré lo que traigo del dios. El rey Apolo nos ordena borrar la mancha que ha caído en este país, extirparla, lejos de mantenerla, por temor de que sea inexpiable.

EDIPO: ¿Qué naturaleza es la de ese mal? ¿Por qué expiación?

CREONTE: Expulsando a un hombre fuera de las fronteras o vengando la muerte con la muerte, porque esa muerte es la que arruina la ciudad.

EDIPO: ¿Quién es el hombre a cuya muerte se refiere el oráculo?

CREONTE: ¡Oh, Rey! Layo imperó en otro tiempo sobre nuestra tierra, antes de que tú fueses el jefe de esta ciudad.

EDIPO: Lo he oído decir, porque jamás lo he visto.

CREONTE: El oráculo ordena claramente castigar a los que mataron a aquel hombre que murió.

EDIPO: ¿En qué tierra están? ¿Cómo encontrar alguna huella de un crimen antiguo?

CREONTE: El oráculo dice que esa huella está en la ciudad. Lo que se busca se encuentra, y lo que se descuida se nos esconde.

EDIPO: Pero, dime: ¿fue en los campos, aquí, o en una tierra extranjera donde Layo fue muerto?

CREONTE: Se dice que, habiendo marchado a consultar el oráculo, no volvió ya jamás a su morada.

EDIPO: ¿Algún mensajero, algún compañero de camino no vio y no puede referir cómo pasaron las cosas?

CREONTE: Todos han perecido, a excepción de uno solo que huyó de terror y no dijo más que una sola cosa de todo lo que vio.

EDIPO: ¿Qué cosa? Un solo hecho permitiría descubrir un número mayor de ellos si tuviésemos un débil principio de esperanza.

CREONTE: Dijo que unos ladrones asaltaron a Layo, y que fue muerto no por uno solo, sino por un gran número a la vez.

EDIPO: Pero un ladrón, si no hubiese sido pagado aquí para eso, ¿habría tenido tal audacia?

CREONTE: Eso se sospechó, pero ninguno, en medio de nuestros males, se levantó para vengar al difunto Layo.

EDIPO: ¿Qué mal impidió investigar cómo había muerto el rey?

CREONTE: La Esfinge, llena de palabras astutas, nos obligó a dejar las cosas inciertas por las cosas presentes.

EDIPO: Yo haré luz sobre el origen de esto. Es digno de Febo y digno de ti también haberse cuidado del rey muerto. Por eso es por lo que me veréis ayudaros justamente y vengar al dios y a la ciudad. En efecto, no es en favor de un amigo lejano, es por mi propia causa por lo que castigaré ese crimen. Cualquiera que haya matado a Layo podría herirme con la misma audacia. Al servirle, me sirvo a mí mismo. Así, pues, jóvenes, levantaos del umbral y llevaos esos ramos suplicantes. ¡Que llame otro al Ágora del pueblo de Cadmo, porque voy a intentarlo todo! O seremos dichosos con la ayuda de Dios o estamos perdidos.

(Entran EDIPO *y* CREONTE *en palacio.)*

SACERDOTE: Levantémonos, jóvenes, puesto que nos promete las cosas por las cuales hemos venido. ¡Que Febo, que nos ha enviado ese oráculo, sea nuestro salvador y nos libre de nuestros males!

Estrofa I

CORO: ¡Oh, armoniosa palabra de Zeus, venida de la rica Pito a la ilustre Tebas! Mi corazón tiembla y palpita de temor, ¡oh, Peán delio! Tengo miedo de saber lo que debes realizar por mí, desde hoy, o con la vuelta de las estaciones. Dímelo, ¡oh, hija de la Esperanza de oro, Voz de ambrosía!

Antistrofa I

Yo te invoco la primera, hija de Zeus, ambrosiaca Atena, con tu hermana Artemis que protege esta tierra, que se sienta sobre un trono glorioso en medio del Ágora, y con Febo que lanza a lo lejos los rayos. ¡Oh, venid a mí los tres, curadores de los males! ¡Si ya, cuando la desgracia se precipitó sobre la ciudad, sofocasteis el fuego terrible, venid también ahora!

Estrofa II

¡Oh, Dioses! Yo sufro males innumerables; mi pueblo entero languidece y la acción del pensamiento no puede curarle. ¡Los frutos de esta tierra ilustre no maduran; las mujeres no paren y sufren dolores lamentables; y se ve, uno tras otro, a todos los hombres, semejantes a rápidas aves, precipitarse con más ardor que el fuego no dominado hacia la ribera del dios occidental!

Antistrofa II

La ciudad está agotada por los funerales innúmeros; la multitud no llorada y que da la muerte yace sobre la tierra, y las jóvenes casadas y las madres de blancos cabellos, prosternadas aquí y allá sobre las gradas de cada altar, piden con alaridos y lamentos el fin de sus males deplorables. El Peán y el rumor doloroso de las lamentaciones estallan y se redoblan. ¡Oh, hija de oro de Zeus, envíanos un socorro poderoso!

Estrofa III

Obliga a huir a este Ares[3] apestado que, sin sus armas de bronce, nos abrasa ahora arrojándose sobre nosotros con grandes clamores. Arrójale fuera de la patria, ya sea en el ancho lecho de Anfitrita[4], ya sea hacia la costa inhospitalaria del mar

---

[3] Personificación de la muerte, y aquí de la peste.
[4] Se refiere al océano Atlántico, en construcción polar con el mar Tracio.

Tracio; porque lo que la noche no ha terminado, el día lo acaba. ¡Oh, Padre Zeus, dueño de los espléndidos relámpagos, consúmele con tu rayo!

Antistrofa III

¡Rey licio! ¡Puedes, para venir en nuestra ayuda, lanzar de tu arco de oro tus flechas invencibles! ¡Pueden brillar las antorchas flamígeras con que Artemis[5] recorre los montes licios! ¡Y yo invoco al dios epónimo de esta tierra, el de la mitra de oro, Baco Evio, el Purpúreo, el compañero de las Ménadas[6], para que venga agitando una ardiente antorcha contra ese Dios menospreciado entre todos los Dioses!

(*Sale* EDIPO *y se dirige al* CORO.)

EDIPO: Tú oras, y te será concedido lo que deseas, un remedio y un apaciguamiento para tus males, si quieres escucharme y proceder contra esta calamidad. Hablaré como extraño al oráculo y al hecho consumado; porque no avanzaré mucho en mi investigación si no tengo algún indicio. Ahora, yo, el último venido aquí después del suceso, os digo esto a todos vosotros, ciudadanos cadmeos. Cualquiera de vosotros que sepa por qué hombre fue matado Layo Labdácida ordeno que él me lo revele todo. ¡Si teme o si rehúsa acusarse, que salga sano y salvo de este país! No sufrirá ningún otro castigo de mi parte. ¡Si alguno sabe que un extranjero cometió esta muerte, que no calle su nombre, porque yo le recompensaré y le estaré reconocido por añadidura! Pero si os calláis, si alguno de vosotros, temiendo por sí o por un amigo, desdeña mis palabras, sabed lo que haré. Mando que este hombre no sea acogido por

---

5 Artemis, hermana de Apolo, y por lo mismo vinculada con Licia.

6 Mujeres que con esta denominación o la de *Bacantes* o *Tíades* rinden culto a su patrono Baco, recorriendo los bosques o montañas, adornadas con coronas de laurel, vestidas con pieles de animales y envueltas en danzas y ritos frenéticos.

ningún habitante de esta tierra en que yo poseo el poderío y el trono; que nadie sea su huésped ni le admita a las suplicaciones y a los sacrificios divinos y no lo bañe con agua lustral; que todos le rechacen de sus moradas, y que sea para nosotros como una mancha, tal como el oráculo del dios pítico me lo ha declarado. De esta manera ayudo al dios y al hombre muerto. Maldigo al matador desconocido, ya haya cometido solo el crimen o ya le hayan ayudado varios. ¡Que la desgracia consuma su vida! ¡Que sufra yo mismo los males que mis imprecaciones llaman sobre él si le recibo voluntariamente en mis moradas! Os mando, pues, obrar así, por mí, por el Dios, por este país herido de esterilidad y de abandono. Aun cuando el oráculo no lo hubiera ordenado, no convenía dejar inexpiada la muerte de aquel hombre tan valiente, de aquel difunto rey, sino que hubiese sido preciso preocuparse de ello. Ahora, puesto que yo poseo el poderío que él tenía antes de mí; puesto que yo he tomado por esposa a su propia mujer para procrear de ella, y que si él hubiera tenido hijos, ellos hubiesen llegado a ser los míos; puesto que el mal destino se dejó caer sobre su cabeza, yo obraré para él como si fuese mi padre e intentaré todo para prender al matador del Labdácida, del descendiente de Polidoro, de Cadmo y del antiguo Agenor. Para los que no obedezcan mis órdenes, suplico a los Dioses que no tengan ni cosechas de la tierra, ni hijos de sus mujeres, y que mueran del mal que nos agobia o de uno más terrible todavía. ¡Pero, para vosotros, cadmeos, que me aprobáis, pido que la Justicia y todos los Dioses propicios os ayuden!

CORIFEO: Puesto que me obligas a ello por tu imprecación, ¡oh, Rey!, hablaré. No he matado ni puedo decir quién mató. A Febo, que ha pronunciado ese oráculo, es a quien toca decir quién cometió el crimen.

EDIPO: Dices una cosa justa, pero ningún hombre puede obligar a los Dioses a que hagan lo que no quieren hacer.

CORIFEO: Añadiré un segundo pensamiento al que he dicho.

EDIPO: Hasta un tercero, si lo tienes. No vaciles.

CORIFEO: Sé, ¡oh, Rey!, que el rey Tiresias[7], tanto como el rey Febo, descubre con certeza lo que se busca a quien le interroga.

EDIPO: No he dejado de ocuparme de ello. Advertido por Creonte, le he enviado dos mensajeros. Hasta me admira que no haya llegado.

CORIFEO: A la verdad, todos los otros rumores son antiguos y falsos.

EDIPO: ¿Cuáles son? Todo lo que se ha dicho debe saberse.

CORO: Se refiere que Layo fue muerto por unos viajeros.

EDIPO: También lo he oído decir, pero nadie ha visto lo que pasó.

CORO: Si el asesino abriga algún temor, en cuanto se entere de tus terribles imprecaciones no las soportará.

EDIPO: Quien no teme cometer un crimen no se espanta de palabras.

(Entran TIRESIAS, *guiado por un lazarillo, y los enviados de* EDIPO.*)*

CORIFEO: Ve aquí el que lo descubrirá. Conducen aquí al divino profeta, único de todos los hombres que posee la verdad.

EDIPO: ¡Oh, Tiresias, que comprendes todas las cosas permitidas o prohibidas, celestes o terrestres! Aunque no veas, sabes, sin embargo, por qué mal está abrumada está ciudad, y no hemos encontrado más que a ti, ¡oh, Rey!, para protector y para salvador. Febo, en efecto, si ya no lo has sabido por éstos, nos ha respondido por nuestros enviados que la única manera de librarnos de este contagio era dar muerte a los matadores descubiertos de Layo o arrojarlos al destierro. No nos rehúses, pues, ni los augurios por las aves ni las demás adivinacio-

---

[7] Adivino cuyo nombre, parlante, significa *el prodigioso* y que, por su condición, tiene por patrón al dios de los oráculos, Febo Apolo.

nes; libra a la ciudad y a ti mismo y a mí; borra esta mancha debida al asesinato del hombre a quien se mató. Nuestra salvación depende de ti. No hay tarea más ilustre para un hombre que poner su ciencia y su poder al servicio de los demás hombres.

TIRESIAS: ¡Ay! ¡Ay! ¡Qué duro es saber, cuando saber es inútil! Esto me era bien conocido, y lo he olvidado, porque yo no hubiera venido aquí.

EDIPO: ¿Qué es eso? Pareces lleno de tristeza.

TIRESIAS: Vuelve a enviarme a mi morada. Si me obedeces será, ciertamente, lo mejor para ti y para mí.

EDIPO: Lo que dices no es ni justo en sí ni bueno para esta ciudad que te ha criado si te niegas a revelar lo que sabes.

TIRESIAS: Sé que hablas contra ti mismo, y temo el mismo peligro para mí.

EDIPO: ¡Te conjuro por los Dioses! No ocultes lo que sabes. Todos, tantos cuantos somos, nos prosternamos suplicándotelo.

TIRESIAS: ¡Deliráis todos! Pero no ocasionaré mi desgracia al mismo tiempo que la tuya!

EDIPO: ¿Qué dices? Sabiéndolo todo, ¿no hablarás? Pero, ¿es que tienes el propósito de traicionarnos y perder a la ciudad?

TIRESIAS: No quiero afligirme ni afligirte. ¿Por qué me interrogas en vano? Nada sabrás por mí.

EDIPO: ¡Nada! ¡Oh, el peor de los malvados, no dirás nada! Ciertamente, pondrías furor en un corazón de piedra. Así, ¿permanecerás inflexible e intratable?

TIRESIAS: Me reprochas la cólera que excito y desconoces la que debes excitar en los demás. ¡Y sin embargo, me reprendes!

EDIPO: ¿Quién no se irritaría, en efecto, oyendo tales palabras con las cuales menosprecias a esta ciudad?

TIRESIAS: Las cosas se cumplirán ellas mismas, aunque yo las calle.

EDIPO: Puesto que esas cosas futuras se han de cumplir, puedes decírmelas.

TIRESIAS: No diré nada más. Déjate arrastrar, como te plazca, a la más violenta de las cóleras.

EDIPO: Ciertamente, inflamado de furor como estoy, no callaré nada de lo que sospecho. Sabe, pues, que me parece que tomaste parte en el asesinato, incluso que lo cometiste, aunque no matases por tu mano. Si no estuvieras ciego, te acusaría a ti solo de aquel crimen.

TIRESIAS: ¿De veras? Pues yo te ordeno obedecer el decreto que has dictado, y desde este día no volver a hablar a ninguno de esos hombres ni a mí, porque tú eres el impío que mancha esta tierra.

EDIPO: ¿Te atreves a hablar con ese descaro y esperas, por ventura, salir impune de ello?

TIRESIAS: He salido porque tengo en mí la fuerza de la verdad.

EDIPO: ¿Quién te lo ha enseñado? No será tu ciencia.

TIRESIAS: Eres tú, que me has obligado a hablar.

EDIPO: ¿Qué es eso? Dilo otra vez, para que comprenda mejor.

TIRESIAS: ¿No has comprendido ya? ¿Me tientas, para que diga más?

EDIPO: No comprendo bastante lo que has dicho. Repítelo.

TIRESIAS: ¡Digo que ese asesino que buscas eres tú!

EDIPO: ¡No me habrás impunemente ultrajado dos veces!

TIRESIAS: ¿Hablaré aún, para irritarte más todavía?

EDIPO: Todo cuanto quieras, porque será en vano.

TIRESIAS: Digo que te has unido de la manera más vergonzosa, sin saberlo, a los que te son más caros y que no ves en medio de qué males estás.

EDIPO: ¿Piensas hablar siempre impunemente?

TIRESIAS: Sí, por cierto. Si hay alguna fuerza en la verdad.

EDIPO: La hay sin duda, pero no por ti. ¡No la hay ninguna por ti, ciego de las orejas, del espíritu y de los ojos!

TIRESIAS: ¡Qué desgraciado eres! ¡Me ultrajas con las mismas palabras con que cada uno de éstos te ultrajará bien pronto!

EDIPO: Perdido en una noche eterna, no puedes herir ni a mí ni a ninguno de los que ven la luz.

TIRESIAS: Tu destino no es sucumbir por mí. Apolo bastará para ello. A él a quien incumbe ese cuidado.

EDIPO: ¿Esto ha sido inventado por ti o por Creonte?

TIRESIAS: Creonte no es causa de tu mal. Tú solo eres tu propio enemigo.

EDIPO: ¡Oh, riqueza; oh, poderío; oh, gloria de una vida ilustre por la ciencia y por tantos trabajos, cuánta envidia excitáis, puesto que, por ese mismo poderío que la ciudad ha puesto en mis manos sin que yo lo haya demandado, Creonte, ese amigo fiel desde el principio, urde secretamente ardides contra mí y se esfuerza para derribarme, habiendo seducido a este embustero, a este artesano de fraudes, a este impostor que no ve más que el lucro, y no es ciego sino en su ciencia! Vamos, dime, ¿dónde te has mostrado un seguro adivinador? ¿Por qué, cuando estaba allí la Perra de palabras oscuras, no encontraste algún medio de salvar a los ciudadanos? ¿Tocaba al primer hombre venido explicar el enigma, más bien que a los adivinadores? Nada hiciste ni por los augurios de las aves ni por una revelación de los Dioses. Y yo, Edipo, que llegaba sin saber nada, hice callar a la Esfinge por la fuerza de mi espíritu y sin la ayuda de las aves augurales. ¡Y es éste el hombre que tú intentas derribar, esperando sentarte al lado de Creonte sobre el mismo trono! Pero pienso que tendréis desgracia tú y el que ha urdido el designio de arrojarme de la ciudad como una mancha. Si no creyese que la vejez te ha vuelto insensato bien pronto sabrías lo que cuestan tales designios.

CORIFEO: Por lo que juzgamos de ellas, sus palabras y las tuyas, Edipo, nos parecen llenas de una ardiente cólera. Es preciso no ocuparse de ello, sino averiguar cómo cumpliremos mejor el oráculo del dios.

TIRESIAS: Si tú posees el poderío regio, me pertenece, sin embargo, responderte como igual. Tengo este derecho, en efecto. No te estoy en modo alguno sometido, sino a Lojias; y no seré jamás inscrito como cliente de Creonte. Puesto que me has reprochado estar ciego, te digo que no ves con tus ojos en medio de qué males estás sumido, ni con quién vives, ni en qué moradas. ¿Conoces a aquellos de quienes naciste? No sabes que eres el enemigo de los tuyos, de los que están bajo la tierra y de los que están sobre la tierra. Las horribles execraciones maternas y paternas, cayendo a la vez sobre ti, te arrojarán un día de esta ciudad. Ahora ves, pero entonces estarás ciego. ¿Dónde no gemirás? ¿Qué paraje del Citerón[8] no resonará con tus lamentaciones, cuando conozcas tus nupcias consumadas y a qué puerto fatal has sido lanzado después de una navegación feliz? No ves las miserias sin cuento que te harán el igual de ti mismo y de tus hijos. Ahora, cólmanos de ultrajes a Creonte y a mí, porque ninguno de los mortales sucumbirá más que tú bajo las más crueles miserias.

EDIPO: ¿Quién podría aguantar tales palabras? ¡Vete, abominable! ¡Date prisa! ¡Sal de estas moradas y no vuelvas!

TIRESIAS: Ciertamente no hubiera venido si no me hubieses llamado.

EDIPO: No sabía que ibas a hablar como un insensato; porque, de saberlo, no te hubiese instado a venir a mi morada.

TIRESIAS: Te parezco insensato, pero los que te engendraron me tenían por sabio.

EDIPO: ¿Quiénes son ellos? ¡Alto ahí! ¿Cuál de los mortales me engendró?

TIRESIAS: El mismo día te hará nacer y te hará morir.

EDIPO: Todas tus palabras son oscuras e incomprensibles.

TIRESIAS: ¿No sobresales en comprender tales oscuridades?

EDIPO: Me reprochas lo que me hará grande.

TIRESIAS: Eso mismo es lo que te ha perdido.

---

[8] Utilizado como genérico de montaña dado el especial significado que en la vida de Edipo jugó particularmente el monte Citerón.

EDIPO: He salvado a esta ciudad y no me pesa de ello.

TIRESIAS: Me voy, pues. *(Al lazarillo.)* Tú, joven, guíame.

EDIPO: ¡Ciertamente, que te guíe, porque, estando presente, me turbas y me molestas! Lejos de aquí no me darás pesadumbre.

TIRESIAS: Me iré, pero diré primero por qué he venido aquí sin miedo a tu semblante, porque serás siempre impotente para perderme. Ese hombre que buscas, el amenazado por tus decretos a causa de la muerte de Layo, está aquí. Se le llama extranjero, pero bien pronto será reconocido como un tebano indígena, y no se regocijará por ello. De vidente se volverá ciego; de rico, pobre, y partirá para una tierra extranjera. Será a la faz de todos el hermano de su propio hijo, el hijo y el esposo de aquella de quien nació, el que compartirá el lecho paterno y habrá matado a su padre. Entra en tu morada, piensa en estas cosas, y si me coges en mentira, di entonces que soy un mal adivinador.

Estrofa I

CORO: ¿Quién es el que la roca fatídica de Pito declara haber cometido con sus manos ensangrentadas el más abominable de los crímenes? Es tiempo de que emprenda la huida, más veloz que los caballos rápidos como el viento, porque el hijo de Zeus, armado del fuego y los relámpagos, va a precipitarse sobre él, seguido por los rayos terribles e inevitables.

Antistrofa I

En efecto, he aquí que una ilustre Voz, partiendo del nevado Parnaso, ordena buscar a ese hombre que se oculta. Va errante por los bosques salvajes, bajo los antros, entre las rocas, como un toro, y vagabundea, desgraciado y con pie miserable, solitario, a fin de escapar al oráculo salido del Ombligo de la tierra. Pero el Oráculo siempre indestructible vuela a su alrededor.

Estrofa II

Me turba horriblemente el adivino augural, y no puedo ni afirmar ni negar lo que dice. Vacilo, no sabiendo cómo hablar, y me quedo en suspenso, y no veo nada de cierto ni en el presente ni en el pasado. Jamás he oído decir que haya habido disensión alguna entre los Labdácidas y el hijo de Polibo, y nunca he dudado del excelente renombre de Edipo entre todos los hombres, y que pueda haber un vengador del asesinato misterioso del Labdácida.

Antistrofa II

Si Zeus y Apolo son sabios y conocen las acciones de los hombres, no estoy cierto de que este adivino, entre todos, sepa más que yo. Ciertamente, un hombre puede saber más que otro hombre; pero, antes de que sus palabras sean confirmadas por los hechos, no seré yo de los que condenan a Edipo. En otro tiempo, cuando apareció la Virgen alada, manifestó su sabiduría y su benevolencia para la ciudad, y por eso es por lo que nunca, de mi propio juicio, le tendré por culpable.

(*Entra* CREONTE.)

CREONTE: Hombres de esta ciudad, sabiendo que el rey Edipo me dirige las más odiosas acusaciones, vengo, penetrado de un dolor intolerable. Si en la calamidad presente piensa que, por mis palabras o mis acciones, le he causado algún mal, acusado de un crimen semejante, no tengo deseo de una vida más larga. No sería poco, en efecto, semejante injuria; pero sería para mí una grandísima desgracia ser rechazado por la ciudad, por vosotros y por mis amigos.

CORIFEO: Pienso que su cólera ha expresado ese ultraje, más bien que la reflexión de su espíritu.

CREONTE: ¿Cómo se ha probado que el adivino ha mentido por mis consejos?

CORIFEO: Lo ha dicho, en efecto, aunque no sé sobre qué prueba.

CREONTE: ¿Sus ojos estaban tranquilos, su espíritu estaba sosegado cuando me ha acusado de ese crimen?

CORIFEO: No sé, no critico lo que hacen los príncipes. Pero ve ahí a él mismo que sale de las moradas.

(Entra en escena EDIPO.)

EDIPO: ¡Hola! ¡Tú! ¿Qué haces aquí? ¡Tu audacia y tu descaro son tan grandes que te atreves a acercarte a mis moradas, tú que me matas abiertamente, tú, el ladrón probado de mi poderío! ¡Vamos, habla! ¡Te conjuro por los Dioses! ¿Has visto en mí cobardía o demencia para haber emprendido esto? ¿Has esperado que no descubriría tu designio urdido con astucia o que, habiéndolo descubierto, no me vengaría? ¿No son insensatos tus esfuerzos de querer apoderarte, sin la ayuda del pueblo y sin amigos, del poderío real que no puede obtenerse sino por las riquezas y por el favor del pueblo?

CREONTE: ¿Cómo hacer? ¿Lo sabes? Es preciso que responda a tus palabras. Cuando sepas, juzgarás.

EDIPO: Eres un hábil hablador, pero yo soy un mal escuchador, porque sé que eres ingenioso y malévolo para mí.

CREONTE: Sobre esto, escucha primero lo que tengo que decirte.

EDIPO: ¡Anda! No me digas que no eres un malvado.

CREONTE: Si piensas que una obstinación insensata es buena, te engañas.

EDIPO: Y tú, si piensas que has de ultrajar a un pariente sin ser castigado, te engañas también.

CREONTE: Lo que dices es justo, lo reconozco; pero dime qué ultraje te he hecho.

EDIPO: ¿Me has inducido, o no, a enviar un mensajero a ese venerable adivino?

CREONTE: Tal es todavía mi pensamiento.

EDIPO: ¿Cuánto tiempo hace que Layo...

CREONTE: ¿Qué ha hecho? No comprendo.

EDIPO: ... fue arrebatado por un golpe mortal?

CREONTE: Hace de eso una larga serie de años.

EDIPO: ¿Ejercía entonces su ciencia ese adivino?

CREONTE: Era entonces igualmente sabio y respetado.

EDIPO: ¿Me nombró en aquel tiempo?

CREONTE: Jamás, al menos estando yo presente.

EDIPO: ¿Y vosotros no hicisteis pesquisas respecto al muerto?

CREONTE: Las hicimos, sin duda. No averiguamos nada.

EDIPO: ¿Y por qué ese sabio adivino no decía entonces las mismas cosas?

CREONTE: No sé. Tengo la costumbre de callarme acerca de lo que ignoro.

EDIPO: Hay al menos una cosa que sabes y que dirás, si eres prudente.

CREONTE: ¿Cuál? Si la sé, no he de negarla.

EDIPO: Si el adivino no se hubiera concertado contigo, no me acusaría de haber matado a Layo.

CREONTE: Si ha dicho eso, tú lo sabes. Pero quiero interrogarte lo mismo que tú me interrogas.

EDIPO: Interroga. Jamás probarás que soy yo el matador de Layo.

CREONTE: Di: ¿no tienes a mi hermana por mujer?

EDIPO: No puedo negar lo que me preguntas.

CREONTE: ¿Y tú reinas con ella, teniendo una parte igual de poder?

EDIPO: Le concedo todo lo que quiere.

CREONTE: ¿No soy yo, el tercero, igual a vosotros dos?

EDIPO: Por eso es por lo que te muestras mal amigo.

CREONTE: No dirás eso si quieres, como yo, pensar cuerdamente. Medita en esto lo primero: ¿crees que se puede querer mejor reinar en medio de terrores que dormir tranquilo poseyendo el mismo poder? En cuanto a mí, ciertamente, quiero mejor hacer lo que hacen los reyes que ser rey, y todo hombre prudente piensa así. En efecto, ahora obtengo todo de ti sin temor, y, si fuese yo mismo Rey, haría un gran número de cosas contra mi voluntad. ¿Cómo, pues, sería para mí más dulce reinar que ser poderoso y estar tranquilo? No soy insensato hasta el punto de desear otra cosa que los bienes que me aprovechan. Ahora todos me honran, cada cual me abraza. Los que desean algo de ti me adulan, porque la realización de sus votos está en mi mano. ¿Por qué, te pregunto, iba yo a perder estas ventajas por reinar? Un espíritu perverso abrigaría designios insensatos. Yo no tengo en modo alguno los deseos que me atribuyes y jamás trataría de satisfacerlos con ayuda de otro. He aquí la prueba de ello. Ve a preguntar a Pito[9] si he referido fielmente el oráculo. Entonces, si me convences de haberme concertado con el adivino, mátame no por un solo sufragio, sino por dos, el mío y el tuyo. Pero no me acuses sin prueba, porque no es justo decidir temerariamente que los buenos son malos y que los malos son buenos. Quien rechaza a un amigo fiel obra peor, te digo, que el que rechaza su propia vida, que es el bien que más se ama. Con el tiempo te convencerás de todo esto, porque sólo el tiempo muestra cuál es el hombre irreprochable, mientras que en un solo día reconocerás a un perverso.

CORIFEO: Confesarás que ha hablado bien, ¡oh, Rey!, si tienes miedo de engañarte, porque los que juzgan con precipitación no están seguros de nada.

EDIPO: Aquí, donde alguien está pronto a tenderme lazos, importa que yo esté pronto a decidirme. Si permanezco tranquilo, llevará a cabo sus designios, y los míos serán vanos.

CREONTE: ¿Qué quieres, pues? ¿Arrojarme de la ciudad?

EDIPO: No. Quiero que mueras, no que seas desterrado.

CREONTE: Sea, pero después que hayas probado en qué te tengo envidia.

EDIPO: ¿Resistirás, desobedeciéndome?

---

[9] Esto es, el oráculo de Delfos.

CREONTE: Veo que eres un insensato.

EDIPO: Soy prudente en lo que me concierne.

CREONTE: Debes ser prudente también en lo que a mí toca.

EDIPO: Eres un malvado.

CREONTE: ¡Cómo! ¿Y si pensases mal?

EDIPO: No debes menos obedecer.

CREONTE: Pero no a un mal dueño.

EDIPO: ¡Oh, ciudad! ¡Oh, ciudad!

CREONTE: Y yo también soy de esta ciudad. No es ella para ti solo.

CORIFEO: Cesad, ¡oh, Reyes! Veo, en efecto, a Yocasta que sale oportunamente de las moradas. Conviene que ella apacigüe esta querella.

(Sale YOCASTA *de palacio.)*

YOCASTA: ¡Oh, desgraciados! ¿Por qué trabáis esta pelea insensata de palabras? ¿No os sonrojáis, estando tan castigada esta tierra, de promover disensiones privadas? Tú, entra en la morada; y tú, Creonte, vete a la tuya. Temed hacer una gran querella de lo que no es nada.

CREONTE: Hermana, Edipo, tu marido, se dispone a tratarme con gran crueldad, dándome a elegir entre dos males, o que me arroje de la ciudad o que me mate.

EDIPO: Lo confieso, mujer, porque le he sorprendido urdiendo contra mí un plan lleno de pérfidos ardides.

CREONTE: ¡Que no tenga yo alegría alguna, que muera consagrado a las execraciones, si he hecho eso de que me acusas!

YOCASTA: ¡Por los Dioses! Edipo, cree lo que jura y atestigua en nombre de los Dioses, por respeto para mí y para los que aquí están.

CORIFEO: Consiente y concede esto en tu prudencia, ¡oh, Rey!, yo te lo suplico.

EDIPO: ¿En qué quieres que ceda?

CORIFEO: Respeta al que antes no dejaba de tener razón, y que ahora está protegido por la santidad del juramento.

EDIPO: Pero, ¿sabes lo que pides?

CORIFEO: Lo sé.

EDIPO: Dime, pues, todo tu pensamiento.

CORIFEO: No castigues, por un indicio dudoso, como culpable de un crimen no bien aclarado, a un amigo que se ha ligado con un juramento.

EDIPO: Pero has de saber que lo que pides no es nada menos para mí que la muerte o el destierro.

CORIFEO: ¡No, ciertamente! ¡Pongo por testigo al dios Helios, el primero de todos los Dioses! ¡Detestado de los Dioses y los hombres, que muera yo por los peores suplicios si he pensado eso! Pero la desgracia de mi patria desgarra tanto más mi corazón cuanto que nuevos males se añaden por vosotros a los que ya nos abruman.

EDIPO: ¡Que se vaya, pues, incluso si es preciso que yo perezca o que, menospreciado de todos, me vea arrojado violentamente de esta ciudad! Tus palabras, no las suyas, me han movido a piedad. Pero en cuanto a él, me será odioso, dondequiera que esté.

CREONTE: Eres inexorable hasta cediendo. Esto será duro para ti cuando tu cólera se haya extinguido. Semejantes naturalezas se ven castigadas por sí mismas.

EDIPO: ¡Déjame, pues, y vete!

CREONTE: Me voy no conocido por ti; pero soy siempre para éstos lo que era antes.

CORIFEO: Mujer, ¿por qué tardas en llevarte a Edipo a la morada?

YOCASTA: He de saber antes qué querella era ésta.

CORIFEO: Nació de palabras oscuras. Una falsa acusación irrita el espíritu.

YOCASTA: ¿Se acusaban los dos?

CORIFEO: Sin duda.

YOCASTA: Y, ¿cuáles eran sus palabras?

CORIFEO: Bastante, bastante es esto para mí. En medio de las calamidades de esta ciudad me detengo donde se ha detenido la querella.

EDIPO: ¡Mira a dónde llegas! Aunque seas un hombre prudente, desfalleces y quebrantas mi corazón.

CORIFEO: ¡Oh, Rey! Lo he dicho y vuelvo a decirlo: sabe que estaría yo falto de razón y sería inhábil para pensar bien si me separase de ti, que has dirigido por el buen camino a mi querida patria, impotente para luchar contra las olas del destino adverso. De nuevo ahora, si puedes, dirígela felizmente.

YOCASTA: ¡Por los Dioses! Dime, ¡oh, Rey!, la causa de tu violenta cólera.

EDIPO: Hablaré, más bien por ti que por ellos. Es que Creonte ha urdido planes malvados contra mí.

YOCASTA: Habla, si puedes probar, explicando la querella, que has acusado a Creonte justamente.

EDIPO: Dice que soy yo el matador de Layo.

YOCASTA: ¿Lo sabe por sí mismo o lo ha oído decir a otro?

EDIPO: Ha suscitado un miserable adivino, porque, en lo que a él se refiere, no ha soltado la lengua.

YOCASTA: Deja todo eso y lo que se ha dicho. Escucha mis palabras y sabe que la ciencia de la adivinación no puede prever nada de las cosas humanas. Yo te lo probaré brevemente. En otro tiempo fue revelado a Layo un oráculo no por Febo mismo, sino por sus servidores, el cual decía que su destino era ser muerto por un hijo que habría nacido de él y de mí. Sin embargo, unos ladrones extranjeros le mataron en la encrucijada de tres caminos. Habiendo nacido el niño, apenas hubo vivido tres días, encargó a manos extrañas exponerle, con los pies atados, en una montaña desierta. De esta manera Apolo no hizo que el hijo fuese el matador del padre, ni que Layo sufriese de su hijo lo que de él temía. He aquí cómo se realizaron las predicciones fatídicas. No tengas ningún cuidado. En efecto, lo que un dios quiere averiguar, él mismo lo descubrirá fácilmente.

EDIPO: ¡Oh, mujer, cuánto, escuchando esto, siento el alma agitada y el corazón herido!

YOCASTA: ¿Qué nueva inquietud te turba?

EDIPO: Me parece que te he oído decir que Layo había sido muerto en la encrucijada de tres caminos.

YOCASTA: Ciertamente, se dijo, y ese rumor no ha sido desmentido.

EDIPO: ¿Y en qué lugar ocurrió esto?

YOCASTA: En la comarca que se llama Fócida, allí donde los caminos que vienen de Pito y de Daulis forman uno solo.

EDIPO: ¿Hace mucho tiempo de eso?

YOCASTA: Esto se supo en la ciudad un poco antes de que tú llegases a ser rey de esta tierra.

EDIPO: ¡Oh, Zeus! ¿Qué quisiste que hiciera?

YOCASTA: Edipo, ¿de dónde proviene ese terror?

EDIPO: No me preguntes nada todavía. Pero, dime, ¿qué aspecto era el de Layo? ¿Cuál era entonces su edad?

YOCASTA: Era de elevada estatura, y su cabeza empezaba a blanquear, y su rostro se parecía al tuyo.

EDIPO: ¡Desgraciado de mí! ¡Parece que, sin saberlo, me he lanzado a mí mismo horribles imprecaciones!

YOCASTA: ¿Qué dices? ¡Yo te conjuro! Ciertamente tiemblo al mirarte, ¡oh, Rey!

EDIPO: Temo demasiado la clarividencia de ese adivino. Me darás más luz si me dices todavía una sola cosa.

YOCASTA: Estoy espantada. Sin embargo, te diré, si la sé, la cosa que me preguntas.

EDIPO: ¿Caminaba con corto número de acompañantes o llevaba numerosa escolta, con arreglo a la costumbre de una persona real?

YOCASTA: Eran cinco, y entre ellos un heraldo. Un solo carro llevaba a Layo.

EDIPO: ¡Ay, ay! Esto ya está claro. Pero, ¿quién refirió estas cosas, oh, mujer?

YOCASTA: Uno de los servidores, el único que volvió sano y salvo.

EDIPO: ¿Está ahora en la morada?

YOCASTA: No, porque en cuanto estuvo de vuelta y te vio en posesión del poder real, y a Layo muerto, me suplicó ardientemente, cogiéndome la mano, que le enviase al campo a apacentar los rebaños, a fin de permanecer muy alejado de esta ciudad. Y yo le dejé marchar, porque era digno de recompensa, aunque esclavo.

EDIPO: ¿Es posible hacerle volver con toda prontitud a nuestro lado?

YOCASTA: Es muy fácil. Pero, ¿por qué lo deseas?

EDIPO: Temo, ¡oh, mujer!, que se me hayan dicho ya demasiadas cosas. Por eso quería ver a ese hombre.

YOCASTA: Vendrá, ciertamente. Pero, en el intervalo, creo ser digna de saber, ¡oh, Rey!, lo que entristece tu corazón

EDIPO: No te rehusaré esto, cuando no me queda más que esta esperanza. ¿A quién, en efecto, mejor que a ti, confiarme en tal incertidumbre? Mi padre era Polibo el corintio y mi madre Merope de Dórida; y yo era tenido por el primero entre los hombres de Corinto cuando me sucedió una aventura, digna de admirar indudablemente, pero no tal, no obstante, que yo hubiese debido inquietarme tanto. Durante la comida, un hombre más que tomado del vino me llamó hijo supuesto. Devorando la injuria con dolor, me contuve a duras penas durante aquel día; pero a la mañana siguiente acudí a mi padre y a mi madre y les pregunté lo que había de aquello, y ellos se indignaron mucho contra el que había hablado de aquella suerte, y yo estaba muy contento de sus palabras. Sin embargo, aquel ultraje me seguía quemando, porque había penetrado en mi espíritu. Partí, pues, para Pito, a escondidas de mi padre y de mi madre. Febo me despidió sin ninguna respuesta a las cuestiones por cuya causa había ido, pero me predijo claramente otras cosas terribles y lamentables: que me uniría a mi madre, que sacaría a la luz una raza odiosa a los hombres y que mataría al padre que me había engendrado. Habiendo oído esto, dejé la tierra de Corinto, guiándome por los astros, a fin de huir y ocultarme donde no viese jamás realizarse aquellos oráculos lamentables y vergonzosos. Haciendo mi camino, llegué al lugar donde dices que el rey pereció. Pues te dire la verdad, mujer. Cuando andaba no lejos de la triple vía, un heraldo y un hombre tal como tú has dicho, conducido sobre un carro con caballos enganchados, vinieron a mi encuentro. El conducor del carro y el mismo anciano quisieron apartame violentamente del camino. Entonces, lleno de cólera, herí al conductor que me repelía. Pero el anciano, viéndome pasar al lado del carro, aprovechó el momento y me dio en la cabeza con su doble látigo. Él no sufrió un mal idéntico, porque, alcanzado al punto por el bastón que tenía yo en la mano, cayó de espaldas desde lo alto de su carro, y maté también a todos los demás. Si aquel hombre desconocido tenía alguna cosa de común con Layo, ¿quién, más que yo, puede parecer horrendo a los Dioses? ¡Nadie, extranjero o ciudadano, me recibirá, ni me hablará, y todos me arrojarán de su morada, y nadie más que yo mismo me abrumará con mis propias imprecaciones! ¡Y mis manos, a las cuales el pereció, mancillan el lecho del muerto! ¿No soy un malvado impuro, puesto que es preciso que me destierre y huya, sin volver a ver a los míos y sin poner de nuevo el pie en la tierra de la patria? Si no, he de casarme con mi madre y matar a mi padre. ¿No pensaría sabiamente el que dijera que este destino me ha sido dispuesto por un Genio inexorable? ¡Oh, santidad del Dios! ¡Que yo no vea ese día! ¡Que desaparezca de en medio de los mortales antes de ser manchado con semejante horror!

CORIFEO: Estas cosas, ¡oh, Rey!, nos aterrorizan; pero hasta que lo sepas todo por el que estaba presente, no desesperes.

EDIPO: Ciertamente, el estar aguardando a ese boyero es la única esperanza que me queda.

YOCASTA: ¿Por qué te tranquilizarás cuando esté aquí?

EDIPO: Yo te lo diré. Si dice lo mismo que tú, entonces me consideraré libre de todo mal.

YOCASTA: ¿Qué palabras tan importantes has oído de mí?

EDIPO: Decías saber por él que Layo había sido muerto por unos ladrones. Si, ahora de nuevo, habla de su número, yo no le maté; porque uno solo no puede ser tomado por varios. Pero si dice que no había más que un hombre, entonces quedará manifiesto que yo cometí el crimen.

Yocasta: Sabe que él contó así la cosa, y no le es posible decir lo contrario. Toda la ciudad le oyó, y no yo sola. Aunque se apartase de su primer lenguaje, no certificaría, sin embargo, juzgando con arreglo al oráculo, que tú cometiste aquella muerte, puesto que Lojias declaró que Layo debía ser muerto a manos de mi hijo. Ahora bien, el desdichado niño no le mató, puesto que él había muerto antes. Por eso es por lo que ninguna adivinación me hará retroceder.

Edipo: Tu pensamiento es prudente. Sin embargo, envía alguien que traiga a ese esclavo. No dejes de hacerlo.

Yocasta: Muy pronto enviaré. Pero entremos en la morada, porque nada haré que no te plazca.

Estrofa I

Coro: ¡Pueda serme dispuesto el destino de guardar la santa honestidad de las palabras y de los actos, con arreglo a las leyes sublimes nacidas en el Éter uranio, de las cuales el Olimpo es el solo padre, que la raza mortal de los hombres no ha engendrado y que jamás el olvido adormecerá! Un gran Dios reside en ellas y la vejez no las marchitará.

Antistrofa I

La insolencia[10] engendra al tirano; la insolencia, habiéndose saciado en su locura de numerosas acciones insensatas y malvadas, llegada a la cima más alta, es precipitada al fondo de su destino, de donde en vano intenta salir. Puesto que la salvación futura de la ciudad está en este combate, pido al Dios que no permita que quede inacabado. Jamás dejaré de tomar al Dios por protector.

---

[10] Últimamente Edipo ha incurrido en ella, al sobrepasarse en su conversación con el adivino Tiresias y con Creonte, su cuñado.

Estrofa II

¡Si algún hombre se manifiesta insolentemente por sus palabras o sus acciones; si no venera la justicia, ni las moradas de los Genios, que un adverso destino se apodere de él por causa de sus inicuas delicias; si no se preocupa de las ganancias honradas; si no se abstiene de los actos impíos; si, en su demencia, pone las manos en lo que no debe tocarse! ¿Qué hombre, entonces, se podrá glorificar de repeler de su corazón los tiros de la cólera? Porque si esas acciones impías se ven honradas, ¿de qué me sirve mezclarme a los coros sagrados?

Antistrofa II

No iré a venerar el Ombligo[11] sagrado de la tierra, ni el templo abaisiano ni el de Olimpia, si esos oráculos no aparecen manifiestos a todos los hombres. Pero, ¡oh, tú que imperas, Zeus, si eres el verdadero dueño de todas las cosas, que nada se oculte a tu inmortal poder! ¡Ya los oráculos que conciernen a Layo son desdeñados; Apolo no resplandecerá de honores y las Cosas divinas desaparecen!

(Sale YOCASTA *de palacio acompañada de criadas.)*

YOCASTA: Reyes de esta tierra, me ha venido al pensamiento ir a los templos de los Dioses, llevando en las manos estas bandeletas y este incienso, porque Edipo tiene el alma turbada por numerosas inquietudes y no juzga, como un hombre prudente, los recientes oráculos según los oráculos pasados, sino que cree al que le anuncia terrores. Puesto que yo no le tranquilizo en nada, vengo a ti suplicante, con estas ofrendas, ¡oh, Apolo Licio, que eres el más próximo a nuestras moradas! A fin de que pongas a esto un término feliz, porque estamos todos llenos de confusión viendo así aterrorizado al que tiene la caña del timón de la nave.

---

[11] Delfos.

(*Entra en escena un* MENSAJERO.)

MENSAJERO: Sepa de vosotros, ¡oh, extranjeros!, dónde está la morada del Rey Edipo. Decidme dónde está él mismo, si lo sabéis.

CORO: Estas moradas son las suyas, y en ellas se encuentra, ¡oh, extranjero! Esta mujer es la madre de sus hijos.

MENSAJERO: ¡Que la venerable esposa de Edipo se vea feliz y rodeada de felices!

YOCASTA: Seas feliz igualmente, ¡oh, extranjero! Lo mereces a causa de tus buenas palabras. Pero di a qué has venido y qué noticias traes.

MENSAJERO: Cosas favorables para tu morada y para tu esposo, mujer.

YOCASTA: ¿Cuáles son? ¿Quién te ha enviado a nosotros?

MENSAJERO: Vengo de Corinto. Espero que lo que te voy a decir te será agradable. ¿Por qué no? Sin embargo, quizá te entristezca.

YOCASTA: ¿Qué noticia es ésa? ¿Cómo tendrá ese doble resultado?

MENSAJERO: Se dice que los habitantes del Istmo van a hacer rey a Edipo.

YOCASTA: ¿Es cierto? ¿Ya no reina el anciano Polibo?

MENSAJERO No, en verdad, pues la muerte le ha encerrado en la tumba.

YOCASTA: ¿Qué dices, anciano? ¿Ha muerto Polibo?

MENSAJERO: ¡Muera yo si no digo verdad!

YOCASTA: Mujer, apresúrate a entrar y anunciar esto con gran prontitud a tu amo. ¡Oh, oráculos de los Dioses!, ¿dónde estáis? ¡Edipo, temiendo matar a este hombre, había huido en otro tiempo de su patria; y he aquí que él ha sufrido su destino, pero no por Edipo!

(*Sale* EDIPO *de palacio.*)

EDIPO: ¡Oh, muy querida cabeza de Yocasta!, ¿por qué me has llamado de la morada?

YOCASTA: Oye a este hombre, y cuando le hayas oído mira en qué han venido a parar los verdaderos oráculos del Dios.

EDIPO: ¿Quién es y qué me anuncia?

YOCASTA: Llega de Corinto para anunciarte que tu padre Polibo ya no vive, sino que ha muerto.

EDIPO: ¿Qué dices, extranjero? Explica tú mismo lo que hay.

MENSAJERO: Si es preciso ante todo que hable claramente, ten por cierto que Polibo ha dejado la vida.

EDIPO: ¿Por un asesinato o por enfermedad?

MENSAJERO: Un solo momento basta para sumir en la muerte a los cuerpos envejecidos.

EDIPO: ¿Ha muerto, pues, de enfermedad el desgraciado?

MENSAJERO: Ciertamente, y después de haber vivido largo tiempo.

EDIPO: ¡Ah! ¡Ah! Mujer, ¿por qué inquietarse todavía con los altares fatídicos de Pito, o con las aves que chillan en el aire, y según los cuales yo había de matar a mi padre? ¡Ved, pues, que está muerto y encerrado bajo tierra, y yo, que estoy aquí, no le he herido con la espada! Como no sea que haya muerto de echarme de menos, porque, en ese caso, aún se podría decir que yo le he matado. ¡Polibo, pues, se ha sumido en el Hades, llevándose consigo todos esos vanos oráculos!

YOCASTA: ¿No te he dicho eso hace mucho tiempo?

EDIPO: Lo has dicho, sin duda, pero yo estaba turbado por el temor.

YOCASTA: No dejes entrar en tu espíritu nada de todo eso.

EDIPO: ¿Debo también no temer más al lecho nupcial de mi madre?

YOCASTA: ¿Qué puede temer el hombre cuando el destino conduce todas las cosas humanas y toda previsión es incierta? Lo mejor es vivir al azar, si se puede. No temas que te unas a tu madre, porque, en sus sueños, muchos hombres han soñado que se unían a su madre; pero el que sabe que esos sueños no significan nada lleva una vida tranquila.

EDIPO: Tus palabras serían prudentes si mi madre ya no viviese; pero, puesto que sobrevive, aunque hables con prudencia, nada puede hacer que yo no tema.

YOCASTA: La manera como ha muerto tu padre es un gran consuelo.

EDIPO: Grande, ya lo sé; pero mi madre vive, y por eso es por lo que temo.

MENSAJERO: ¿Cuál es esa mujer que os inquieta?

EDIPO: Merope, ¡oh, anciano!, que estaba casada con Polibo.

MENSAJERO: ¿Qué hay en ella que os espante?

EDIPO: Un oráculo divino y terrible, ¡oh, extranjero!

MENSAJERO: ¿Puede decirse? ¿Está prohibido que otro lo conozca?

EDIPO: Helo aquí. Lojias dijo, en tiempos, que yo yacería con mi madre y que vertería con mis manos la sangre paterna. Por eso es por lo que he vivido largo tiempo lejos de Corinto, y, en verdad, felizmente, por más que sea muy dulce, sin embargo, ver a sus padres.

MENSAJERO: ¿Es por consecuencia de ese temor por lo que te has desterrado?

EDIPO: No quería llegar a ser el matador de mi padre, anciano.

MENSAJERO: ¿Por qué, pues, ¡oh, Rey!, no te he de librar de ese temor, puesto que he venido a ti con un espíritu benévolo?

EDIPO: Ciertamente, yo te daré una recompensa merecida.

MENSAJERO: Yo he venido, sobre todo, a fin de que, de regreso en tu morada, obtuviese de ti esa recompensa.

EDIPO: ¡Jamás habitaré con mis padres!

MENSAJERO: ¡Oh, hijo! Está claro que no sabes lo que haces...

EDIPO: ¿Cómo, oh, anciano? ¡Por los Dioses! Instrúyeme.

MENSAJERO: ... si huyes de tu morada por causa de tus padres.

EDIPO: Temo que Febo haya sido verídico en lo que me concierne.

MENSAJERO: ¿Recelas alguna mancilla por causa de tus padres?

EDIPO: Eso mismo, anciano, es lo que me asusta siempre.

MENSAJERO: ¿No sabes que no tienes razón alguna para temer?

EDIPO: ¿Por qué, pues, si he nacido de ellos?

MENSAJERO: Porque Polibo no estaba unido a ti por la sangre.

EDIPO: ¿Qué dices? ¿No me ha engendrado Polibo?

MENSAJERO: Tanto como yo mismo, y no más.

EDIPO: ¿Cómo el que me engendró sería como el que nada me toca?

MENSAJERO: Ni él ni yo te hemos engendrado.

EDIPO: ¿Por qué, pues, me llamaba su hijo?

MENSAJERO: A fin de que lo sepas, era que te había recibido en otro tiempo de mis manos.

EDIPO: ¿Y amó tan vivamente al que había recibido de una mano extraña?

MENSAJERO: Te amó porque desde hacía mucho tiempo carecía de hijos.

EDIPO: ¿Y me diste a él habiéndome comprado o encontrado por algún azar?

MENSAJERO: Encontrado en las gargantas selváticas del Citerón[12].

EDIPO: ¿Por qué estabas tú en aquel lugar?

---

[12] Donde le había sido entregado por el pastor de Layo al pastor de Polibo que aquí habla. Este tipo de circunstancias dramáticas de las que sale indemne un niño constituyen el mejor preludio de la grandeza futura.

MENSAJERO: Guardaba allí los rebaños de la montaña.

EDIPO: ¿Eras, pues, un pastor mercenario y llevabas una vida vagabunda?

MENSAJERO: En aquel tiempo, ¡oh, hijo!, yo fui tu salvador.

EDIPO: ¿Qué mal era el mío, en aquella calamidad, cuando tú me socorriste?

MENSAJERO: Las articulaciones de tus pies pueden decirlo.

EDIPO: ¡Oh, Dioses!, ¿por qué recordar esta antigua desdicha?

MENSAJERO: Yo desaté tus pies, que estaban ligados.

EDIPO: Ciertamente, tengo esas señales desde la infancia, y nada hay en ellas que me glorifique.

MENSAJERO: Por eso es por lo que se te dio el nombre que tienes.

EDIPO: ¡Oh! ¡Por los Dioses! Dime si esto fue por orden de mi padre o de mi madre.

MENSAJERO: No sé. El que te entregó a mí lo sabría mejor.

EDIPO: ¿Me recibiste, pues, de otro? ¿No me encontraste tú mismo?

MENSAJERO: No. Otro pastor te entregó a mí.

EDIPO: ¿Quién es él? ¿Puedes tú nombrármelo?

MENSAJERO: Se decía servidor de Layo.

EDIPO: ¿Del que en otro tiempo era rey de esta tierra?

MENSAJERO: Precisamente. Era pastor de aquel rey.

EDIPO: ¿Vive todavía? ¿Puedo verle?

MENSAJERO (*dirigiéndose* al CORO): Vosotros que habitáis esta tierra lo sabréis mejor que yo.

EDIPO: ¿Hay alguno entre vosotros, los que estáis aquí, que conozca a ese pastor de que habla, sea que le haya visto en los campos o en la ciudad? Responded, porque ha llegado el tiempo de esclarecer esto.

CORO: Me parece que no es otro que ese campesino que tú deseas ver; pero Yocasta te lo dirá mejor que nadie.

EDIPO: Mujer, ¿crees que el hombre a quien hemos mandado venir sea el mismo que aquel de que éste habla?

YOCASTA: ¿De quién ha hablado? No te inquietes; no te acuerdes más de sus palabras vanas.

EDIPO: No puede ser que con ayuda de tales indicios no haga yo manifiesto mi origen.

YOCASTA: ¡Por los Dioses! Si tienes algún cuidado por tu vida, no investigues esto. Bastante afligida estoy.

EDIPO: Ten valor. Aunque yo fuese esclavo desde hace tres generaciones no quedarías rebajada en nada.

YOCASTA: Sin embargo, escúchame, ¡te lo suplico!, no hagas esto.

EDIPO: No consentiré en cesar en mis averiguaciones.

YOCASTA: Es con un espíritu benévolo como yo te aconsejo para el mayor bien.

EDIPO: Esos consejos excelentes me desagradan desde hace mucho tiempo.

YOCASTA: ¡Oh, desgraciado! ¡Plegue a los Dioses que no sepas jamás quién eres!

EDIPO: ¿Es que ninguno me va a traer prontamente a ese pastor? Dejadla envanecerse con su excelso origen.

YOCASTA: ¡Ay! ¡Ay! ¡Desgraciado! ¡Ése es el único nombre que puedo darte, y no oirás nada de mí en lo sucesivo!

(Entra YOCASTA *apresuradamente en palacio.)*

CORIFEO: Edipo, ¿por qué se va presa de un áspero dolor? Temo que de ese silencio salgan grandes males.

EDIPO: ¡Que salga lo que quiera! En cuanto a mí, quiero conocer mi origen, por oscuro que sea. Orgullosa de espíritu, como mujer, tiene vergüenza quizá de mi nacimiento común. Yo, hijo afortunado del destino, no seré por ello deshonrado. El buen destino es mi madre, y el desarrollo de los meses me ha hecho grande de pequeño que era. Teniendo un tal comienzo, ¿qué me importa lo demás? ¿Y por qué no he de averiguar cuál es mi origen?

Estrofa

CORO: ¡Si soy adivino, y si preveo bien con arreglo a mi deseo, oh, Citerón, pongo al Olimpo por testigo, antes del fin de otra luna llena te veneraremos como el criador y el padre de Edipo y como su conciudadano, y te celebraremos con coros, porque habrás traído la prosperidad a nuestros Reyes! ¡Febo!, ¡que apartes los males!, ¡que estos deseos sean realizados!

Antistrofa I

¡Oh, joven!, ¿qué hija de los bienaventurados te ha concebido, habiéndose unido a Pan[13], que vaga por las montañas, o a Lojias? Porque éste gusta de las cimas cubiertas de bosques. ¿Es el rey cileniense, o el dios Baco, que habita en las altas montañas, quien te ha recibido de alguna de las ninfas heliconas con las cuales tiene costumbre de retozar?

(Entra el anciano pastor acompañado de dos siervos de EDIPO.*)*

EDIPO: Si me está permitido, anciano, presentir a un hombre con quien jamás he vivido, me parece ver a ese pastor que esperamos hace tanto tiempo. Su vejez recuerda la edad de este otro hombre, y reconozco por mis servidores a los que le traen; pero tú juzgarás con más seguridad que yo, tú que ya has visto a ese pastor.

CORO: Efectivamente, lo reconozco, estoy cierto; porque estaba con Layo, y le era más fiel que cualquier otro como pastor.

---

[13] Dado que Edipo apareció en el monte Citerón, debe deducirse que su padre fue alguien vinculado especialmente a los referidos parajes.

EDIPO: ¡A ti en primer lugar, extranjero corintio! ¿Es ése el hombre que tú has dicho?

MENSAJERO: Es el mismo que ves.

EDIPO: ¡Hola! Tú, anciano, mírame a la cara y responde a lo que te pregunte. ¿Eras tú en otro tiempo servidor de Layo?

SERVIDOR: Era esclavo no comprado, sino criado en la morada.

EDIPO: ¿Cuál era tu trabajo y qué hacías de tu tiempo?

SERVIDOR: He pasado la mayor parte de mi vida apacentando los rebaños.

EDIPO: ¿Qué lugares frecuentabas más?

SERVIDOR: El Citerón y el país vecino.

EDIPO: ¿Recuerdas haber conocido a este hombre?

SERVIDOR: ¿Qué hacía? ¿De qué hombre me hablas?

EDIPO: De éste. ¿No le has encontrado alguna vez?

SERVIDOR: No lo bastante para que pueda decir que le recuerdo.

MENSAJERO: Eso no es sorprendente, señor; pero yo traeré a su memoria lo que se ha borrado de ella; porque sé que debe recordar que ambos anduvimos por el Citerón, yo no teniendo más que un rebaño y él teniendo dos, durante tres semestres, desde la primavera hasta el Arturo. Yo conducía, en el invierno, un rebaño hacia mis establos, y él los suyos a los de Layo. ¿Es verdad lo que digo o no?

SERVIDOR: Es verdad lo que dices, pero hace mucho tiempo de eso.

MENSAJERO: ¡Vamos, habla! ¿Recuerdas que me entregaste un niño para criarle como si fuese mío?

SERVIDOR: ¿ Qué es eso? ¿ Por qué me interrogas así?

MENSAJERO: He aquí, ¡oh, amigo!, el que era niño entonces.

SERVIDOR: ¡Vas a causar una desgracia! ¿Callarás?

EDIPO: ¡Ah! ¡No reprendas a este hombre, anciano! Sólo tus palabras son de reprender, no las suyas.

SERVIDOR: ¿En qué he faltado, oh, muy excelente señor?

EDIPO: No diciendo nada del niño de que habla.

SERVIDOR: No sabe lo que dice y se inquieta en vano.

EDIPO: Lo que no dices de buen grado lo dirás por fuerza.

SERVIDOR: Yo te conjuro por los dioses, no hieras a un anciano.

EDIPO: ¡Que uno de vosotros le ate prontamente las manos por la espalda!

SERVIDOR: ¡Qué desgraciado soy! ¿Por qué? ¿Qué quieres saber?

EDIPO: ¿Le entregaste aquel niño de que habla?

SERVIDOR: Sí se lo entregué. ¡Pluguiera a los Dioses que me hubiese muerto aquel día!

EDIPO: Eso te ha de ocurrir si no dices la verdad.

SERVIDOR: Mucho más pronto moriré si hablo.

EDIPO: Este hombre, a lo que parece, está ganando tiempo.

SERVIDOR: No, por cierto. Digo que se lo entregué hace muchos años.

EDIPO: ¿Cómo estaba en tu poder? ¿Era tuyo o de otro?

SERVIDOR: No era mío; le había recibido de otra persona.

EDIPO: ¿De qué ciudadano de esta ciudad? ¿De qué morada?

SERVIDOR: ¡Por los Dioses! ¡Señor, no preguntes más!

EDIPO: Si me haces preguntarte esto por segunda vez, eres muerto.

SERVIDOR: ¡Está bien! Era un niño de la morada de Layo.

EDIPO: ¿Era esclavo o de la raza misma de Layo?

SERVIDOR: ¡Oh, Dioses! Esto es para mí la cosa más horrible de decir.

EDIPO: Y para mí de oír. Pero debo oírlo.

SERVIDOR: Se decía que era hijo de Layo. Pero tu mujer, que está en tu morada, te dirá mucho mejor cómo pasaron las cosas.

EDIPO: ¿Fue ella misma quien te entregó el niño?

SERVIDOR: Sí, ¡oh, Rey!

EDIPO: ¿Con qué intención?

SERVIDOR: Para que yo le matase.

EDIPO: ¡Ella! ¡Quien le había parido! ¡Desgraciada!

SERVIDOR: Por miedo a lamentables oráculos.

EDIPO: ¿A cuáles?

SERVIDOR: Le había predicho que mataría a sus padres.

EDIPO: ¿Por qué, pues, le entregaste a este anciano?

SERVIDOR: ¡Por piedad, oh, señor! Creí que él llevaría el niño a un país extranjero; pero le salvó, para mayores desdichas. Si eres tú el que él dice, sabe que eres un desgraciado.

EDIPO: ¡Ay! ¡Ay! Todo aparece claramente. ¡Oh, luz, yo te veo por la última vez, yo que nací de aquellos de quienes no hacía falta nacer, que me he unido a quien no debía unirme, que he matado a quien no debía matar!

Estrofa I

CORO: ¡Oh, generaciones de los mortales, yo os estimo en nada, por mucho tiempo que viváis! ¿Qué hombre no tiene por la mayor felicidad el parecer dichoso y no viene a menos después? Enfrente de tu Genio y de tu destino, ¡oh, desgraciado Edipo!, digo que no hay nada de venturoso para los mortales.

Antistrofa I

Tú has empujado tu deseo más allá de todo y has poseído la más afortunada riqueza. ¡Oh, Zeus! Habiendo domeñado a la Virgen de uñas encorvadas, la Profetisa, has sido el muro de la patria y has defendido a los ciudadanos contra la muerte, y has sido nombrado rey e investido de altísimos honores, y reinas en la grande Tebas.

Estrofa II

Y ahora, si hemos comprendido, ¿quién es más miserable que tú? ¿Quién ha sido precipitado, por los cambios de la vida, en un desastre más terrible? ¡Oh, cabeza ilustre de Edipo, a quien un solo seno ha bastado como hijo y como marido, ¿cómo la que tu padre fecundó ha podido soportarte en silencio y por tanto tiempo?

Antistrofa II

El tiempo, que todo lo descubre, te ha revelado contra tu voluntad y condena esas nupcias abominables por las cuales eres a la vez padre e hijo. ¡Oh, hijo de Layo, pluguiera a los Dioses que no te hubiera jamás visto, porque gimo violentamente y en alta voz por ti! Sin embargo, diré la verdad: por ti es por quien he respirado y por quien mis ojos se han adormecido.

(Sale de palacio un MENSAJERO *de la casa.)*

MENSAJERO: ¡Oh, vosotros, los mayormente honrados de esta tierra, qué acciones vais a oír y ver, y qué gemidos lanzaréis, si, como conviene a los de la misma raza, tenéis todavía interés por la morada de los Labdácidas! Pienso, en efecto, que ni el Istro ni el Fasis podrían lavar las manchas inexpiables que oculta esta morada y las que van a salir ellas mismas a la luz. Pero los daños más lamentables son los que uno se hace a sí mismo.

CORO: Muy amargos son los que ya conocemos. ¿Qué nos anuncias además?

MENSAJERO: Para decirlo todo en muy pocas palabras y que lo sepáis: ¡la divina cabeza de Yocasta ha muerto!

CORO: ¡Oh, desventurada! ¿Cuál ha sido la causa de su muerte?

MENSAJERO: Ella misma. Lo que hay más lamentable en esto se os esconde, porque no habéis visto el caso. Sin embargo, en cuanto yo me acuerdo, conoceréis su destino miserable. Una vez que, consumida de furor, se hubo abalanzado al vestíbulo, fue derechamente a la cámara nupcial mesándose los cabellos con las dos manos. Luego que entró, cerró violentamente las puertas por dentro e invocó a Layo, muerto hace tanto tiempo, y el recuerdo de su antigua unión, de la que había salido ese hijo que había de matar a su padre, y por el que, en nupcias abominables, su propia madre había de parir. Y lloró sobre aquel lecho donde, dos veces desgraciada, tuvo un marido de un marido, y de un hijo concibió hijos. De qué manera pereció después, no sé. En efecto, Edipo se precipitó con grandes gritos, y, por esto, no me fue posible ver el fin de Yocasta, mientras yo miraba a aquél, que corría de aquí para allá. E iba y venía pidiendo una espada, y buscando a su mujer, que no era su mujer, y que era su propia madre y la de sus hijos. Alguno de los Genios informó a su demencia, porque no fue ninguno de nosotros que estábamos allí. Entonces, con horribles gritos, como si el camino le fuese mostrado, se lanzó contra las dobles puertas, arrancando las hojas de los profundos goznes, y se precipitó en la cámara, donde vimos a la mujer pendiente de la cuerda que la estrangulaba. Y, al verla así, el mísero se estremeció de horror y desató la cuerda. Y habiendo caído al suelo la desgraciada tuvo lugar una cosa horrible. Después de arrancar los broches de oro de los vestidos de Yocasta se sacó con ellos los abiertos ojos, diciendo que éstos no verían los males que había sufrido y las desdichas que había causado, que, sumidos en adelante en las tinieblas, no verían a los que él no debía ver, y no reconocerían a los que él deseaba contemplar. Y haciendo estas imprecaciones seguía hiriendo una y otra vez sus ojos, levantados los párpados; y sus pupilas ensangrentadas corrían por sus mejillas, y no sólo se escapaban de aquéllas algunas gotas de sangre, sino que brotaba como una lluvia negra, como un granizo de sangre. La antigua Felicidad era así llamada con su verdadero nombre; pero a partir de este día nada falta de todos los males que tienen un nombre, los gemidos, el desastre, la muerte, el oprobio.

CORIFEO: Y ahora, ¿qué hace el desgraciado en la tregua de su mal?

MENSAJERO: Grita que se abran las puertas y que se muestre a todos los cadmeos al matador de su padre, y cuya madre... Palabras impías que no puedo repetir. Quiere ser arrojado de esta tierra; se niega a permanecer más tiempo en esta morada manchada con las imprecaciones de que él se ha cubierto. Pero carece de un apoyo y de un conductor, porque la violencia de su dolor es muy grande, y no puede soportarla. Esto se te hará manifiesto bien pronto, porque se abren las hojas de las puertas y vas a asistir a un espectáculo tal que excitaría la piedad hasta de un enemigo.

(Se abren las puertas del palacio y aparece EDIPO *con la cara ensangrentada y ciego.)*

CORIFEO: ¡Oh, miseria para los hombres espantosa! ¡Oh, la más horrible de todas las que he visto jamás! ¿Qué demencia se ha apoderado de ti, oh, desgraciado? ¿Qué Genio, con semejantes males, ha hecho peor el destino funesto que la Moira te había preparado? No puedo mirarte, por más que deseo interrogarte sobre muchas cosas, ni oírte, ni verte, ¡tanto me llenas de horror!

EDIPO: ¡Ay! ¡Ay! ¡Ah! ¡Qué desgraciado soy! ¿Adónde iré en la tierra, desdichado? ¿Adónde se esparcirá mi voz? ¡Oh, Genio! ¿En dónde me has arrojado?

CORIFEO: En una horrible angustia que no se puede ver ni oír.

Estrofa I

EDIPO: ¡Oh, nube execrable de mi noche, que me has invadido, lamentable, invencible, irremediable! ¡Ay de mí! ¡Ay de nuevo! Las punzadas amargas de mi mal y el recuerdo de mis crímenes me desgarran a la vez.

CORIFEO: No es extraño, ciertamente, que, presa de tantas miserias, sientas una doble pena y una doble carga.

EDIPO: ¡Oh, amigo! ¡Tú eres todavía para mí un servidor fiel, puesto que te tomas interés por mí que estoy ciego! ¡Ay!

¡Ay! No te me escondes, y aunque estoy rodeado de tinieblas, reconozco claramente tu voz.

Corifeo: ¡Oh! ¡Qué violencia has cometido! ¿Cómo te has atrevido a sacarte así los ojos? ¿Qué Genio te ha impulsado?

Edipo: ¡Apolo! Apolo es, amigos, quien me ha hecho estos males, todos estos males; pero nadie me ha herido, sino yo mismo. ¿Qué me importaba ver, puesto que nada me era dulce de ver?

Corifeo: Ciertamente, ello es así como lo dices.

Edipo: ¿Qué me queda, amigos, que pueda ver o amar? ¿Con quién me agradaría hablar? ¡Llevadme con gran presteza fuera de aquí! ¡Llevad, amigos, a este criminal, a este hombre entregado a las execraciones, el más horrendo de todos los mortales para los Dioses!

Corifeo: ¡Oh, desgraciado por el pensamiento de tu miseria tanto como por tu miseria misma! ¡Ojalá no te hubiera nunca conocido!

Antistrofa I

Edipo: ¡Perezca aquel que rompió las ligaduras crueles de mis pies y me salvó de la muerte! No se lo agradezco, porque si hubiese muerto entonces no sería, ni para mis amigos, ni para mí, la causa de un dolor semejante.

Corifeo: Y yo también lo quisiera.

Edipo: ¡No hubiera llegado a ser el matador de mi padre; no se diría de mí que he sido el marido de aquella de quien nací! ¡Y heme aquí impío, hijo de impíos! ¡Y miserable, he dormido con los que me hicieron nacer! En fin, si hay alguna desdicha más horrorosa que ésta, Edipo la ha sufrido.

Corifeo: No puedo alabar tu resolución. Mucho más valdría para ti no existir que vivir ciego.

Edipo: No trates de probarme que no he obrado de la mejor manera, ni me aconsejes más. No sé, en efecto, bajado al Hades, con qué ojos hubiera mirado a mi padre y a mi desgraciada madre, contra los que he cometido execrables crímenes, de esos que la horca no podría expiar. ¿Y me hubiera sido muy apetecible la vista de mis hijos, ellos que han nacido de esa suerte? ¡No, por cierto, jamás! Y no más que la vista de la ciudad, de las murallas y de las imágenes sagradas de los Genios, de que yo mismo me he privado, mísero, cuando, lleno de gloria en Tebas, mandé a todos arrojar a este impío de la raza de Layo y horrendo a los Dioses. Cuando yo manifesté en mí semejante mancha, ¿podré mirarles con ojos firmes? ¡No, por cierto! Y si pudiese cerrar las fuentes del oído, no tardaría, puesto que cerraría así todo mi desdichado cuerpo y sería a la vez ciego y sordo; porque es dulce no sentir nada de los propios males. ¡Oh, Citerón!, ¿por qué me recibiste? ¿Por qué no me mataste al punto, a fin de que no pudiese jamás revelar a los hombres de quién había nacido? ¡Oh, Polibo y Corinto! ¡Oh, vieja morada, que se dice la de mis padres, vosotros me habéis criado roído de males bajo la apariencia de la belleza! Porque ahora soy tenido por culpable y nacido de culpables. ¡Oh, triple ruta, valle umbroso, bosque de encinas y estrecha garganta en donde desembocaban las tres vías, que habéis bebido la sangre paterna vertida por mis propias manos, os acordáis aún de mí, del crimen que yo he cometido todavía, habiendo venido aquí! ¡Oh, nupcias!, ¡nupcias!, ¡vosotras me habéis engendrado, después me habéis unido a quien me había concebido, y habéis mostrado a la luz un padre a la vez hermano e hijo, una novia a la vez esposa y madre, todas las manchas más ignominiosas que haya entre los hombres! Pero, puesto que no se deben decir las cosas vergonzosas de hacer, os conjuro por los Dioses a que me ocultéis prontamente en alguna parte fuera de la ciudad; o matadme o arrojadme al mar, allí donde no me volváis a ver. ¡Venid, no desdeñéis tocar a un miserable! Consentid, no temáis nada. Nadie entre los mortales, si no soy yo, puede soportar mis desdichas.

CORIFEO: He aquí a Creonte que viene para consentir en lo que pides y aconsejarte. No queda nadie más que él que pueda ser en tu lugar el guardián de este país.

EDIPO: ¡Ay!, ¿qué palabras le dirigiré? ¿Qué confianza puedo tener en aquel a quien recientemente he dirigido tantas injurias?

CREONTE: No vengo a hacer escarnio de ti, Edipo, ni a reprocharte nada de tus primeros crímenes. Pero si no respetamos la raza de los hombres, respetemos al menos la llama de Helios, nutriz de todas las cosas, no revelando abiertamente una llaga tal que no pueden soportarla ni la tierra, ni la lluvia sagrada, ni la luz misma. Conducidle prontamente a la morada. Sólo para los parientes es bueno y equitativo oír y ver los males de sus parientes.

EDIPO: ¡Por los Dioses! Puesto que has defraudado mi esperanza y has venido, hombre irreprochable, hacia el peor de los hombres, escúchame. Hablo, en efecto, en tu interés y no en el mío.

CREONTE: ¿Qué esperas de mí?

EDIPO: Arrójame con gran prontitud fuera de esta tierra, a un paraje donde no pueda hablar con ninguno de los mortales.

CREONTE: Ciertamente, lo hubiera hecho, sábelo, si no quisiera ante todo preguntar al Dios lo que debe hacerse.

EDIPO: Su palabra es manifiesta para todos: es preciso matarme, a mí, parricida e impío.

CREONTE: Tales son, sin duda, sus palabras; sin embargo, en el estado actual de las cosas, es mejor preguntar lo que debe hacerse.

EDIPO: ¿Le interrogaréis, pues, acerca del hombre desdichado que soy yo?

CREONTE: Ciertamente, y ahora no podrás ya no creer al Dios.

EDIPO: Pídote, pues, y te conjuro a que sepultes como quieras a la que yace allí, en la morada. Serás alabado por haber cumplido ese deber para con los tuyos. Pero, en cuanto a mí, es necesario que la ciudad de mis padres no pueda guardarme vivo. Permite que more en las montañas, en el Citerón, mi único país, donde, apenas nacido, mi padre y mi madre habían señalado mi tumba, a fin de que pereciese por los que querían hacerme morir. Lo que sé seguramente es que no moriré ni de enfermedad ni de otra manera alguna. No habría sido preservado ahora de la muerte si no debiese perecer de alguna terrible desgracia. Pero ¡que mi destino sea el que debe ser! No te dé cuidado por mis hijos[14], Creonte. Ya son hombres. Dondequiera que se encuentren, no carecerán de sustento; pero cuida de mis desgraciadas, de mis lamentables hijas, que nunca han estado alejadas de mi mesa y siempre han recibido en ella su parte. Pido que te preocupes de ellas, y te suplico, sobre todo, permitas que yo las toque con mis manos y que deploremos nuestras miserias. Vamos, ¡oh, Rey!, ¡tú, salido de una noble raza, consiente! ¡Si las toco con mis manos, creeré que las veo todavía y que las conservo! Pero, ¿qué significa esto? ¡Por los Dioses! ¿No oigo a mis queridísimas hijas deshacerse en llanto? ¿Me ha enviado Creonte, apiadándose de mí, a las más queridas de mi raza? ¿Estoy en lo cierto?

(Entran ANTÍGONA *e* ISMENE *guiadas por un criado.)*

CREONTE: Sí, lo estás. Las traje yo mismo en cuanto supe que anhelabas esta gran alegría.

EDIPO: ¡Que todas las felicidades te acompañen! ¡Que vele por ti un Genio mejor que sobre mí! ¡Oh, hijas mías!, ¿dónde estáis? ¡Venid aquí, venid a tocar mis manos, estas manos fraternales que han hecho, de los ojos antes brillantes de vuestro padre, lo que son ahora; de vuestro padre, ¡oh, hijas mías!, que, sin verlo ni saberlo, fecundó el seno que le había concebido! Os lloro, porque no puedo veros, pensando cuán cruel será en adelante vuestra vida entre los hombres. ¿A qué asambleas de ciudadanos iréis? ¿A qué teorías, de donde volveréis a casa llorando y no gozosas de lo que hayáis visto? Y cuando lleguéis a la edad de las nupcias, ¿quién se atreverá, ¡oh, hijas mías!, a sufrir tantos oprobios como agobiarán de mi-

---

[14] Somos conscientes de que esta forma oculta el significado *hijo* en el sentido material, pero eso lo oculta, no lo dice expresamente. Y como al español le ocurre lo mismo con la palabra *niño* cuando es dicha por el padre, como es aquí el caso, entendemos que ésta es la versión más exacta y fiel.

serias a mis parientes y los vuestros? ¿Qué desdicha, en efecto, no he sufrido? ¡Vuestro padre ha matado a su padre, se ha unido a la madre que le había concebido y os ha hecho nacer del seno de que nació! Vosotras sufriréis estos reproches. ¿Quién, pues, os tomará por esposas? Nadie, ¡oh, hijas mías!, y tendréis que morir vírgenes y estériles. ¡Oh, hijo de Meneceo! Puesto que quedas solo para ser su padre, porque nosotros que las hemos engendrado somos los dos muertos, no toleres que mendiguen, sin esposo, sin familia, ni que vagabundeen de aquí para allá sin hijos. No iguales sus desgracias a las mías, sino ten piedad de ellas, pues que las ves tan jóvenes, privadas de todo el apoyo, fuera del tuyo. Prométélo, ¡oh, bien nacido!, y dame tu mano en prenda de tu fe. En cuanto a vosotras, ¡oh, hijas!, si pudieseis comprenderme os daría numerosos consejos; pero, al menos, haré el voto de que, allí donde viváis, gocéis de un destino mejor que el del padre que os ha engendrado.

CREONTE: Ya es bastante llorar. Entra en la morada.

EDIPO: Hay que obedecer, por más duro que sea.

CREONTE: Todas las cosas hechas a tiempo son buenas.

EDIPO: ¿Sabes con qué condición iré?

CREONTE: Dila, para que la sepa.

EDIPO: Que me arrojarás lejos de esta tierra.

CREONTE: Lo que pides depende del Dios.

EDIPO: Pero yo soy muy detestado por los Dioses.

CREONTE: Por eso es por lo que te será prontamente otorgado.

EDIPO: ¿Dices la verdad?

CREONTE: No tengo por costumbre decir lo que no pienso.

EDIPO: Llévame, pues, de aquí.

CREONTE: Ven, pues, y deja a tus hijas.

EDIPO: Te conjuro que no me las quites.

CREONTE: No quieras tenerlo todo. Lo que has poseído ya no ha hecho tu vida feliz.

(Entran todos en palacio.)

CORIFEO: ¡Oh, habitantes de Tebas, mi patria, ved! ¡Este Edipo que adivinó el enigma célebre, este hombre poderosísimo que no sintió jamás envidia de las riquezas de los ciudadanos, por qué tempestad de miserias terribles ha sido derribado! Esto es para que esperando el día supremo de cada uno, no digáis jamás que un hombre nacido mortal ha sido dichoso, antes que haya llegado al término de su vida sin haber sufrido.

Edipo en Colono

EDIPO EN COLONO

EDIPO.
ANTÍGONA.
EXTRANJERO.
CORO DE ANCIANOS ÁTICOS.
ISMENE.
TESEO.
CREONTE.
POLINICES.
MENSAJERO.

(Bosque consagrado a las Euménides. A un lado, la estatua del héroe epónimo de Colono. Al fondo, la ciudad de Atenas. Entra en escena EDIPO *guiado por su hija* ANTÍGONA.)

EDIPO: Hija del anciano ciego, Antígona, ¿a qué lugares, a la ciudad de qué hombres hemos llegado? ¿Quién acogerá hoy, con mezquinos dones, al errante Edipo, que pide poco y recibe todavía menos? Lo cual me basta, sin embargo, porque mis miserias, el largo tiempo y mi grandeza de alma me hacen hallar que todo está bien. Pero, ¡oh, hija!, si ves algún paraje en un bosque profano o en un bosque sagrado, detente y siéntame, a fin de que preguntemos en qué lugar estamos. Puesto que hemos venido y somos extranjeros, es preciso hacer lo que se nos mande.

ANTÍGONA: Desdichadísimo padre Edipo, en cuanto es posible a mis ojos juzgar, he allí, a lo lejos, algunas torres que protegen una ciudad. Este lugar es sagrado, ello es manifiesto, porque está cubierto de laureles, de olivo y de numerosas viñas que multitud de ruiseñores llenan con los bellos sonidos de su voz. Siéntate en esta piedra rugosa, porque, para un anciano, has hecho un largo camino.

EDIPO: Siéntame y cuida del ciego.

ANTÍGONA: No hay necesidad de recordarme lo que he aprendido con el tiempo.

EDIPO: ¿Puedes decirme con seguridad en dónde nos hemos detenido?

ANTÍGONA: Sé que allí está Atenas, pero este lugar no lo conozco.

EDIPO: En efecto, todos los viandantes nos lo han dicho.

ANTÍGONA: ¿Quieres que siga adelante para preguntar qué lugar es éste?

EDIPO: Sí, hija, y, sobre todo, si está habitado.

ANTÍGONA: Lo está, ciertamente. Pero creo que no hay necesidad de que me aleje, porque veo que viene un hombre.

EDIPO: ¿Viene acá? ¿Se apresura?

(Entra en escena un EXTRANJERO.)

ANTÍGONA: Hele ahí. Puedes hablarle e interrogarle: aquí está.

EDIPO: ¡Oh, extranjero! Habiendo sabido por ésta, que ve por mí y por ella, que vienes oportunamente para informarnos de aquello de que no estamos seguros...

EXTRANJERO: Antes de preguntar más, levántate de ahí, porque estás en un lugar que no puede hollarse.

EDIPO: ¿Qué lugar es éste? ¿A cuál de los Dioses está consagrado?

EXTRANJERO: Está prohibido tocarlo y habitarlo. Las terribles Diosas que lo poseen son las hijas de Gea y de Erebo.

EDIPO: ¿Bajo qué nombre venerable las invocaré?

EXTRANJERO: Este pueblo acostumbra llamarlas las Euménidas que todo lo ven; pero también les agradan otros nombres.

EDIPO: ¡Plegue a los Dioses que me sean propicias, a mí que las suplico! Pero no saldré de mi sitio en este lugar.

EXTRANJERO: ¿Pues?

EDIPO: Tal es mi destino.

EXTRANJERO: Ciertamente, no me atreveré a arrojarte de este lugar antes de saber de los ciudadanos lo que es preciso hacer.

EDIPO: ¡Por los Dioses! ¡Oh, extranjero, yo te conjuro, no me rehúses, a mí, vagabundo, responderme a lo que te pregunte!

EXTRANJERO: Pregunta lo que quieras, porque no serás desdeñado por mí.

EDIPO: ¡Dime, pues, yo te conjuro, qué lugar es éste en que nos hemos detenido!

EXTRANJERO: Sabrás de mí todo lo que yo sé. Este lugar es enteramente sagrado, porque el venerable Poseidón lo posee, así como el dios Titán Prometeo portador del fuego. El suelo que pisas es llamado el umbral de bronce de esta tierra, el baluarte de los atenienses. Los campos vecinos se glorifican de pertenecer al caballero Colono, y todos aquí se llaman con este nombre. Tales son los lugares de que hablo, ¡oh, extranjero!, menos célebres en otra parte que bien conocidos aquí.

EDIPO: ¿Los habitan algunos hombres?

EXTRANJERO: Sí, por cierto, y se llaman con el nombre del Dios.

EDIPO: ¿Tienen alguien que les mande o pertenece el poder a la multitud?

EXTRANJERO: Estos lugares obedecen al rey que manda en la ciudad.

EDIPO: ¿Y quién es el que manda por el derecho y la fuerza?

EXTRANJERO: Se llama Teseo, hijo de Egeo, que reinaba antes que él.

EDIPO: ¿Podrá uno de vosotros llamarle para que venga?

EXTRANJERO: ¿Qué ha de hacer o qué ha de decir.

EDIPO: Ha de obtener un gran provecho de un pequeño servicio.

EXTRANJERO: ¿Qué provecho puede obtener de un hombre ciego?

EDIPO: Nuestras palabras no serán ciegas, sino claras.

EXTRANJERO: ¿Sabes, ¡oh, extranjero!, cómo no caerás en falta? Si eres, como lo pareces, bien nacido, a pesar de tu desgracia, quédate aquí donde te he encontrado, hasta que te haya anunciado a los habitantes de este domo y no a los de la ciudad. Ellos decidirán si es necesario que te quedes o que te vuelvas.

EDIPO: ¡Oh, hija!, ¿se ha marchado el extranjero?

ANTÍGONA: Se ha marchado. Puedes, padre, hablar con libertad, porque estoy sola aquí.

EDIPO: ¡Oh, venerables y terribles! Puesto que en esta tierra vuestra morada es la primera a que me he acercado, no nos seáis enemigas, a Febo y a mí. Cuando me anunció miserias numerosas, me predijo, en efecto, el fin de mis males, después de un largo tiempo, cuando hubiera llegado como término a un país en que, entre las Diosas venerables, encontrase una morada hospitalaria. Y me dijo que allí acabaría mi miserable vida, para el bien de los que me acogieran y para la ruina de los que me arrojasen. Y me prometió que el instante de ello me sería revelado, ya por el temblor de la tierra, ya por el trueno, ya por el relámpago de Zeus. Y, ciertamente, comprendo que he sido conducido hacia este bosque sagrado por vuestro presagio favorable. Jamás, en efecto, marchando al azar, os habría encontrado las primeras, ni, comedido entre vosotras que sois comedidas, me hubiera sentado en este asiento venerable y rudo. Por eso, Diosas, con arreglo a la palabra profética de Apolo, concededme ese cambio y ese fin de mi vida, a menos que no os parezca demasiado vil, agobiado como estoy de miserias interminables, las más crueles que los mortales hayan sufrido. Vamos, ¡oh, dulce hija de la antigua oscuridad, y tú que llevas el nombre de la muy grande Palas, Atenas la más ilustre de las ciudades! Tened piedad de esta sombra miserable de Edipo, porque mi antiguo cuerpo no era tal como éste.

ANTÍGONA: Guarda silencio. He aquí que vienen acá hombres de una edad avanzada y miran dónde estás sentado.

EDIPO: Me callaré; pero llévame fuera del camino y ocúltame en el bosque sagrado, hasta que oiga las palabras que digan; porque no hay seguridad sino para aquellos que saben lo que hay que hacer.

(Se ocultan ambos en el bosque. Mientras tanto van entrando ancianos de Colono que forman el CORO.*)*

Estrofa I

CORO: ¡Mira! ¿Quién era? ¿Dónde se ha escondido evadiéndose de este lugar sagrado, él, el más imprudente de todos los hombres? Busca, ve, mira por todos lados. Ciertamente, ese anciano es un vagabundo, un extranjero. De otro modo, no hubiera entrado en este bosque sagrado, inaccesible, de las vírgenes indomadas que tememos invocar por un hombre, cerca del que pasamos volviendo los ojos, cerrada la boca y pasando silenciosamente. Ahora se dice que alguien ha venido aquí sin respeto; pero, mirando por todas partes en el bosque sagrado, no puedo ver dónde está.

(Salen del bosque EDIPO *y* ANTÍGONA.*)*

EDIPO: Heme aquí, porque os veo al oíros, como se dice.

CORIFEO: ¡Ah! ¡Ah! Es horrible de ver y de oír.

EDIPO: ¡No me toméis, os conjuro, por un despreciador de las leyes!

CORIFEO: ¡Zeus protector!, ¿qué anciano es éste?

EDIPO: Un hombre que no tiene el más feliz destino, ¡oh, éforos de esta tierra! Y lo pruebo por el hecho mismo. A no ser así no hubiera venido gracias a otros ojos, y no me sostendría, siendo grande, gracias a un apoyo tan débil.

Antistrofa I

CORO: ¡Ay! ¡Ay! ¡Ciego! ¡Bajo un adverso destino desde la infancia, y, ciertamente, hace muchísimo tiempo, como puede pensarse! Pero, en cuanto yo pueda oponerme a ello, no añadirás a esas desdichas una impiedad por la cual serías encomendado a las imprecaciones. Pasas, en efecto, pasas el límite. No te metas en ese bosque sagrado, cubierto de hierba y silencioso en que la crátera mezcla el agua a la dulce miel. ¡Ten cuidado, desgraciado extranjero, ten cuidado! ¡Retrocede, vete de ahí! Retírate a gran distancia. ¿Oyes, oh, desventurado vagabundo? Si tienes algo que responderme o que decirnos a todos, sal de ese lugar sagrado. No me hables antes.

EDIPO: Hija mía, ¿qué decidiré?

ANTÍGONA: ¡Oh, padre! Conviene que hagamos lo que los ciudadanos hacen. Cedamos, puesto que es preciso, y obedezcamos.

EDIPO: Sostenme, pues.

ANTÍGONA: Ya te sostengo.

EDIPO: ¡Oh, extranjeros! Yo os conjuro, no me maltratéis, cuando salga de aquí, por obedeceros.

CORO: No, por cierto, ¡oh, anciano! Nadie te arrastrará fuera de aquí contra tu voluntad.

(Se adelanta EDIPO *conducido por* ANTÍGONA.)

Estrofa II

EDIPO *(dando otro paso)*: ¿Es preciso ir más lejos?

CORO: Ve más lejos.

EDIPO: ¿Todavía?

CORO (*a* ANTÍGONA): Condúcele más lejos, doncella. Tú me comprendes.

ANTÍGONA: ¡Sígueme por tu pie ciego, padre! Sígueme a donde yo te lleve.

CORO: Extranjero en tierra extraña, sabe ¡oh, desgraciado!, detestar lo que esta ciudad detesta y honrar lo que honra.

EDIPO: Llévame, pues, hija, allí donde podamos hablar y oír sin impiedad, y no luchemos contra la necesidad.

CORIFEO: Detente ahí, y no pongas el pie más allá de ese umbral de piedra.

EDIPO: ¿Es así?

CORO: Bastante es, ya lo he dicho.

EDIPO: ¿Puedo sentarme?

CORO: Siéntate de lado, y humildemente, en el extremo de esa piedra.

ANTÍGONA: Padre, esto es de mi incumbencia. Mide lentamente tu paso por el mío.

EDIPO: ¡Ay! ¡Desgraciado de mí!

ANTÍGONA: Apoya tu viejo cuerpo en mi brazo amigo.

EDIPO: ¡Oh! ¡Qué lamentable calamidad!

CORO: ¡Oh, desgraciado, puesto que nos has obedecido, di qué mortal te ha engendrado! ¿Quién eres, tú que vives tan miserable? ¿Cuál es tu patria?

Epodo

EDIPO: ¡Oh, extranjeros, yo no tengo patria! Pero no...

CORO: ¿Qué rehúsas decir, anciano?

EDIPO: No me preguntes quién soy y no me interrogues más.

CORO: ¿Pues?

EDIPO: ¡Horrible origen!

CORO: Habla.

EDIPO (*a* ANTÍGONA): ¡Oh, Dioses! Hija mía, ¿qué diré?

ANTÍGONA: Habla, puesto que te ves obligado a ello.

EDIPO: Hablaré, puesto que no puedo ocultar nada.

CORO: Tardas demasiado. ¡Vamos, date prisa!

EDIPO: ¿Conocéis a un hijo de Layo...

CORO: ¡Ah! ¡Ah!

EDIPO: ... y a la raza de los Labdácidas.

CORO: ¡Oh, Zeus!

EDIPO: ¿Y al desventurado Edipo?

CORO: ¿Eres tú?

EDIPO: No concibáis ningún terror por mis palabras.

CORO: ¡Ah! ¡Ah!

EDIPO: ¡Qué desgraciado soy!

CORO: ¡Ah! ¡Ah!

EDIPO: Hija mía, ¿qué ocurrirá?

CORO: ¡Vamos, huid lejos de esta tierra!

EDIPO: ¿Y cómo cumplirás lo que has prometido?

CORO: El destino no castiga por el mal que se vuelve. El fraude acarrea el fraude a quien engaña y atrae la desgracia, no la gratitud. Deja ese asiento. ¡Huye con toda prontitud fuera de mi tierra y no manches por más tiempo mi ciudad!

(Se interpone ANTÍGONA *entre el* CORO *y* EDIPO.)

ANTÍGONA: ¡Oh, extranjeros irreprochables! Puesto que no habéis querido oír a mi anciano padre ciego revelar las acciones que no ha hecho voluntariamente, os conjuro a tener piedad de mí, desgraciada, que os suplica sólo por su padre, mirándoos con mis ojos como si fuese nacida de vuestra sangre, para que seáis clementes con este desdichado. En vosotros, no menos que en un dios, descansan todas mis esperanzas. Concedednos, pues, este beneficio inesperado. ¡Yo os conjuro, por vosotros mismos, por todo lo que os es caro por vuestros hijos, por vuestra mujer, por lo que poseéis, por vuestro dios doméstico! Porque, mirando por todos lados, no veréis jamás un hombre que pueda escapar cuando un dios le arrastra.

CORIFEO: Sabe, hija de Edipo, que tenemos piedad de vuestros males igualmente, de los tuyos y de los suyos; pero, temiendo más todavía la cólera de los Dioses, no nos es posible decir otra cosa que lo que hemos dicho.

EDIPO: ¿Por qué la gloria o el ilustre renombre que no tiene fundamento? Dícese que Atenas es muy piadosa; que es la única, entre todas las ciudades, que puede salvar a un extranjero de los males que le agobian y llevarle socorro; pero, ¿qué me importa eso a mí a quien vosotros levantáis de este asiento y arrojáis, espantados de un nombre? No somos, en efecto, ni yo ni mis acciones lo que teméis, porque más bien las he sufrido que cometido, lo cual sabríais si me fuese posible hablar de mi padre y de mi madre, que son causa de que os inspire horror, y esto yo bien lo sé. ¿ Cómo he de ser tenido por un hombre perverso, yo que, habiendo sufrido el mal, lo he hecho a mi vez? Pero si lo hubiese cometido a sabiendas, ni aun entonces sería yo culpable. Sin haber previsto nada, he llegado al punto en que me veis; pero aquellos por quienes he sufrido sabían bien que me perdían. Por esto, ¡yo os conjuro por los Dioses, extranjeros! Puesto que me habéis hecho levantar de este sitio, salvadme. Piadosos con los Dioses, no los desatendáis ahora. Creed que miran a los hombres piadosos y a los impíos, y que el culpable no puede escapárseles. Comprendiendo esto, no empañéis con malas acciones el esplendor de la dichosa Atenas; sino libertadme y salvadme a mí que os he suplicado, confiando en vuestra fe. No me ultrajéis ante el aspecto horrible de mi rostro. En efecto, yo vengo a vosotros, inocente y sagrado, y aportando ventajas a los ciudadanos. Cuando haya venido aquel, cualquiera que sea, en quien reside el poder y que es vuestro jefe, entonces lo sabréis todo de mí; pero hasta entonces no me seáis perjuros.

CORIFEO: Ciertamente, me veo obligado, ¡oh, anciano!, a respetar las razones que das y que están expresadas en palabras no ligeras; pero me bastará que el rey de esta tierra las oiga.

EDIPO: Pero, extranjeros, ¿dónde está el jefe de este país?

CORIFEO: Habita en la ciudad paterna. El mensajero que me ha llamado aquí ha ido hacia él.

EDIPO: ¿Crees que tenga alguna atención y algún respeto a un hombre ciego, y que venga él mismo?

CORIFEO: Ciertamente, en cuanto sepa tu nombre.

EDIPO: ¿Y quién irá a anunciárselo?

CORO: El camino es largo, pero las numerosas palabras de los viajeros acostumbran a extenderse. En cuanto las haya oído vendrá, créeme. En efecto, ¡oh, anciano!, el ruido de tu nombre ha penetrado por todo. Por eso es por lo que, aun habiéndose puesto en camino tardíamente, en teniendo noticia de tu nombre, vendrá con prontitud.

EDIPO: ¡Que venga para la dicha de su ciudad y para la mía! ¿Quién no es, en efecto, amigo de sí mismo?

ANTÍGONA: ¡Oh, Zeus! ¿Qué decir? ¿Qué pensar, padre?

EDIPO: ¿Qué es eso, hija mía, Antígona?

ANTÍGONA: Veo venir a nosotros una mujer, montada en un caballo del Etna; lleva en la cabeza un sombrero tesalio que resguarda su rostro de la luz. ¿Qué diré? ¿Es ella? ¿No es ella? ¿Me engaño? ¿Sí o no? No sé qué afirmar, ¡desgraciada! ¡Es ella! Al acercarse, me acaricia con los ojos. ¡Es manifiesto que es Ismene en persona!

EDIPO: ¿Qué has dicho, oh, hija?

ANTÍGONA: Veo a tu hija, que es mi hermana. Pero vas a reconocerla en la voz.

(Entra en escena ISMENE *acompañada de un esclavo.)*

ISMENE: ¡Oh! ¡Qué dulce es para mí hablar a mi padre y a mi hermana! ¡Cuánto trabajo me ha costado hallaros y cuán abrumada me siento de dolor al volver a veros!

EDIPO: ¿Eres tú, oh, hija?

ISMENE: ¡Oh, lamentable padre!

EDIPO: ¿Estás ahí, oh, hija?

ISMENE: No sin trabajo.

EDIPO: ¡Abrázame, hija mía!

ISMENE: A los dos os abrazo.

EDIPO: ¡Oh, nacida de la misma sangre que yo!

ISMENE: ¡Oh, misérrima manera de vivir!

EDIPO: ¡Para mí y para ésta!

ISMENE: ¡Desgraciada para nosotros tres!

EDIPO: ¿Por qué has venido, hija?

ISMENE: Por causa del cuidado que tenía por ti, padre.

EDIPO: ¿Echábasme de menos?

ISMENE: He venido para traerte yo misma noticias, no teniendo conmigo mas que este solo servidor fiel[1].

EDIPO: ¿Dónde están tus hermanos, que hubieran debido tomarse este trabajo?

ISMENE: Están donde están. Crueles cosas pasan entre ellos.

EDIPO: ¡Oh! ¡Qué bien hechos están, de espíritu y de costumbres, para las leyes egipcias! En efecto, los hombres egipcios tejen la tela, sentados en casa, y las mujeres van a buscar fuera el alimento necesario. Lo mismo sucede con vosotras y con vuestros hermanos, ¡oh, hijas! Ellos, que deberían inquietarse por mí, se quedan en su morada, como doncellas, y vosotras, ocupando su lugar, tomáis parte en las miserias de este desgraciado. Ésta, desde que ha salido de la infancia y ha crecido la fuerza de su cuerpo, anda errante siempre conmigo, la desgraciada, y guía mi ancianidad, recorriendo los salvajes bosques, con los pies desnudos y sin comer, sufriendo la lluvia y los ardores helianos. Ha perdido los bienes ciertos de que en sus moradas podía gozar para que su padre pueda alimentarse. Y tú también, ¡oh, hija!, has venido ya, recatándote de los cadmeos, a anunciar a tu padre los oráculos que se habían pronunciado sobre mí. Tú fuiste mi fiel guardiana en el tiempo en que estuve arrojado de la tierra de la patria Y ahora, ¿qué noticia, Ismene, me traes de nuevo? ¿Qué te ha impulsado a dejar la morada? Porque no has venido para nada, ya lo sé, sino para traerme algún nuevo temor.

---

[1] Se trata, sin duda, de la potra etnea, de suerte que la expresión desborda amargura y tristeza. En efecto, a veces acompañan a los señores esclavos que permanecen mudos. Pero no parece ser éste el caso, pues Antígona hace una cabal descripción de la comitiva de Ismene y allí no aparece por parte alguna ningún ser vivo más que la potra.

ISMENE: Callaré, padre, todo lo que he sufrido buscando en qué lugares te encontrabas y vivías; porque no quiero sufrir dos veces tales trabajos contándotelos Pero he venido a anunciarte los males de tus dos desgraciados hijos. Al principio, y con una voluntad unánime, querían ceder el trono a Creonte, a fin de no mancillar la ciudad, por causa de la antigua deshonra de su raza, y que ha herido tu lamentable morada; pero, en la actualidad, una nefasta disensión, enviada por algún dios o nacida de su corazón culpable, se ha levantado entre los desdichados por la posesión del cetro y del mando. El más joven ha lanzado del trono y de la patria a Polinices, su hermano mayor. Éste, públicamente se dice, retirado en el profundo Argos, ha hecho una alianza nueva[2] y se ha formado un ejército de compañeros amigos. Así, Argos poseerá gloriosamente la tierra de los cadmeos o elevará la gloria de éstos hasta el Urano. Estas palabras no son vanas, ¡oh padre!, sino que dicen hechos terribles. No sé cuándo los Dioses tendrán piedad de tus miserias.

EDIPO: ¿Has pensado nunca que los Dioses se inquietarían por mí y pensarían en salvarme?

ISMENE: Sí, por cierto, padre, según los últimos oráculos pronunciados.

EDIPO: ¿Cuáles son? ¿Qué revelan, hija?

ISMENE: Que un día, por su propia salud, esos hombres te buscarán, vivo o muerto.

EDIPO: ¿Qué se puede esperar de un hombre como yo?

ISMENE: Dicen que su fuerza está en ti solo.

EDIPO: ¿Es cuando no soy nada cuando seré un hombre?

ISMENE: Ahora los Dioses te ensalzan, lo mismo que te habían perdido en otro tiempo.

EDIPO: Es inútil ensalzar al viejo cuando han abatido al joven.

ISMENE: Sabe que Creonte[3] vendrá dentro de poco tiempo para esto.

---

[2] Polinices se refugió en Argos y se casó con Argia, hija de Adrasto.
[3] Hermano de la esposa de Edipo, Yocasta, y digno embajador de Tebas.

Edipo: ¿Para qué, hija mía? Dímelo.

Ismene: Quieren guardarte cerca de la tierra cadmea, a fin de que estés en su poder, sin que puedas pasar las fronteras.

Edipo: ¿ De qué utilidad seré yo fuera de las puertas?

Ismene: Tu tumba privada de honores les sería fatal.

Edipo: Sin la advertencia del Dios era fácil de comprender.

Ismene: Por eso es por lo que quieren guardarte cerca de su tierra, para que no seas dueño de ti.

Edipo: ¿Me recubrirán con la tierra tebana?

Ismene: La sangre vertida de uno de tus progenitores no lo permite, ¡oh, padre!

Edipo: Jamás me tendrán en su poder.

Ismene: Si eso sucede, ocurrirá desgracia a los cadmeos.

Edipo: ¡Oh, hija! ¿Por qué acontecimiento?

Ismene: Por tu cólera, cuando marchen sobre tu tumba.

Edipo: Esto que dices, ¿por quién lo has sabido, hija?

Ismene: Por los enviados que han vuelto de los altares délficos.

Edipo: ¿Es Febo quien ha hablado de mí así?

Ismene: Los que han vuelto a Tebas lo dicen.

Edipo: ¿Ha oído esto uno u otro de mis hijos?

Ismene: Uno y otro lo saben perfectamente.

Edipo: ¿Así, sabiéndolo todo, los muy malvados han preferido a mí su deseo de la realeza?

Ismene: Me lamento de haberlo sabido, y lo confieso, sin embargo.

Edipo: ¡Que los Dioses no extingan, pues, las antorchas de su querella y que me sea dado terminar a mi voluntad esa guerra por la cual se han armado el uno contra el otro! El que tiene el cetro y el trono pronto será despojado de ellos, y el que está desterrado no volverá jamás! Me han visto, a mí, su padre, rechazado ignominiosamente de la patria, y no se han opuesto a ello, y no me han defendido. ¡Ellos mismos me han arrojado y desterrado! ¿Dirás quizá que esta gracia me fue concedida con justicia por los ciudadanos a quienes la pedía? Pues, ciertamente, no hay nada de eso; porque, en aquel primer día en que mi corazón ardía por completo en mí, en que me hubiera sido muy dulce morir y ser aplastado por las piedras, nadie se mostró para satisfacer mi deseo. ¡Cuando se apaciguó mi dolor, cuando yo vi que el exceso de mi cólera había sobrepujado a mis faltas, entonces, después de transcurrido largo tiempo, me rechazó la ciudad; y ellos, mis hijos, que podían venir en mi ayuda, se negaron a ello; y, sin una sola de sus palabras en mi favor, ando, desterrado y mendigando! De éstas, que son doncellas, he recibido, en cuanto su naturaleza lo ha permitido, el alimento, la seguridad y la ayuda filial; pero ellos, rechazando a su padre, han querido mejor el trono, el cetro y el poder sobre la ciudad. Jamás tendrán un aliado en mí, y jamás disfrutarán de la realeza cadmea. Sé esto tanto por los oráculos que acabo de oír como meditando en mi pensamiento sobre aquellos que Febo pronunció en otro tiempo sobre mí y cumplió. Que envíen, pues, a Creonte a buscarme, o a cualquier otro muy poderoso en la ciudad. En efecto, ¡oh, extranjeros!, si, lo mismo que estas venerables Diosas tutelares que honra ese pueblo, queréis venir en mi ayuda, aseguraréis en gran manera la salud de esa ciudad y el desastre de mis enemigos.

CORIFEO: Ciertamente, Edipo, sois dignos de piedad tú y estas doncellas, y, puesto que prometes con tus palabras ser el salvador de este país, quiero aconsejarte y advertirte en lo que te concierne.

EDIPO: ¡Oh, carísimo! Estoy pronto a hacer todo lo que me digas.

CORIFEO: Haz, pues, un sacrificio expiatorio a estas Divinidades, hacia las que has venido primero y cuya tierra has hollado.

EDIPO: ¿De qué modo, oh extranjeros? Enseñadme.

CORIFEO: Toma primero, con puras manos, las libaciones santas en esa fuente inagotable.

EDIPO: ¿Y después? ¿Cuando haya bebido esa agua pura?

CORIFEO: Hay allí cráteras, obra de un hábil obrero, y de las cuales coronarás los bordes y las dos asas.

EDIPO: ¿De ramos o de bandeletas de lana? ¿De qué modo?

CORIFEO: Las rodearás de la lana recién cortada de una oveja joven.

EDIPO: Sea. ¿Y el resto? Dime hasta el fin lo que tengo que hacer.

CORIFEO: Tienes que derramar las libaciones, vuelto hacia los primeros resplandores del alba.

EDIPO: ¿Las he de derramar con las copas que me has dicho?

CORIFEO: Derrama primeramente tres libaciones, después esparcirás entera la última crátera.

EDIPO: ¿De qué llenaré esa última crátera? Enséñamelo.

CORIFEO: De agua melada, y no añadas a ella vino.

EDIPO: ¿Y cuando esta tierra negra de hojas haya recibido esas libaciones?

CORIFEO: Depositarás con una y otra mano tres veces nueve ramos de olivo y suplicarás con estas oraciones.

EDIPO: Quiero oírlas, porque eso es muy importante.

CORIFEO: Suplica a aquellas que nosotros llamamos Euménidas que acojan y salven, con espíritu benévolo, a quien les suplica. ¡Ora tú mismo, o si algún otro habla por ti, que sea en voz baja! Después, vete sin mirar. Si obras de este modo, me quedaré sin miedo cerca de ti; si no, temeré, ¡oh, extranjero!, aproximarme.

EDIPO: ¡Oh, hijas! ¿Habéis oído a estos extranjeros, habitantes del país?

ISMENE: Ciertamente, les hemos oído. ¿ Qué nos mandas hacer?

EDIPO: En verdad, yo nada puedo. Me lo impide un doble mal, la falta de fuerzas y la ceguera. ¡Que una de vosotras se encargue de ello y lo haga! Creo que, para cumplir esas expiaciones, una sola alma, si es benévola, vale por otras mil. Así, pues, apresuraos, comenzad, y no me dejéis solo, porque mi cuerpo abandonado no podría avanzar sin conductor.

ISMENE: Yo iré a cumplir esos sacrificios, pero querría saber dónde he de encontrar lo que es necesario.

CORIFEO: En esa parte del bosque, extranjera. Si careces de alguna cosa, se te indicará.

ISMENE: Iré, pues. Tú, Antígona, guarda aquí a nuestro padre. Es preciso no evocar el recuerdo de los trabajos que se han tomado por los padres.

(Se va ISMENE.*)*

Estrofa I

CORO: ¡Duro es despertar un mal apaciguado hace mucho tiempo, oh, extranjero! Sin embargo, deseo saber...

EDIPO: ¿Qué?

CORO: ... cuál es el dolor lamentable e irremediable de que sufres.

EDIPO: Por tu hospitalidad, ¡oh, bonísimo!, no descubras acciones vergonzosas.

CORO: Deseo conocer con certeza, extranjero, lo que la fama ha extendido y no cesa de extender.

EDIPO: ¡Ay!

CORO: No tardes, yo te conjuro.

EDIPO: ¡Ay! ¡Ay!

Antistrofa I

CORO: Consiente. Yo ya he hecho lo que has querido.

EDIPO: ¡He causado mancillas, ¡oh, extranjeros! ¡Las he causado contra mi voluntad, pongo a los Dioses por testigos! Ninguna de ellas procede de mí.

CORO: ¿Cómo?

EDIPO: La ciudad, sin yo saberlo, me arrojó en un lecho nupcial abominable.

CORO: ¿Entraste, como he sabido, en el lecho funesto de tu madre?

EDIPO: ¡Desgraciado de mí! Es una muerte oír esto, ¡oh, extranjero! Estas dos hijas nacidas de mí...

CORO: ¿Qué dices?

EDIPO: ... ambas nacidas del crimen...

CORO: ¡Oh, Zeus!

EDIPO: ... han sido dadas a luz por la misma madre que yo.

Estrofa II

CORO: ¿Son, pues, hijas tuyas?

EDIPO: Y hermanas de su padre.

CORO: ¡Ay!

EDIPO: Ciertamente, ¡ay! ¡Encadenamiento de mil males!

CORO: Tú has sufrido...

EDIPO: Lo que jamás olvidaré.

CORO: Tú has hecho...

EDIPO: Yo no he hecho nada.

CORO: ¿Cómo es eso, pues?

EDIPO: ¡Qué misérrimo soy! Recibí de la ciudad un don no merecido por mí.

Antistrofa II

CORO: ¡Desgraciado! ¿No cometiste el asesinato...

EDIPO: ¿Qué es eso todavía? ¿Qué preguntas?

CORO: ... de tu padre?

EDIPO: ¡Ah! ¡Dioses! Me causas herida sobre herida.

CORO: ¿Mataste?

EDIPO: Maté, pero tengo...

CORO: ¿Qué tienes?

EDIPO: ... algún derecho al perdón.

CORO: ¿Cuál?

EDIPO: Lo diré. Herí, en efecto, y maté; pero, con arreglo a la ley, soy inocente, porque no preveía lo que hice.

CORIFEO: He aquí que viene nuestro rey, Teseo, hijo de Egeo, que acude a tu llamamiento.

(Entra TESEO *acompañado de su escolta.)*

TESEO: Numerosas frases me habían ya hecho conocer las llagas sangrientas de tus ojos, y te reconocía más todavía, ¡oh, hijo de Layo!, por lo que he oído en el camino. En efecto, tus vestidos y tu faz lamentable me revelan quién eres. Quiero, lleno de piedad por ti, desgraciado Edipo, oír lo que nos suplicáis que os concedamos, la ciudad y yo, a ti y a tu desdichada compañía. Di lo que quieres. Será, ciertamente, bien difícil el servicio que te rehúse. Me acuerdo de que, lo mismo que tú, he sido criado como extranjero y he sufrido grandes e innumerables peligros para mi cabeza lejos de mi patria; de suerte que no rehusaré jamás venir en ayuda de un extranjero, tal como tú eres ahora. Sé que soy hombre, y que la luz de mañana no es más cierta para mi que para ti.

EDIPO: Teseo, tu bondad de breves palabras me permite hablar poco yo mismo. Has dicho quién era, de qué padre había nacido y de qué tierra venía. Así, no queda nada que revelar, si no es lo que quiero, y eso será todo.

TESEO: Dilo para que yo lo sepa.

EDIPO: Vengo a hacerte don de mi miserable cuerpo. Viéndole no tiene precio alguno, pero será mucho más útil que es bello.

TESEO: ¿Qué ventaja aportas, pues?

EDIPO: Lo sabrás a su tiempo, pero no ahora quizá.

TESEO: ¿Y cuándo gozaremos de esa ventaja?

EDIPO: Cuando haya muerto y me hayas construido una tumba.

TESEO: Pides para el fin de tu vida, pero olvidas el tiempo que de él te separa, o no te cuidas de él.

EDIPO: Este tiempo mismo es el que me aseguro por ello.

TESEO: Ciertamente, no pides una gracia ligera.

EDIPO: ¡Ve, sin embargo! Habrá por esto un gran combate.

TESEO: ¿Se originirá de tus hijos o de mí?

EDIPO: Ellos me mandan volver.

TESEO: Pues si te llaman con benevolencia, no está bien que te destierres.

EDIPO: Pero no me han permitido habitar allá abajo, cuando yo lo quería.

TESEO: ¡Oh, insensato! La cólera no conduce a nada en la desgracia.

EDIPO: Cuando me hayas oído, entonces aconséjame. Ahora, cállate.

TESEO: Habla, porque, en efecto, no conviene hablar sin saber.

EDIPO: He sufrido, Teseo, males terribles, y uno sobre otro.

TESEO: ¿Hablas de la antigua deshonra de tu raza?

EDIPO: No, puesto que todos los helenos hablan de ella.

TESEO: ¿Qué mal has sufrido, pues, que sea más fuerte que el hombre?

EDIPO: He aquí lo que me ha ocurrido. He sido arrojado de mi patria por mis hijos mismos, y el regreso me ha sido rehusado para siempre, ¡a mí, parricida!

TESEO: ¿Por qué, pues, te llaman, si no debes habitar cerca de ellos?

EDIPO: Una voz divina les constreñirá.

TESEO: ¿Qué calamidad temen, según esos oráculos?

EDIPO: Está en el destino que sean dominados por los habitantes de esta tierra.

TESEO: Pero, ¿de dónde se originarán esas querellas entre ellos y nosotros?

EDIPO: ¡Oh, carísimo hijo de Egeo! No es dado más que a los Dioses no envejecer y no morir jamás, y todo lo demás es dominado por el tiempo. El vigor de la tierra se agota como el del cuerpo, la fe perece, la perfidia crece y la reemplaza. No siempre sopla un mismo viento propicio entre amigos y de ciudad a ciudad. Las cosas que les placían les son ahora amargas y les placerán de nuevo. La paz y la tranquilidad son estables hoy entre los tebanos y tú, pero el tiempo, desarrollando días y noches innumerables, hará que, con un ligero pretexto, rompan con la lanza la concordia y la alianza presentes. Entonces, mi cuerpo frío y adormecido bajo la tierra beberá su sangre toda caliente, si Zeus es todavía Zeus, y si el hijo de Zeus, Febo, es verídico. Pero no me place decir cosas que es preciso callar. Permíteme que me atenga a lo que ya he revelado. Entre tanto, cumple tu promesa. No dirás nunca que has recibido a Edipo como un habitante inútil de este país, a menos que los Dioses no me hagan mentir.

CORIFEO: Rey, hace ya largo espacio que este hombre promete asegurar tales ventajas a nuestra tierra.

TESEO: ¿Quién podría renunciar a la benevolencia de un hombre tal que, ante todo, tenía derecho de sentarse entre nosotros en el altar hospitalario, que ha venido como suplicante de las Divinidades y que ofrece un tal tributo a esta tierra y a mí? Por eso es por lo que no rechazaré el don que nos hace y le estableceré en este país. Si place al extranjero permanecer aquí, te confiaré el cuidado de protegerle; si le place venir conmigo, puede hacerlo. Te doy a escoger, Edipo. Consentiré con arreglo a tu deseo.

EDIPO: ¡Oh, Zeus! ¡Recompensa dignamente a tales hombres!

TESEO: ¿Qué quieres? ¿Venir a mi morada?

EDIPO: Si eso me estuviera permitido; pero es aquí...

TESEO: ¿Qué quieres hacer aquí? Sin embargo, no me opongo a ello.

EDIPO: ... es aquí donde he de domeñar a los que me han expulsado.

TESEO: Ése sería el dichoso fruto de tu estancia cerca de nosotros.

EDIPO: Ciertamente, si cumples con firmeza lo que me has prometido.

TESEO: Confía en mí: jamás te haré traición.

EDIPO: No he de ligarte por el juramento, como a un hombre malvado.

TESEO: No estarías más seguro que con mi promesa.

EDIPO: ¿Cómo, pues, harás?

TESEO: ¿Qué temor te agita con tanta fuerza?

EDIPO: Vendrán hombres...

TESEO: Éstos tendrán cuidado de ello.

EDIPO: ¿Pero si me abandonas?

TESEO: No me digas lo que es preciso que haga.

EDIPO: Me veo constreñido a temer.

TESEO: Pero mi corazón no teme nada.

EDIPO: Ignoras las amenazas...

TESEO: Ciertamente, sé que ningún hombre te arrancará de aquí contra mi voluntad. Muchas vanas amenazas se han hecho en medio de la cólera; pero cuando la razón vuelve, se desvanecen las amenazas. Aunque su audacia haya sido tan grande que te hayan amenazado con arrebatarte, bastante sé que el mar que les separa de aquí es demasiado ancho e impracticable. Te ordeno, pues, tener buen ánimo, aunque yo no estuviera resuelto, puesto que Febo te ha conducido. Ausente yo, sé que mi solo nombre será para ti un baluarte contra la desgracia.

(Sale TESEO *seguido de su escolta.)*

Estrofa I

CORO: Has llegado, extranjero, a la morada más feliz de la tierra, al país de los hermosos caballos [4], al suelo del blanco Colono, donde numerosos ruiseñores, en los frescos valles, esparcen sus quejas armoniosas bajo la negra hiedra y bajo el follaje

[4] La denominación de Colono llamado *Hípico* demuestra suficientemente la fama de sus yeguadas. Más aún: en su recinto se hallaba el santuario de Posidón *Hípico*.

de la selva sagrada que abunda en frutos, que es inaccesible a los rayos helianos como a los soplos del invierno, y donde el orgiaco Dionisos se pasea rodeado de las Diosas bienhechoras.

Antistrofa I

El narciso de bellos racimos, corona antigua de las grandes Diosas, florece siempre allí bajo la rosada urania y el azafrán brillante de oro. Las fuentes del Cefiso vagan sin cesar por la llanura, y fecundan, inagotables, con el curso de sus aguas límpidas, el seno fértil de la nutricia tierra. Y no abandonan este lugar los coros de las Musas, ni Afrodita la de las riendas de oro.

Estrofa II

Y hay aquí un árbol —y no he oído decir que haya crecido otro semejante, ni en tierra de Asia, ni en la gran isla dórica de Pélope—, no plantado por la mano del hombre, germen nacido de sí mismo, sembrando el terror entre las lanzas enemigas, que verdece grandemente sobre esta tierra, el olivo de hojas glaucas, nutricio de los niños, y que jamás ni joven, ni viejo, jefe devastador, arrancará con su mano; porque Zeus, Morio y Atena la de claros ojos le miran siempre.

Antistrofa II

Pero no olvidaré otra fortuna de esta metrópoli, ilustre don de un gran Genio y la gloria más alta de la patria: la riqueza de los caballos y de las naves. ¡Oh hijo de Cronos! ¡Oh, rey Poseidón! Ciertamente, tú le has dado esta gloria inventando los frenos, que fueron los primeros en domar los caballos en las calles, y la nave, que, armada de remos, corre prodigiosamente por la fuerza de las manos y salta sobre el mar, compañera de las Nereidas[5] hecatompedas.

---

[5] Hijas de Nereo, dios del mar, y ellas ninfas marinas.

ANTÍGONA *(dirigiéndose al* CORO): ¡Oh, tierra celebrada por tantas alabanzas, te es preciso ahora justificar esas palabras magníficas!

EDIPO: ¡Oh, hija! ¿Qué hay de nuevo?

ANTÍGONA: He aquí que Creonte viene a nosotros, padre, y no sin compañeros.

EDIPO: ¡Oh, carísimos ancianos, a vosotros toca ahora hacer cierta mi salvación!

CORO: Tranquilízate, estoy aquí. Aunque soy viejo, el vigor de esta tierra no ha envejecido conmigo.

CREONTE[6]: Hombres de buen linaje, habitantes de esta tierra, veo en vuestros ojos que concebís algún temor de mi llegada repentina; mas no temáis y ahorradme malas palabras. No vengo, en efecto, para proceder con violencia, siendo viejo y sabiendo que la ciudad a que vengo es la más poderosa de la Hélada. Aunque de edad muy avanzada, he partido para persuadir a este hombre a que me siga a la tierra de los cadmeos; y soy enviado no por uno solo, sino por todos los ciudadanos, porque me pertenecía, a causa de mi parentesco, compadecer sus miserias más que ningún otro. Así, pues, ¡oh, desgraciado Edipo!, óyeme y vuelve a tu morada. El pueblo entero de los cadmeos te llama, como es justo, y con mayor extremo que todos, yo, que gimo tanto más sobre tus males, ¡oh, anciano! —a menos que sea yo el peor de los hombres—, cuanto que te veo miserable, extranjero en todas partes y siempre errante, sin sustento y bajo la guarda de una sola compañera. No hubiera jamás pensado, ¡qué desdichado soy!, que viniese a esta vergüenza a que actualmente ha llegado, teniendo siempre el cuidado de tu persona y mendigando tu sustento, tan joven, desconociendo las nupcias, expuesta a ser arrebatada por quien quiera. ¡Oh, qué desgraciado soy! ¿No es una deshonra vergonzosa para ti y para mí y para toda nuestra raza? Ciertamente, no se pueden ocultar las cosas manifiestas; pero, Edipo, te conjuro por los Dioses de nuestros padres, oculta al menos ésta. Vuelve de buen grado a la ciudad y a tu casa pa-

[6] Conviene resaltar la finura de concepción de la etopeya de este astuto personaje.

terna y saluda benévolamente a esta tierra, porque lo merece. Pero más honrada todavía deber ser tu patria, que te sustentó en otro tiempo.

EDIPO: ¡Oh, tú que a todo te atreves, y que, lleno de astucia, a todo sabes dar una apariencia de justicia, ¿por qué me tientas con esas palabras y quieres cogerme dos veces en las emboscadas en que más lamentaré ser cogido? Ya, en efecto, cuando estaba agobiado por mis desdichas domésticas y hubiera sido dulce para mí ser lanzado al destierro, me negaste esta gracia que pedía; y cuando, habiéndome calmado, después de haberme saciado de cólera, me hubiera sido dulce vivir en mi morada, me arrojaste y rechazaste, sin cuidarte en modo alguno del parentesco de que hablas. ¡Y ahora, de nuevo, cuando ves a esta ciudad y a toda esta nación recibirme benévolamente, te esfuerzas en arrancarme de aquí con dureza por medio de palabras aduladoras! ¿Qué voluptuosidad es, pues, esta de amar a los que no quieren ser amados? Así, nada es concedido de lo que deseáis, y se rehúsa vivamente venir en vuestra ayuda; y cuando vuestro corazón posee plenamente aquello de que carecía, entonces, por una gracia inútil, se os hacen presentes. ¿No es esta una vana alegría? Tales dones me ofreces tú, excelentes en las palabras, pero funestos en el fondo. Yo lo probaré a éstos, a fin de descubrir tu falsedad. Vienes no para volverme a mi morada, sino para relegarme en las puertas, y, de esa manera, preservar la ciudad de los peligros de que está amenazada por este pueblo. Pero no lo lograrás, y el vengador de mis injurias ocupará siempre la tierra de Tebas, y nada de ella quedará a mis hijos, y ya basta con que deban morir allí. ¿No te parece que conozco mejor que tú las cosas tebanas? Mucho mejor, ciertamente; y tengo de ello testigos manifiestos, Apolo y Zeus mismo, que es su padre. Y has venido con palabras muy astutas y muy penetrantes, pero te servirán más de mal que de bien. Verdaderamente, sé que esto no te persuadirá. ¡Ve y déjanos vivir aquí! Nuestra vida no será mala, tal como es, si nos place vivir así.

CREONTE: ¿Crees que hay más peligro para mí que para ti en tu resolución?

EDIPO: Me será muy grato que no llegues a persuadir ni a mí ni a éstos.

CREONTE: ¡Oh, desgraciado! ¿No serás nunca prudente, a pesar del tiempo, y vivirás siendo vergüenza de la ancianidad?

EDIPO: Eres hábil de lengua; pero no conozco ningún hombre justo que pueda hablar bien sobre todas las cosas.

CREONTE: Una cosa es hablar mucho y otra cosa es hablar a propósito.

EDIPO: ¿De modo que tú no pronuncias sino palabras breves, pero irreprochables?

CREONTE: No, por cierto, para quien tiene el mismo espíritu que el tuyo.

EDIPO: ¡Vete de aquí! Te lo digo en nombre de éstos: no me vigiles en este lugar que conviene que habite.

CREONTE: Yo aseguro a éstos, no a ti, que sabrás, si alguna vez te cojo, lo que valen las palabras que respondes a los amigos.

EDIPO: ¿Y quién me cogerá contra la voluntad de éstos?

CREONTE: Aun sin eso gemirás.

EDIPO: ¿Qué me anuncian tales amenazas?

CREONTE: He arrebatado a una de tus dos hijas; bien pronto me llevaré a la otra.

EDIPO: ¿Tú tienes a mi hija?

CREONTE: Y tendré a ésta antes de poco.

EDIPO (*al* CORO): ¡Oh, extranjeros! ¿Qué haréis? ¿Me traicionaréis? ¿No arrojaréis a este impío de esta tierra?

CORO: Sal prontamente de aquí, extranjero. Lo que haces y lo que ya has hecho es injusto.

CREONTE *(a sus soldados)*: Vosotros, conducidla a pesar suyo, si no quiere marchar.

ANTÍGONA: ¡Oh, desgraciada!, ¿adónde huiré? ¿Quién vendrá en mi ayuda de los hombres o de los Dioses?

CORIFEO: ¿Qué haces, extranjero?

CREONTE: No tocaré a este hombre, pero ésta me pertenece.

EDIPO: ¡Oh, reyes de esta tierra!

CORIFEO: ¡Oh, extranjero, procedes con iniquidad!

CREONTE: Con justicia.

CORIFEO: ¡Cómo! ¿Con justicia?

CREONTE: Me llevo a los míos.

Estrofa

EDIPO: ¡Oh, ciudad!

CORO: ¿Qué haces, extranjero? ¿No la dejarás? Bien pronto sentirás la acción de nuestras manos.

CREONTE: ¡Cesa!

CORO: No, por cierto, si quieres hacer eso.

CREONTE: Haces violencia a mi ciudad si me ultrajas.

EDIPO: ¿No te lo había dicho ya?

CORIFEO (*a un soldado de* CREONTE): Deja ir libre con prontitud a esa muchacha.

CREONTE: No ordenes lo que está fuera de tu poder.

CORIFEO: Yo te ordeno dejarla.

CREONTE: Y yo te mando partir

CORO: ¡Acudid acá! ¡Venid, venid, habitantes, nuestra ciudad es presa de la violencia! ¡Acudid acá!

ANTÍGONA: ¡Infeliz! Soy arrastrada. ¡Oh, extranjeros, extranjeros!

EDIPO: Hija mía, ¿dónde estás?

ANTÍGONA: Soy arrastrada a la fuerza.

EDIPO: ¡Oh, hija, tiéndeme las manos!

ANTÍGONA: No puedo.

CREONTE: ¿No os la llevaréis?

EDIPO: ¡Oh, qué desgraciado soy! ¡Desgraciado!

(*Se van los soldados de* CREONTE *llevándose a* ANTÍGONA.)

CREONTE: No creo que camines en adelante con ayuda de esos dos sostenes. Pero, puesto que quieres prevalecer sobre tu patria y sobre tus amigos, a quienes yo obedezco, aunque rey, sé, pues, vencedor. Más tarde, en efecto, lo sé, te convencerás de que obras ahora contra ti mismo, como lo has hecho ya, a pesar de tus amigos, cediendo a una cólera que es funesta siempre para ti.

CORO: ¡Quédate aquí, extranjero!

CREONTE: ¡Que nadie me toque!

CORO: No permitiré, por cierto, que partas, habiéndote apoderado de éstas.

CREONTE: Bien pronto reclamarás a mi ciudad una prenda más grande, porque no pondré la mano sólo sobre ellas.

CORIFEO (*a* CREONTE): ¿Qué meditas?

CREONTE: Me apoderaré de este hombre y me le llevaré.

CORIFEO: Hablas insolentemente.

CREONTE: Bien pronto se hará, a menos que el rey de esta tierra lo prohíba.

EDIPO: ¡Oh, lengua imprudente! ¿Vas a tocarme, pues?

CREONTE: Ordeno que te calles.

EDIPO: ¡Que estas Divinidades me dejen cargarte de nuevo de maldiciones, oh, perversísimo, que me arrancas violentamente el solo ojo que me quedaba, a mí ya sin ojos! Por eso, pueda Helios, aquel de los Dioses que ve todas las cosas, infligirte, así como a tu raza, en vuestra vejez, una vida tal como la mía.

CREONTE: ¿Veis, habitantes de esta tierra?

EDIPO: Nos ven, a mí y a ti, y comprenden que me vengo con palabras de la violencia de tus acciones.

CREONTE: No reprimiré, por cierto, mi cólera, y te me llevaré a la fuerza, aunque solo y cargado de años.

Antistrofa

EDIPO: ¡Oh, qué desgraciado soy!

CORO (*acorralando a* CREONTE): Extranjero, has venido con una gran audacia si piensas llevar a cabo esto.

CREONTE: Lo pienso.

CORO: No creeré, pues, que esta ciudad exista.

CREONTE: En una causa justa el débil aventaja al fuerte.

EDIPO: ¿Oís lo que dice?

CORIFEO: No lo llevará a cabo.

CREONTE: Zeus lo sabe, no tú.

CORIFEO: ¿No es esto un ultraje?

CREONTE: Un ultraje que es preciso soportar.

CORO: ¡Oh, pueblo todo entero; oh, príncipes de esta tierra, venid, venid! Éstos pasan ya de toda medida.

(Entra TESEO *con la escolta de soldados.)*

TESEO: ¿Qué clamor es éste? ¿Qué es eso? ¿Por qué temor me hacéis venir del altar en que sacrificaba al Dios marino de Colono? Decid, a fin de que yo sepa por qué he tenido que acudir aquí con más rapidez que me era agradable.

EDIPO: ¡Oh, carísimo, he reconocido tu voz! He sufrido grandes injurias de este hombre.

TESEO: ¿Cuáles? ¿Qué injuria te ha hecho? Habla.

EDIPO: Este Creonte que ves me ha quitado lo que me quedaba de hijos.

TESEO: ¿Qué dices?

EDIPO: He aquí lo que he sufrido.

TESEO *(a los soldados de su escolta)*: ¡Que uno de vosotros corra con gran prontitud hacia esos altares; que reúna al pueblo entero, caballeros y peones, a fin de que todos, dejando el sacrificio, se precipiten al lugar en que los dos caminos no forman más que uno, de manera que las jóvenes doncellas no puedan pasar más allá y que yo no me vea burlado por este extranjero, siendo vencido por él! ¡Ve, y prontamente, como lo he ordenado! En cuanto a éste, si yo cediera a la cólera que merece, no lo despacharía sano y salvo de mis manos; pero será juzgado por las mismas leyes [7] que ha alegado, no por otras. *(A* CREONTE.) Porque no te irás de esta tierra antes de haberme vuelto aquí esas jóvenes, habiendo cometido un crimen indigno de mí, de aquellos de quienes naciste y de tu patria. ¡Has venido, en efecto, a una ciudad que honra la justicia, que no hace nada contra el derecho; y, precipitándote contra la autoridad menospreciada de las leyes, te llevas por fuerza lo que quieres y te apoderas de ello violentamente! ¿Has creído que mi ciudad estaba vacía de hombres o era esclava de alguien, y que yo no era nada? Sin embargo, los tebanos no te han instruido en el mal. No acostumbran ellos a formar hombres injustos, y no te aprobarían si supiesen que nos despojas, a los Dioses y a mí, arrastrando por fuerza a suplicantes desgraciados. Ciertamente, si yo entrase en tu tierra, aun por la más justa de las causas, no arrebataría ni me llevaría nada contra el deseo del jefe, cualquiera que fuera, sino que sabría cómo debe obrar un extranjero para con los ciudadanos. Tú deshonras tu propia tierra, que no lo merece; y los numerosos días que han hecho de ti un anciano, te han quitado la inteligencia. Ya lo he dicho, y vuelvo a decirlo: ¡que traigan con gran prontitud a esas jóvenes, si no quieres habitar aquí por fuerza y contra tu voluntad! Y te digo esto con la lengua y con el pensamiento.

CORIFEO: ¡Mira a dónde has llegado, extranjero! Por tu raza pareces un hombre justo, pero te muestras tal como eres haciendo el mal.

CREONTE: No he emprendido esto juzgando a esta ciudad privada de hombres o sin prudencia, ¡oh, hijo de Egeo!, sino persuadido de que los atenienses no se inflamarían por mis próximos parientes hasta el punto de querer sustentarles a pesar mío. No pensaba que un hombre parricida y manchado por un crimen, que un hijo que se unió a su madre en nupcias abominables, debiera ser recibido por ellos. Conocía el Areópago [8], ilustre por su sabiduría, que no permite que vagabundos de esa especie habiten en esta ciudad. Me he apoderado de esa presa

[7] Creonte será tratado con la misma moneda que ofrece, el secuestro por la fuerza.

[8] Es habitual en la tragedia el elogio de este cuerpo.

con arreglo a esta convicción. Y aun con eso no lo habría hecho si él no hubiera lanzado amargas imprecaciones contra mi raza. Por eso, irritado con ese ultraje, he querido devolverle una pena igual. No hay, en efecto, otra vejez para la cólera que la muerte, puesto que ningún dolor alcanza a los muertos. Por lo demás, haz lo que te plazca, porque mi aislamiento me vuelve débil, aunque diga cosas equitativas. Sin embargo, tal como estoy, intentaré resistir.

EDIPO: ¡Oh, imprudentemente audaz! ¿A quién piensas ultrajar con esas palabras? ¿A mí, que soy viejo, o a ti, que con tu boca me reprochas las muertes, las nupcias y las miserias que he sufrido, desgraciado de mí, contra mi voluntad? Estas cosas estaban predestinadas por los Dioses, irritados hace mucho tiempo quizá contra nuestra raza por alguna razón. Porque, en lo que a mí toca, no puedes reprocharme ninguna deshonra respecto a lo que he hecho contra mí y los míos. En efecto, dime, si un oráculo respondió a mi padre que sería muerto por su hijo, ¿con qué derecho me censuras por aquella muerte, cuando todavía no estaba ni engendrado por mi padre, ni concebido por mi madre, ni echado al mundo? Si, como está probado, vine a las manos con mi padre y le maté, no sabiendo ni lo que hacía, ni contra quién, ¿cómo puedes reprocharme esta acción como un crimen? ¡Y no tienes vergüenza, miserable, de obligarme a hablar de mis nupcias con mi madre, que era tu hermana! Yo diré, pues, qué nupcias fueron aquéllas; no callaré esto, puesto que tú has pronunciado esa palabra impía. ¡Ciertamente, ella me parió, ella me parió —¡oh, desgraciado!— no conociendome, a mí que no la conocía! Y después, mi propia madre concibió de mí hijos, sin oprobio. Pero estoy seguro al menos de que nos ultrajas con exceso, a ella y a mí, a mí que la desposé contra mi voluntad y que hablo de ello lo mismo. Jamás seré tenido por impío a causa de esas nupcias, ni a causa de la muerte paterna, que me reprochas perpetua y amargamente. En efecto, respóndeme una sola palabra: si alguien, sobreviniendo de pronto, quisiera matarte, tú, el hombre justo, ¿tratarías de saber si era tu padre el que te quería matar, o te vengarías en seguida? Ciertamente, creo que, si amas la vida, te vengarías de ese malvado y no te preguntarías si eso era justo. Yo me he visto precipitado en tales males por la voluntad de los Dioses, y creo que mi padre no lo negaría si reviviera. Pero tú, que no eres equitativo y crees que todas las cosas, buenas y malas, deben decirse, me reprochas ésas delante de estos hombres. Te parece glorioso alabar el nombre de Teseo y Atenas, que es regida por leyes excelentes. Sin embargo, en medio de tantas alabanzas, olvidas que esta ciudad sobresale sobre todas las que saben honrar piadosamente a los Dioses. ¡Y te esfuerzas en arrancar de ella por la astucia a un anciano suplicante y llevártele cautivo, después de haberle arrebatado sus dos hijas! Ahora, pues, yo te invoco a las Diosas de este país y les suplico por mis oraciones para que sean mis sostenes y mis aliadas y sepas tú por qué hombres está guardada esta ciudad.

CORIFEO: Este extranjero es un justo, ¡oh, Rey!, pero sus miserias son lamentables y dignas de ser socorridas.

TESEO: Basta de palabras, porque los raptores se apresuran, y nosotros, que sufrimos el ultraje, seguimos aquí.

CREONTE: ¿Qué mandas a un hombre sin fuerzas, para que obedezca?

TESEO: Que me precedas en ese camino y seas mi acompañante, para que, si retienes a nuestras jóvenes en algún paraje, me las muestres. Si los raptores han huido, nada tenemos que hacer; otros les persiguen, y no es de temer que pasen las fronteras y den gracias a los Dioses. Marcha, pues, delante; y sabe que, si tú tienes, nosotros te tenemos, y que la fortuna ha prendido a quien quería prender. Los bienes adquiridos por la iniquidad y la astucia no son estables. No tendrás a nadie en tu favor en esto, porque comprendo, por esa audacia que hay en ti ahora, que no te has entregado sin hombres y sin armas a esta mala acción, sino que no la has emprendido más que estando seguro de algún apoyo. Importa que me preocupe de ello, a fin de que esta ciudad no sucumba bajo un solo hombre. ¿No comprendes? ¿Y piensas que son vanas las palabras que oyes y las que has oído cuando meditabas eso?

CREONTE: No responderé aquí nada a lo que dices; pero, en nuestras moradas, ya sabremos lo que haya que hacer.

TESEO: Avanza, y amenaza cuanto quieras. Pero tú, Edipo, quédate aquí tranquilo, y ten la seguridad de que no cesaré de obrar, a menos que muera, antes de haberte hecho dueño de tus hijas.

EDIPO: ¡Que seas feliz, Teseo, por tu corazón generoso y por los cuidados justicieros y benévolos que tienes para nosotros!

(Salen TESEO *y su séquito con* CREONTE.)

Estrofa I

CORO: Quisiera estar allí donde se encuentran los hombres llenos del resonante Ares de bronce, sea cerca de los altares píticos, sea sobre esas riberas resplandecientes de antorchas[9], en donde las Dueñas venerables revelan los misterios sagrados a aquellos de los mortales cuya boca ha cerrado la llave de oro de los Eumólpidas. Allí, Teseo hábil en el combate y las dos hermanas virginales van a combatir felizmente, a lo que pienso, en este país.

Antistrofa I

Y quizá al occidente de la nevada Roca, fuera de los prados de Ea, avancen combatiendo, arrastrados por sus caballos y por sus carros que huyan rápidamente. Creonte será domeñado. El Ares de los habitantes del país es terrible y terrible el vigor de los Teseidas. ¡En efecto, un esplendor brota de todos los frenos; todos se precipitan, soltando las riendas, los caballeros que honran a la guerrera Atena y al querido hijo marino de Rea, el que quebranta la tierra!

Estrofa II

¿Han comenzado o se retardan? Mi espíritu presiente que los amargos males de esas doncellas van a cesar, ellas que los

[9] Se refiere a la costa de Eleusis donde se celebraba la fiesta nocturna de los *Grandes Misterios* de las *Grandes Diosas,* a cargo de los cuales estaba la familia de los *Eumólpidas*.

han sufrido tan crueles de sus parientes. Zeus llevará a cabo hoy grandes cosas. Profetizo combates dichosos. ¡Pluguiera a los Dioses que, rápida paloma, de pronto vuelo, pudiese seguir con mis penetrantes ojos el combate desde lo más alto de la nube aérea!

Antistrofa II

¡Oh, dominador supremo de los Dioses, Zeus, que todo lo ves, concede a los jefes de esta tierra terminar esto felizmente con fuerza victoriosa! ¡Y tú también, Hija venerable, Palas Atenea! Y suplico también al cazador Apolo, y a su hermana[10], que persigue las manchadas ciervas de rápidos pies, para que ambos vengan en ayuda de esta ciudad y de los ciudadanos.

¡Oh, extranjero errante! No dirás que he profetizado falsamente, porque veo a las jóvenes que vuelven aquí.

EDIPO: ¿Dónde?, ¿dónde? ¿Qué dices?, ¿qué has dicho?

(Entran ANTÍGONA *e* ISMENE *con* TESEO *y su escolta.)*

ANTÍGONA: ¡Oh, padre, padre!, ¿qué dios te concederá ver a este hombre excelente que nos ha vuelto a traer aquí a ti?

EDIPO: ¡Oh, hija mía! ¿Estáis aquí?

ANTÍGONA: Las manos de Teseo y de sus fieles compañeros nos han salvado.

EDIPO: ¡Oh, hijas, acercaos a vuestro padre y dadme vuestros cuerpos para que los esteche contra mí, vosotras cuya vuelta no esperaba!

ANTÍGONA: Tendrás lo que pides, porque también nosotras lo deseamos.

EDIPO: ¿Dónde estáis? ¿Dónde estáis?

ANTÍGONA: Henos aquí a las dos.

---

[10] Artemis.

EDIPO: ¡Oh, queridísimas hijas!

ANTÍGONA: Todo es querido para un padre.

EDIPO: ¡Oh, sostenes del hombre!

ANTÍGONA: ¡Infelices sostenes de un infeliz!

EDIPO: Tengo lo que me es más querido, y no seré el más mísero de los hombres si muero teniéndoos cerca de mí. Sostenedme, ¡oh, hijas!, por uno y otro lado; apretaos contra vuestro padre y poned fin a la dolorosa soledad en la que le había dejado vuestro rapto. Y referidme en muy pocas palabras lo que ha pasado, porque un breve relato debe bastar a jóvenes de vuestra edad.

ANTÍGONA: He aquí al que nos ha salvado. Es conveniente oírle, padre. De ese modo, para ti y para mí, mi relato será breve.

EDIPO: ¡Oh, extranjero! No extrañes que hable con esta efusión a mis hijas que me han sido devueltas inesperadamente. Sé que no debo esta alegría a otro alguno más que a ti, porque ninguno de los mortales las ha salvado, si no eres tú. Que los Dioses te den todo lo que yo te deseo, y a esta ciudad, puesto que no ha sido más que cerca de vosotros, únicos entre todos los hombres, donde he hallado la piedad, la equidad y las palabras que no quieren engañar. Respondo de esto por experiencia, porque todo lo que tengo lo tengo por ti y no por ningún otro de los mortales. Tiéndeme la mano, ¡oh, Rey! Tiende tu mano, que yo la toque, y que yo abrace tu persona, si esto es permitido. Mas, ¿qué digo? ¿Cómo yo, que soy impuro, he de tocar a un hombre puro en quien no hay huellas de deshonra alguna? No, no te tocaré, aunque lo permitas. Sólo los hombres a quienes el mal ha castigado pueden tomar parte en tales miserias. Yo te saludo, pues, ahí donde estás. ¡Que puedas demostrarme siempre el mismo interés equitativo que en este día!

TESEO: No extraño que, alegre con tus hijas, hayas hablado largamente y gustes más de sus palabras que de las mías. Nada de eso me hiere, porque no es más por medio de palabras que por medio de actos como quiero glorificar mi vida. Y lo pruebo por el hecho mismo. En efecto, anciano, no te he engañado en lo que jurado te había, puesto que te vuelvo a traer a tus hijas vivas y sanas y salvas. En cuanto a ese combate, aunque haya tenido un dichoso fin, no me está bien referirlo envaneciéndome de él, y lo sabrás todo por éstas. Pero, viniendo, un rumor ha llegado hasta mí: préstale tu atención. Si ello es breve de decir, es, sin embargo, digno de sorpresa. Es preciso que el hombre no descuide nada.

EDIPO: ¿Qué es ello, hijo de Egeo? Dímelo, porque no sé nada de lo que tú has sabido.

TESEO: Se dice que un hombre, no tu conciudadano, sino tu pariente, se ha sentado como suplicante, no sé por qué causa, en el altar de Poseidón en que yo hacía su sacrificio cuando vine a ti.

EDIPO: ¿Qué pide así por esa suplicación?

TESEO: No sé, si no es una sola cosa: que desea de ti una respuesta breve y fácil de dar.

EDIPO: ¿Cuál? No será por poca cosa por lo que se ha sentado.

TESEO: Pide, se dice, que le sea permitido hablarte y volverse con seguridad como ha venido.

EDIPO: ¿Quién puede ser ese hombre sentado como suplicante?

TESEO: Verás; ¿no tienes en Argos algún pariente que quisiera obtener esto de ti?

EDIPO: ¡Oh, carísimo! No digas más de ello.

TESEO: ¿Qué tienes?

EDIPO: No me pidas que responda.

TESEO: Explica la cuestión, habla.

EDIPO: Sé por éstas, y seguramente, quién es ese suplicante.

TESEO: En fin, ¿quién es? ¿Qué tengo que reprocharle?

EDIPO: ¡Es mi hijo, oh Rey, mi odio! Entre todos los hombres, él es el que yo oiría con el mayor dolor.

TESEO: ¿Por qué? ¿No puedes escucharle sin hacer lo que no quieras hacer? ¿Por qué te había de ser doloroso oírle?

EDIPO: Esa voz es la más odiosa, ¡oh, Rey!, que pueda llegar a un padre. No me impongas la necesidad de ceder a ti.

TESEO: Pero, si esa suplicación te obliga, ve a dejar a salvo el respeto debido al Dios.

ANTÍGONA: Padre, obedéceme, por más joven que sea. Deja a ese hombre satisfacer su deseo y el del Dios y concédenos que mi hermano venga. En efecto, ten la seguridad de ello, las palabras que te desagraden no cambiarán tu resolución a pesar tuyo. ¿En qué te será perjudicial escucharle? Los designios concebidos con una malvada astucia son traicionados por las palabras. Tú lo has engendrado; por eso, aunque procediese contra ti como el más perverso y el más impío, no te sería permitido, ¡oh, padre!, devolverle esos males. Déjale venir. Otros tienen malos hijos también y una viva cólera; pero, aconsejados por las dulces palabras de sus amigos, apaciguan su corazón. Recuerda no tus males presentes, sino los que te han venido de tu padre y de tu madre y has experimentado. Si los consideras, reconocerás, lo sé, cuán lamentables son las consecuencias de una gran cólera. No tienes una débil prueba de esto, estando privado de tus ojos, que no ven. Cede a nosotros. No está bien que los que piden cosas justas supliquen largo tiempo, ni que el que ha recibido una acogida benévola rehúse responder.

EDIPO: Hija, es un favor cruel el que me arrancáis con esas palabras. ¡Que sea, pues, como os place! Solamente, extranjero, si él viene aquí, que nadie me tome por fuerza.

TESEO: ¡Oh, anciano! No quiero oír dos veces esto. No me place envanecerme, pero mientras un dios me conserve vivo, sabe que estás en salvo.

(Salen TESEO *y su escolta.)*

Estrofa

CORO[11]: El que desea vivir desmedidamente prueba, en mi sentir, que tiene el espíritu en demencia; porque una larga vida contiene muchos males, y el que desea demasiado no ve la ale-

---

[11] Canto coral que revela bien a las claras las precauciones íntimas de Sófocles en la antesala de la muerte, a sus noventa años.

gría donde ella está. ¡Y he aquí que viene, al fin, la común curadora, la Moira de Ades, sin nupcias, sin lira, sin danzas, Tanato, la última de las cosas!

Antistrofa

No haber nacido vale más que todo. Lo mejor, después de esto, desde que se ha visto la luz, es volver con gran prontitud a la noche de donde se ha salido; porque, desde que la juventud llega con las futilidades insensatas que trae, ¿por qué males lamentables no se está alcanzado? Las muertes, las sediciones, las querellas, los combates y la envidia; y, al fin, sobreviene la vejez odiosa, sin fuerzas, triste y sin amigos, y que contiene todas las miserias.

Epodo

No he llegado a ella solo, sino este desgraciado también. Lo mismo que en invierno una ribera boreal es azotada por todos lados por las olas, lo mismo las crueles calamidades que no le dejan se precipitan como las olas contra este hombre, las unas viniendo del Occidente, las otras del Levante, otras de los lugares alumbrados por Helios al Mediodía y otras del Norte lleno de soplos nocturnos.

ANTÍGONA: He aquí que viene a nosotros, a lo que me parece, ¡oh, padre!, ese extranjero sin acompañantes y vertiendo lágrimas.

EDIPO: ¿Quién es?

ANTÍGONA: Aquel en quien pensamos hace largo tiempo, el propio Polinices, que he aquí.

(*Entra* POLINICES.)

POLINICES: ¡Ay! ¿Qué haré? ¿Lloraré ante todo, ¡oh, jóvenes!, mis propios males o estos que veo, estos de mi anciano padre? Le encuentro con vosotras lanzado en tierra extraña, bajo un vestido sucio y repugnante, que mancha su costado y no forma más que uno con su viejo cuerpo; y, sobre su cabeza sin ojos, su cabellera esparcida se extiende al viento. Y tales también, sin duda, son los alimentos de su vientre mísero. ¡Oh, desdichadísimo de mí, reconozco esto demasiado tarde, y aseguro que soy el peor de los hombres al no haber venido para procurarte el sustento! Sábelo de mí. Pero la clemencia está sentada sobre el trono de Zeus. ¡Que ella esté sentada lo mismo cerca de ti, padre! Si hay un remedio a nuestras faltas, no es posible aumentarlas. ¿Por qué te callas? Habla, ¡oh, padre!, no te desvíes de mí. ¿No vas a responderme nada? ¿Vas a despedirme, habiéndome despreciado, no habiéndome hablado, ni revelado la causa de tu cólera? ¡Oh, hijas de este hombre, hermanas mías, vosotras, al menos, esforzaos en abrir la boca triste e implacable de nuestro padre; y que no me despida sin haberme hablado y habiéndome despreciado, aunque yo sea el suplicante de un dios!

ANTÍGONA: Di, ¡oh, desgraciado!, para qué has venido. Toda palabra, en efecto, place, ofende, interesa u ocasiona una respuesta de los que guardaban silencio obstinadamente.

POLINICES: Hablaré, pues, porque me has aconsejado bien. Ante todo, suplicaré que venga en mi ayuda a ese mismo Dios en cuyo altar estaba, cuando el rey de esta tierra me ha impulsado a venir aquí, prometiéndome hablar, oír y volverme salvo. He aquí, ¡oh, extranjeros!, lo que deseo ardientemente de vosotros, de mis hermanas y de mi padre. Quiero, pues, decirte, ¡oh, padre!, por qué causa he venido. He sido expulsado y desterrado de la tierra de la patria porque he querido sentarme, con arreglo a mi derecho, siendo el mayor, en tu trono real. Por eso Eteocles, más joven que yo, me ha expulsado de la ciudad. Y no lo ha conseguido por la fuerza de la razón, ni por su mano o sus acciones victoriosas, sino persuadiendo de ello a los ciudadanos. Tu Erinia es la que principalmente ha causado estas cosas, y los adivinos me lo han confirmado. Habiendo llegado al dórico Argos he tomado a Adrasto por suegro y me he hecho aliados a todos los que mandan en la tierra de Apia[12]

[12] El Peloponeso.

y que se distinguen en la lanza; de suerte que habiendo reunido con ellos, contra Tebas, un ejército de siete cuerpos, puedo o morir dignamente o expulsar a los autores de mis males. Pero dejemos esto. Finalmente, ¿para qué he venido aquí? Para rogarte y suplicarte, ¡oh, padre!, en mi propio nombre y en nombre de mis compañeros que envuelven el recinto tebano con siete ejércitos que tienen otros tantos jefes. El primero es el bravo Anfiarao, excelente en la lanza y en la ciencia augural; el segundo es el etolio Tideo, hijo de Eneo; el tercero es Eteoclo, nacido de padre argivo; el cuarto es Hipomedón, a quien su padre Talao ha enviado; el quinto es Capaneo, que se gloria de destruir hasta sus cimientos, por el fuego, la ciudad de los tebanos; el sexto es Partenopeo, el arcadio, que debe su nombre a que su madre permaneció largo tiempo virgen antes de darle a luz, y es el hijo de Atalante. En fin, yo, cualquiera que sea, tu hijo o no, nacido por un destino terrible, llamado tu hijo sin embargo, llevo contra Tebas un ejército de bravos argivos. Te suplicamos, pues, humildemente, por estas hijas y por tu propia vida, padre, que renuncies a tu fatal cólera contra mí que voy a intentar vengarme de mi hermano, que me ha expulsado de la patria y que me ha despojado; porque, si se debe alguna fe a los oráculos, el Dios ha predicho la victoria a los que tú apoyes. ¡Ahora, te lo suplico, por los orígenes, por los Dioses de tu raza, cede! Si yo soy pobre y extranjero, extranjero eres tú también, y tú y yo mendigamos nuestra vida a los demás, teniendo el mismo Genio. ¡Pero él, dueño de la realeza, oh, desgraciado de mí, triunfa y se ríe igualmente de nosotros dos! Si tú tomas parte en mi resolución, yo le confundiré fácilmente, y en poco tiempo; y, expulsándole por la fuerza, te restableceré en tu morada y me restableceré a mí mismo. Puedo jactarme de hacer esto, si tú lo quieres; pero sin ti no puedo siquiera vivir.

CORIFEO: En consideración al que ha enviado a este hombre, Edipo, respóndele como bien te parezca. Ya le despedirás después.

EDIPO: Hombres, si el Rey de esta tierra no me le hubiera traído, juzgándole digno de una respuesta, ciertamente, jamás hubiese oído mi voz. Se irá, pues, habiendo oído palabras tales que jamás regocijarán su vida. *(A* POLINICES.*)* ¡Oh, gran malvado! Cuando tenías el cetro y el trono que tu hermano posee ahora en Tebas expulsaste a tu padre, le desterraste de la patria y le redujiste a cubrirse con estos vestidos que hoy contemplas con lágrimas, después que has sufrido las mismas miserias que yo. Lo que deploras no es de deplorar y yo soportaré mis males, guardando, mientras viva, el recuerdo de un parricida como tú; porque tú eres la causa de mi vida miserable, y tú me expulsaste, y por ti es por quien yo mendigo como un vagabundo mi sustento de cada día. Si no hubiese engendrado a éstas, mis hijas protectoras, ciertamente, en cuanto de ti dependía, no hubiera sobrevivido. Aun ahora, ellas me guardan, ellas me sustentan; ellas son hombres, no mujeres, para socorrerme en mis miserias. En cuanto a vosotros, no habéis nacido de mí, sino de otro. Por eso el Genio no te mirará bien pronto como ahora, si esos ejércitos avanzan contra la ciudad de los tebanos. En efecto, no destruirás esa ciudad, sino que, antes, caerás manchado de sangre, al mismo tiempo que tu hermano. Ya he lanzado contra vosotros esas imprecaciones terribles, y las repito ahora, para que ellas vengan en mi ayuda y sepáis que es preciso respetar a vuestros padres y no mostrarse tales hijos con un padre ciego. No han procedido lo mismo éstas. Por eso, mis Erinias se apoderarán de tu morada y de tu trono, si es verdad que la antigua diosa Dica, guardadora de las viejas leyes, se sienta todavía cerca del trono de Zeus. ¡Ve, maldito, expulsado y renegado por tu padre, el más malvado de los hombres, lleva contigo estas imprecaciones que hago contra ti, para que no te apoderes de tu tierra, que no vuelvas jamás al profundo Argos, sino que caigas bajo la mano fraterna y degüelles a aquel por quien has sido expulsado! Habiendo hecho estas imprecaciones, invoco al brumoso Tártaro, en que está mi padre, para que te arranque de aquí. Invoco también a estas Divinidades, y a Ares, que os ha inspirado ese odio horrible. Habiéndome oído, ¡ve!, ¡corre de aquí a anunciar a todos los cadmeos y a tus fieles aliados cuáles han sido los presentes de Edipo a sus hijos!

CORIFEO: Polinices, me lamento contigo por tu inútil viaje; pero vuélvete ahora tan pronto como puedas.

POLINICES: ¡Oh, viaje desgraciado y final lamentable! ¡Ay, mis aliados! ¡Para esto, pues, hemos salido de Argos! ¡Oh, desgraciado de mí! ¡No me es posible revelar nada de esto a mis aliados ni volverme atrás; sino que me es preciso correr en silencio a mi pérdida! ¡Oh, vosotras, hermanas mías, hijas de este hombre, puesto que habéis oído las terribles imprecaciones de mi padre, si un día deben cumplirse, si volvéis un día a la morada, os suplico por los Dioses no me dejéis sin honras y dadme una tumba! Así como sois alabadas ahora por los cuidados que prodigáis a este hombre, tendréis una gloria igual por el servicio que me prestéis.

ANTÍGONA: Polinices, te suplico que me escuches.

POLINICES: ¿Qué es ello? Di, ¡oh, queridísima Antígona!

ANTÍGONA: Apresúrate a volver tu ejército a Argos; no corras a tu propia ruina y a la de la ciudad.

POLINICES: Eso no puede hacerse. ¿Cómo podría reunir de nuevo un ejército si emprendo una vez la huida?

ANTÍGONA: ¿Es, pues, necesario, ¡oh, joven!, que cedas de nuevo a la cólera? ¿De qué te servirá destruir tu patria?

POLINICES: Es vergonzoso huir, y vergonzoso para mí, el mayor, verme burlado por mi hermano

ANTÍGONA: ¿No ves que las predicciones de éste corren a su fin que anuncia vuestra muerte mutua?

POLINICES: Lo desea, en efecto; pero es preciso que no cedamos.

ANTÍGONA: ¡Oh, desdichada! Pero, ¿quién se atreverá a seguirte cuando se conozcan los oráculos que ha pronunciado?

POLINICES: No revelaré las cosas funestas. Un buen jefe no dice más que las cosas que le son favorables, no las otras.

ANTÍGONA: Así, pues, ¡oh, joven!, ¿has resuelto eso?

POLINICES: No me retengas; es preciso que prosiga mi camino, aunque desgraciado y funesto a causa de mi padre y de sus Erinias. Que Zeus os vuelva dichosas a las dos si hacéis por mí lo que he dicho cuando haya muerto, porque no podréis hacer nada por mí vivo. Dejadme, pues. Yo os saludo. No me volveréis a ver vivo.

ANTÍGONA: ¡Oh, desdichada de mí!

POLINICES: No me llores.

ANTÍGONA: ¿Quién no lloraría por ti, hermano, que te precipitas en la muerte inevitable?

POLINICES: Moriré, si esto es fatal.

ANTÍGONA: No lo hagas, sino sigue mi consejo.

POLINICES: No me aconsejes lo que no está bien hacer.

ANTÍGONA: Seré muy desdichada si me veo privada de ti.

POLINICES: Pertenece al Genio decir si las cosas futuras serán tales o cuales. Pido a los Dioses que no sufráis jamás ninguna desdicha; porque todos los hombres dicen que no merecéis sufrir.

(Sale de escena apresuradamente POLINICES.)

Estrofa I

CORO: Calamidades nuevas y terribles nos han venido por causa de este extranjero ciego, a menos que su Moira no se cumpla; porque no he oído decir que la voluntad de las Divinidades haya sido manifestada en vano. El tiempo ve todas las cosas; realiza unas la víspera y otras el día siguiente[13]. *(Se oye un trueno.)* Pero el Éter ruge, ¡oh, Zeus!

EDIPO: ¡Oh, hijas mías! ¡Oh! ¡Que alguno de los que están aquí llame al excelente Teseo!

ANTÍGONA: Padre, ¿con qué designio lo pides?

EDIPO: El rayo alado de Zeus va a conducirme al Hades. ¡Apresuraos, traedle pronto!

(Se oye un trueno aún más fuerte que el anterior.)

Antistrofa I

CORO: Ciertamente, he aquí que un gran estrépito se arroja precipitado. El horror me eriza los cabellos en la cabeza. Mi

[13] Se refiere a las calamidades que esperan a los hijos de Edipo fomentadas por éste.

corazón se espanta, porque el relámpago uranio flamea de nuevo. ¿Qué anuncia? ¡Yo tiemblo! Jamás, en efecto, brilla en vano y sin una nueva desgracia. ¡Oh, gran Éter! ¡Oh, Zeus!

EDIPO: ¡Oh, hijas! He aquí el término fatal de mi vida, y no puedo escapar a él.

ANTÍGONA: ¿Qué sabes? ¿Cómo lo prevés?

EDIPO: Lo sé bien. ¡Pero que alguno parta pronto y me traiga al Rey de esta tierra!

(Se oye tronar.)

Estrofa II

CORO: ¡Ay! ¡Ay! He aquí que ese estrépito resonante truena de nuevo por todos lados. ¡Sé propicio, oh, Genio, séme propicio, si acarreas alguna calamidad a esta tierra mi madre! ¡Pudiera yo haberme encontrado con un hombre piadoso y no haber visto a un impío! ¡Oh, rey Zeus, yo te invoco!

EDIPO: ¿Está cerca de aquí el hombre? Hijas, ¿me hallará respirando todavía y poseyendo mi razón?

ANTÍGONA: ¿Qué quieres confiarle?

EDIPO: A cambio del servicio recibido, quiero probarle la gratitud que le había prometido.

Antistrofa II

CORO: ¡Oh, hijo, ven, ven! ¡Aunque estuvieses sacrificando, en el extremo de la llanura, un toro en el altar del Dios marino Poseidón, ven! El extranjero, a cambio del servicio recibido, quiere probarte, así como a la ciudad y a sus amigos, la gratitud prometida. ¡Date prisa, ven pronto, oh, Rey!

(Llega TESEO.*)*

TESEO: ¿Qué clamor es ése que de nuevo lanzáis todos a la vez? Es manifiestamente vuestra voz y la del extranjero. ¿Gritáis por causa del rayo de Zeus o del granizo que se precipita de las nubes? Todo puede creerse cuando una tal tempestad es excitada por un dios.

EDIPO: ¡Rey! Vienes, accediendo a mi deseo, y algún dios propicio es quien te trae.

TESEO: ¿Qué debo saber todavía, oh, hijo de Layo?

EDIPO: Mi vida se inclina a su fin. No quiero morir sin cumplir a la ciudad las promesas que he hecho.

TESEO: ¿Por qué sabes que vas a morir?

EDIPO: Los Dioses mismos me lo anuncian como heraldos, y no descuidan ninguna de las señales que revelaron.

TESEO: ¿Cómo dices, anciano? ¿Qué señales son ésas?

EDIPO: Esos truenos no interrumpidos, esos dardos flameantes que parten de una mano invencible.

TESEO: Me has convencido, porque sé que profetizas con frecuencia y cosas verdaderas. Ahora di lo que es preciso hacer.

EDIPO: Te revelaré, hijo de Egeo, cosas que jamás envejecerán y que serán siempre favorables para esta ciudad. Yo mismo, sin ser conducido por mano alguna, te llevaré en seguida allá donde debo morir. No indiques nunca a ninguno de los mortales ni el lugar en que quede oculto mi cuerpo, ni en qué comarca, para que, a modo de innumerables escudos y portadores de lanzas aliados, sea siempre para ti un baluarte contra tus vecinos. Pero la cosa sagrada que no está permitido decir la sabrás allí donde hayas venido solo conmigo. No la revelaré a ninguno de éstos, ni siquera a mis hijas, aunque las amo. ¡Sábela solo; y, cuando hayas llegado al fin de tu vida, confía este secreto sólo a tu heredero, y que éste lo confíe a quien impere después de él! Así harás a tu ciudad inexpugnable para los tebanos. Numerosas ciudades, aun bien regidas, han sido arrastradas a la iniquidad. Los Dioses, pronto o tarde, descubren al que, lleno de demencia, menosprecia las cosas divinas. ¡Oh, hijo de Egeo, no seas nunca tal! Pero te enseño lo que sabes. El Dios me apremia a marchar al lugar designado. No tardemos más largo tiempo. Seguidme, ¡oh, hijas! Guía extraordinaria, yo os llevo a mi vez como vosotras habéis conducido a vuestro padre. (EDIPO *da unos pasos hacia delante con resolución y firmeza.)* Marchad y no me toquéis. Dejadme encontrar solo la tumba sagrada donde es fatal que sea encerrado en esta tierra. ¡Aquí! ¡Allá! ¡Por aquí! Hermes[14] conductor me lleva, y la Diosa subterránea. ¡Oh, luz opaca, que estabas en mí en otro tiempo, tocas por última vez mi cuerpo! Voy a encerrar en el Hades lo que me queda de vida. ¡Oh, el más querido de los huéspedes; oh, tierra; oh, servidores del jefe, sed dichosos! ¡Y en medio de vuestras felicidades sin fin, acordaos de mí que estaré muerto!

(Sale EDIPO *y tras él sus hijas,* TESEO *y los servidores.)*

Estrofa

CORO: Si me es permitido suplicar a la Diosa invisible, así como a ti, Edoneo, Edoneo[15], rey de los Nocturnos, os pido que el extranjero no llegue por una muerte difícil y triste a los campos subterráneos de los muertos, a la morada Estigia[16] donde todos son encerrados. Habiendo sido abrumado por tantos males no merecidos, será justo que el Genio venga en su ayuda.

Antistrofa

¡Os suplico, Diosas subterráneas, y tú, Monstruo no vencido, que estás echado, según la fama, ante las puertas bien bruñidas, y que ladras siempre desde el fondo de tu antro, indomable guardián del Hades! ¡Y te suplico, oh, tú, hija de Gea y de Tártaro, que dejes pasar al extranjero que avanza hacia las moradas subterráneas de los muertos! ¡Yo te invoco, oh, tú que duermes eternamente!

---

[14] Hermes es el mensajero, pero también (lo que conviene mucho a este lugar) es el dios que guía las almas de los muertos.
[15] Otro nombre de Hades o Infierno.
[16] Laguna del otro mundo.

MENSAJERO: Hombres ciudadanos, os diré en muy breves palabras que Edipo ha muerto, pero los hechos que se han realizado no son de naturaleza de ser dichos con brevedad.

CORIFEO: ¿Ha muerto, pues, el desgraciado?

MENSAJERO: Sabe que ha cesado su larga vida miserable.

CORIFEO: ¿Cómo? ¿Con ayuda de los Dioses y sin pena?

MENSAJERO: Esto es digno de admiración. De qué modo partió, ya lo sabes, puesto que estabas aquí, no conducido por ninguno de sus amigos, sino conduciéndonos a todos él mismo. En cuanto hubo llegado a la entrada de esa sima que desciende al fondo de la tierra por escalones de bronce, se detuvo allí donde el camino se parte en varios otros, cerca del profundo cráter donde están las eternas prendas de alianza entre Teseo y Piritoo; y se sentó en este lugar, entre la roca Tórica, un peral salvaje y hueco y una tumba de piedra. Y después se despojó de sus harapos, y, habiendo llamado a sus hijas, les ordenó traer agua viva para las purificaciones y las libaciones. Habiendo ido a la colina que atiende Demeter fecunda en frutos, obedecieron prontamente a su padre, y le lavaron y vistieron con arreglo al ritual. Cuando hubo sido satisfecho en todo, y nada hubo sido olvidado de lo que quería, Zeus subterráneo tronó; y, en cuanto ellas lo hubieron oído, temblorosas, se arrojaron a las rodillas de su padre, derramando lágrimas, no cesando de golpearse el pecho y de lamentarse[17] en alta voz. Pero él, en cuanto hubo oído el horroroso son, las rodeó con sus brazos y dijo: «Oh, hijas, desde este día no tenéis padre, y todo ha terminado para mí, y no tendréis más largo tiempo la carga de sustentarme, y esto era un duro trabajo; pero una sola cosa endulza todo lo que nos ha hecho sufrir, que nadie os ha amado con un amor más grande que yo, de quien os veréis en adelante privadas hasta el fin de vuestra vida.» Y los tres se mantenían abrazados y lloraban con sollozos. Cuando hubieron cesado de lamentarse y de gritar, cuando se hubo hecho el silencio, una voz repentinamente extendida le llamó, la cual nos sobrecogió a todos de terror, y los cabellos se nos erizaron en la cabeza. Y era un Dios quien le llamaba, y le llamaba mil veces: «¡Hola! ¡Hola! Edipo, ¿qué

[17] Ritual en honor del dado ya por muerto.

tardamos? ¡Ya te retardas!» En cuanto hubo oído al Dios que le llamaba, pidió que el Rey de esta tierra, Teseo, fuese a él, y, cuando hubo venido, dijo: «¡Oh, persona querida, da tu mano a mis hijas en prenda de una fe que durará siempre; y vosotras, oh, hijas, dadle la vuestra en cambio! Empéñame tu fe de que no las traicionarás nunca voluntariamente y de hacer siempre por ellas todo lo que medites en tu benevolencia.» Y Teseo, sin lamentarse, tal como un hombre de buen linaje, prometió con juramento lo que le era pedido por el extranjero. En cuanto hubo jurado, Edipo, con sus brazos inciertos, rodeó a su hija y dijo: «¡Oh, hija! Es preciso soportar esto con alma valerosa y abandonar este lugar, para no ver y no oír las cosas prohibidas. Partid prontamente, y que sólo Teseo se quede, porque esto concierne a él solo, y es necesario que lo conozca.» Habiéndole todos oído hablar así, partimos con las doncellas, lamentándonos y llorando. Después de habernos alejado un poco, miramos y vimos que el hombre había desaparecido y que el Rey tenía la mano delante de su faz y sus ojos, como ante el aspecto de una cosa terrible cuya vista no podía sostener. Y después de poco tiempo le vimos, prosternándose, venerar la tierra y el Olimpo de los Dioses. ¿De qué manera ha perecido el hombre? Ningún mortal lo dirá si no es la persona de Teseo. En efecto, no le ha acabado el rayo flameante de Zeus, ni alguna tempestad del mar; sino que un enviado de los Dioses le ha llevado, o los abismos amigos y tenebrosos de la tierra en que están los muertos se han abierto para él. Y ha partido sin gemidos y sin dolores, y ninguno de los mortales ha muerto de una manera más extraña. Si alguien juzga que digo cosas insensatas, no intentaré persuadirle.

CORIFEO: ¿Dónde están las jóvenes y los amigos que las han llevado?

MENSAJERO: No lejos de aquí. El rumor de sus lamentos indica que se acercan.

(*Llegan* ANTÍGONA *e* ISMENE.)

ANTÍGONA: ¡Ay! ¡Cuán permitido nos es, desgraciadas, gemir sobre la sangre impía que tenemos de nuestro padre! Por él es por quien, habiendo ya sufrido tantos males en otro tiempo, sufrimos al fin éstos, más grandes que todos, que vemos y experimentamos.

CORO: ¿Qué hay?

ANTÍGONA: No se podría imaginar esto, amigos.

CORO: ¿Ha muerto?

ANTÍGONA: De la mejor muerte que se pueda desear. En efecto, ni Ares se ha precipitado sobre él, ni el mar; sino que las comarcas subterráneas que los ojos no pueden ver le han tragado por un destino misterioso. ¡Desgraciada! Una noche funesta oscurece nuestros ojos. ¿A qué tierra lejana, a qué mar agitado iremos, errantes, a vivir una vida lamentable?

ISMENE: No sé. ¡Que el sangriento Ades me lleve con mi padre! La vida que me queda no es vida.

CORO: ¡Oh, las más excelentes de las hijas! Puesto que un Dios os concede algo de dicha, no os entreguéis a un dolor demasiado grande. No debéis acusar a vuestro destino.

Antistrofa I

ANTÍGONA: ¡Llega uno, pues, a echar de menos sus males! Lo que no es dulce para nadie era dulce para mí cuando le sostenía con mis manos. ¡Oh, padre; oh, querido padre! ¡Oh, tú que estás envuelto por las eternas tinieblas de la tierra, no dejarás nunca de ser amado por mí y por ésta!

CORO: Ha tenido...

ANTÍGONA: Lo que ha querido.

CORO: ¿Pues?

ANTÍGONA: Ha muerto en tierra extranjera, lo que deseaba; tiene bajo tierra un lecho cubierto por una sombra eterna, y no ha muerto no llorado, porque mis ojos, ¡oh, padre!, no cesarán jamás de verter lágrimas[18] y jamás tu pesar amargo me abandonará, porque has muerto abandonado por mí.

---

[18] Un elogio para el muerto, pues las lágrimas vertidas por él implican nostalgia por su persona.

ISMENE: ¡Oh, desgraciada! ¿Qué destino nos espera, ¡oh, querida!, así privadas de nuestro padre?

CORO: Puesto que el último día de su vida ha sido feliz, cesad de gemir, ¡oh, queridas! Nadie se ha librado de miserias.

Estrofa II

ANTÍGONA: Volvamos, querida.

ISMENE: ¿Qué haremos?

ANTÍGONA: Me asalta el deseo...

ISMENE: ¿De qué?

ANTÍGONA: ... de ver el altar subterráneo...

ISMENE: ¿De quién?

ANTÍGONA: ... de mi padre. ¡Oh, desgraciada!

ISMENE: ¿No ves que está prohibido acercarse a él?

ANTÍGONA: ¿Qué me respondes ahí?

ISMENE: Y luego...

ANTÍGONA: ¿Qué es todavía?

ISMENE: ... no tiene tumba y no ha sido llevado por nadie.

ANTÍGONA: ¡Llévame y mátame sobre él!

ISMENE: ¡Oh, desdichadísima de mí! Abandonada y careciendo de todo, ¿adónde llevar mi miserable vida?

Antistrofa II

CORO: Queridas, no temáis nada.

ANTÍGONA: ¿Dónde me refugiaré?

CORO: Ya os ha dejado libres...

ANTÍGONA: ¿Quién?

CORO: ... la desgracia que os ha amenazado.

ANTÍGONA: Pienso...

CORO: ¿Qué piensas?

ANTÍGONA: ¿Cómo volver a nuestra morada? No sé.

CORO: No busques.

ANTÍGONA: ¡Estoy agobiada de males!

CORO: Ya te agobiaban antes.

ANTÍGONA: Eran inextricables, lo son más todavía ahora.

CORO: Ciertamente, habéis caído en un ancho mar de males.

ANTÍGONA: ¡Ay! ¡Ay! ¿Adónde iremos, oh, Zeus? ¿Con qué esperanza nos convidará un dios ahora?

(*Se presenta* TESEO.)

TESEO: Cesad de gemir, jóvenes. Es preciso no deplorar el favor subterráneo. Eso no está permitido.

ANTÍGONA: ¡Oh, hijo de Egeo! Caemos a tus plantas.

TESEO: ¿Cuál es vuestro deseo, ¡oh, jóvenes!, para que yo lo satisfaga?

ANTÍGONA: Deseamos contemplar nosotras mismas la tumba de nuestro padre.

TESEO: Eso no está permitido.

ANTÍGONA: ¿Qué dices, ¡oh, Rey!, jefe de los atenienses?

TESEO: ¡Oh, jóvenes! Él me ha prohibido permitir a mortal alguno acercarse a ese lugar sagrado en que él está, ni invocar allí las Sombras. Me ha dicho que, si me conformaba con esas órdenes, conservaría siempre esta tierra dichosa y tranquila. Nuestro Genio sabe esto, y también el juramento de Zeus, él que todo lo oye.

ANTÍGONA: Si las cosas le placen así, es justo que nosotras obedezcamos. Envíanos, pues, a la antigua Tebas, para que nos opongamos a la muerte de nuestros hermanos, si podemos.

TESEO: Lo haré, así como todas las demás cosas que os sean útiles y que puedan agradar al que acaba de morir, porque no está bien que me desanime en esto.

CORO: Apaciguaos, pues, y no os lamentéis desmedidamente, porque todas esas cosas serán realizadas.

Antígona

ANTÍGONA

ANTÍGONA.
ISMENE.
EL CORO.
CREONTE.
GUARDIÁN.
HEMÓN.
TIRESIAS.
EURÍDICE.
ENVIADO.

(Palacio real de Tebas. Raya el alba. Salen de palacio ANTÍGONA *y su hermana* ISMENE.*)*

ANTÍGONA: ¡Oh, querida hermana Ismene! ¿Sabes cuáles son los males procedentes de Edipo que Zeus no nos inflija, a nosotras que vivimos todavía? En efecto, no hay nada de cruel, de amargo, de vergonzoso y de infamante que no haya visto entre tus males y los míos. Y ahora, ¿qué edicto es ese reciente que el dueño de la ciudad ha impuesto a todos los ciudadanos? ¿Lo conoces? ¿Lo has oído? ¿O se te ocultan los males que se meditan contra nuestros amigos y que se suelen sufrir de parte de un enemigo?

ISMENE: Ninguna noticia de nuestros amigos, Antígona, ha llegado a mí, alegre o triste, desde que nos hemos visto privadas de nuestros dos hermanos, muertos en un solo día, el uno por el otro. Habiéndose marchado esta noche el ejército de los argivos, no sé nada más que pueda hacerme más feliz o más desgraciada.

ANTÍGONA: Bien lo sé, pero te he pedido que salgas de la morada para que me oyeses tú sola.

ISMENE: ¿De qué se trata? Manifiestamente, das vueltas a alguna cosa en tu espíritu.

ANTÍGONA: ¿No ha decretado Creonte los honores de la sepultura para uno de nuestros hermanos, negándolos indignamente al otro? Se dice que ha encerrado a Eteocles en la tierra para que fuese honrado por los muertos; pero ha prohibido a los ciudadanos colocar en la tumba el mísero cadáver de Polinices muerto y llorarle. Y se le debe entregar no sepultado, no llorado, como presa a las aves carnívoras, a quienes este pasto es agradable. Se dice que el buen Creonte ha decretado esto por ti y por mí, ciertamente, por mí, y que va a venir acá para anunciarlo claramente a los que lo ignoren. Y no piensa que ello sea una cosa vana. El que obre contra ese decreto deberá ser lapidado por el pueblo en la ciudad. He aquí lo que te amenaza, y antes de poco demostrarás si eres bien nacida o si eres la cobarde hija de irreprochables padres.

ISMENE: ¡Oh, desventurada! Si ello es así, ¿a qué me he de resolver?

ANTÍGONA: ¡Mira si quieres obrar de concierto conmigo y ayudarme!

ISMENE: ¿Qué meditas? ¿Cuál es tu pensamiento?

ANTÍGONA: ¿Quieres arrebatar el cadáver juntamente conmigo?

ISMENE: ¿Piensas darle sepultura, cuando eso está prohibido a los ciudadanos?

ANTÍGONA: Ciertamente, daré sepultura a mi hermano, que es el tuyo, si tú no quieres hacerlo. Jamás se me acusará de traición.

ISMENE: ¡Oh, desdichada! ¿No obstante que Creonte lo ha prohibido?

ANTÍGONA: No tiene él ningún derecho para rechazarme lejos de los míos.

ISMENE: ¡Ay! Piensa, ¡oh, hermana!, que nuestro padre ha muerto aborrecido y despreciado, y que, habiendo conocido sus impías acciones, se arrancó los dos ojos con su propia mano; que la que llevaba el doble nombre de su madre y de su esposa se libertó de la vida con ayuda de un lazo terrible, y que nuestros dos hermanos, en fin, en un mismo día, matándose ellos mismos, ¡los infortunados!, se han dado la muerte el uno al otro. Ahora que ambas nos vemos solas, piensa que deberemos morir más lamentablemente todavía, si, contra la ley, despreciamos la fuerza y el poder de los amos. Hay que pensar que somos mujeres, impotentes para luchar contra hombres, y que, sometidas a los que son los más fuertes, debemos obedecerles hasta en cosas más duras. En cuanto a mí, habiendo pedido a las Sombras subterráneas que me perdonen, porque me veo constreñida por la violencia, cederé a los que poseen el poder, porque es insensato intentar nada más allá de las fuerzas de cada uno.

ANTÍGONA: Nada pediré. Aunque quisieras obrar de acuerdo conmigo, no me serviría de buen grado de ti. Haz lo que quieras, pero yo le daré sepultura, y me será grato morir por ello. Habiendo cometido un delito piadoso, amada me tenderé junto al que me es amado; porque más tiempo tendré para agradar a los que están bajo tierra que a los que están aquí. Allí es donde estaré tendida para siempre. Pero tú desprecia a tu arbitrio lo que hay de más sagrado para los Dioses.

ISMENE: No lo desprecio, pero no me siento con fuerza para hacer nada contra la voluntad de los ciudadanos.

ANTÍGONA: Toma ese pretexto. Yo iré a elevar una tumba a mi hermano muy querido.

ISMENE: ¡Ay! ¡Cuánto temo por ti, desgraciada!

ANTÍGONA: No temas nada por mí; no te inquietes más que de lo que a ti se refiere.

ISMENE: No confíes al menos tu designio a nadie. Obra secretamente. Yo me callaré también.

ANTÍGONA: ¡Ay! Habla en alta voz. Más odiosa me serás si te callas que si revelas esto a todos.

ISMENE: Tienes un corazón ardiente para lo que exige sangre fría.

ANTÍGONA: Complazco así, lo sé, a aquellos a quienes conviene que complazca.

ISMENE: Si puedes, sin embargo; pero intentas algo que es superior a tus fuerzas.

ANTÍGONA: Me detendré, pues, cuando no pueda hacer más.

ISMENE: Cuando las cosas están por encima de nuestras fuerzas conviene no intentarlas.

ANTÍGONA: Si hablas así te tomaré aborrecimiento y serás justamente odiosa a aquel que ha muerto. Antes bien, déjame afrontar lo que intento, porque, ciertamente, cualquier destino cruel que sufra, moriré con gloria.

ISMENE: Si ello te parece así, ¡ve! Sabe que eres insensata, pero amas sinceramente a tus amigos.

(*Sale* ANTÍGONA. *Entra* ISMENE *en palacio.*
Aparece el CORO, *llamado por* CREONTE.)

Estrofa I

CORO: ¡Espléndida claridad! La más bella de las luces que hayan lucido sobre Tebas la de las siete puertas, al fin has aparecido por encima de las fuentes Dirceas[1]. ¡Ojo de oro del día! Tú has rechazado y obligado a huir, soltando las riendas, al hombre del blanco escudo, que salió de Argos completamente armado, y que, alzándose contra nuestra tierra por la causa dudosa de Polinices, y profiriendo agudos gritos, se dejó caer aquí como un águila de ala de nieve, con innumerables armas y cascos cabelludos.

---

[1] *Dirce* es el nombre de una fuente de Tebas, famosa como otras de suelo helénico, por ejemplo *Pirene* de Corinto, *Castalia* de Delfos, etc., porque, siendo necesarias, no abundan en una tierra mediterránea como es Grecia.

Antistrofa I

Más alto que nuestras moradas, estaba allí, devorador, por todas partes, con sus lanzas ávidas de matanza, en torno a las siete puertas; y se ha ido antes de haberse saciado de nuestra sangre, y antes de que Hefesto[2] resinoso se haya apoderado de nuestras torres almenadas; tanto ha estallado detrás de él el resentimiento de Ares, invencible para el Dragón enemigo. Porque Zeus aborrece la impudencia de una lengua orgullosa, y, habiéndoles visto precipitarse impetuosamente, muy altivos con su oro estridente, ha derribado, lanzando el rayo, al que se preparaba a proferir el grito de la victoria en la cima de nuestras murallas.

Estrofa II

Derribado, cayó retumbando contra la tierra y llevando el fuego, él que, anteriormente, ebrio de un furor insensato, tenía el soplo de los vientos más terribles. Y Ares, grande e impetuoso, desvió estos males y les infligió otros, poniendo a todos en desorden. Y los siete jefes, alzados en las siete puertas contra otros siete, dejaron sus armas de bronce a Zeus que pone en fuga, excepto esos dos desgraciados que, nacidos del mismo padre y de la misma madre, se han herido el uno al otro con sus lanzas y han recibido una muerte común.

Antistrofa II

Pero Nica, la de ilustre nombre, ha venido a sonreír a Tebas la de carros innumerables. ¡Olvidemos, pues, esos combates, y llevemos coros nocturnos a todos los templos de los Dioses, y que Baco[3] los conduzca, él que conmueve la tebana tierra!

[2] Hefesto, dios del fuego, y que por extensión representa al mismo fuego.

[3] Dios de la fuerza viva de la Naturaleza y, por consiguiente, de la alegría.

He aquí al rey del país, Creonte Menecida. Viene a causa de los hechos recientes que han sido la voluntad de los Dioses, madurando algún proyecto, puesto que ha convocado esta asamblea de ancianos reunidos por un llamamiento común.

(Sale CREONTE *de palacio y se dirige al* CORO.)

CREONTE: ¡Hombres! Los Dioses han salvado por fin esta ciudad que habían combatido con tantas olas. Os he ordenado, por medio de emisarios, reuniros aquí escogiéndoos entre todos, porque habéis, lo sé, honrado siempre el poder de Layo, y guardado la misma fe constante a Edipo cuando mandaba en la ciudad, y, muerto él, a sus hijos. Puesto que los dos han perecido en un mismo día, muerto el uno por el otro en una matanza mutua e impía, yo poseo ahora el poder y el trono, siendo el más próximo pariente de los muertos. El espíritu, el alma y los designios de un hombre no pueden ser conocidos antes de que haya manejado la cosa pública y aplicado las leyes. Cualquiera que rige la ciudad y no se conforma a los mejores principios, sino que reprime su lengua por temor, es el peor de los hombres; siempre lo he pensado y todavía lo pienso, y en modo alguno estimo al que prefiere un amigo a su patria. ¡Pongo por testigo a Zeus que ve todas las cosas! Yo no me callo cuando veo que una calamidad amenaza la salud de los ciudadanos, y jamás he profesado amistad a un enemigo de la patria; porque sé que la salud de la patria es lo que salva a los ciudadanos, y que no carecemos de amigos en tanto que ella está segura. Con tales pensamientos es como acrecentaré esta ciudad. Y he ordenado, por un edicto, que se encerrase en una tumba a Eteocles, que, combatiendo por esta ciudad, ha muerto bravamente, y que se le rindiesen los honores fúnebres debidos a las sombras de los hombres valientes. Pero, en cuanto a su hermano Polinices, que, vuelto del destierro, ha querido destruir por las llamas su patria y los Dioses de su patria, que ha querido beber la sangre de sus allegados y reducir a los ciudadanos a servidumbre, quiero que nadie le dé una tumba, ni le llore, sino que se le deje insepulto, y que sea ignominiosamente destrozado por las aves carnívoras y por los perros. Tal es mi voluntad. Los impíos no recibirán jamás de mí los honores debidos a los justos; pero cualquiera que sea amigo de esta ciudad, vivo o muerto, será igualmente honrado por mí.

Corifeo: Te place obrar así, Creonte, hijo de Meneceo, respecto al enemigo de esta ciudad y a su amigo. Todos, tantos cuantos somos, vivos o muertos, estamos sometidos a tu ley, cualquiera que sea.

Creonte: Velad, pues, para que el edicto sea respetado.

Corifeo: Confía ese cuidado a otros más jóvenes.

Creonte: Ya hay guardianes del cadáver.

Corifeo: ¿Qué nos ordenas, pues, además?

Creonte: No permitir que se desobedezca.

Corifeo: Nadie es bastante insensato para desear morir.

Creonte: Ciertamente, tal es la recompensa prometida; pero la esperanza de un lucro ha perdido a los hombres con frecuencia.

(Entra un Guardián *de los encargados de vigilar el cadáver de* Polinices.)

Guardián: Rey, no diré sin duda que he venido, jadeante, con paso rápido y apresurado. Me he retardado presa de muchas inquietudes, y volviendo frecuentemente atrás en mi camino. En efecto, me he dicho no pocas veces: «¡Desdichado! ¿Por qué correr a tu propio castigo? Pero, ¿te detendrás, desventurado? Si Creonte sabe esto por algún otro, ¿cómo escaparás de tu pérdida?» Dando vuelta a estas cosas en mi mente he marchado con lentidud, de modo que el camino se ha hecho largo, aunque sea corto. Por fin he resuelto venir a ti, y, aunque no refiera nada de cierto, hablaré, sin embargo. En efecto, vengo con la esperanza de no sufrir más que lo que el destino ha decidido.

Creonte: ¿Qué es ello? ¿Por qué tienes inquieto el espíritu?

GUARDIÁN: Quiero ante todo revelarte lo que me concierne. Yo no he hecho eso ni he visto quién lo ha hecho. No merezco, pues, sufrir por ello.

CREONTE: Ciertamente, hablas con precaución y te preservas de todos los modos. Veo que tienes que anunciarme alguna cosa grave.

GUARDIÁN: El peligro inspira mucho temor.

CREONTE: ¿No hablarás a fin de salir del paso, dicho el caso?

GUARDIÁN: Te diré todo. Alguien ha sepultado al muerto y se ha ido después de haber echado polvo seco sobre el cadáver y cumplido los ritos fúnebres con arreglo a la costumbre.

CREONTE: ¿Qué dices? ¿Quién se ha atrevido a hacer eso?

GUARDIÁN: No lo sé, porque nada había sido cortado con la pala ni cavado con la azada. La tierra estaba dura, áspera, intacta, no surcada por las ruedas de un carro; y el que ha hecho la cosa no ha dejado huella. En cuanto el primer vigilante de la mañana nos hubo dado a conocer el hecho, éste nos pareció un triste prodigio. El muerto no aparecía visible, sin que estuviese encerrado bajo tierra, sin embargo, sino enteramente cubierto por un polvo ligero a fin de escapar a toda profanación. Y no había señal ninguna de bestia fiera o de perro que hubiese venido y arrastrado el cadáver. Entonces comenzamos a injuriarnos, cada guardián acusando al otro. Y la cosa hubiera acabado a golpes, porque nadie había allí para evitarlo, y todos parecían culpables; pero nada estaba probado contra nadie, y cada cual se justificaba del delito. Estábamos dispuestos a coger con las manos un hierro enrojecido, a atravesar las llamas, a jurar por los Dioses que no habíamos hecho nada, que no sabíamos ni quién había meditado el crimen, ni quién lo había cometido. En fin, como buscando no encontrábamos nada, uno de nosotros dijo una palabra que hizo que bajásemos todos la cabeza de terror; porque no podíamos ni contradecirla, ni saber si aquello se volvería felizmente para nosotros. Y esta palabra era que precisaba anunciarte la cosa y no ocultarte nada. ¡Esta resolución prevaleció, y la suerte me ha condenado, a mí, infortunado, a traer esta gran noticia! Estoy aquí contra mi voluntad y contra la de todos vosotros. Nadie gusta de ser mensajero de desgracia.

CORIFEO: Ciertamente, ¡oh, Rey!, estoy pensando hace rato: ¿no ha sido esto hecho por los Dioses?

CREONTE: Cállate, antes de que tus palabras hayan excitado mi cólera y para evitar ser tomado por viejo e insensato. Dices una cosa intolerable al decir que los Dioses se preocupan de ese muerto. ¿Le han concedido, pues, como a un bienhechor, el honor de la sepultura, a él que vino a quemar sus templos sostenidos por columnas y los dones sagrados, devastar su tierra y destruir sus leyes? ¿Ves a los Dioses honrar a los perversos? Eso no ocurre. Pero desde hace tiempo algunos ciudadanos, soportando esto con pena, murmuraban contra mí, moviendo silenciosamente la cabeza; y no doblegaban el cuello bajo el yugo, como conviene, ni obedecían mis mandatos. Sé que han excitado con una recompensa a estos guardianes a hacer eso; porque el dinero es la más funesta de las invenciones de los hombres. Devasta las ciudades, arroja a los hombres de sus casas y pervierte a los espíritus prudentes, para impulsarles a las acciones vergonzosas; enseña las astucias a los hombres y les acostumbra a todas las impiedades. Pero los que han hecho eso por una recompensa no se han atraído mas que castigos ciertos. Si el respeto a Zeus es aún poderoso sobre mí, sabedlo seguramente: digo y juro que, si no traéis ante mí al autor de ese enterramiento, no solamente seréis castigados de muerte, sino colgados vivos, en tanto que no hayáis revelado quién ha cometido ese crimen; aprenderéis para en adelante dónde es preciso buscar el lucro deseado, y que no se le debe obtener por todos los medios; porque muchos son más bien perdidos que salvados por los lucros vergonzosos.

GUARDIÁN: ¿Permites que hable de nuevo o tengo que volverme?

CREONTE: ¿No sabes que me hieres con tus palabras?

GUARDIÁN: ¿Ha sido herido tu oído o tu alma?

CREONTE: ¿Para qué tratas de saber dónde está mi mal?

GUARDIÁN: El que ha cometido el crimen hiere tu alma, y yo hiero tu oído.

CREONTE: ¡Ah! Tú has nacido para mi desgracia.

GUARDIÁN: En verdad, yo no he cometido el crimen.

CREONTE: Tú has dado la vida por el afán del dinero.

GUARDIÁN: ¡Ah! Es una desgracia, cuando se sospecha, sospechar falsamente.

CREONTE: Argumenta tanto como quieras contra la sospecha, pero si no reveláis quiénes han hecho eso, aprenderéis, habiéndolo experimentado, que los males son engendrados por las ganancias inicuas.

(Entra CREONTE *en palacio.)*

GUARDIÁN: En verdad, deseo ardientemente que se encuentre al culpable; pero, sea o no descubierto, y al destino toca decidir de ello, no me verás volver aquí. Efectivamente, salvado ahora contra lo que esperaba y creía, debo dar mil gracias a los Dioses[4].

Estrofa I

CORO: Muchas cosas son admirables, pero nada es más admirable que el hombre. Es llevado por el Noto tempestuoso a través del sombrío mar, en medio de las olas que braman en torno suyo; domina, de año en año, bajo las cortantes rejas del arado, a la más poderosa de las Diosas, Gea, inmortal e infatigable, y la voltea con ayuda del caballo.

[4] Palabras que en voz baja se dirige a sí mismo el guardián.

Antistrofa I

El hombre, lleno de destreza, envuelve, en sus redes de cuerdas construidas, la raza de las ligeras aves y las bestias salvajes y la generación marina del mar; y esclaviza con sus ardides la bestia feroz de las montañas; y pone bajo el yugo al caballo de largas crines y al infatigable toro montaraz, y les obliga a doblegar el cuello.

Estrofa II

Él se ha dado la palabra y el pensamiento rápido y las leyes de las ciudades, y ha puesto sus moradas al abrigo de las heladas y de las enfadosas lluvias. Ingenioso en todo, no carece jamás de previsión en lo que concierne al porvenir. No hay más que el Hades a que no pueda escapar, pero ha encontrado remedios para las peligrosas enfermedades.

Antistrofa II

Más inteligente en invenciones diversas que se podía esperar, hace tan pronto el bien como el mal, violando las leyes de la patria y el derecho sagrado de los Dioses. El que sobresale en la ciudad merece ser arrojado de ella, cuando, por audacia, obra vergonzosamente. ¡Que yo no tenga ni el mismo techo ni los mismos pensamientos que el que así procede! Por un prodigio increíble, ésta no puede ser Antígona, bien que sea ella la que veo. ¡Oh, desgraciada hija del desgraciado Edipo! ¿Qué sucede? ¿Te traen éstos por haber menospre-ciado la ley real y haber osado una acción insensata?

(Entra el GUARDIÁN *llevando detenida a* ANTÍGONA.*)*

CORIFEO: Ante este fantástico prodigio, ¡mirad!, no sé qué pensar. ¿Cómo podré aportar razones refutadoras de que la joven que aquí viene no es Antígona, cuando la estoy viendo? ¡Oh, desventurada e hija de un desventurado padre, Edipo!

¿Qué ocurre? ¡Vamos, no puedo creer que te traen detenida, nada menos que a ti, por desafiar las órdenes del rey y por haberte sorprendido en una conducta irreflexiva!

GUARDIÁN: Ésta ha cometido el crimen. La hemos cogido dando sepultura al cadáver. Pero, ¿dónde está Creonte?

(Sale CREONTE *de paseo.)*

CORIFEO: Hele aquí que sale de la morada, y oportunamente.

CREONTE: ¿Qué es eso? ¿Qué ha sucedido que hace oportuna mi venida?

GUARDIÁN: Rey, los mortales no deben negar nada con juramento, porque un segundo pensamiento desmiente al primero. No hubiera creído ciertamente que debiese jamás volver aquí, turbado como estaba por tus amenazas; pero la alegría que llena inesperada e imprevista no puede ser sobrepujada por ninguna otra dicha. Vuelvo, pues, habiendo abjurado mi juramento y trayendo aquí a esta joven que ha sido sorprendida preparando la sepultura. En esto la suerte no ha sido interrogada, sino que soy yo solo quien tiene el mérito de la acción, y no otro. Y ahora, Rey, puesto que la he prendido, interrógala y convéncela, como te plazca. Pero yo estoy absuelto y justamente librado del castigo.

CREONTE: ¿Cómo y dónde has prendido a ésta que traes?

GUARDIÁN: Estaba sepultando al hombre. Ya lo sabes todo.

CREONTE: ¿Comprendes lo que dices, y dices verdad?

GUARDIÁN: La he visto sepultando el cadáver que habías prohibido sepultar. ¿He hablado con bastante franqueza y claridad?

CREONTE: ¿Y cómo ha sido vista y sorprendida cometiendo el delito?

GUARDIÁN: Ello ha ocurrido así. En cuanto hubimos vuelto, llenos de terror a causa de tus terribles amenazas, después de haber quitado todo el polvo que cubría el cuerpo y haberle dejado al desnudo todo putrefacto, nos sentamos en la cima de las colinas, contra el viento, para huir del hedor y a fin de que no nos alcanzase, y nos excitábamos el uno al otro con injurias, en cuanto uno de nosotros descuidaba vigilar. Así seguimos hasta la hora en que el círculo de Helios se detuvo en medio del Éter y su ardor quemó. Entonces un brusco torbellino, levantando una tempestad sobre la tierra y oscureciendo el aire, llenó la llanura y despojó todos los árboles de su follaje, y el gran Éter fue envuelto por una espesa polvareda. Y, cerrados los ojos, aguantábamos aquella tempestad enviada por los Dioses. Al fin, después de largo tiempo, cuando el huracán se hubo apaciguado, vimos a esta joven que con aguda voz se lamentaba, tal como el ave desolada que encuentra el nido vacío de sus hijos. Del mismo modo ésta, en cuanto vio el cadáver desnudo, prorrumpió en lamentos e imprecaciones terribles contra los que habían hecho aquello. De pronto llevó polvo seco, y, con ayuda de un vaso de bronce forjado al martillo, honró al muerto con una triple libación. Habiéndola visto, nos hemos lanzado y la hemos cogido bruscamente, sin que ella se asustase por ello. Y la hemos interrogado sobre la acción ya cometida y sobre la más reciente, y no ha negado nada. Y esto me ha complacido y me ha entristecido al mismo tiempo; porque, si es muy dulce escapar de la desgracia, es triste llevar a ella a los amigos. Pero todo es de menor precio que mi propia salud.

CREONTE *(dirigiéndose a* ANTÍGONA): Y tú que inclinas la cabeza hacia la tierra, yo te hablo: ¿confiesas o niegas haber hecho eso?

ANTÍGONA: Lo confieso, no niego haberlo hecho.

CREONTE *(al* GUARDIÁN): En cuanto a ti, ve a donde quieras; absuelto estás de ese delito. *(A* ANTÍGONA.) Pero tú, respóndeme en pocas palabras y brevemente: ¿conocías el edicto que prohibía eso?

ANTÍGONA: Lo conocía. ¿Cómo había de ignorarlo? Es conocido de todos.

CREONTE: ¿Y siendo así, te has atrevido a violar esas leyes?

ANTÍGONA: Es que no las ha hecho Zeus, ni la Justicia que está sentada al lado de los Dioses subterráneos. Y no he creído que tus edictos pudiesen prevalecer sobre las leyes no escritas e inmutables de los Dioses, puesto que tú no eres más que un mortal. No es de hoy, ni de ayer, que ellas son inmutables; sino que son eternamente poderosas, y nadie sabe cuánto tiempo hace que nacieron. No he debido, por temor a las órdenes de un solo hombre, merecer ser castigada por los Dioses. Sabía que debo morir un día, ¿cómo no saberlo?, aun sin tu voluntad, y si muero antes del tiempo eso será para mí un bien, según pienso. Cualquiera que vive como yo en medio de innumerables miserias, ¿no obtiene provecho con morir? Ciertamente, el destino que me espera en nada me aflige. Si hubiese dejado insepulto el cadáver del hijo de mi madre, eso me hubiera afligido; pero lo que he hecho no me aflige. Y si te parece que he procedido locamente, quizá soy acusada de locura por un insensato.

CORIFEO: El espíritu inflexible de esta joven procede de un padre semejante a ella. No sabe ceder a la desgracia.

CREONTE: Sabe, sin embargo, que estos espíritus inflexibles son dominados con más frecuencia que otros. El hierro más sólidamente forjado al fuego y más duro es el que ves romperse con más facilidad. Yo sé que los caballos fogosos son reprimidos con el menor freno, porque no conviene tener un espíritu orgulloso a quien está en poder de otro. Ésta sabía que obraba injuriosamente atreviéndose a violar leyes ordenadas; y ahora, habiendo llevado a cabo el delito, comete otro ultraje riéndose y gloriándose de lo que ha hecho. ¡Que no sea yo un hombre, que sea uno ella misma, si triunfa impunemente, habiendo osado un cosa tal! Pues, aunque haya nacido de mi hermana, aunque sea mi más próxima pariente, ni ella ni su hermana escaparán a la suerte más afrentosa, porque sospecho de esta última, no menos que de ella, que ha realizado ese enterramiento. Llamadla. La he visto en la morada, fuera de sí y como insensata. El corazón de los que urden el mal en las tinieblas suele denunciarles antes que todo. Ciertamente, odio al que, sorprendido en el delito, se precave con buenas palabras.

ANTÍGONA: ¿Quieres hacer más que matarme, habiéndome prendido?

CREONTE: Nada más. Teniendo tu vida, tengo todo lo que quiero.

ANTÍGONA: ¿Qué tardas, pues? De todas tus palabras ninguna me agrada, ni me podría agradar nunca, y, del mismo modo, ninguna de las mías te agrada más. ¿Puedo apetecer una gloria más ilustre que la que he adquirido colocando a mi hermano bajo tierra? Todos éstos dirían que he hecho bien, si el terror no les cerrase la boca; pero, entre todas las felicidades sin cuento de la tiranía, posee el derecho de decir y hacer lo que le place.

CREONTE: Eres la única, entre todos los cadmeos, que así piensa.

ANTÍGONA: Piensan de igual manera, pero comprimen su boca por complacerte.

CREONTE: ¿No tienes, pues, vergüenza de no hacer como ellos?

ANTÍGONA: ¡No, por cierto! Porque no hay vergüenza alguna en honrar a los parientes.

CREONTE: ¿No era tu hermano también el que sucumbió empuñando las armas por una causa opuesta?

ANTÍGONA: De la misma madre y del mismo padre.

CREONTE: ¿Por qué, pues, honrando a aquél te muestras impía para con éste?

ANTÍGONA: El que está muerto no daría ese testimonio .

CREONTE: Lo haría sin duda, puesto que honras al impío tanto como a él.

ANTÍGONA: Polinices murió siendo su hermano y no su esclavo.

CREONTE: Murió devastando esta tierra, mientras que el otro combatía valientemente por ella.

ANTÍGONA: Ades aplica a todos las mismas leyes.

CREONTE: Aunqueue el bueno y el malo no reciben el mismo trato.

ANTÍGONA: ¿Quién puede saber si ello es así en el Hades?

CREONTE: Jamás a un enemigo, aun muerto, se mira como a un amigo.

ANTÍGONA: Yo he nacido no para un odio mutuo, sino para un mutuo amor.

CREONTE: Si tu naturaleza es de amar, ve entre los muertos y ámalos. Mientras yo viva, no mandará una mujer.

(Sale ISMENE *de palacio.)*

CORIFEO: He ahí, ante las puertas, a Ismene, que vierte lágrimas por causa de su hermana. La nube que cae de sus cejas altera su rostro, que se enrojece, y surca de lágrimas sus bellas mejillas.

CREONTE: ¡Hola! ¡Tú, que has entrado secretamente en mi morada, como una víbora, para beber toda mi sangre, porque yo no sabía que alimentaba dos calamidades, dos pestes de mi trono, ven! Habla al fin: ¿confesarás que has ayudado a ese sepelio o jurarás que lo ignorabas?

ISMENE: Yo he cometido ese delito, si ésta, por su parte, lo confiesa. He participado en el hecho y en el delito.

ANTÍGONA: La justicia no consiente esto, porque tú no has querido obrar y yo no he hecho nada en común contigo.

ISMENE: Pero yo no tengo vergüenza, en tu desgracia, de compartir tu suerte.

ANTÍGONA: Ades y las Sombras saben quién ha hecho eso. Yo no amo a quien no me ama sino con palabras.

ISMENE: Yo te suplico, hermana, que no desdeñes que muera contigo por haber cumplido mis legítimos deberes con el muerto.

ANTÍGONA: No morirás conmigo y no tendrás el honor que no has merecido. Basta que muera yo.

ISMENE: ¿Cómo puede la vida serme dulce sin ti?

ANTÍGONA: Pregúntalo a Creonte, puesto que te has preocupado de él.

ISMENE: ¿Por qué me afliges de ese modo sin provecho para ti?

ANTÍGONA: Ciertamente, me lamento de ridiculizarte así.

ISMENE: ¿De qué modo puedo ayudarte ahora?

ANTÍGONA: Salva tu propia vida. No te envidio por escapar a la muerte.

ISMENE: ¡Oh! ¡Desdichada de mí! No compartiré tu suerte.

ANTÍGONA: Tú has deseado vivir, y yo he deseado morir.

ISMENE: Mis consejos, al menos, no te han faltado.

ANTÍGONA: Hablas prudentemente para éstos, y yo parezco prudente a los muertos.

ISMENE: Pero esta falta pertenece a las dos.

ANTÍGONA: ¡Cobra ánimo, vive! En cuanto a mí, mi alma ha partido ya y no sirve más que a los muertos.

CREONTE: Creo que una de estas jóvenes ha perdido el sentido y la otra es insensata de nacimiento.

ISMENE: El sentido de los desgraciados, ¡oh, Rey!, no sigue siendo lo que ha sido y cambia de naturaleza.

CREONTE: Ciertamente, el tuyo ha cambiado, puesto que quieres haber obrado mal a medias con los impíos.

ISMENE: ¿Cómo podré vivir sola y sin ella?

CREONTE: No hables de ella, porque ya no existe.

ISMENE: ¿Matarás, pues, a la prometida de tu propio hijo?

CREONTE: Se pueden fecundar otros senos.

ISMENE: Nada convenía más a uno y a otro.

CREONTE: Odio malas esposas para mis hijos.

ANTÍGONA: ¡Oh, queridísimo Hemón, cuán tu padre te ultraja!

CREONTE: Tú y tus nupcias son importunas para mí.

CORIFEO: ¿Privarás a tu hijo de ella?

CREONTE: Ades pondrá fin a estas nupcias.

CORIFEO: Está resuelto, a lo que parece, que ha de recibir la muerte.

CREONTE: Te parece lo que a mí. ¡Que cese toda demora y llevadlas a la morada, esclavos! Conviene guardar a estas mujeres con vigilancia y no dejarlas andar libremente, porque los audaces se escapan cuando ven que el Hades está próximo.

(Entran todos en palacio.)

Estrofa I

CORO: ¡Dichosos los que han vivido al abrigo de los males! Cuando una morada, en efecto, ha sido herida por los Dioses, no falta, hasta su última generación, alguna desdicha a sus individuos. Del mismo modo, cuando la ola del mar impulsada por los vientos tracios, recorre la oscuridad submarina, hace subir del fondo el cieno negro e hirviente, y las riberas que azota se llenan de clamores.

Antistrofa I

Veo, desde tiempos antiguos, en la casa de los Labdácidas, las calamidades agregarse a las calamidades de los que han muerto. Una generación no salva de ellas a otra generación, sino que siempre algún dios la abruma y no le deja ningún reposo. Una luz brillante todavía, en la casa de Edipo, sobre el fin de su raza; pero he aquí que es segada, insensata y furiosa, por la hoz sangrienta de los Dioses subterráneos.

Estrofa II

¡Oh, Zeus!, ¿qué hombre orgulloso puede reprimir tu poder, que no es dominado ni por el sueño, amo de todas las cosas, ni por los años infatigables de los Dioses? ¡Sin jamás envejecer, reinas eternamente en el esplendor del flamígero Olimpo! Una ley, en efecto, prevalecerá siempre, como siempre ha prevalecido entre los hombres.

Antistrofa II

La Esperanza engañosa es útil a los mortales, pero frustra los deseos de muchos. Ella les excita al mal, sin que lo sepan, antes de que hayan puesto el pie sobre el fuego ardiente. No sé quién ha dicho esta sentencia célebre: «Aquel a quien un dios empuja a su pérdida, toma con frecuencia el mal por el bien, y no se ve garantizado de la ruina sino por muy poco tiempo.» Pero he aquí a Hemón, el último de tus hijos. ¿Viene, lamentándose por el destino de Antígona, afligido a causa del lecho nupcial que se le rehúsa?

(Entra HEMÓN *en escena.)*

CORIFEO: Mira, ahí viene Hemón, la más joven criatura de entre tus hijos. ¿Vendrá acaso dolido de la suerte de su prometida Antígona, transido de rabia por la frustración de su boda?

CREONTE: Bien pronto lo sabremos, y con más seguridad que adivinos. ¡Oh, hijo! Habiendo sabido la sentencia irrevocable que se ha pronunciado contra tu prometida, ¿vienes como enemigo de tu padre? ¿O, cualquier cosa que hagamos, te somos caros?

HEMÓN: Padre, yo te pertenezco; tú me diriges con tus sabios consejos, y yo los sigo. El deseo de unión alguna será más poderoso sobre mí que tu sabiduría.

CREONTE: Ciertamente, ¡oh, hijo!, conviene que abrigues en el corazón la idea de poner la voluntad de tu padre ante todas las cosas. Si los hombres desean tener hijos en su morada es para que venguen a su padre de sus enemigos y honren a sus amigos tanto como él mismo. Pero el que tiene hijos inútiles, ¿qué decir de él, sino que ha engendrado su propia injuria y lo que le entrega como objeto de escarnio a sus enemigos? Ahora, ¡oh, hijo!, vencido por la voluptuosidad, no sacrifiques tu sabiduría a una mujer. Sabe bien que es helado el abrazo de la mujer perversa que tiene uno en su casa por compañera de su lecho. ¿Qué mayor miseria, en efecto, que un mal amigo? Desdeña, pues, a esta joven, como a una enemiga, y déjala desposarse en la morada de Ades. Después de haberla sorprendido, única entre todos los ciudadanos, desobedeciendo mis órdenes, no pasaré por embustero ante la ciudad; la mataré. ¡Que implore a Zeus, protector de la familia! Si dejo hacer a los que son de mi sangre, ¿qué será en cuanto a los extraños? El que es equitativo en las cosas domésticas equitativo se mostrará también en la ciudad; pero el que viola insolentemente las leyes y piensa mandar a sus jefes, no será alabado por mí. Es preciso obedecer a aquel a quien la ciudad ha tomado por dueño, en las cosas pequeñas o grandes, justas o inicuas. No dudaré jamás de un hombre semejante: mandará bien y se dejará mandar. En cualquier lugar en que esté colocado, en la tormenta del combate, allí permanecerá con lealtad y sostendrá valientemente a sus compañeros. No hay peor mal que la anarquía: arruina las ciudades, deja las moradas desiertas, impulsa, en el combate, las tropas a la huida; mientras que la obediencia constituye la salud de todos los que son disciplinados. Así, las reglas estables deben ser defendidas, y es preciso no ceder en modo alguno a una mujer. Más vale, si ello es necesario, retroceder ante un hombre, para que no se diga que estamos por debajo de las mujeres.

CORIFEO: A menos que nos engañemos a causa de nuestra vejez, nos parece que hablas cuerdamente.

HEMÓN: Padre, los Dioses han dado a los hombres la razón, que es, para todos cuantos existimos, la riqueza más preciosa. En cuanto a mí, no puedo ni pensar, ni decir que no has hablado bien. Sin embargo, otras palabras serían discretas también. En efecto, yo sé naturalmente, antes de que tú lo sepas, lo que cada cual dice, hace o censura, porque tu aspecto hiere al pueblo de terror, y calla lo que no oirías de buena gana. Pero a mí me es dado oír lo que se dice en secreto y saber cuánto lamenta la ciudad la suerte de esta joven digna de las mayores alabanzas por lo que ha hecho, y que, de todas las mujeres, es la que ha merecido menos morir miserablemente. La que no ha querido que su hermano muerto en el combate, y no sepultado, sirviese de pasto a los perros comedores de carne cruda y a las aves carnívoras, ¿no es digna de un premio de oro? Tal es el rumor que corre en la sombra. Padre, nada me interesa más que tu feliz destino. ¿Qué mayor gloria hay para unos hijos que la prosperidad de su padre, o para un padre que la de sus hijos? No tengas, pues, el pensamiento de que no hay más palabras que las tuyas que sean discretas. En efecto, cualquiera que se imagine que sólo él es sabio, y que nadie le iguala por el alma y por la lengua, está lo más frecuentemente vacío cuando se le examina. No es vergonzoso para un hombre, por sabio que sea, aprender mucho y no resistir desmedidamente. Mira cómo los árboles, a lo largo de los cursos de agua hinchados por las lluvias invernales, se doblegan para conservar sus ramas, mientras que todos los que resisten mueren desarraigados. Del mismo modo, el navegante que hace con resolución frente al viento y no cede, ve su nave volcada y flota sobre los bancos de remeros. Apacíguate, pues, y cambia de resolución. Si puedo juzgar de ello, aunque sea joven, digo que lo mejor para un hombre es poseer una abundante sabiduría; si no —porque lo frecuente no es que ocurra así— es bueno creer a sabios consejeros.

CORIFEO: Rey, si ha hablado bien, es justo que te dejes instruir, y tú por tu padre, porque vuestras palabras son buenas para ambos.

CREONTE: ¿Hemos de aprender la sabiduría, a nuestra edad, de un hombre tan joven?

HEMÓN: No escuches nada que no sea justo. Si soy joven, conviene que consideres mis acciones, no mi edad.

CREONTE: ¿Es preciso, pues, honrar a los que no obedecen las leyes?

HEMÓN: Ciertamente, yo no seré jamás causa de que honres a los malvados.

CREONTE: ¿No ha sido ésta atacada por ese mal?

HEMÓN: Todo el pueblo de Tebas lo niega.

CREONTE: ¿De ese modo, la ciudad me prescribirá lo que debo querer?

HEMÓN: ¿No ves que tus palabras son las de un hombre todavía demasiado joven?

CREONTE: ¿Está sometida esta tierra al poder de otro, y no al mío?

HEMÓN: No hay ciudad que sea de un solo hombre.

CREONTE: ¿No está la ciudad obligada a pertenecer a quien la manda?

HEMÓN: Ciertamente, reinarías muy bien solo en una tierra desierta.

CREONTE: Combate, a lo que parece, por esta mujer.

HEMÓN: Si tú eres mujer, porque yo me tomo interés por ti.

CREONTE: ¡Oh, el peor de todos los hombres! ¿Es ello abogando contra tu padre?

HEMÓN: Te veo, en efecto, flaquear contra la justicia.

CREONTE: ¿Flaqueo, pues, respetando mi propio poder?

HEMÓN: No lo respetas hollando los derechos de los Dioses.

CREONTE: ¡Oh, corazón impío y dominado por una mujer!

HEMÓN: Jamás podrás acusarme de ser dominado por vergonzosos pensamientos.

CREONTE: Sin embargo, todas tus palabras son por ella.

HEMÓN: Por ti, por mí y por los Dioses subterráneos.

CREONTE: Jamás la desposarás viva.

HEMÓN: Morirá, pues, y su muerte matará a alguno.

CREONTE: ¿Eres audaz hasta el punto de amenazarme?

HEMÓN: ¿Censurar cosas insensatas es amenazar?

CREONTE: Trabajo te ha de costar instruirme, siendo insensato tú mismo.

HEMÓN: Si no fueses mi padre, diría que deliras.

CREONTE: Esclavo de una mujer, ahórrame tu charla.

HEMÓN: ¿Quieres hablar siempre y no escuchar nada?

CREONTE: ¿Sí? Pongo por testigo al Olimpo de esto, sábelo bien: no te regocijarás de haberme insultado. ¡Traed aquí a la que aborrezco, para que muera al punto ante su prometido, a su lado, bajo sus ojos!

HEMÓN: ¡No, por cierto, delante de mí! No, no lo creas. No morirá jamás delante de mí, y jamás asimismo volverás a verme con tus ojos, para que puedas delirar en medio de tus amigos que consienten en esto.

(Sale HEMÓN *precipitadamente.)*

CORIFEO: Este hombre se va lleno de cólera, ¡oh, Rey! En semejante espíritu, un dolor ardiente y cruel es cosa temible.

CREONTE: Que se vaya, y que haga o medite hacer más de lo que puede un hombre: no librará a estas jóvenes de su suerte.

CORIFEO: ¿Destinas, pues, a ambas a la muerte?

CREONTE: No a la que no ha tocado el cadáver. Me has advertido bien.

CORIFEO: ¿Por qué suplicio has decidido que perezca la otra?

CREONTE: La llevaré a un lugar no hollado por los hombres, la encerraré viva en un antro de piedra, con tan poco alimento como es preciso para la expiación, para que la ciudad no sea mancillada por su muerte. Allí, por sus plegarias, obtendrá quizá de Ades, el único de los Dioses a quien honra, no morir, y entonces aprenderá al fin cuán vana es la tarea de honrar al Hades.

(Entra CREONTE *en palacio.)*

Estrofa I

CORO: ¡Ero[5], invencible Ero, que te dejas caer sobre los poderosos, que reposas sobre las mejillas delicadas de la joven doncella, que te trasladas al otro lado de los mares y a los establos agrestes, ninguno de los Inmortales puede huir de ti, ni ninguno de los hombres que viven pocos días; pero el que te posee se llena de furor!

Antistrofa I

Tú arrastras a la iniquidad los pensamientos de los justos y empujas a la disensión a los hombres de la misma sangre. El encanto apetecible que resplandece en los ojos de una joven alcanza la victoria y prevalece sobre las grandes leyes. La diosa Afrodita es invencible y se ríe de todo. Y yo mismo, ante esto, infrinjo lo que es lícito y no puedo contener las fuentes de mis lágrimas cuando veo a Antígona avanzar hacia el lecho adonde todos van a dormir.

ANTÍGONA: Vedme, ¡oh, ciudadanos de la tierra de mi patria!, haciendo mi último camino y mirando el último resplandor del día para no mirarlo ya jamás. Ades, que todo lo sepulta, me lleva viva hacia el Aqueronte[6] sin que haya conocido las nupcias, sin que el himno nupcial me haya cantado, porque tomaré al Aqueronte por esposo.

---

[5] Desarrolla aquí Sófocles el conocido tema del poder absoluto del Amor como medio de la continuación de las especies, que arranca, al menos, del *Himno a Afrodita* y, tras recorrer la literatura griega, alcanza el inicio maravilloso del poema de Lucrecio.

[6] Nombre de uno de los varios ríos del Infierno.

CORO: Así, ilustre y alabada, vas a los retiros de los muertos, no consumida y marchitada por las enfermedades, no entregada como botín de guerra; sino que, única entre los mortales, libre y viva, desciendes a la morada de Ades.

Antistrofa II

ANTÍGONA: Por cierto, he oído decir que la frigia extranjera, hija de Tántalo, murió muy desgraciada en la cumbre del Sipilo, donde el crecimiento de la piedra la envolvió, habiéndola estrechado rígidamente como una hiedra. Jamás las lluvias ni las nieves la abandonan mientras que ella se deshace, y siempre está bañando su cuello con las lágrimas de sus ojos. Un dios va a dormirme como a ella.

CORO: Pero ésa era Diosa y venía de una raza divina, y nosotros somos mortales y venimos de una raza mortal; pero es glorioso, para quien va a morir, sufrir una suerte semejante a la de los Dioses.

Estrofa III

ANTÍGONA: ¡Ay! Se ríen de mí. ¡Por los Dioses de la patria! ¿Por qué abrumarme de ultrajes, no habiendo muerto todavía y bajo vuestros ojos? ¡Oh, ciudad; oh, riquísimos ciudadanos de la ciudad; oh, fuentes Dirceas; oh, bosques sagrados de Tebas excelentes en carnes, yo os pongo por testigos a todos a la vez! Así, no llorada por mis amigos, herida por una ley inicua, voy hacia esta prisión sepulcral que será mi tumba. ¡Ay de mí! ¡Desdichada! ¡No habitaré ni entre los vivos ni entre los muertos!

CORO: En tu extrema audacia has tropezado con el alto asiento de Dica, ¡oh, hija mía! Tú expías algún crimen paterno.

Antistrofa III

ANTÍGONA: Has tocado a mis dolores más amargos, a la suerte bien conocida de mi padre, a los desastres de toda la raza de los ilustres Labdácidas. ¡Oh, calamidad de las maternas nupcias! ¡Oh, abrazo de mi madre infortunada y de mi padre, ella que me concibió, y él, desventurado, que me engendró! Voy a ellos, cargada de imprecaciones y no desposada. ¡Oh, hermano, gozaste de un himeneo funesto, y, muerto, me has matado!

CORO: Es piadoso honrar a los muertos; pero jamás es lícito no obedecer a quien dispone del poder. Tu espíritu inflexible es el que te ha perdido.

Epodo

ANTÍGONA: No llorada, sin amigos y virgen, hago mi último camino. No miraré más el ojo sagrado de Helios, ¡oh, desdichada! Ningún amigo se lamentará ni llorará por mi destino.

(Sale CREONTE *de palacio.)*

CREONTE: ¿No sabéis que si los cantos y las quejas pudieran aprovechar a los que van a morir nadie tendría fin? ¿No la llevaréis con prontitud? Encerradla, como he ordenado, y dejadla sola, abandonada, en el sepulcro cubierto, para que muera allí, si quiere, o viva sepultada. Así estaremos puros de toda mancha procedente de ella, y ella no podrá habitar más sobre la tierra.

ANTÍGONA: ¡Oh, sepulcro! ¡Oh, lecho nupcial! ¡Oh, excavado refugio que no abandonaré más, donde me uno a los míos, que Perséfone ha recibido, innumerables, entre los muertos! La última de ellos, y, ciertamente, por un fin mucho más miserable, me voy antes de haber vivido mi parte legítima de la vida. ¡Pero, al partir, abrigo la grandísima esperanza de ser bien acogida por mi padre, y por ti, madre, y por ti, hermano! Porque, muertos, os he lavado con mis manos, y adornado, y os he llevado las libaciones funerarias. Y ahora, Polinices, porque he dado sepultura a tu cadáver, recibo esta recompensa. Pero te he honrado, con aprobación de los prudentes. Jamás, si hubiese dado hijos a luz; jamás, si mi esposo se hubiera podrido muerto, hubiese hecho eso contra la ley de la ciudad. ¿Y por qué hablo así? Es que, habiendo muerto mi esposo, hubiese concebido de otro hombre; habiendo perdido un hijo, hubiese tenido otro; ¡pero de mi padre y de mi madre encerrados en la morada de Ades jamás puede nacer para mí otro hermano alguno! Y, sin embargo, por eso, porque te he honrado por encima de todo, ¡oh, hermano!, es por lo que he hecho mal, según Creonte, y por lo que le parezco muy culpable. Y me hace prender y llevar violentamente, virgen, sin himeneo, no habiendo tenido mi parte ni del matrimonio ni del alumbramiento. Sin amigos y miserable, voy a descender, viva, a la sepultura de los muertos. ¿Qué justicia de los Dioses he violado? Pero, ¿de qué me sirve desdichada, mirar todavía hacia los Dioses? ¿A cuál invocar en mi ayuda, si me llaman impía por haber obrado con piedad? Si los Dioses aprueban esto, reconoceré la equidad de mi castigo; pero, si estos hombres son inicuos, deseo que no sufran más males que los que injustamente me infligen.

CORIFEO: Las agitaciones de su alma son siempre las mismas.

CREONTE: Por eso los que la llevan con tanta lentitud se arrepentirán de ello.

ANTÍGONA: ¡Ay! Mi muerte está muy cerca de esta palabra.

CREONTE: No te recomendaré que te sosiegues, como si esta palabra hubiera de ser vana.

ANTÍGONA: ¡Oh, ciudad paterna de la tierra tebana! ¡Oh, Dioses de mis antepasados! Soy conducida sin más demora. Ved, ¡oh, jefes de Tebas!, con qué males me agobian los hombres porque he honrado la piedad.

(Se llevan a ANTÍGONA.)

Estrofa I

CORO: Dánae[7] fue también condenada, en una prisión de bronce, a dejar de ver la luz urania, y sufrió el yugo, encerra-

---

[7] Dánae, hija de Acrisio, rey de Argo. Éste había sido vaticinado que moriría a manos de su nieto. Por eso encerró a su hija en una cámara de

da en aquel sepulcro, su cámara nupcial. Y, sin embargo, ¡oh, hija mía!, era de buen linaje y llevaba en su seno las semillas de oro de Zeus. Pero la fuerza de la Moira es ineluctable, y ni las riquezas, ni Ares, ni las torres, ni las negras naves combatidas por las olas escapan a ella.

Antistrofa I

También fue cargado de cadenas el furioso hijo de Drías, aquel a quien Dionisos, a causa de su espíritu insolente, encerró en una prisión de piedra. Así se desvanece y se apacigua la fuerza terrible de la cólera. Y conoció al Dios a quien, en su demencia, había ofendido con palabras injuriosas; porque había querido refrenar a las mujeres furiosas, apagar las antorchas de Evio y ultrajar a las Musas que gustan de las flautas.

Estrofa II

Cerca de los mares Cianeos están las riberas del Bósforo y la inhospitalaria Salmideso de los tracios, donde Ares, que habitaba en las comarcas vecinas, vio la herida execrable de los dos Fineyadas, que había hecho su feroz madrastra, la cual les había arrancado los ojos no con el hierro, sino con sus manos ensangrentadas y con ayuda de una lanzadera puntiaguda.

Antistrofa II

Y lloraban el destino de su madre y las nupcias de que habían nacido; porque ella descendía de la antigua raza de los Erecti-

---

bronce, pero allí fue visitada por Zeus bajo la especie de lluvia de oro. Al enterarse Acrisio del nacimiento de su nieto, llamado Perseo, depositó a ambos en una cesta en las aguas del mar (tradición similar a la de Moisés, típica de hombres a quienes espera excepcional futuro) y llegaron a la isla de Sérifo. Con el tiempo, tras haberse convertido Perseo en un héroe por matar a la Medusa, volvieron a Argos para visitar al anciano Acrisio y, con ocasión de la celebración de unos juegos, Perseo mató involuntariamente a su abuelo al lanzar el disco.

das, y había sido criada en los antros apartados, en medio de las tempestades paternas, como hija que era de Bóreas y descendiente de los Dioses; y trepaba con pie seguro, a la manera de un caballo que corre, lo escarpado de las colinas. Sin embargo, las Moiras eternas la alcanzaron también, ¡oh, hija mía!

(Entra TIRESIAS[8], *el adivino ciego, conducido por un lazarillo.)*

TIRESIAS: Príncipes de Tebas, hemos venido juntos, viendo por los ojos de uno solo, porque es preciso que los ciegos sean conducidos para marchar.

CREONTE: ¿Qué hay de nuevo, oh anciano Tiresias?

TIRESIAS: Ciertamente, te lo diré; pero obedece al adivino.

CREONTE: Todavía no he rechazado tus consejos.

TIRESIAS: Por eso has gobernado felizmente esta ciudad.

CREONTE: Puedo atestiguar que has venido en mi ayuda.

TIRESIAS: Sabe que estás expuesto nuevamente a otras desgracias.

CREONTE: ¿Qué es ello? Tus palabras me llenan de temor.

TIRESIAS: Lo sabrás cuando conozcas los indicios revelados por mi ciencia. Mientras estaba sentado en el antiguo lugar augural donde concurren todas las adivinaciones, he oído un ruido estridente de aves que gritaban de una manera siniestra y salvaje. Y se desgarraban unas a otras con sus uñas mortíferas. El batir de sus alas me lo reveló. Por eso, espantado, consulté a las víctimas sobre los altares encendidos. Pero Hefesto no se unía a ellas, y la grasa derretida de las piernas, absorbida por la ceniza, humeaba y chisporroteaba, y el hígado estallaba y se disipaba, y los huesos de las piernas yacían desnudos y húmedos de su vaina de grasa. Tal es la adivinación desdichada de ese sacrificio vano, y que he sabido por este muchacho, porque él es mi guía como yo soy el de los demás. La ciudad su-

[8] Su madrastra le sacó los ojos. Previamente su padre, Fineo, había abandonado y encarcelado a su madre, Cleopatra.

fre estos males por causa de tu resolución. En efecto, todos los altares y todos los hogares están llenos de los trozos arrancados por los perros y las aves carnívoras del cadáver del mísero hijo de Edipo. De manera que los Dioses no quieren acceder a las plegarias sagradas y a la llama de las piernas quemadas, y las aves, hartas de la sangre grasa de un cadáver humano, no dejan oír ningún grito augural. Piensa, pues, en esto, hijo. A todos ocurre flaquear; pero el que ha flaqueado, no es ni falto de sentido ni desgraciado si, habiendo caído en el error, se cura de él en lugar de persistir. La tenacidad es una prueba de inepcia. Perdona a un muerto, no hieras un cadáver. ¿Qué valentía hay en matar a un muerto? Yo te aconsejo por benevolencia hacia ti. Es muy dulce escuchar a un buen consejero cuando enseña lo que es útil.

CREONTE: ¡Oh, ancianos! Todos, como arqueros al blanco, enviáis vuestras flechas contra mí. No he sido perdonado por los adivinos; he sido traicionado y vendido hace mucho tiempo por mis parientes. Obtened ganancias, adquirid el ámbar amarillo de los sardos y el oro indio, a vuestro antojo; pero no pondréis a ése en la tumba. Aun cuando las águilas de Zeus llevaran hasta su trono los pedazos de ese pasto, no permitiría sepultarle, porque no temo esta mancha, sabiendo que las fuerzas de ningún mortal bastan para que pueda manchar a los Dioses. ¡oh, anciano Tiresias! Los hombres más hábiles caen con una caída vergonzosa, cuando, por el deseo de la ganancia, pronuncian con énfasis palabras vergonzosas.

TIRESIAS: ¡Ay! ¿ Quién sabe, qué hombre piensa...?

CREONTE: ¿Qué es eso? ¿Qué quieres decir con esas palabras banales?

TIRESIAS: ¡Cuán por encima de todas las riquezas está la prudencia!

CREONTE: Tanto, pienso yo, como la demencia es la mayor de las desdichas.

TIRESIAS: Esa desdicha es, sin embargo, la tuya.

CREONTE: No quiero devolver a un adivino sus injurias.

TIRESIAS: Eso es lo que haces al decir que mis adivinaciones son falsas.

CREONTE: Toda la raza de los adivinos, en efecto, es amiga del dinero.

TIRESIAS: Y la raza de los tiranos gusta de las ganancias vergonzosas.

CREONTE: ¿Sabes tú bien que hablas a tu dueño?

TIRESIAS: Ciertamente, lo sé, porque es con mi ayuda como has salvado a esta ciudad.

CREONTE: Eres un hábil adivino, pero gustas de las astucias inicuas.

TIRESIAS: Me obligas a revelar los secretos ocultos en mi mente.

CREONTE: Habla, pero no digas nada por el afán del lucro.

TIRESIAS: No creo haber hablado así en lo que te concernía.

CREONTE: Sabe que no me has de hacer cambiar de modo de pensar.

TIRESIAS: Sabe bien a tu vez que no se verificarán muchas revoluciones de las rápidas ruedas de Helios antes de que hayas pagado a los muertos con la muerte de alguno de tu propia sangre, por haber enviado bajo tierra un alma todavía viva, por haberla ignominiosamente encerrado viva en la tumba, y porque retienes aquí, lejos de los Dioses subterráneos, un cadáver no sepultado y no honrado. Y éste no pertenece ni a ti, ni a los Dioses uranios, y obras de ese modo con violencia. Por eso es por lo que las Erinias vengadoras del Hades y de los Dioses subterráneos te arman asechanzas, para que sufras los mismos males. Mira si hablo así corrompido por el dinero. Antes de poco tiempo los lamentos de hombres y mujeres estallarán en tus moradas. Semejante a un arquero, te envío seguramente estas flechas de cólera al corazón, porque me irritas, y no evitarás su herida aguda. *(Al lazarillo.)* Tú, hijo, vuélveme a mi morada, para que él extienda el furor de su alma contra otros más jóvenes y aprenda a hablar con más moderación, y abrigue un pensamiento mejor que el que tiene ahora.

CORIFEO: ¡Oh, Rey! Este hombre se va, habiendo predicho terribles cosas. Y sabemos, desde que nuestros cabellos negros se volvieron blancos, que no ha profetizado nunca nada falso a esta ciudad.

CREONTE: Lo sé yo mismo, y estoy turbado en mi espíritu, porque es duro ceder; pero hay peligro en resistir.

CORIFEO: Se trata de ser prudente, Creonte, hijo de Meneceo.

CREONTE: ¿Qué es preciso hacer? Habla, obedeceré.

CORIFEO: Ve a retirar a la joven del antro subterráneo y construye una tumba a aquel que yace abandonado.

CREONTE: ¿Me aconsejas eso y crees que debo hacerlo?

CORIFEO: Ciertamente, ¡oh, Rey!, y con gran prontitud. Los castigos de los Dioses tienen pies rápidos y alcanzan en poco tiempo a los que hacen el mal.

CREONTE: ¡Ay! Renuncio con trabajo a mi primer pensamiento, pero renuncio. Es vano luchar contra la necesidad.

CORIFEO: ¡Ve, pues! Obra tú mismo y no confíes ese cuidado a ningún otro.

CREONTE: Iré al punto. Id, id, servidores, todos, tantos cuantos sois, presentes y ausentes, con hachas en las manos, hacia ese lugar elevado. En cuanto a mí, puesto que me he resuelto a ello, del mismo modo que la he sujetado, la libertaré yo mismo. Temo, en efecto, que lo mejor no sea vivir respetando las leyes establecidas.

(*Sale de escena* CREONTE.)

Estrofa I

CORO: ¡Ilustre bajo mil nombres, delicias de la virgen cadmea, raza de Zeus que truena en las alturas, que proteges a la gloriosa Italia, que imperas en el valle común a todos los hombres de Demeter Eleusina Baco, ¡oh, Baco!, que habitas en Tebas, la ciudad madre de las Bacantes, cerca de la corriente límpida del Ismeno, allí donde está la cosecha del Dragón feroz!

Un vapor espléndido te alumbra sobre la doble cima donde corren las Báquidas, las Ninfas Coricias, y donde fluye el agua de Castalia [9]. Las cimas cubiertas de hiedra de los montes Niseos [10] y sus viñas verdeantes te envían, en medio de los clamores sagrados, a visitar las encrucijadas de Tebas.

Estrofa II

Ella, a la que honras maravillosamente más que a todas las demás ciudades, así como a tu madre herida por el rayo. Ahora que toda nuestra ciudad es presa de un mal terrible ven con pie salvador, franqueando la escarpadura del Parnaso o el estrecho resonante del mar.

Antistrofa II

¡Oh, conductor de los astros que respiran el fuego, que presides a los clamores nocturnos, raza de Zeus, aparece con las Tiyadas de Naxos [11], tus compañeras, que, furiosas durante toda la noche, glorifican con danzantes coros a su dueño Iaco!

(*Entra en escena un* MENSAJERO.)

MENSAJERO: Habitantes de las moradas de Cadmo y de Anfión, la vida es siempre tal que no puedo ni alabarla ni acusarla. En efecto, la fortuna eleva y derriba siempre al hombre dichoso y al hombre desdichado, y ningún adivino puede revelar jamás con certeza el destino futuro de los mortales. Creonte, a mi juicio, era digno de envidia, porque había salvado de sus enemigos esta tierra cadmea. Teniendo aquí el poder supremo, reinaba felizmente y florecía por una noble raza; pero he aquí

[9] Fuente de Delfos.

[10] Sófocles aquí los sitúa en Eubea. Son montes donde Dioniso pasó su infancia.

[11] Ninfas que acompañan a Dionisio.

que todo se ha desvanecido. En efecto, cuando un hombre ha perdido la dicha, creo que es menos un vivo que un cadáver animado. Tanto como quieras, goza de tus riquezas en tu morada y del orgullo de la tiranía; sin embargo, si no posees la alegría, no compraré todo aquello, comparado a la dicha, por la sombra de una humareda.

CORIFEO: ¿Qué nueva calamidad de los reyes vienes a anunciarnos?

MENSAJERO: Han muerto, y los vivos han sido causa de su muerte.

CORIFEO: ¿Quién ha matado? ¿Quién ha muerto? Habla.

MENSAJERO: Hemón ha muerto: ha sido muerto por su mano.

CORIFEO: ¿Por la mano de su padre o por su propia mano?

MENSAJERO: Por su propia mano, estando irritado contra su padre a causa de la muerte de Antígona.

CORIFEO: ¡Oh, adivino, cuán cierta era tu predicción!

MENSAJERO: Siendo esto así, hay que pensar en lo demás.

(Sale EURÍDICE *de palacio.)*

CORIFEO: Pero veo a la desventurada Eurídice, la esposa de Creonte. ¿Ha salido de la morada por azar o habiendo sabido la desgracia de su hijo?

EURÍDICE: ¡Oh, vosotros todos, ciudadanos, he oído lo que decíais en el momento en que salía para ir a suplicar a la diosa Palas! Descorrido el cerrojo, levantaba la barra de la puerta, cuando el rumor de una desgracia doméstica ha herido mis oídos. Espantada, he caído de espaldas en brazos de las esclavas, y mi corazón ha desfallecido. Volved a decirme esas palabras, cualesquiera que sean. Las oiré, habiendo ya sufrido bastantes males por ello.

MENSAJERO: Ciertamente, querida dueña, diré aquello de que he sido testigo y no ocultaré nada de la verdad. ¿Para qué, en efecto, te he de halagar con mis palabras, si tengo que ser convencido de haber mentido? Lo mejor es la verdad. He seguido a tu esposo hasta la altura en que yacía aún el mísero cadáver de Polinices desgarrado por los perros. Allí, habiendo pedido a la Diosa de las encrucijadas y a Plutón que no se irritasen, le hemos lavado con abluciones piadosas, y hemos quemado sus restos con ayuda de un montón de ramas recién cortadas; y le hemos elevado un montículo funerario con la tierra natal. Luego, desde allí hemos ido al antro profundo de la joven virgen, esa cámara nupcial de Ades. Uno de nosotros oye desde lejos un grito penetrante salir de aquella tumba privada de honores fúnebres, y, corriendo, lo anuncia al dueño Creonte. Mientras éste se aproxima, el rumor del gemido se extiende confusamente en derredor suyo, y él, suspirando, dice con voz lamentable: «¡Oh, desgraciado de mí! ¿Le he, pues, presentido? ¿No me lleva este camino a la mayor desdicha que haya sufrido todavía? La voz de mi hijo ha rozado mi oído. Vamos con prontitud, servidores, y, llegados a la tumba, habiendo arrancado la piedra que la cierra, penetrad en el antro, para que yo sepa si he oído la voz de Hemón o si soy engañado por los Dioses.» Hacemos lo que el dueño despavorido ha ordenado y vemos a la joven colgada, habiendo anudado a su cuello una cuerda hecha con su sudario. Y él tenía a la virgen abrazada por la mitad del cuerpo, llorando la muerte de su prometida enviada al Hades, y la acción de su padre, y sus nupcias lamentables. En cuanto Creonte le ve, con un profundo suspiro, va hasta él, y lleno de sollozos, le llama: «¡Oh, desgraciado! ¿Qué has hecho? ¿Qué pensamiento ha sido el tuyo? ¿Cómo te has perdido? ¡Yo te lo suplico, sal, hijo mío!» Pero el joven, mirándole con ojos sombríos, y como teniendo horror de verle, no responde nada y saca la espada de dos filos; pero la huida sustrae el padre al golpe. Entonces, el desdichado, furioso contra sí mismo, se arroja sobre la espada y se atraviesa con la punta en medio de los costados. Y con sus brazos desfallecidos, todavía dueño de su pensamiento, abraza a la virgen, y, jadeando, expira haciendo salpicar una sangre purpúrea sobre las pálidas mejillas de la joven. Así se ha acostado muerto al lado de su prometida muerta, habiendo realizado, el infeliz, sus nupcias fatales en la morada de Ades, enseñando a los hombres con su ejemplo que la imprudencia es el mayor de los males.

(Entra EURÍDICE *en palacio.)*

CORIFEO: ¿Qué presientes de esto? La mujer ha desaparecido antes de haber pronunciado una palabra, ni buena, ni mala.

MENSAJERO: Estoy sorprendido como tú mismo. Sin embargo, me lisonjeo con la esperanza de que habiendo sabido la muerte de su hijo, no ha querido lamentarse por la ciudad, sino que, retirada en su morada, va a advertir a sus esclavas, para que lloren esta desgracia doméstica. Porque no carece de prudencia hasta el punto de flaquear en cosa alguna.

CORIFEO: No lo sé, pero me parece que un silencio demasiado grande anuncia desgracias tan crueles como gritos repetidos y sin freno.

MENSAJERO: Bien pronto sabremos, entrando en la morada, lo que oculta en su corazón irritado; porque, dices bien: un silencio demasiado grande es para asustar, en efecto.

(Entra en palacio. Aparece CREONTE *con su séquito,*
llevando en brazos a su hijo HEMÓN.)

CORIFEO: He aquí que viene el Rey mismo, llevando en sus brazos, si me es lícito decirlo, una prenda evidente de la desgracia que se le ha infligido, no por otro, sino por su propia falta.

Estrofa I

CREONTE: ¡Oh, faltas amargas y mortales de un espíritu insensato! ¡Oh! ¡Ved esas muertes y esas víctimas, todas de una misma familia! ¡Oh, fatal resolución! ¡Ay de mí! ¡Hijo, tú has muerto joven de una muerte precoz, ay, ay, no por tu demencia, sino por la mía!

CORIFEO: ¡Ay! ¡Qué tarde has conocido la justicia!

CREONTE: ¡Ay! ¡La he conocido, desdichado! Es que un Dios furioso contra mí me ha herido en la cabeza y me ha inspirado funestos propósitos, derribando con el pie mis alegrías. ¡Ay! ¡Ay! ¡Oh, trabajos miserables de los hombres!

(Sale un MENSAJERO *de palacio que refiere lo que ha ocurrido en él, un* MENSAJERO *de interior.)*

MENSAJERO INTERIOR: ¡Oh, dueño! Has encontrado y posees todos los males, llevando los unos en tus brazos y debiendo bien pronto contemplar los otros en tu morada.

CREONTE: ¿Qué hay todavía?

MENSAJERO INTERIOR: Tu infortunada mujer acaba de herirse mortalmente, probando así que era bien la madre de ese muerto.

Antistrofa I

CREONTE: ¡Oh, umbral del inexorable Ades! ¿Por qué me pierdes? ¡Oh, mensajero de un lamentable infortunio! ¿Qué palabra has dicho? ¡Ay! ¡Ay! Has acabado a un hombre ya muerto. ¿Qué dices? ¡Ay de mí! ¿Qué nueva calamidad me anuncias? ¡La muerte sangrienta de mi mujer después de ésta!

(Se abre la puerta de palacio y se ve el cuerpo sin vida de EURÍDICE.)

MENSAJERO INTERIOR: Puedes mirar. Ella no está ya en tu morada.

CREONTE: ¡Ay de mí! ¡Desventurado! Veo esta nueva miseria. ¿Cuál me queda que sufrir en adelante? ¡Oh, infeliz de mí, tengo en mis brazos a mi hijo muerto y veo por otro lado a esta muerta! ¡Ay! ¡Ay! ¡Desgraciada madre! ¡Ay! ¡Hijo mío!

MENSAJERO INTERIOR: Habiéndose abrazado al altar, se ha herido y ha cerrado sus párpados cargados de sombra, después de haber llorado el ilustre destino de Megareo [12] y el de He-

---

[12] Hijo de Creonte, uno de los siete capitanes tebanos.

món; y, por fin, ha lanzado imprecaciones contra ti que has matado a su hijo.

Estrofa II

CREONTE: ¡Ay! ¡Ay! Estoy lleno de terror. ¿Por qué alguno no me ha atravesado por delante con una espada de dos filos? ¡Desgraciado de mí! ¡Ay! ¡Ay! ¡Estoy abrumado de miserias!

MENSAJERO INTERIOR: Esta muerta te ha acusado de esas dos muertes.

CREONTE: ¿De qué modo ha cesado de vivir?

MENSAJERO INTERIOR: Por su propia mano se ha herido con la espada bajo el hígado en cuanto ha sabido la suerte lamentable de su hijo.

CREONTE: ¡Ay de mí! Jamás acusaré a ningún otro hombre de los males que sólo yo he causado; porque yo soy quien te ha matado, ¡desdichado de mí! ¡Yo mismo! Y esta es la verdad. ¡Oh, servidores, llevadme con toda rapidez, llevadme lejos, a mí, que no soy ya nada!

CORIFEO: Tienes razón, si nada de bueno hay en la desgracia. El mal presente es el que mejor hace cesar el primero.

Antistrofa II

CREONTE: ¡Vamos, vamos! ¡Venga una última muerte que traiga mi supremo día tan deseado! ¡Vamos! ¡Que venga, a fin de que no vea el día de mañana!

CORIFEO: Las cosas son futuras. Conviene ocuparse de las cosas presentes. Toca a aquellos a quienes el porvenir concierne preocuparse de ellas.

CREONTE: Pero tampoco he pedido por mis plegarias sino lo que deseo.

CORIFEO: No desees nada ahora. Los mortales no pueden escapar a una desgracia fatídica.

CREONTE: ¡Llevad lejos a un insensato, a mí que te he matado, oh, hijo, y a ti que estás ahí, también! ¡Oh, desventurado! No sé, no teniendo ya nada, de qué lado volverme. Todo lo que poseía ha desaparecido; un insoportable destino se ha precipitado sobre mi cabeza.

CORO: La mejor parte de la felicidad es la prudencia. Es preciso reverenciar siempre los derechos de los Dioses. Las palabras soberbias atraen sobre los orgullosos terribles males que les enseñan tardíamente la prudencia.

Las Traquinias

LAS TRAQUINIAS

DEYANIRA.
ESCLAVA.
HILO.
CORO DE DONCELLAS.
TRAQUINIAS.
MENSAJERO.
LICAS.
HERALDO.
NODRIZA.
ANCIANO.
HERACLES.

DEYANIRA: Es una sentencia antigua y muchas veces puesta en boca de los hombres, que no se puede decir, antes de que cada uno haya muerto, si su vida ha sido buena o mala. Pero yo sé, antes de marchar al Hades, que mi vida ha sido desgraciada y lamentable, yo que, viviendo todavía en Pleurón [1], en la morada paterna de Eneo, he sufrido, más que ninguna doncella etolia, una cruelísima angustia por causa de mi boda. En efecto, mi pretendiente era un río, Aqueloo, que, revestido de una triple forma, me pedía a mi padre. Unas veces venía en figura de un toro; otras, en la de un dragón flexible y veleidoso; otras, en la de un hombre con cabeza de toro, fluyendo de su peludo mentón el agua como de una fuente. Con la perspectiva de semejante esposo, yo, desgraciada, deseaba siempre morir antes que entrar en su lecho; pero, con alegría por mi parte, vino más tarde el ilus-

[1] Ciudad de Etolia: al Este queda la ciudad de Calidón y al Oeste el río Aqueloo, frontera entre Etolia y Acarnania.

tre hijo de Zeus y Alcmena, que luchó con Aqueloo y me libertó. No referiré las peripecias de aquel combate; las ignoro, en efecto. Que las refiera él, que asistió sin temor al espectáculo. En cuanto a mí, estaba sentada, despavorida, temiendo que mi hermosura me acarrease la desgracia. En fin, Zeus, que regula los combates, dio a éste un término feliz, si yo puedo llamarlo feliz; porque, desde el día en que fui escogida para entrar en el lecho de Heracles, voy de terror en terror, siempre ansiosa por su suerte, y la noche que disipa mis angustias me trae otras nuevas. Hemos procreado hijos, pero él no los ha visto sino raras veces, al modo que un labrador que posee un campo lejano no lo ve sino cuando lo siembra o recoge la cosecha. Tal es el destino que trae a Heracles a su morada y le hace salir de ella, siempre al servicio de algún amo. Y ahora que ha llevado a cabo sus trabajos estoy atormentada por más grandes terrores. En efecto, desde que ha matado a la Fuerza de Ifito, habiendo sido arrojados, vivimos aquí, en Traquinia; pero nadie sabe dónde está Heracles. Ha partido, dejándome amargas inquietudes, y temo que le haya ocurrido alguna desgracia; porque no hace poco tiempo, sino que hace quince meses que ha partido y no me ha enviado ningún mensaje. Ha ocurrido sin duda alguna gran desgracia, si he de juzgar por estas tablillas que me dejó al marchar, y pido a los Dioses que no sean ellas para mí una causa de miseria.

LA ESCLAVA: Ama Deyanira, te he visto ya, con lamentaciones y abundantes lágrimas, deplorar la partida de Heracles; pero, si está permitido a los esclavos aconsejar a las personas libres, puedo decirte algunas palabras. Teniendo tantos hijos, ¿por qué no enviar a alguno de ellos en busca de tu esposo, y sobre todo a Hilo, que debe desearlo, si le tiene con algún cuidado la salud de su padre? Hele ahí, que entra en la morada con rápido paso. Por tanto, si mis palabras son oportunas, puedes hacer uso de sus ayudas y de mis consejos.

(*Entra* HILO.)

DEYANIRA: ¡Oh, hijo! Los de vil nacimiento pueden decir prudentes palabras. Esta mujer, en efecto, aunque sea esclava, ha hablado como una persona libre.

HILO: ¿Qué es esto? Haz que yo lo sepa, madre, si me está permitido saberlo.

DEYANIRA: Dice que es vergonzoso que no te informes de dónde está tu padre, ausente desde hace tanto tiempo.

HILO: Pero lo sé, si ha de creerse el rumor general.

DEYANIRA: Y, ¿en qué lugar de la tierra, hijo, has llegado a saber que se ha detenido?

HILO: Se dice que en estos últimos tiempos, durante todo un año, ha servido a una mujer lidia.

DEYANIRA: ¡Si ha sufrido eso, qué más no puede haber sufrido!

HILO: Pero he averiguado que había salido de esa esclavitud.

DEYANIRA: ¿Dónde se dice que está ahora vivo o muerto?

HILO: Se dice que marcha o que va a marchar hacia la tierra euboica, contra la ciudad de Eurito.

DEYANIRA: ¿Sabes, hijo, que me ha dejado oráculos ciertos sobre ese país?

HILO: ¿Cuáles, madre? Los ignoro.

DEYANIRA: Allí encontrará su día postrero o bien, terminado ese último combate, deberá pasar el resto de su vida pacífica y dichosamente. Así, pues, hijo, puesto que se encuentra en semejante peligro, ¿no irás en su ayuda? De ese modo, si él salva la vida, salvos seremos nosotros, y si no, pereceremos de la misma muerte.

HILO: Iré, madre. Si hubiera conocido las palabras de ese oráculo, largo tiempo haría que me hubiera unido a él. Ahora el destino conocido de mi padre no me permite temer ni vacilar ya.

DEYANIRA: Ve, pues, ¡oh, hijo!, porque, hasta al que llega demasiado tarde, una buena noticia proporciona un seguro provecho.

(Sale DEYANIRA *y entra el* CORO, *compuesto por muchachas traquinias.)*

Estrofa I

CORO: ¡Tú, a quien la noche llena de astros hace, desapareciendo, nacer, o adormece en su lecho, Helios, flamígero Helios; yo te suplico, oh, ardiente de espléndido fulgor, a fin de que me digas dónde habita el hijo de Alcmena! ¿Está retenido en las gargantas del mar o sobre uno de los dos continentes? Di, ¡oh, tú que sobresales por los ojos!

Antistrofa II

Veo, en efecto, que Deyanira, a quien se han disputado dos rivales, triste su alma, y semejando al ave desventurada, no cierra ya jamás sus párpados afligidos, que no cesan de derramar lágrimas; sino que, turbada por el recuerdo y el cuidado del esposo ausente, inquieta, se consume sobre su lecho viudo, previendo algún destino funesto y lamentable.

Estrofa II

Porque, así como se ve, en alta mar, el infatigable Noto o el Bóreas, las olas innumerables suceder a las olas, del mismo modo, semejante al mar Crético, el hijo de Cadmo prosigue y aumenta los trabajos de su vida, pero algún dios le salva siempre y le aparta de las moradas de Hades.

Antistrofa II

Así, censurándote por eso, te reprenderé y te agradaré a la vez. Digo que no debes desechar una esperanza favorable. En efecto, el Cronida, el moderador universal, no ha dado a los mortales una vida sin dolor, sino que las miserias y las alegrías turnan para todos, como los caminos circulares de la Osa.

Epodo

Ni la noche llena de astros, ni la miseria, ni las riquezas, duran siempre para los mortales, sino que se van prontamente, y le llega a cada uno regocijarse y sufrir. Por esto, Reina, quiero que conserves la esperanza, porque, ¿quién ha visto jamás a Zeus no preocuparse de sus hijos?

DEYANIRA (*al* CORO): Pienso que vienes a mí al rumor de mi desdicha. Ojalá no sepas nunca, sufriendo males parecidos, cuán desgarrado está mi corazón: porque, ahora, no lo sabes. La juventud [2] crece segura y vive una vida tranquila; ni el ardor del sol, ni la lluvia ni los vientos, la turban; sino que goza su vida en las delicias, hasta que la virgen se hace mujer, y en el espacio de una noche toma su parte de nuestras penas. Entonces sabrá, conociendo su propio mal, a qué males estoy expuesta. En verdad, me he lamentado ya respecto a numerosos dolores, pero hay uno más amargo que todos y que voy a decir. Cuando el rey Heracles abandonó su morada, en su última partida, dejó antiguas tablillas sobre las cuales estaban escritas palabras que no había jamás tenido, en su espíritu, el cuidado de dirigirme hasta entonces; porque acostumbraba a partir seguro de llevar a cabo su obra y cierto de no morir. Y ahora, como si no viviese ya, ha hecho mi parte de los bienes nupciales y señalado para cada uno de sus hijos una porción de la tierra paterna. Si sigue ausente quince meses enteros desde su partida de este país, es preciso que se le tenga por muerto en el intervalo; pero si escapa felizmente de ese término vivirá tranquilamente en lo sucesivo. Tal es el fin que los dioses han marcado a los trabajos de Heracles, como la antigua Encina dodonea lo ha declarado en otro tiempo por la voz de las dos Palomas. Y ahora, la verdad de esas cosas va a ser probada por lo que va a pasar. Por eso, ¡oh, queridas!, mientras reposo en un dulce sueño, salto, despavorida, temiendo sobrevivir al más grande de los hombres.

[2] El coro está formado por las muchachas de la ciudad de Traquis; de ahí su pretendida inexperiencia.

CORO: Espera mejor ahora. Veo venir a un hombre adornado con una corona como un portador de buenas nuevas.

(Entra un MENSAJERO.)

MENSAJERO: Ama Deyanira, yo seré el primer mensajero que te libre de inquietud. Sabe que el hijo que Alcmena, vivo y victorioso, trae del combate las primicias de la victoria para los Dioses de esta tierra.

DEYANIRA: ¿Qué es esto? ¿Qué me dices, anciano?

MENSAJERO: Que el esposo llamado por tantos votos va a volver a su morada, llevando las señales de la victoria.

DEYANIRA: ¿Has oído lo que anuncias a un ciudadano o a un extranjero?

MENSAJERO: En un pasto de bueyes el heraldo Lica lo refería a la multitud. En cuanto lo hube oído eché a correr a fin de ser el primero en anunciártelo y merecer una recompensa.

DEYANIRA: Y, ¿por qué el mismo Lica no está aquí, puesto que todo es para el mayor bien?

MENSAJERO: Es que se le obstruye el camino, mujer. Todo el pueblo melio le rodea y le oprime, y no puede pasar adelante. Cada uno, queriendo saberlo todo, no le dejará escapar fácilmente antes de haberlo todo oído. Así es que cede a sus deseos a pesar de su voluntad; pero bien pronto le verás a él mismo.

DEYANIRA: ¡Oh, Zeus, que habitas la no segada pradera del Eta![3] Tú nos has dado esta alegría, aunque tardíamente. Elevad la voz, ¡oh, mujeres!, las unas en la morada y las otras fuera, porque ved que nos regocijamos con esta noticia cuya luz inesperada surge para mí.

CORO: ¡Lanzad alegres gritos en torno a los altares, moradas que volveréis a ver al Esposo! ¡Que los jóvenes canten con voz unánime a Apolo tutelar el del bello carca! ¡Oh, doncellas,

[3] El Eta es la montaña más alta de Malis, y es allí donde Heracles será entregado al pasto de las llamas.

cantad! ¡Peán! ¡Péan! ¡Cantad a Artemis, hermana de Apolo, la de Ortigia, matadora de ciervos y portadora de antorchas en una y otra mano! ¡Y cantad también a las Ninfas compañeras! Yo salto en el aire y no resisto a la flauta que regula mi alma. ¡Evoé! ¡Evoé! ¡La hiedra me turba y me arrastra al furor báquico! ¡Ío! ¡Ío! ¡Peán! ¡Peán! Ve, ¡oh, la más querida de las mujeres!, lo que se ofrece a ti.

DEYANIRA: Ya veo, queridas mujeres. La vigilancia de mis ojos no me engaña de suerte que no vea a esta multitud. Yo deseo que prospere ese heraldo esperado tan largo tiempo si me trae alguna buena nueva.

(*Entra en escena* LICAS.)

LICAS: Ciertamente, volvemos con felicidad, y somos bien acogidos, mujer, por las cosas que hemos hecho. Es justo recompensar con buenas palabras al hombre que ha combatido victoriosamente.

DEYANIRA: ¡Oh, el más querido de los hombres! Ante todo, dime lo que yo deseo saber: ¿volveré a ver vivo a Heracles?

LICAS: Verdaderamente yo le he dejado lleno de fuerza, vivo, floreciente y no atacado de enfermedad.

DEYANIRA: ¿Dónde? ¿En tierra patria o extranjera? Dímelo.

LICAS: En la ribera de Eubea, donde consagra altares y racimos de frutos a Zeus Ceneo.

DEYANIRA: ¿Cumple los votos prometidos u obedece a un oráculo?

LICAS: Cumple los votos hechos mientras sitiaba y devastaba con la lanza la ciudad de esas mujeres que ves delante de ti.

DEYANIRA: ¿Y ellas? ¡Por los Dioses! ¿Quiénes son ellas? Son dignas de compasión, si su miseria no me engaña.

LICAS: Heracles, habiendo destruido la ciudad de Eurito, las ha hecho sus esclavas y ofrecido a los Dioses.

DEYANIRA: ¿Es ante esa ciudad donde ha consumido ese número increíble de días?

LICAS: No, porque ha sido retenido la mayor parte del tiempo entre los lidios, y, como dice él mismo, no libre, sino vendido. Sin embargo, mujer, no puede ser censurado por lo que Zeus ha querido y llevado a cabo. Entregado como esclavo a Onfalia la Bárbara, la ha servido un año, como él lo refiere. Pero esta ignominia le mordió de tal modo en el corazón que se obligó él mismo con juramento a reducir a servidumbre, con su mujer y su hijo, a quien le había infligido esta desdicha. Y no fue ello dicho en vano, porque, habiendo sufrido la expiación, reunió un ejército y marchó contra la ciudad de Eurito, afirmando que éste era el único de todos los mortales causa de sus desdichas. En efecto, cuando vino a sentarse como un antiguo huésped en la morada de Eurito este último le llenó de ultrajes numerosos y urdió contra él numerosos ardides diciendo que, a pesar de las flechas inevitables que llevaba en la mano, era inferior a los Euritidas como arquero y que se había envilecido llegando a ser esclavo de un hombre libre. En fin, estando harto de vino en una comida, Eurito le arrojó de su morada. Inflamado de cólera a causa de estos ultrajes, Heracles, habiendo encontrado a Ifito en la colina de Tirinto buscando las huellas de yeguas vagabundas, y viendo que tenía el espíritu y los ojos distraídos, le precipitó desde la cima de la altura. Por eso fue por lo que Zeus Olímpico, padre de todas las cosas, agitado de cólera, y no pudiendo tolerar que Heracles hubiese usado de ardides contra un hombre solo, le hizo vender como esclavo. Si se hubiera vengado abiertamente de sus injurias, Zeus le hubiese perdonado, porque tampoco los Dioses gustan de sufrir la injuria. Pues todos los que se envanecían de una lengua insolente habitan ahora en el Hades, y su ciudad está reducida a servidumbre. Éstas que tú ves vienen a ti arrancadas de su felicidad por un triste destino. Tu esposo lo ordena así, y yo, fiel servidor, obedezco sus órdenes. Él mismo, en cuanto haya sacrificado víctimas irreprochables a su padre Zeus, a causa de esta ciudad tomada, vendrá, estáte segura. Y esto es lo más grato de oír entre todo lo que ya te he dicho.

CORIFEO: Reina, lo que ves y oyes te permite ahora manifestar toda tu alegría.

Deyanira: ¿Por qué no me he de regocijar, en efecto, y con justa razón, habiendo sabido el feliz destino de mi esposo? Es preciso, puesto que estas noticias responden a mis deseos. Sin embargo, la prudencia me deja en el espíritu cierto temor de que esta buena fortuna no conduzca a alguna desgracia. ¡Oh, queridas! Una fuerte piedad se apodera de mí cuando veo a estas infelices arrojadas de su morada en tierra extranjera, privadas de sus padres y faltas de asilo, ellas que nacieron quizá de hombres libres y ahora sufren una vida servil. ¡Oh, Zeus compasivo, que jamás te vea procediendo así contra mi raza!, o si lo haces ¡que no sea mientras yo viva! *(Dirigiéndose a* Yole.) ¡Oh, tú, tan desventurada! ¿Qué clase de mujer eres? ¿Eres doncella? ¿Eres madre? A juzgar por tu aspecto, no sabes nada de estas cosas; pero, sin embargo, eres bien nacida. *(Dirigiéndose a* Licas.) Licas, ¿de quién procede esta joven extranjera? ¿Quién es su madre? ¿Qué padre la ha engendrado? Di. Me he apiadado de ella más que de ninguna cuando he visto que era la única que manifestaba una gran discreción.

Licas: ¡Qué sé yo! ¿De qué me preguntas? Tal vez no ha nacido de una raza vil entre los habitantes del país.

Deyanira: ¿Viene de los tiranos? ¿Tenía Eurito alguna hija?

Licas: No sé. No me he preocupado de ello.

Deyanira: ¿Has oído su nombre a algún compañero de camino?

Licas: No. He cumplido mi misión en silencio.

Deyanira: Habla por tu propio impulso, ¡oh, desdichada!, porque es triste que no se sepa quién eres.

Licas: No lo hará más ahora que antes, no habiendo todavía pronunciado palabra alguna, ni grande ni pequeña. Sino que, gimiendo por su cruel desgracia, no ha cesado la desventurada de verter lágrimas desde que abandonó su patria azotada por los vientos. Ciertamente, sufre un destino adverso y hay que perdonarla.

Deyanira: Dejémosla, pues, y que entre en la morada, si esto le agrada más. Que no se añada por mí un nuevo dolor a los que ya experimenta. Bastante es con su mal presente. Ahora entremos todos en la morada. Tú ve a donde quieras; yo voy a hacer los preparativos interiores.

(Se va LICAS. *Cuando* DEYANIRA *se dispone a hacer lo mismo, la retiene el* MENSAJERO.)

MENSAJERO: Espera al menos algunos instantes, a fin de que sepas, habiéndose alejado todos ésos, quiénes son las que haces entrar en la morada. Es necesario que sepas lo que no se te ha dicho, porque yo tengo pleno conocimiento de esas cosas.

DEYANIRA: ¿Por qué me impides avanzar?

MENSAJERO: Detente y escucha. Puesto que has oído sin pesar lo que ya te he dicho, espero que me escucharás lo mismo ahora.

DEYANIRA: ¿Les hacemos volver o quieres hablar solamente para mí y para éstas?

MENSAJERO: Nada impide que yo hable para ti y para éstas, pero deja salir a las otras.

DEYANIRA: Ya se han marchado. Ahora, habla.

MENSAJERO: De todo lo que ese hombre ha dicho nada es franco ni verdadero. O miente ahora o mentía antes.

DEYANIRA: ¿Qué dices? Di claramente lo que piensas, porque no sé lo que dices.

MENSAJERO: He oído a ese hombre declarar ante muchos testigos que Eurito había sido muerto, y que Ecalia erizada de torres había sido tomada por Heracles a causa de esta doncella; que el único entre todos los Dioses, Eros, le había incitado a esta guerra, y no su permanencia entre los lidios, ni sus trabajos serviles infligidos por Onfalia, ni la muerte de Ifito precipitado de lo alto. Y he aquí que Licas no habla de este amor, se contradice. Porque, no habiendo podido persuadir al padre a darle su hija, a fin de que compartiese su lecho en secreto, ha invadido por una causa leve la patria de a esta doncella, allí donde, decía, reinaba Eurito, muerto a este rey y devastado su ciudad. Y ahora, como ves, al volver a su morada ha enviado a esta joven por delante no como una esclava, sino rodeada de solicitud. No tengas fe en él, mujer. ¿Cómo ha de ser verídico, cuando está abrasado de amor? Me ha parecido, señora, que debía revelarte todo lo que he oído a Licas. En el Ágora le han oído, como yo, muchos traquinios que pueden acusarle. Si he dicho cosas desagradables, no me regocijo por ello; pero, sin embargo, he dicho la verdad.

DEYANIRA: ¡Ay! ¡Desgraciada! ¿En qué calamidad me he sumido? ¿Qué escondida peste he hecho entrar bajo mi techo? ¡Desgraciada! ¿No es, pues, ésta una desconocida, como juraba el que la ha traído?

MENSAJERO: Ella resplandece por su belleza y por su raza. Ha nacido de Eurito, y su nombre es Iole. Si Licas no ha revelado sus padres, es que no se había informado de ello.

CORIFEO: No pido que todos los malos perezcan, pero sí, al menos, los que urden tramas para el mal.

DEYANIRA: ¿Qué es preciso que haga, mujer? Estoy anonadada con lo que he oído.

CORIFEO: Ve e interroga al mismo Licas. Él dirá la verdad si tú aparentas querer obligarle por la fuerza.

DEYANIRA: Iré, porque es prudente lo que dices.

CORIFEO: ¿Nos quedamos aquí? ¿Qué hacemos?

DEYANIRA: Quedaos. Ese hombre, sin que se le llame, espontáneamente viene hacia aquí.

(Sale LICAS *de palacio.)*

LICAS: ¿Qué hace falta anunciar a Heracles, mujer? Dímelo, pues ya ves que parto.

DEYANIRA: Partes muy pronto, habiendo tardado tiempo en venir, y antes de que hayamos reanudado la conversación.

LICAS: Si quieres informarte de algo, heme aquí.

DEYANIRA: ¿Dirás sinceramente la verdad?

LICAS: ¡Pongo al gran Zeus por testigo! Por lo menos, lo que me es conocido.

DEYANIRA: ¿Quién es esa mujer que has traído aquí?

LICAS: Viene de Eubea, pero no puedo decir de qué padres ha nacido.

(El MENSAJERO *se interpone entre* DEYANIRA *y* LICAS *e interviene.)*

MENSAJERO: ¡Hola! ¡Tú, mira aquí! ¿A quién crees hablar?[4]

LICAS: Y tú, ¿por qué me interrogas?

MENSAJERO: Atrévete a responder, si estás en tu juicio, a lo que te pregunto.

LICAS: Hablo a la reina Deyanira, hija de Eneo, esposa de Heracles, y a menos que mis ojos no me engañen, a mi dueña.

MENSAJERO: Eso es lo que yo quería oír de ti. ¿Dices que es tu dueña?

LICAS: Ciertamente, con justicia.

MENSAJERO: ¿Qué suplicio no mereces, si es así, y si confiesas tu iniquidad hacia ella?

LICAS: ¿Cómo inicuo? ¿Por qué me hablas encubiertamente?

MENSAJERO: Nada de eso. Tú eres quien obra así.

LICAS: Me marcho. Verdaderamente he sido un insensato en escucharte por tanto tiempo.

MENSAJERO: No te marches antes de responder brevemente a una pregunta.

LICAS: Habla, si quieres. En efecto, no acostumbras a ser mudo.

MENSAJERO: ¿Conoces a esa cautiva que has traído a esta morada?

LICAS: No. ¿Por qué lo preguntas?

---

[4] Licas, sabedor de toda la verdad, se resiste a revelarla, pero no la dirá a instancias de su señora, Deyanira, sino de un testigo, el mensajero particular.

MENSAJERO: ¿No has dicho que esa mujer, que finges no conocer, era Iole, hija de Eurito?

LICAS: ¿A quién entre los hombres? ¿Quién vendrá a afirmarte que he hablado así ante él?

MENSAJERO: Un gran número de ciudadanos. Una multitud de traquinios, en medio del Ágora, te ha oído decir eso.

LICAS: Cierto, yo he repetido lo que he oído; pero es diferente referir una opinión y afirmar que una cosa es cierta.

MENSAJERO: ¿Qué me hablas de opinión? ¿No has afirmado con juramento que la que traías era esposa de Heracles?

LICAS: ¿Su esposa? ¿Yo? Te conjuro por los Dioses, querida dueña, dime quién es este extranjero.

MENSAJERO: Un hombre que, presente, te ha oído decir que, a causa de ese deseo de Heracles, había sido destruida toda una ciudad; que no era una lidia, sino únicamente el amor quien había acarreado esa ruina.

LICAS: ¡Que salga este hombre, oh señora, te lo suplico! No es propio de un hombre prudente cuestionar con un insensato.

DEYANIRA: Conjúrote por Zeus, que lanza el rayo en la elevada selva del Eta, no me ocultes la verdad. Esto no tiene lugar entre ti y una mujer malvada que desconoce la naturaleza de los hombres, los cuales no se alegran siempre con las mismas cosas. Ciertamente, quien pretende luchar contra Eros, como un atleta, no obra con cordura. Eros, en efecto, manda a los Dioses, cuando le place; y, puesto que me ha domeñado a mí misma, ¿por qué no ha de domeñar a otra mujer semejante a mí? Sería yo insensata acusando a mi esposo, si le ha alcanzado ese mal, o a esa mujer, que no me ha hecho nada vergonzoso ni malo. No es así; y si Heracles te ha enseñado a mentir, no has recibido una lección buena; si mientes por tu propio impulso, queriendo ser bueno, haces un mal. Sé, pues, verídico; es vergonzoso mentir para un hombre libre. No tienes razón alguna para ocultarme nada, porque son numerosos los que me repetirían lo que has dicho. Si temes, no es justo tu temor. Me aflige más no saber la verdad, que me sería cruel conocerla. ¿No es Heracles el hombre que ha tomado por esposas el mayor número de mujeres? Ninguna de ellas ha recibido jamás de mí una mala palabra ni un ultraje. Lo mismo ésta, aun cuando Heracles se consumiera por ella, porque yo he experimentado una grandísima compasión al ver que su belleza había desolado su vida, y que, sin quererlo, la desgraciada había causado la ruina y la servidumbre de su patria. ¡Pero que estas cosas sigan su curso! En cuanto a ti, te lo advierto, cualquier cosa que hagas con los demás, conmigo es precsio que digas siempre la verdad.

CORIFEO: Obedece las buenas palabras de esta mujer; no te lo reprocharás después y tendrás mi gratitud.

LICAS: ¡Oh, querida dueña! Puesto que te veo, mortal entre los mortales, prudente y llena de indulgencia, te diré toda la verdad y no te ocultaré nada. Todo es como éste ha dicho. Un violento deseo de esta virgen se ha apoderado de Heracles, y ella es quien ha causado la destrucción por la lanza de la desventurada Ecalia, su patria. Pero es justo decir, en favor de Heracles, que no me ha ordenado el silencio y que no ha negado su amor. Yo solo, ¡oh, señora!, por miedo de afligir tu alma con una noticia semejante, he incurrido en falta, si, a pesar de todo, lo crees así. Y ahora, puesto que lo sabes todo, es conveniente, para tu esposo y para ti misma, que soportes a esa mujer y no retires las palabras que le has dicho. Heracles, en efecto, vencedor en todos sus demás combates, ha sido vencido por este amor.

DEYANIRA: Ciertamente, yo pienso proceder así. No aumentaré mi desgracia resistiendo en vano a los Dioses. Pero entremos en la morada, para que lleves un mensaje y presentes a cambio de los que me han sido enviados. No es conveniente que partas sin nada, habiendo venido con ese numeroso cortejo.

(Entran en palacio. Tan sólo el CORO *queda en escena.)*

Estrofa

CORO: Cipris manifiesta siempre su fuerza invencible. No referiré las derrotas de los Dioses, ni cómo ella engaña al Cronida y al sombrío Hades y a Poseidón que conmueve la tierra; pero sí diré qué adversarios se encontraron, antes de la boda, por esta esposa, y en qué combates levantaron torbellinos de polvo.

Antistrofa

Y el uno era un río dotado de una gran fuerza, bajo la forma de un toro de cuatro pies y armado de cuernos, Aqueloo, del país de los Eniadas. Y el otro había venido de Tebas la báquica, blandiendo en sus manos el arco, la lanza y la maza, y era el Hijo de Zeus. Y ambos se encontraron, con todas sus fuerzas, deseando poseer ese lecho, y únicamente Cipris, que otorga las uniones nupciales, asistía y presidía el combate.

Epodo

Entonces se elevó el estrépito confuso de manos, arcos y cuernos de toro. Y se enlazaban, y se oía el choque horrible de sus frentes y los gemidos de ambos. Y la bella virgen delicada, sentada en la cumbre de la colina, esperaba al que fuera su esposo. Yo hablo tal como mi madre ha hablado. Los ojos de la ninfa deseada estaban llenos de ansiedad. Después se alejó de su madre como una ternerilla abandonada.

(Sale DEYANIRA *con una doncella.)*

DEYANIRA: ¡Oh, queridas! Mientras el huésped habla en la morada con las jóvenes cautivas y se dispone a partir, yo he traspasado secretamente el umbral, y he venido a vosotras para contaros el ardid que he preparado y gemir juntas por los males que sufro. ¡Pienso que he recibido aquí no una virgen, sino una esposa, tal como la pesada carga de una nave, lamentable recompensa de mi alma! ¡Y ahora somos dos a esperar en un mismo lecho los abrazos de uno solo! ¡Así es como Heracles, que se decía dulce y fiel para mí, me recompensa de haber guardado por tanto tiempo su morada! Sin embargo, no puedo irritarme contra el que ha sufrido tantas veces parecido mal; pero ninguna mujer soportaría el habitar en la misma casa que otra, admitiéndola a compartir una misma unión. Yo veo que la flor de la juventud crece en ella y se marchita en mí. El hombre gusta de mirar y coger la una y se aparta de la otra. Temo, pues, que Heracles no tenga más que el nombre de esposo mío para ser el amante de esa joven. Pero, como ya he dicho, no conviene que una mujer irreprochable se irrite. Yo os diré, queridas, cómo obraré para mi bien. Tengo, guardado en un vaso de bronce, un antiguo presente de un viejo Centauro. Lo recibí, siendo muchacha, de Neso, cuyo pecho era muy velludo. Transportaba en sus brazos, a precio de dinero, a los hombres a través del profundo río Eveno[5] hendiendo las aguas sin remos ni velas. Cuando, por orden de mi padre, seguí por primera vez a mi esposo Heracles, Neso, que me había puesto sobre sus hombros, al llegar al medio del río empezó a acariciarme con sus manos perversas. Pero yo grité, y en seguida, el Hijo de Zeus, habiéndose vuelto, le lanzó una flecha alada que penetró con un silbido, a través del pecho, hasta el pulmón. Y el Centauro, moribundo, me habló así: «Hija del anciano Eneo, si me obedeces, obtendrás un gran bien de ser la última que yo he transportado. En efecto, si recoges la sangre coagulada alrededor de este sitio de la herida en que el veneno de la Hidra de Lerna ha ennegrecido la flecha, poseerás un encanto poderoso sobre el alma de Heracles, y no amará jamás a ninguna otra mujer más que a ti.» ¡Oh, queridas! Yo he recordado esto, y habiendo guardado bien en mi morada la sangre de Neso muerto, he empapado en ella esta túnica, con arreglo a lo que me dijo estando vivo todavía. Todo está hecho ahora. ¡Que yo no conozca jamás las tramas perversas, porque aborrezco a las que usan de ellas! Triunfar por ese filtro de esta joven y reducir así a Heracles es lo que yo quiero realizar, a menos que no os parezca que intento esfuerzos vanos, porque, entonces, renunciaré.

---

[5] Río situado al este de Pleurón, el primero que debieron vadear Heracles y Deyanira tras la victoria de aquél sobre el Aqueloo.

CORIFEO: Ciertamente, si tienes fe en eso, nos parece que tu designio no es censurable.

DEYANIRA: Tengo fe, sin duda, pero solamente espero, no habiendo todavía hecho uso de ello.

CORIFEO: Hace falta probar, porque, a lo que te parece, no tendrás certidumbre alguna de ello hasta que lo hayas experimentado.

DEYANIRA: Bien pronto lo sabremos, porque veo a ese hombre salir de la morada, y llegará prontamente. Pero guardemos silencio sobre esto, porque una acción vergonzosa llevada a cabo en la sombra no da vergüenza. *(Sale* LICAS *de palacio.)*

LICAS: ¿Qué quieres que haga? Ordena, hija de Eneo, porque me he detenido aquí demasiado tiempo.

DEYANIRA: En eso pensaba, Licas, mientras tú hablabas en la morada con esas mujeres extranjeras. Lleva en mi nombre a Heracles este peplo de bello tejido, como un don hecho con mis manos. Cuando se lo des, adviértele que ningún mortal debe vestirlo antes que él, que no lo muestre ni al ardor de Helios, ni al fuego sagrado, ni a la llama del hogar, antes de que lo lleve delante de todos ofreciendo a los Dioses un sacrificio de toros; porque yo he hecho el voto, en efecto, de que, si le volvía a ver, o si oía decir que volvía sano y salvo a su casa, le adornaría con esta túnica, mostrando a los Dioses un sacrificador nuevo con un nuevo peplo. Y le llevarás esta señal que reconocerá fácilmente, el sello de este anillo. Pero ¡ve! y hazte una ley, como buen mensajero, de no hablar más de lo que debes decir. Ten, finalmente, el cuidado de hacerte acreedor a su gratitud y a la mía.

LICAS: Habiendo usado siempre honradamente de la ciencia de Hermes, jamás incurriré en falta respecto de ti. Llevaré ese cofre y repetiré fielmente las palabras que has dicho.

DEYANIRA: Parte, pues, porque ya sabes cómo están las cosas en esta morada.

LICAS: Lo sé, y diré que están perfectamente.

DEYANIRA: Sabes igualmente que, habiendo acogido bien a la extranjera, la he recibido con mucha benevolencia en la morada.

LICAS: De tal manera que mi corazón se ha estremecido de alegría.

DEYANIRA: ¿Qué más podrás decir? Temo, en efecto, que hables del deseo que tengo de él antes de que sepas si tiene el mismo deseo de mí.

(DEYANIRA *entra en palacio.* LICAS *parte hacia Eulea.)*

Estrofa I

CORO: ¡Oh, vosotros que habitáis cerca de las cálidas fuentes y de las cimas del Eta, entre las rocas, en el golfo Malíaco, la ribera de la diosa virgen adornada de flechas de oro, allí donde están las ágoras de los Helenos!

Antistrofa I

La flauta de dulce sonido os dirá bien pronto no un canto de tristeza, sino el concierto sagrado de la divina lira, porque el hijo de Zeus y de Alcmena se apresura hacia su morada llevando los despojos debidos a su poderoso valor.

Estrofa II

Mientras erraba a lo lejos por el mar le hemos esperado doce meses enteros, y no sabíamos nada de él. Y su querida y desgraciada esposa, ¡ay!, con el corazón lleno de angustia, languidecía, insaciable de lágrimas. Pero he aquí que, aplacado, Ares la liberta de sus días dolorosos.

Antistrofa II

¡Que llegue, que llegue! ¡Que su nave, empujada por numerosos remos, no se detenga hasta que él haya entrado en esta ciudad, habiendo abandonado la isla en que prepara sacrificios!

¡Que llegue, anhelante, y penetrado del filtro persuasivo revelado por el Centauro! *(Vuelve a escena* DEYANIRA.)

DEYANIRA: Mujeres, ¡cuánto temo haber hecho más de lo que debía hacer!

CORIFEO: ¿Qué es eso, Deyanira, hija de Eneo?

DEYANIRA: No sé, pero estoy ansiosa, temiendo que se me acuse de haber causado un gran mal, a pesar de mi esperanza en contrario.

CORIFEO: ¿Lo dices por los presentes que has enviado a Heracles?

DEYANIRA: Ciertamente, y quisiera que nadie pudiese apresurarse a obrar, a no ser con certidumbre.

CORIFEO: Dinos, si puede ser, la causa de tu temor.

DEYANIRA: Ha sucedido una cosa tal, mujeres, que, si la digo, oiréis referir una maravilla inesperada. El trozo de vellón blanco con el cual he untado el peplo ha desaparecido, sin que haya sido robado por ninguno de los servidores. Se ha consumido por sí mismo y ha desaparecido de encima de la piedra en que estaba colocado. Pero, para que sepas cómo han pasado las cosas, me explicaré más. En efecto, yo no he omitido nada de lo que me enseñó el salvaje Centauro, mientras sufría, atravesado el pecho por la punta aguda de la flecha, y he guardado de ello una memoria tan indeleble como lo que está grabado sobre tablillas de bronce. Yo debía guardar ese filtro, fuera del alcance, lejos del fuego y de los cálidos rayos del sol, en el fondo de mis habitaciones, hasta que fuese aplicado y extendido sobre algún objeto. Y así lo he hecho. Pero hoy, habiendo llegado el momento de usarlo, me he encerrado, y he untado la túnica con ayuda de un pedazo del vellón de una oveja. Después he plegado la túnica y la he puesto en un cofre, resguardada de los rayos solares, para ser entregada a Heracles, como habéis visto. Habiendo vuelto a casa, he visto una cosa extraordinaria, tal que el espíritu de nadie podría concebirla. Como había expuesto, arrojándolo al azar, el trozo de vellón a los rayos de Helios, en cuanto se calentó se dispersó por tierra, semejante al polvo de la madera que corta la sierra. Así estaba extendido en tierra, y del paraje en que estaba se elevó una espuma que hervía, como fermentado en el suelo, el espeso licor del racimo maduro desprendido de la viña de Baco. Por eso, no sé, desgraciada, en qué pensamiento detenerme, y veo que he cometido un gran crimen. ¿Cómo, en efecto, y por qué el Centauro moribundo habría sido benevolente para mí, que era causa de su muerte? ¡No!, sino que me halagaba, deseando perder al que le había atravesado. He aquí lo que se me reveló demasiado tarde, cuando no puedo ya poner remedio a ello. Yo sola, si no me engaño, sola, habré sido la pérdida de Heracles. Porque yo sé que esa flecha hirió a Quirón, por más dios que era, y que mata a todos los animales que alcanza. ¿Por qué el negro veneno de la sangre que empapa esa flecha no había de matar a Heracles? Tal es mi pensamiento. Pero estoy resuelta, si muere, a morir al mismo tiempo que él; porque seguir viviendo no honrada, es una cosa insoportable para una mujer bien nacida.

CORIFEO: Es preciso, en verdad, temer terribles calamidades, pero no desesperar hasta el fin.

DEYANIRA: La esperanza de donde la confianza nace no reside en los malos designios.

CORIFEO: Pero los que no han incurrido en falta voluntariamente deben ser perdonados, y tú mereces hacer la experiencia de ello.

DEYANIRA: Tales palabras convienen no a quien ha hecho el mal, sino a quien no tiene que arrepentirse de ninguna mala acción.

CORIFEO: Es tiempo de que calles, a menos que quieras decírselo todo a tu hijo. Había ido en busca de su padre, y he aquí que vuelve. *(Entra* HILO, *visiblemente alterado.)*

HILO: ¡Oh, madre! ¡Quisiera yo que se realizase una de estas tres cosas: o que no estuvieses viva, o que viva, otro te llamase su madre, o que hubieses formado en tu espíritu mejores designios!

DEYANIRA: ¿Qué he hecho yo, ¡oh, hijo!, para merecer tanto odio?

HILO: Sabe que en este día tu esposo, mi padre, ha perecido por ti.

DEYANIRA: ¡Ay! ¡Oh, hijo! ¿Qué noticia traes?

HILO: La noticia de lo que no puede ya no haber sucedido; porque nada puede hacer que una cosa realizada no lo sea.

DEYANIRA: ¿Qué dices, oh, hijo? ¿De dónde viene que estés cierto de que yo he cometido esa acción detestable?

HILO: Yo mismo, con mis ojos, he visto el mal cruel de mi padre. No lo he oído en boca de ningún otro.

DEYANIRA: Habla: ¿dónde le has encontrado y te has acercado a él?

HILO: Si has de saberlo, es necesario que lo diga todo. Cuando partió, habiendo devastado la ilustre ciudad de Eurito, se llevó los trofeos y las primicias de su victoria. Llegado al promontorio de Eubea azotado por las olas, que se llama Ceneo[6], erigió altares a su padre Zeus y marcó los límites de un bosque sagrado. Allí fue donde volví a verle por última vez, después de haberlo deseado tan largo tiempo. Cuando se preparaba a sacrificar numerosas víctimas llegó su heraldo familiar, Licas, conduciendo tu presente, el peplo mortal. Habiéndoselo puesto, como tú se lo recomendabas, degolló doce hermosos toros escogidos, primicias del botín, porque había llevado cien víctimas de especies diversas. Y, al principio, el desgraciado oraba con corazón alegre, y se regocijaba con su bello vestido; pero en cuanto la llama sangrienta del sacrificio hubo surgido de la madera resinosa, un sudor brotó de su piel y la túnica ceñida a sus costados, como por un estatuario, se adhirió pegada a sus miembros. Y el dolor mordía y retorcía sus huesos, mientras le corroía el veneno de la hidra sanguinaria. Entonces gritó, llamando al desdichado Licas, que no había tenido parte en tu crimen, y le preguntó por qué traición le había llevado aquel peplo. Pero, no sabiendo nada, dijo que aquel presente procedía de ti sola y tal como había sido enviado. En cuanto Heracles lo hubo oído, y como un horrible dolor le devoraba las entrañas, le agarró por el pie, allí donde la pierna se dobla, y le lanzó contra una roca azotada por el mar. Y, por fuera de la ca-

[6] Situado en el noroeste de Eubea. Más al Oeste queda el golfo Maliaco, y ya en el continente las Termópolis y Traquis.

beza aplastada, los sesos saltaron del cráneo cabelludo, mezclados con sangre. Y todo el pueblo profirió un inmenso gemido viendo a Heracles con delirio y a Licas muerto; pero nadie osaba acercarse a aquel hombre, porque se revolvía por tierra, después se levantaba aullando, y todo alrededor mugía resonando las rocas, y la cima de los montes Locrios y los promontorios de Eubea. Después de haber agotado sus fuerzas en retorcerse por tierra y en lanzar tantos aullidos, detestando sus bodas funestas contigo, desventurada, y la alianza de Eneo, de donde había procedido la desgracia de su vida, volvió entonces sus ojos extraviados, y me vio vertiendo lágrimas en medio de la multitud, y habiéndome mirado, me llamó: «Acércate, ¡oh, hijo mío! No huyas de mi mal, aunque te sea preciso morir al mismo tiempo que yo me muero. Levántame, llévame de aquí y ocúltame allí donde ninguno de los mortales pueda verme. Si tienes piedad de mí, llévame con gran prontitud de esta isla, para que no muera en ella.» Conforme a esta orden, le pusimos en una nave, y le hemos conducido aquí con mucho trabajo, convulso y clamante. Bien pronto le veréis, vivo o muerto. Tú has hecho eso contra mi padre, madre, habiéndolo meditado y llevado a cabo. ¡Puedan Dica vengadora y las Erinias castigarte! Yo lo deseo, si me está permitido desearlo. Pero tú misma me has dado derecho para ello matando al más grande de los hombres que hay en la tierra, y tal que jamás verás otro semejante.

CORIFEO: ¿Por qué sales en silencio? ¿No comprendes que, callando, das la razón al acusador?

HILO: Dejadla salir. ¡Que un viento propicio pueda alejarla bien lejos de mis ojos! ¿Por qué ha de honrarse con el nombre de madre, ella que no obra como una madre debe obrar? ¡Que salga, alegre! ¡Que experimente ella misma la alegría que ha dado a mi padre!

Estrofa I

CORO: Ved, ¡oh, jóvenes!, cuán prontamente se ha cumplido para vosotros la sentencia fatídica de la antigua profecía, que afirmaba que el fin del duodécimo mes pondría término a los trabajos del hijo de Zeus. Todo se ha realizado como estaba dicho. ¿El que está privado de la luz puede, en efecto, sufrir, después de la muerte, la lamentable esclavitud?

Antistrofa I

Porque si la inevitable astucia moral del Centauro ha mordido sus costados con el veneno que la muerte engendró y que produjo el Dragón manchado, ¿cómo vivirá aún otro día corroído como está ahora por el horrible veneno de la Hidra, y desgarrándole y abrasándole los aguijones crueles del monstruo adornado con una negra melena?

Estrofa II

Esta desgraciada, no sospechando nada de eso, y viendo la gran calamidad que, a causa de aquellas nuevas nupcias, amenazaba a su morada, no comprendió el sentido del consejo fatal, de donde ha procedido esta horrible desgracia. Y la miseria gime y vierte una lluvia de lágrimas.

Antistrofa II

Pero los destinos se desenvuelven y revelan un gran infortunio urdido con astucia. ¡Brota la fuente de las lágrimas; el mal se extiende, ¡oh, Dioses, lamentable y tal como jamás sus enemigos lo habían infligido al ilustre hijo de Zeus! ¡Ah, negra punta de la lanza guerrera! ¿Por qué violentamente has traído esa doncella de la alta Ecalia aquí? Ciertamente, es la clandestina Cipris la que ha causado todos estos males.

PRIMER SEMICORO: ¿Me engaño? ¿No he oído lamentos salir de las moradas? ¿Diré verdad?

SEGUNDO SEMICORO: No es un lamento sordo el que se eleva en la morada, sino un doloroso gemido. Algo ocurre de nuevo bajo ese techo.

PRIMER SEMICORO: ¡Ved, ved esa anciana que viene hacia vosotras con sombrío semblante y frunciendo las cejas! Va a darnos alguna noticia. *(Entra en escena la* NODRIZA.)

NODRIZA: ¡Oh, jóvenes, qué de desgracias terribles nos ha causado el presente enviado a Heracles!

CORIFEO: ¿Qué noticia, ¡oh, anciana!, vienes a anunciarnos?

NODRIZA: Deyanira ha hecho su último camino sin marchar.

CORIFEO: ¿Será eso, pues, que ha muerto?

NODRIZA: Has entendido perfectamente.

CORIFEO: ¿Ha muerto la desgraciada?

NODRIZA: Vuelves a oírlo.

CORIFEO: ¡Oh, desventurada! ¿Cómo dices que ha perecido?

NODRIZA: Muy tristemente, en realidad.

CORIFEO: ¡Di, mujer! ¿Qué destino se ha apoderado de ella?

NODRIZA: Se ha dado muerte.

CORIFEO: ¿Qué cólera, qué demencia la ha impulsado a inferirse el golpe mortal? ¿Cómo ha podido, sola, añadir su muerte a otra muerte?

NODRIZA: Con el filo del hierro lamentable.

CORIFEO: ¡Oh, desdichada! ¿Has visto tú esa acción horrible?

NODRIZA: La he visto. Estaba cerca de ella.

CORIFEO: ¿Qué? ¿Cómo? Vamos, habla.

NODRIZA: Ha obrado con su propia mano.

CORIFEO: ¿Qué dices?

NODRIZA: Lo que es cierto.

CORIFEO: ¡La nueva esposa ha hecho nacer una terrible Erinia en esta morada!

NODRIZA: ¡Ciertamente! Pero si hubieras visto de cerca lo que ha hecho, hubieras sentido una compasión más grande.

CORIFEO: ¿Y la mano de una mujer ha podido hacer eso?

NODRIZA: De una manera horrible. Tú lo atestiguarás como yo cuando estés segura de ello. Después de haber vuelto a la morada, y cuando hubo visto a su hijo preparar un lecho hueco para volverse con su padre, habiéndose ocultado para que nadie la viese, se arrojó ante los altares, gritando horriblemente porque se había quedado viuda. ¡Y lloraba al tocar cada una de las cosas de que se había servido, la desgraciada! Y corriendo de aquí para allá por los aposentos, cuando veía a alguno de sus queridos servidores, la desventurada lloraba al mirarle, gimiendo por su propio Genio y por su morada abandonada en adelante por sus hijos. Y cuando hubo acabado, la vi precipitarse en la cámara nupcial de Heracles. Y estando yo mirándola oculta en la sombra, la vi cubrir el lecho de Heracles con tapices y vestiduras. Después, lanzándose en medio del lecho, dijo, vertiendo cálidos torrentes de lágrimas: «¡Oh, lecho; oh, cámara nupcial, yo me despido de vosotros para siempre, porque ya no me recibiréis más!» Habiendo hablado así, desprendió con mano rápida el broche de oro que sujetaba su peplo y dejó al desnudo todo su costado y su brazo izquierdo. Y yo corrí tan deprisa como pude, y fui a anunciar a su hijo lo que ella meditaba. Pero mientras corríamos de un lado a otro, la vimos que se hundía una espada de doble filo en el costado, por debajo del hígado. Viendo esto, su hijo clamó, pues comprendió el desdichacho, instruido demasiado tarde por los que están en la morada, que ella había hecho esto irritada por él e impulsada por los consejos del Centauro. Entonces el desventurado joven, no avaro de gemidos, lamentándose sobre ella y abrazándola, echado y el costado apoyado contra su costado, se dolió de haberla falsamente acusado, y de vivir todavía, privado a la vez de su padre y de su madre. Así han sido las cosas. Es un insensato el que cuenta con dos o varios días, porque no hay mañana hasta que el día presente ha pasado por completo.

(Entra la NODRIZA *en palacio.)*

Estrofa I

CORO: ¿De cuál de estos dos destinos debo dolerme primero? ¿Cuál es con mucho el más miserable?

Antistrofa I

¡Qué calamidades tenemos ante los ojos en la morada, y cuánto debemos temer otras nuevas! Los males que se sufren y los que se esperan son un mismo dolor.

Estrofa II

¡Ojalá pudiera un viento soplar sobre esta morada y llevarme de aquí, para no morir de terror a la sola vista del bravo hijo de Zeus! ¡Porque dicen que se acerca a estos lugares, roído por un mal irremediable, horrible de ver!

Antistrofa II

Pero, semejante al ruiseñor plañidero, lloraba yo una desgracia que no estaba lejana. He aquí que viene, en efecto, una multitud desusada de extranjeros. ¡Cómo marchan, tristes y en silencio, a causa del amigo que conducen! ¡Ay!, ¡ay! Permanece mudo. ¿Está muerto? ¿Duerme?

(*Entran* HILO, *un* ANCIANO *y todo un cortejo que transporta a* HERACLES.)

HILO: ¡Oh, padre, qué desgraciado me haces! ¿Qué haré? ¿Qué partido tomar? ¡Ay!

ANCIANO: Cállate, hijo, no despierte el cruel dolor de tu padre. Él vive, en efecto, aunque inclinado hacia la muerte. Cierra y muerde tus labios.

HILO: ¿Qué has dicho, anciano? ¡Vive!

ANCIANO: Ten cuidado con arrancarle del sueño que le domina y renovar así, ¡oh, hijo!, su mal horrible.

HILO: Mi corazón no puede soportar el peso de mi dolor. ¡Qué desgraciado soy!

HERACLES: ¡Oh, Zeus! ¿En qué tierra estoy? ¿Entre qué mortales estoy postrado, consumido por dolores sin fin? ¡Ah! ¡Desgraciado! ¡Este mal horrible me roe de nuevo! ¡Ay!

ANCIANO: ¿No sabías cuánta falta hacía permanecer en silencio y no ahuyentar el sueño de sus párpados?

HILO: ¿Cómo soportar con paciencia la vista de este mal?

HERACLES: ¡Oh, promontorio de los sagrados altares ceneos, qué recompensa por tantas víctimas ofrecidas! ¡Oh, Zeus, qué suplicio me has impuesto! ¡Que no pueda yo, mísero, no haber visto jamás con mis ojos, no haber contemplado jamás esta flor irremediable de un furioso mal! ¿Qué encantador, qué médico de sabias manos, si no es Zeus, curará mi mal? Eso sería un prodigio, si, por azar, yo lo entreviese de lejos. ¡Ah! ¡Ah! ¡Dejad! ¡Dejadme reposar! ¡Qué desgraciado soy! Dejadme gustar el último sueño. *(Al* ANCIANO.) ¿Dónde me has tocado? ¿Adónde me inclinas? ¡Me matarás, me matarás! Has despertado mi mal adormecido. ¡Se me agarra! ¡Ah! ¡Ah! Vedle que vuelve. ¿De dónde venís vosotros, ¡oh, los más inicuos de todos los helenos!, por quienes yo iba, desafiándolo todo, a purgar el mar y los bosques? Y ahora ninguno de vosotros me traerá, a mí que sufro de esta suerte, el fuego o la espada que cura. ¡Ah! ¡Ah! ¿Quién vendrá a cortarme la cabeza y quitarme una vida odiosa? ¡Ay!

ANCIANO: ¡Oh, hijo de este hombre! Este trabajo es demasiado pesado y excede a mis fuerzas. Ayúdame. Tú verás mucho mejor que nosotros cómo puede ser salvado.

HILO: Yo lo toco y no puedo, ni por mí ni por los que aquí están, proporcionarle el olvido de sus dolores. Solamente Zeus puede.

HERACLES: ¡Oh, hijo, hijo! ¿Dónde estás? ¡Por aquí, coge por aquí, levántame! ¡Ah! ¡Ah! ¡Oh, Genio! ¡Vuelve de nuevo, vuelve, el mal miserable, inexorable, horrible, que me mata! ¡Oh, Palas, Palas! ¡Me roe de nuevo! ¡Oh, hijo, ten piedad de tu padre! Saca la espada y hiéreme bajo la clavícula. Nadie juzgará que es un crimen. Cura los dolores que me ha causado tu impía madre, ella a quien yo quisiera ver atacada del mal que me mata. ¡Oh, dulce Hades; oh, hermano de Zeus, adorméceme, adormece mis tormentos con una muerte rápida!

CORO: Amigas, siento horror de oír los lamentos del rey, y de ver los males de que un hombre como él está atormentado.

HERACLES: ¡Oh, qué de males terribles de contar he soportado con la ayuda de mis manos y de mis hombros! Pero jamás ni la esposa[7] de Zeus, ni el odioso Euristeo, me han hecho tanto mal como la astuta hija de Eneo, ella que ha envenenado mis hombros con esta túnica tejida por las Erinias, y por la cual perezco. En efecto, adherida a mis riñones, ha corroído todas mis carnes, y, penetrando hasta las arterias del pulmón, ha bebido ya la sustancia de mi sangre, y todo mi cuerpo se pudre con esta ciega atadura. ¡Y esto no ha podido ser hecho ni por el hierro de la lanza en la llanura, ni por el ejército de los Gigantes nacidos de Gea, ni por el furor de las bestias salvajes, ni por Griego, ni por Bárbaro, ni por aquellos de quienes yo he purgado la tierra; pero una mujer débil, no viril, sola, me ha dominado sin la ayuda de la espada! ¡Oh, hijo mío, muéstrate hijo mío solamente, y no pongas el nombre de tu madre por encima del mío! Arráncala de sus habitaciones, entrégala a mi mano, para que yo sepa claramente a cuál de nosotros dos llorarás más, al ver su cuerpo desgarrado por un castigo merecido. Ve, ¡oh, hijo! ¡Atrévete! Ten piedad de mí, que soy tan desgraciado y que gimo como una doncella. Nadie dirá jamás que me ha visto tal antes de ahora, porque siempre he sufrido mis males sin quejarme; pero ahora estoy miserablemente dominado como una mujer. Ven al lado de tu padre y mira lo que me abruma con tales males, porque yo te lo enseñaré sin velo alguno. Ved, mirad todos mi cuerpo desgarrado; contemplad mi miseria, ved el triste estado en que estoy. ¡Ah! ¡Ah! ¡Desgraciado! ¡Ay! ¡Ay! El ardor de este mal lamentable me abrasa de nuevo, y penetra otra vez en mi pecho, y el voraz veneno no parece haber de atenuarse. ¡Oh, rey Hades, cógeme! ¡Refulge, brillo de Zeus! ¡Oh, rey; oh, padre, hiere, atraviésame con la flecha del rayo! El mal vuelve, abrasa, aumenta con violencia. ¡Oh, manosl ¡Manos, dedos, pecho! ¡Oh, brazos preciados! ¡En qué estado os encontráis, vosotros que domasteis en otro tiempo al habitante de Nemea[8], al

---

[7] Se refiere a Hera, esposa de Zeus, que por odio a los hijos bastardos de éste consiguió que Heracles, hijo de Zeus y Alamena, fuera sometido a Euristeo, que le encomendó los famosos trabajos.

[8] El león de Nemea que, al ser invulnerable, Heracles destrozará entre sus brazos.

León funesto, a los boyeros, horribles y monstruosos, y a la Hidra de Lerna, y a los salvajes Centauros de doble forma, de piernas de caballo, raza insolente, sin leyes, orgullosa de sus fuerzas, y al jabalí de Erimanto, y al Perro subterráneo de Hades, de triple cabeza, ese monstruo no dominado nacido de la terrible Equidna, y al Dragón[9] guardián de las Manzanas de oro, en los últimos límites del mundo. Y yo he soportado innumerables trabajos, y nadie ha erigido jamás trofeo por mi derrota. ¡Y ahora, rotos los brazos, las carnes desgarradas, estoy miserablemente roído por un ciego mal, yo, concebido por una noble madre, y a quien se llama hijo de Zeus que manda a los astros! Pero, ciertamente, sabedlo: aunque sin fuerza y no pudiendo andar, yo me vengaré, tal como estoy, de la que ha cometido este crimen. Que venga solamente, y su castigo probará a todos que, vivo o muerto, yo he castigado siempre a los perversos.

CORO: ¡Oh, mísera Hélade, de qué duelo te veo amenazada, si te ves privada de este hombre!

HILO: Puesto que me permites hablar, ¡oh, padre!, escucha en silencio, aunque estés atormentado por el mal. Yo te pediré, en efecto, una cosa que debes concederme. Consiente en calmar el furor que muerde tu alma, porque sin eso no podrás reconocer que la acción que te regocijas de llevar a cabo sería tan injusta como vana es tu cólera.

HERACLES: Di con brevedad lo que quieres decir. Roído por mi mal, no comprendo tus embrolladas palabras.

HILO: Quiero hablar de mi madre, decir lo que ha sido de ella, y que no ha incurrido en falta por su plena voluntad.

HERACLES: ¡Oh, qué malvado! ¡Así te atreves a evocarme el recuerdo de una madre que ha matado a tu padre!

HILO: Tales cosas pasan, que no conviene que yo las calle.

HERACLES: Tanto más preciso es callarte después de lo que ella ha hecho contra mí.

---

[9] El Jardín de las Hespérides estaba situado en los confines occidentales del Océano, más allá de las montañas del Atlas. Las Hespérides eran las guardianas del manzano vigilado de cerca por el monstruo *Ladon*, muerto por Heracles

HILO: Pero no después de lo que ha hecho hoy.

HERACLES: Habla, pues, pero teme ser indigno de tu raza.

HILO: Hablo. Mi madre ha muerto, de muerte violenta.

HERACLES: ¿Quién la ha matado? Tú me anuncias un siniestro prodigio.

HILO: Su propia mano, no otra alguna.

HERACLES: ¡Oh, Dioses! ¡Antes, como era debido, que pereciese por mi mano!

HILO: No pensarías así si lo supieses todo.

HERACLES: Con extrañas palabras comienzas. ¿Qué quieres decir?

HILO: Helo aquí. Ella ha faltado, queriendo obrar bien.

HERACLES: ¡Desgraciado! ¡Ha obrado bien la que ha muerto a tu padre!

HILO: Habiendo visto a tu nueva esposa en la morada, y queriendo asegurarse tu amor con un filtro, se ha equivocado.

HERACLES: Y entre los traquinios, ¿quién es ese gran encantador?

HILO: El centauro Neso la aconsejó en otro tiempo excitar tu amor con ayuda de ese filtro.

HERACLES: ¡Ay! ¡Ay! ¡Desgraciado! ¡Qué mísero soy, yo muero! ¡Muerto soy! ¡La luz no es ya más para mí! ¡Oh, Dioses! Al fin comprendo a qué miseria estoy reducido. Ve, ¡oh, hijo!, porque tu padre no vive ya. Llama a todos tus hermanos, llama a la desventurada Alcmena, vanamente llamada la esposa de Zeus, para que oigáis lo que yo sé de mis oráculos supremos.

HILO: Pero tu madre no está aquí. Reside ahora en la ribera de Tirinto, donde educa una parte de tus hijos que se ha llevado, y los demás habitan en la ciudad de Tebas. Nosotros, los aquí presentes, te escucharemos y haremos lo que haga falta hacer.

HERACLES: Escucha, pues. Este es el momento, efectivamente, de mostrarte digno de ser llamado hijo mío. Se me predijo en otro tiempo por mi padre que ningún viviente me mataría jamás, sino que la vida me sería arrebatada por un habitante del Hades. Así, con arreglo a la sentencia fatídica, aunque muerto, el salvaje Centauro me ha matado. Todavía te revelaré oráculos recientes, y semejantes a los antiguos, y que se cumplen para mí. Habiendo entrado en el sagrado bosque de las encinas que reposan sobre la tierra y pueblan las montañas, escribí sobre tablillas las palabras de la profética Encina paterna. Mi padre me anunciaba que este mismo tiempo presente vería el término de mis trabajos. Yo esperaba, pues, vivir en adelante felizmente; pero esto no significaba otra cosa sino que voy a morir, porque no hay ya trabajos para un muerto. Puesto que la verdad de estas sentencias brilla con lo que ha sucedido, es preciso, hijo, que me prestes tu ayuda, y que no esperes a que mi boca se ponga furiosa. Ayúdame de buen grado y dócilmente, sumiso a esa ley tan hermosa que quiere que obedezcas a tu padre.

HILO: ¡Oh, padre, estoy lleno de terror escuchando tales palabras! Sin embargo, ordenes lo que quieras, obedeceré.

HERACLES: Dame primero la mano derecha.

HILO: ¿Por qué pides esa prenda de fe?

HERACLES: ¿Vas a negármela y a resistírteme?

HILO: Te la tiendo, no te rehúso nada.

HERACLES: Jura ahora por la cabeza de Zeus que me ha engendrado.

HILO: ¿Para qué? ¿Qué he de jurar?

HERACLES: Cumplir lo que yo ordenare.

HILO: Lo juro, y pongo por testigo a Zeus.

HERACLES: Si faltas a ello, encomiéndate a las imprecaciones.

HILO: No hay necesidad. Obedeceré. Sin embargo, hago esa imprecación.

HERACLES: ¿Conoces la cima del Eta, consagrada a Zeus?

HILO: La conozco. He ofrecido con frecuencia sacrificios sobre esa cima.

HERACLES: Allí es donde tienes que llevar mi cuerpo, con tus manos y con ayuda de aquellos de tus amigos que quieras. Después de cortar un buen número de encinas robustas y de fuertes olivos, depositarás allí mi cuerpo, y prenderás fuego con una ardiente antorcha de pino. Nada de lágrimas ni de gemidos, si verdaderamente has nacido de mí. Ni gimas, ni llores. Si no, aunque esté entre los muertos, te enviaré mis imprecaciones.

HILO: ¡Ay! Padre, ¿qué dices? ¿Qué esperas de mí?

HERACLES: Lo que debes hacer. Si no, serás el hijo de cualquier otro padre, pero no el mío.

HILO: ¡Ay! Padre, una vez todavía, ¿qué acción me pides? ¿Ser parricida, ser tu matador?

HERACLES: No es eso, sino curarme, librarme de los males que me agobian.

HILO: ¡Qué! ¿Si quemo tu cuerpo, lo curaré?

HERACLES: Si eso te inspira horror, haz por lo menos el resto.

HILO: No me niego, ciertamente, a llevarte.

HERACLES: ¿Construirás la hoguera, tal como yo lo he dicho?

HILO: A condición de que no la toque con mis manos. Pero yo haré lo demás, y mis cuidados no te faltarán.

HERACLES: Con eso basta. Agrega a éstos un servicio más pequeño.

HILO: Aunque sea más grande, te lo prestaré.

HERACLES: ¿Conoces a la hija de Eurito?

HILO: Quieres decir Yole, según creo.

HERACLES: Tú lo has dicho. Pues bien; hijo, yo te mando esto. Después que yo haya muerto, si quieres obrar piadosamente y acordarte del juramento hecho a tu padre, la tomarás por esposa y no me desobedecerás. ¡Que ningún otro hombre se una a aquella que ha dormido a mi lado! Pero tú, despósate con ella. Ya que me has obedecido en las cosas grandes, no me desobedezcas en las menores, renunciando así a mi gratitud.

HILO: ¡Oh, Dioses! Está mal irritarse contra un moribundo, pero ¿quién podría soportar esto con calma?

HERACLES: Según eso, ¿no quieres hacer nada de lo que yo digo?

HILO: ¿Quién, en efecto, tomaría por esposa, yo te conjuro, a la que ha sido la sola causa de la muerte de mi madre y te ha puesto en este estado? ¿Quién lo haría, a menos de haberse vuelto insensato por el castigo vengador del crimen? ¡Oh, padre, yo quiero mejor morir que vivir con aquellos a quienes más odio!

HERACLES: ¡Este hombre parece negarse a cumplir su deber con un moribundo como yo! Pero la execración de los Dioses caerá sobre ti si no me obedeces.

HILO: ¡Ay! Bien pronto reconocerás que hablas atormentado por el mal que te devora.

HERACLES: Tú eres el que despierta mi mal adormecido.

HILO: ¡Oh, qué desgraciado soy! No sé qué resolver en medio de tantos temores.

HERACLES: ¿Es que no te dignas escuchar al que te ha engendrado?

HILO: ¡Oh, padre! Yo te conjuro, ¿es preciso, pues, que obre como un impío?

HERACLES: Ninguna impiedad hay en hacer lo que agrada a mi corazón.

HILO: Entonces, ¿es justo lo que tú me ordenas hacer?

HERACLES: Muy justo. Pongo por testigos a los Dioses.

HILO: Lo haré, pues, y no me niego más, pero pongo por testigos a los Dioses de que ello es obra tuya. ¡No puedo ser culpable obedeciéndote, oh, padre!

HERACLES: Terminas bien. Añade la prontitud al beneficio, ¡oh, hijo mío!, y llévame a la hoguera antes de que la convulsión de mi mal vuelva a apoderarse de mí. ¡Apresuraos! ¡Llevadme! ¡El fin de mis males será mi propio fin!

HILO: Todo va a cumplirse sin tardanza, puesto que tú lo mandas y nos obligas a ello, padre.

HERACLES: Vamos, ¡oh, alma ruda! ¡Antes de que sufra de nuevo, sofoca mis gritos con un freno de acero en esta prueba que tú aceptas con alegría, bien que a pesar mío!

HILO: ¡Alzad, compañeros! Perdonadme esta acción y no acuséis sino a la iniquidad de los Dioses que hacen esto y miran sin piedad los terribles dolores de aquellos que han engendrado y de los que se dicen padres. Nadie prevé las cosas futuras; y las cosas presentes, amargas para nosotros, son vergonzosas para los Dioses. Pero son cruelísimas entre todas para el que sufre tales males. Y tú, no permanezcas en la morada, ¡oh, doncella! Has visto grandes funerales, calamidades inauditas y sin número; ¡pero nada sucede sin la voluntad de Zeus!

Filoctetes

FILOCTETES

ULISES.
NEOPTÓLEMO.
CORO.
FILOCTETES.
ESPÍA.
HERACLES.

(La escena tiene lugar en un paraje abandonado de la corte de Lemnos. A lo lejos se divisa una cueva sobre un acantilado. Entran NEOPTÓLEMO, ODISEO *y un marinero.)*

ULISES: He aquí la ribera de la tierra de Lemnos rodeada por las olas, no hollada ni habitada por los hombres, donde, hace tiempo, ¡oh, vástago del más valiente de los helenos!, dejé abandonado, por orden de los reyes, al malio [1], hijo de Peano, cuyo pie destilaba una sangre corrompida. No podíamos hacer tranquilamente ni libaciones ni sacrificios, porque llenaba todo el campamento con quejas y horribles imprecaciones, gritando y lamentándose. Pero, ¿de qué sirve decir esto? No es este el momento de largos discursos. Que sepa que estoy aquí, y será inútil toda la astucia con ayuda de la cual espero apoderarme bien pronto de él. A ti toca hacer lo demás y descubrir dónde está la roca que se abre por dos salidas, que es caldeada por Helios a uno y otro lado en invierno, y donde, en verano, circula el viento y convida al sueño. Es posible que veas, algo más aba-

[1] Filoctetes, hijo de Peante. La región de Malis es la zona bañada por el golfo Maliaco recorrida por el río Esperquio y situada al este del monte Eta.

jo, a la izquierda, un agua de fuente, si todavía existe. Acércate en silencio y dime si esas cosas están aún en aquel lugar, para que oigas lo que me queda por decirte y lo hagamos entre los dos.

NEOPTÓLEMO: Rey Odiseo, he aquí eso de que hablas. Me parece ver el antro tal como tú lo has descrito.

ULISES: ¿Abajo o arriba? Porque nada distingo.

NEOPTÓLEMO: Allá arriba. No oigo rumor alguno de pasos.

ULISES: Observa si se ha echado a dormir en su albergue.

NEOPTÓLEMO: Veo que este refugio está vacío y sin habitantes.

ULISES: ¿No se encuentra ahí alguna cosa de uso doméstico?

NEOPTÓLEMO: Un montón de hojas holladas, como si se acostase allí alguno.

ULISES: ¿El resto está vacío? ¿No hay nada más?

NEOPTÓLEMO: Una copa de madera, groseramente fabricada, obra de inhábil obrero; además, con qué hacer fuego.

ULISES: Lo que ves es toda su riqueza.

NEOPTÓLEMO: ¡Ah! ¡Ah! Veo, además, algunos harapos que están puestos a secar, llenos de sangre corrompida.

ULISES: Ciertamente, el hombre habita ahí y no está lejos. ¿Cómo, en efecto, ha de ir lejos aquel cuyo pie sufre un mal antiguo? Habrá ido, como de costumbre, a buscar alimento, o alguna planta, si la conoce, que calme sus dolores. Envía a este hombre, de descubierta, para que Filoctetes no caiga repentinamente sobre mí, porque, de todos los argivos, yo soy de quien preferiría apoderarse.

(NEOPTÓLEMO *manda partir al marinero.)*

NEOPTÓLEMO: Ya ha partido y seguirá las huellas. En cuanto a ti, si quieres otra cosa, habla de nuevo.

ULISES: Hijo de Aquileo, para cumplir la tarea que nos trae aquí, es preciso no sólo ser valiente y fuerte; es necesario también, siquiera me oigas decir lo que antes no me has oído, obrar como yo, puesto que estás aquí para ayudarme.

NEOPTÓLEMO: ¿Qué ordenas, pues?

ULISES: Es preciso que engañes el ánimo de Filoctetes con palabras dispuestas para seducirle. Cuando te pregunte quién eres y de dónde vienes, dile que eres hijo de Aquileo. No hay para qué ocultar esto; que navegas hacia tu patria, habiendo abandonado la flota de los aqueos, a quienes aborreces violentamente, los cuales, habiéndote hecho dejar tu morada con sus súplicas para sitiar a Ilión, no han querido, a tu llegada, entregarte las armas de Aquileo, que pedías con justo título, y las han entregado a Ulises. Dices esto abrumándome de tantas palabras ultrajantes como quieras. No me ofenderé en nada por ello. Pero, si no lo haces, causarás desgracias a todos los argivos. Porque, si el arco [2] y las flechas de Filoctetes no son tomadas, jamás podrás destruir la ciudad de Dárdano [3]. Sabe por qué tú puedes hablar a ese hombre con confianza y seguridad, y por qué ello no me es a mí posible. Tú has navegado, en efecto, no estando ligado por juramento alguno, ni por fuerza, y no eras de la primera expedición. En cuanto a mí, no puedo negar ninguna de esas cosas. Por eso, si tiene su arco y me reconoce, soy muerto, y te perderé conmigo. Te es preciso, pues, emplear con él la astucia, a fin de arrebatarle a hurtadillas sus armas invencibles. Ya sé, hijo, que no está en tu carácter hablar ni obrar mal; pero obtener la victoria es cosa dulce. Ahora, por una pequeña parte de este día, abandónate a mí sin reserva, y después serás llamado, en todo el tiempo por venir, el más piadoso de los hombres.

NEOPTÓLEMO: En cuanto a mí, Laertiada, aborrezco hacer lo que estoy indignado de oír. No he nacido para servirme de

---

[2] El arco de Filoctetes fue heredado de Heracles. Héleno, hijo de Príamo, y adivino, hecho prisionero por Ulises, había predicho que Troya no caería mientras los griegos no consiguieran el concurso simultáneo del hijo de Aquiles, Neoptólemo, y de Filoctetes con su arco.

[3] Dárdano, antepasado de los troyanos.

astucias, ni yo, ni, a lo que se dice, el que me engendró. Estoy pronto a llevar a ese hombre por la fuerza, no por la astucia. No teniendo más que un pie, no triunfará de nosotros que somos tantos. Enviado aquí para ayudarte, temo ser llamado traidor. Prefiero, ¡oh, Rey!, ser vencido procediendo honradamente a vencer por medio de una acción vergonzosa.

ULISES: Hijo de un noble padre, yo también, cuando era joven, hace tiempo, tenía la lengua perezosa y la mano pronta; pero ahora, considerado e intentado todo, veo que la palabra, y no la acción, lo conduce todo entre los mortales.

NEOPTÓLEMO: ¿Qué me ordenas, pues, si no es mentir?

ULISES: Digo que debes apoderarte de Filoctetes por la astucia.

NEOPTÓLEMO: ¿Por qué engañarle más bien que persuadirle?

ULISES: No se le ha de persuadir, y no podrás apoderarte de él por la fuerza.

NEOPTÓLEMO: ¿Tan orgullosamente seguro está de sus fuerzas?

ULISES: Sus flechas causan inevitablemente la muerte.

NEOPTÓLEMO: ¿No basta, pues, ser un hombre valiente para acercársele?

ULISES: Nunca te apoderarás de él sino por la astucia, como yo te digo.

NEOPTÓLEMO: Pero, ¿no crees, pues, que es vergonzoso decir falsedades?

ULISES: No, si la mentira trae la salvación.

NEOPTÓLEMO: ¿Con qué imprudencia se puede hablar así?

ULISES: Cuando se obra por un provecho, no se debe vacilar.

NEOPTÓLEMO: ¿Qué provecho tengo en que vaya a Troya?

ULISES: Sólo sus flechas tomarán Troya.

NEOPTÓLEMO: ¿No soy yo, pues, como se ha dicho, quien la tomará?

ULISES: Ni tú sin ellas, ni ellas sin ti.

NEOPTÓLEMO: Si ello es así, es preciso apoderarnos de ellas.

ULISES: Si lo haces, hallarás en ello una noble ventaja.

NEOPTÓLEMO: ¿Cuál? Dila, y no me negaré a obrar.

ULISES: Serás tenido a la vez por hábil y valiente.

NEOPTÓLEMO: ¡Vamos! Obraré y prescindiré de toda vergüenza.

ULISES: ¿Tienes bien en la mente todo lo que te he aconsejado?

NEOPTÓLEMO: No dudes de ello, puesto que he consentido.

ULISES: Quédate, pues, aquí y espérale. Yo me voy, para no ser visto aquí, y enviaré el espía a la nave. Si me parece que perdéis tiempo, volveré a enviar aquí a ese mismo hombre, vestido de marinero, para que sea tomado por un desconocido. Si habla artificiosamente, tú, hijo, toma de sus palabras lo que pueda servirte. Yo me voy a la nave. ¡Que Hermes[4], que urde astucias y que nos ha conducido aquí, nos guíe, y la victoriosa Atena Poliada, que me protege siempre!

Estrofa I

CORO: Señor, extranjero en esta tierra extraña, ¿qué diré a ese hombre desconfiado? Enséñamelo. En efecto, la ciencia de quien tiene el cetro divino de Zeus es superior a la ciencia de todos los demás, y el mando supremo, ¡oh, hijo!, te ha sido legado desde las antiguas edades. Por eso, dime cómo puedo servirte.

NEOPTÓLEMO: Si deseas ver el interior del lugar en que él se guarece, mira ahora con toda confianza; pero, en cuanto venga ese hombre terrible, sal del antro, y, siempre al alcance de mi mano, ven en mi ayuda en el momento oportuno.

Antistrofa I

CORO: Me ordenas, ¡oh, Rey!, aquello de que ya me preocupo hace mucho tiempo, y tengo sobre todo el ojo atento a lo

---

[4] Patrono de ladrones y gentes que transitan los caminos.

que te interesa. Dime ahora qué retiro habita, dónde está. Conviene, en efecto, que esté yo instruido de ello, para que no aparezca sin esperarle. ¿Cuál es el lugar, cuál es la morada? ¿Qué camino sigue? ¿Está dentro o fuera?

NEOPTÓLEMO: Mira su morada, esa roca con dos aberturas.

CORIFEO *(al ver que no está en el interior)*: ¿Adónde ha ido el desgraciado?

NEOPTÓLEMO: Sin duda habrá ido a buscar alimento, siguiendo ese sendero que está cerca de aquí. Se dice, en efecto, que tal es su vida ordinaria, atravesando miserablemente, el desgraciado, a las bestias salvajes con sus aladas flechas, y no pudiendo hallar remedio a sus males.

Estrofa II

CORO: Verdaderamente tengo piedad de él, porque a nadie preocupa, y el infeliz no se ve consolado por la presencia de ningún mortal; sino que, siempre solo, sufre un mal horrible, y anda errante, presa del deseo nunca satisfecho de todo lo necesario. ¿Cómo resiste el desdichado? ¡Oh, industria vanamente hábil de los mortales! ¡Oh, miserables generaciones de hombres para quienes lo amargo de la existencia excede de toda medida!

Antistrofa II

Éste que, quizá, no está por debajo de ninguna de las familias antiguas, privado de las cosas de la vida, carece de todo, alejado de los demás hombres, lanzado en medio de las bestias salvajes manchadas o velludas, devorado por un hambre terrible y por dolores, y presa de inquietudes intolerables; y el eco de sus gritos espantosos y repetidos resuena a lo lejos.

NEOPTÓLEMO: No hay nada en eso de que yo esté sorprendido. Si no me engaño, sus males le vienen de los dioses, de la cruel Crise[5]. Si ahora sufre ese mal, sin estar cuidado por nadie, es que la voluntad de los dioses no es que lance sus flechas divinas e invencibles contra Troya, antes que haya llegado el tiempo en que han decidido que sea destruida. *(Se escuchan gritos de dolor.)*

Estrofa III

CORIFEO: Cállate, hijo.

NEOPTÓLEMO: ¿Qué ocurre?

CORIFEO: He oído un rumor, parecido al de un hombre que sufre. ¿Es aquí o allá? Es el rumor de alguien que camina con trabajo. La voz lamentable venida de lejos no me ha engañado y perturba a los que la oyen. He aquí que se perciben distintamente sus lamentos.

Antistrofa III

Pero piensa, hijo...

NEOPTÓLEMO: ¿En qué?

CORO: ... en nuevas inquietudes. No está lejos; hele aquí. No es un pastor que toca la flauta, sino un hombre que grita horriblemente, sea que su pie haya tropezado, sea que haya visto la nave en la inhospitalaria costa, porque grita espantosamente.

(Entra en escena FILOCTETES.*)*

FILOCTETES: ¡Ah, extranjeros! ¿Quiénes sois vosotros, que habéis abordado con ayuda del marino remo a esta tierra sin puerto y deshabitada? ¿Diré con verdad de qué patria y de qué raza sois? He aquí, en efecto, el traje heleno que me es

---

[5] La ninfa que habita el islote del mismo nombre cercano a Lemnos.

tan querido. Pero quiero oír vuestra voz. No retrocedáis espantados de mi feroz aspecto; sino tened piedad de un desgraciado hombre solo, abandonado, sin amigos. Hablad a un hombre abrumado de males, si como amigos venís. Responded, porque no está bien que no me habléis ni que no os responda.

NEOPTÓLEMO: Sabe, pues, por de pronto, extranjero, que somos helenos, puesto que quieres saberlo.

FILOCTETES: ¡Oh, amadísimo lenguaje! ¡Ah! ¡Cuánto me place oír hablar a un hombre tal después de tan largo tiempo! ¿Quién te ha mandado aquí? ¿Qué necesidad te ha traído? ¿Qué propósito? ¿Qué viento, el más querido de todos los vientos? Revélame todo esto para que sepa quién eres.

NEOPTÓLEMO: Nací en Esciros[6], rodeada por las olas, y navego hacia mi patria. Me llaman Neoptólemo, hijo de Aquileo. Ya lo sabes todo.

FILOCTETES: ¡Oh, hijo de un padre tan querido, y nacido en un país amado! ¡Oh, tú, criado por el viejo Licomedes! ¿Cómo te has visto arrastrado aquí? ¿Desde dónde vienes navegando?

NEOPTÓLEMO: Ahora vengo de Ilión.

FILOCTETES: ¿Qué dices? Tú no entraste con nosotros en las naves, cuando primeramente partimos para Ilión.

NEOPTÓLEMO: Y tú, ¿tomaste parte en esa calamidad?

FILOCTETES: ¡Oh, hijo! ¿No conoces al que estás mirando?

NEOPTÓLEMO: ¿Cómo he de conocer a quien jamás he visto?

FILOCTETES: ¿Nunca has oído mi nombre, ni rumor alguno de los males por los que perezco miserablemente?

NEOPTÓLEMO: Sabe que no sé nada de eso que dices.

---

[6] Pequeña isla al noroeste de Eubea, donde su padre Peleo o su madre Tetis habían ocultado a Aquiles, al saber por un oráculo que moriría en Troya. Allí nuestro héroe conoció a Deidamia, hija del rey de la isla Licomedes, de la que le nació Neoptólemo.

FILOCTETES: ¡Oh, misérrimo y odiado por los dioses, puesto que el rumor de mi suerte no ha llegado a mi patria, ni a la Hélada! Sino que los que me han rechazado impíamente se callan y se burlan de mí, mientras mi mal aumenta y cada día lo hace más amargo. ¡Oh hijo; oh, vástago de Aquileo, yo soy aquel —tal vez lo habrás oído— que posee las flechas de Heracles, Filoctetes, hijo de Peano, a quien los dos jefes de guerra y el rey de los cefalenios arrojaron vergonzosamente, solo, a esta tierra desierta, atormentado por un mal cruel y herido por la mordedura terrible de una víbora[7] homicida. En tal estado, hijo, me abandonaron y se fueron, habiendo abordado aquí en las naves, de vuelta de Crisa, rodeada por las olas. Alegres, en cuanto me vieron, después de una violenta postración, durmiendo bajo una roca hueca de la costa, se marcharon, dejándome, como a un mendigo, unos harapos y algo de alimento. ¡Ojalá sufran ellos otro tanto! Figúrate, ¡oh, hijo!, lo que yo experimenté al despertarme, después que hubieron partido, cuántas lágrimas derramé, con qué lamentos sobre mis males, cuando vi que habían desaparecido todas las naves con las que yo navegaba, y que no había aquí ningún hombre que me socorriese y pudiera aliviar mi mal. Y mirando por todo mi alrededor no vi nada sino mis miserias; y, de éstas, ¡oh, hijo! tenía gran abundancia. Y el tiempo hacía suceder a un día otro día, y me era preciso, solo, bajo este miserable abrigo, pensar en algún alimento. Este arco me procuraba las cosas necesarias, atravesando las aladas palomas; y, entonces, en busca de la que la flecha partida de la cuerda había alcanzado, me deslizaba, arrastrando mi pie miserable. Y, cuando era preciso beber o cortar algunas ramas, si la escarcha se había extendido sobre la tierra, como suele suceder en invierno, caminaba, arrastrándome angustiosamente. Y no tenía fuego; pero golpeando una piedra con otra piedra hice brotar con gran trabajo un poco de la escondida llama, y esa llama me ha salvado siempre, porque, con el fuego, tengo todo lo que es preciso en esta morada, menos

[7] Como señala el argumento I de la tragedia, Filoctetes fue mordido por la víbora que guardaba el altar de Atena en la isla Crise donde debían sacrificar los griegos en una expedición a Troya, altar que sólo Filoctetes conocía por haber estado allí anteriormente.

el fin de mi mal. Ahora, ¡oh, hijo!, sabe qué isla es ésta. Ningún marino aborda por su gusto. No se halla, en efecto, puerto alguno, ni ningún lugar donde el que navega obtenga ganancia o sea recibido por un huésped. No se dirige aquí ninguna navegación de hombres prudentes. Alguna vez llegan contra su voluntad, porque esas cosas suceden con frecuencia en una larga vida humana. Los que vienen aquí, ¡oh, hijo!, me hablan con piedad, lamentan mi destino y me dan, además, algunos alimentos y algunos vestidos; pero, en cuanto hablo de ello, todos se niegan a conducirme seguramente a mi patria; y, mísero, me veo roído por el hambre y los dolores, éste es ya el décimo año, y alimentando una llaga voraz. He aquí lo que me han hecho, ¡oh, hijo!, los Atreidas y Ulises. ¡Que los dioses les inflijan a su vez males semejantes a los que yo he sufrido!

CORIFEO: Yo también, no menos que los extranjeros que ya han venido aquí, no puedo sino tener piedad de ti, hijo de Peano.

NEOPTÓLEMO: Y yo sé que tus palabras son veraces, y puedo atestiguarlo, habiendo sufrido a causa de esos hombres malvados, los Atreidas y Ulises.

FILOCTETES: ¿También tú has recibido alguna injuria de los malditos Atreidas, que así estás irritado?

NEOPTÓLEMO: ¡Plegue a los dioses que, con mi mano, sacie un día mi cólera y que Micenas y Esparta aprendan que también Esciros produce hombres valientes!

FILOCTETES: ¡Bien, oh, hijo! Pero, ¿de qué procede esa gran cólera que hace que estés aquí?

NEOPTÓLEMO: ¡Oh, hijo de Peano! Diré, aunque con disgusto, los ultrajes que recibí de ellos cuando llegué. En cuanto la Moira hubo cortado el destino de Aquileo...

FILOCTETES: ¡Oh, dioses! No digas más, antes de que sepa ante todo si, en verdad, ha muerto el hijo de Peleo.

NEOPTÓLEMO: Ha muerto no por la mano de ningún hombre, sino por la de un Dios. Ha sido abatido por el arco de Febo.

FILOCTETES: Vencedor y vencido, son ambos de buen linaje. Vacilo, no sabiendo, ¡oh, hijo!, si te interrogaré primero sobre lo que has sufrido o si lloraré a Aquileo.

NEOPTÓLEMO: Creo que tienes bastante con tus desdichas sin llorar además las de otro.

FILOCTETES: Bien has hablado; así, pues, refiéreme desde el principio lo que te concierne y el ultraje que se te ha hecho.

NEOPTÓLEMO: El divino Ulises y el protector de mi padre vinieron a buscarme en una pintada nave, diciendo, con verdad o con mentira, no sé, que a ningún otro estaba concedido, después que mi padre había muerto, destruir a Pérgamo. Como hablaban así, no tuvieron que apremiarme mucho tiempo, extranjero, a partir prontamente en la nave. Deseaba en gran manera ver a mi padre muerto y no sepultado todavía, porque nunca le había visto antes. Ciertamente, otro glorioso deseo me impulsaba también, cual era abatir la ciudadela de Troya. Después de dos días de navegación favorable, abordé el áspero promontorio Sigeo[8]. Y, tan pronto como salí de la nave, todo el ejército, rodeándome, me saludó. Y juraban que veían de nuevo, vivo, a Aquileo, que ya no existía. Y éste yacía, dispuesto para ser sepultado. En cuanto a mí, desdichado, después de llorarle, me dirigí a los Atreidas, que debían ser mis amigos, como era justo, y reclamé las armas y los demás bienes de mi padre. Pero, ¡ay!, diéronme esta impudentísima respuesta: «¡Oh, hijo de Aquileo! Puedes tomar todos los demás bienes de tu padre; pero otro hombre, el hijo de Laertes[9], posee sus armas.» Entonces, con lágrimas, me levanté lleno de cólera e indignación: «¿De modo, ¡oh, miserables!, que os habéis atrevido a entregar mis armas sin que yo haya consentido en ello?» Y Ulises, que estaba allí, me dijo: «Sí, joven, me las han dado con muy buen derecho, porque las salvé salvando el cuerpo de tu padre.» Y yo, en mi cólera, le ultrajé con toda clase de injurias, no perdonando nada, si quería arrebatarme mis armas. Llevado a este punto, y ofendido, por más que sea pacífico, respondió a lo que había oído: «Tú no estabas donde nosotros estábamos, sino que estabas donde no era preciso que estuvieses.

[8] La tradición sitúa la tumba de Aquiles precisamente en el promontorio de *Sigeo*, cercano a Troya. Alejandro Magno rindió homenaje a Aquiles visitando su tumba en el inicio de sus operaciones militares de Oriente. No olvidemos que la *Ilíada* era el libro preferido de Alejandro.

[9] Laertes es el padre de Ulises.

Puesto que hablas tan insolentemente, no has de llevar jamás esas armas a Esciros.» Habiendo recibido este ultraje, vuelvo a mi patria, despojado por el execrable Ulises nacido de execrables padres; pero no le censuro tanto como a los que tienen el mando. En efecto, toda una ciudad, todo un ejército, pertenecen a quienes los mandan, y los hombres se hacen malos y obran mal, a ejemplo de sus jefes. Ya lo he dicho todo. ¡Que el que aborrezca a los Atreidas sea mi amigo y el de los dioses!

Estrofa

CORO: Tú, que te adornas de montañas, Gea, Nodriza universal, Madre del mismo Zeus, que posees el gran Pactolo lleno de oro, yo te imploré, ¡oh, Madre venerable! ¡Oh, Bienaventurada conducida por los leones matadores de toros! Cuando los Atreidas ultrajaron violentamente a éste, y entregaron, honor supremo, las armas paternas al hijo de Laertes.

FILOCTETES: Traéis una señal manifiesta de dolor, y os quejáis lo mismo que yo. Reconozco las malvadas acciones de los Atreidas y de Ulises. Sé que éste no niega a su lengua ninguna palabra pérfida ni maldad alguna, y que no hay iniquidades que no pueda cometer. Nada de esto me asombra; pero estoy sorprendido de que el gran Áyax, viendo esas cosas, las haya tolerado.

NEOPTÓLEMO: Ese es un luchador astuto; pero ¡oh, extranjero! Jamás, en efecto, viviendo él, hubiera sido yo despojado de esas armas.

FILOCTETES: ¿Qué dices? ¿Ha muerto, pues?

NEOPTÓLEMO: Sabe que no disfruta ya de la luz.

FILOCTETES: ¡Desgraciado de mí! ¡Y el hijo de Tideo[10] y esa raza de Sísifo[11] comprada por Laertes, no hay que temer que hayan muerto! Ellos eran quienes no debían vivir.

---

[10] Diomedes es el hijo de Tideo. Según una tradición él y Ulises llevaron a Filoctetes de la isla. Diomedes forma a menudo pareja con Ulises, por ejemplo cuando mataron a Reso.

[11] Prototipo de la astucia.

NEOPTÓLEMO: Ciertamente, no han muerto, sábelo. Florecen ahora en el ejército de los argivos.

FILOCTETES: ¿Y aquel anciano que era valiente, amigo mío, Néstor el de Pilos, vive? Solía refrenar los malvados designios de aquéllos con sus prudentes consejos.

NEOPTÓLEMO: Ahora es muy desgraciado desde la muerte de su hijo Antíloco, que estaba con él.

FILOCTETES: ¡Ay! Tristes cosas me dices de los dos hombres cuya muerte hubiera menos querido saber. ¡Ay! ¡Ay! ¿Qué se debe esperar cuando éstos perecen y cuando Ulises sobrevive y no está donde era menester que estuviese, en lugar de los que han muerto?

NEOPTÓLEMO: Ése es un luchador astuto; pero ¡oh, Filoctetes!, los propósitos de la astucia se ven con frecuencia burlados.

FILOCTETES: Pero te suplico, ¿dónde estaba entonces Patroclo, que era tan querido de tu padre?

NEOPTÓLEMO: También él había muerto. Te explicaré esto en pocas palabras: la guerra no mata con gusto a ningún hombre malvado, sino que mata siempre a los mejores.

FILOCTETES: Lo atestiguo juntamente contigo. Así, pues, te preguntaré por ese hombre despreciable, pronto de lengua y astuto. ¿Qué hace ahora?

NEOPTÓLEMO: ¿Por quién me preguntas si no es por Ulises?

FILOCTETES: No hablo de él. Pero había un tal Tersites que rehusaba no repetir lo que no agradaba a nadie. ¿Sabes si vive todavía?

NEOPTÓLEMO: No le he visto. He oído decir que vivía.

FILOCTETES: Ciertamente, así tenía que ser. Ningún malvado muere, en efecto. Los Genios les rodean de cuidados. Los que son astutos y acostumbrados a hacer mal les llaman de buen grado del Hades; los que son justos e irreprochables, suelen enviarles a él. ¿Qué pensar de estas cosas? ¿Por quién serán alabadas? ¡Quisiera alabar las acciones de los Dioses, y encuentro a los Dioses mismos inicuos!

NEOPTÓLEMO: En cuanto a mí, en verdad, ¡oh, hijo de un padre etaense!, en adelante miraré de lejos a Ilión y a los Atreidas y me guardaré de ellos. Puesto que, allí donde están, el peor prevalece sobre el bueno, la virtud perece y el cobarde es poderoso, jamás amaré a tales hombres. La rocosa Esciros me bastará de hoy más, y me regocijaré en mi morada. Ahora me voy a mi nave. En cuanto a ti, hijo de Peano, sé feliz. Que los dioses te libren de tu mal, como deseas. Nosotros, ¡vamos!, para partir en cuanto un dios nos conceda navegar felizmente.

FILOCTETES: ¡Oh, hijo! ¿Ya partís?

NEOPTÓLEMO: Nos es preciso esperar más bien de cerca que de lejos el instante de la navegación.

FILOCTETES: ¡Por tu padre, por tu madre, oh, hijo, por todo lo que te es caro en tu morada, te suplico y te imploro, para que no me dejes solo, abandonado a estos males de que me ves agobiado o que has sabido! Antes bien, tómame como un aumento de carga. Bien sé la pesadez de esta carga; sin embargo, llévala. Lo que es vergonzoso inspira horror a los espíritus dotados de generosidad, y ellos se glorian de lo que es honrado. Si esto me es negado por ti, tu oprobio será horrible. Si me salvas, ¡oh, hijo!, y vuelvo vivo a la tierra etaense, serás con mucha gloria alabado. ¡Vamos! No durará ese trabajo todo un día. Decídete, y, al llevarme, échame donde quieras, en la sentina, a proa, a popa, allí donde menos carga sea para los tuyos. ¡Consiente! Conjúrote por Zeus vengador de los que suplican, no seas inexorable, ¡oh, hijo! A tus plantas me postro, aunque baldado y cojo. No me dejes, te conjuro, abandonado aquí, lejos de toda humana huella; antes bien, llévame, sea a tu patria, sea a Eubea de Calcodón. Desde allí no será larga la navegación hasta el Eta, la altura traquinense y el Esperquio de hermoso curso. Vuélveme a mi padre, que me es tan querido. Temo hace mucho tiempo que haya muerto. Frecuentemente, en efecto, con los que han llegado aquí, le he enviado mis súplicas para que me llevase él mismo en una nave a su patria; pero o ha sido víctima del destino o los que he enviado, poco cuidadosos de mis intereses, como es costumbre, se han apresurado hacia sus moradas. Ahora acudo a ti para que seas mi conductor y mi mensajero. Sálvame, ten compasión, pensando cuán llenas de terrores y peligros están todas las cosas, prósperas o no, para los mortales. Es necesario que el que no es presa de los males piense en preverlos. ¡Si alguno vive dichoso, entonces que vigile cuidadosamente, para evitar perecer por su imprudencia!

Antistrofa

CORO: Ten piedad, ¡oh, Rey! Ha referido las miserias sin número e intolerables de que está abrumado. ¡Que ninguno de los que me son queridos sufra otro tanto! Si aborreces, ¡oh, Rey!, a los funestos Atreidas, ciertamente, yo tornaré en provecho de éste el ultraje que aquéllos te hicieron a ti y a él, y huyendo la venganza de los Dioses, le transportaré a su patria, como ardientemente desea, en la rápida y bien provista nave.

NEOPTÓLEMO: Mira si ahora no eres demasiado complaciente y tienes cuidado de no hablar así cuando te halles bajo el enojo de su presencia y de su mal.

CORIFEO: No, no. Jamás me reprocharás eso con justicia.

NEOPTÓLEMO: Sería vergonzoso que yo anduviera más lento que tú para venir en ayuda de este extranjero, como es ya tiempo. Si, pues, te parece así, hagámonos a la mar. ¡Que venga al punto! La nave le conducirá, y no obtendrá una negativa. Solamente ¡que los Dioses nos lleven sanos y salvos desde esta tierra al lugar adonde dirigimos nuestro rumbo!

FILOCTETES: ¡Oh, día felicísimo! ¡Oh, el más benigno de los hombres! ¡Oh, remeros queridos! ¡Que pueda yo probaros cuánto os estoy reconocido, yo a quien habéis dado socorro! Vamos, hijo, después de haber saludado a esta morada que no se puede habitar, para que sepas de qué manera he soportado la vida y cuán animoso he sido. Creo, en efecto, que nadie más que yo hubiera podido solamente mirar lo que he sufrido, pero he aprendido de la necesidad a someterme a mis males con resignación.

(Se dispone a entrar en la cueva.)

CORO: ¡Teneos! Escuchemos. Dos hombres vienen aquí, el uno es un marinero de la nave y el otro es extranjero. Cuando les hayáis escuchado, entraréis.

(*Entra el* MERCADER *guiado con un marinero.*)

MERCADER: Hijo de Aquileo, he pedido a este hombre, tu compañero, que, con otros dos, guardaba la nave, que me indicase el lugar en que estabas, puesto que, contra lo que esperaba, te he encontrado, habiendo sido conducido por casualidad hacia esta tierra. Navegaba, en efecto, como mercader, con unos pocos compañeros, de Ilión hacia mi país, Pepáreto, rica en viñedos, cuando he oído decir que todos estos marineros habían navegado contigo. Me ha parecido que debía no callarme, y no hacerme a la vela antes de venir a ti y ser recompensado por mi noticia; porque es posible que no sepas nada de los nuevos propósitos de los argivos acerca de ti; y no son solamente propósitos, sino actos que no tardarán a realizarse.

NEOPTÓLEMO: Tu solicitud, extranjero, si no tengo el corazón ingrato, hará que te esté siempre reconocido. Explícame, pues, lo que has dicho, para que sepa lo que ha llegado a tu noticia de los nuevos designios de los argivos contra mí.

MERCADER: El viejo Fénix y los hijos de Teseo[12] se han embarcado para perseguirte.

NEOPTÓLEMO: ¿Es por la fuerza o por la persuasión como quieren reducirme?

MERCADER: No lo sé; te digo lo que he oído.

NEOPTÓLEMO: Fénix y los que han entrado con él en la nave, ¿vienen con ese ardor por agradar a los Atreidas?

MERCADER: Sabe que la cosa no está por hacer, sino que se hace.

NEOPTÓLEMO: ¿Y Ulises no se hallaba pronto a partir para llevar él mismo esa orden? ¿Es el miedo lo que le ha detenido?

MERCADER: Ulises y el hijo de Tideo se disponían a ir a buscar a otro hombre cuando yo me hice a la vela.

NEOPTÓLEMO: ¿Quién es ese en busca del que el mismo Ulises navegaba?

---

[12] Los hijos de Teseo son Demoforte y Acamante, citados aquí, como es cosa habitual en Sófocles, para exaltar a Atenas.

MERCADER *(reparando en* FILOCTETES): Ciertamente, era... pero, ante todo, dime quién es este hombre, y lo que digas, no lo digas en alta voz.

NEOPTÓLEMO: Extranjero, es el ilustre Filoctetes.

MERCADER: No me preguntes más; antes bien, desamarra con gran prontitud tu nave y huye de este lugar.

FILOCTETES: ¿Qué dice, oh, hijo? ¿Por qué ese marinero quiere venderme dirigiéndote esas oscuras palabras?

NEOPTÓLEMO: No comprendo lo que quiere decir. Es preciso que hable en alta voz y claramente a mí, a ti y a éstos.

MERCADER: ¡Oh, hijo de Aquileo! No me hagas odioso al ejército, haciéndome decir lo que no debería revelar. He recibido de ellos, en efecto, grandes recompensas por los servicios que les presto, tanto como puede hacerlo un hombre pobre.

NEOPTÓLEMO: Estoy irritado contra los Atreidas, y este hombre me es muy querido porque aborrece a los Atreidas. Te es preciso, pues, habiendo venido a mí con benevolencia, no ocultarme nada de lo que sabes de ellos.

MERCADER: Mira lo que haces, hijo.

NEOPTÓLEMO: Hace mucho tiempo que lo he mirado.

MERCADER: Diré que sólo tú tienes la culpa.

NEOPTÓLEMO: ¡Sea! Habla.

MERCADER: Hablaré. Los dos hombres que he dicho, el hijo de Tideo y la experiencia de Ulises, vienen en busca de éste, habiendo jurado que le persuadirían o le llevarían consigo por la fuerza. Todos los aqueos han oído a Ulises declararlo en alta voz, porque estaba más seguro que el otro de llevar a cabo esto.

NEOPTÓLEMO: ¿Por qué causa, después de largos años, los Atreidas se preocupaban tanto de Filoctetes a quien expulsaron hace tanto tiempo? ¿Se veían impulsados a ello por un remordimiento o por la fuerza y la venganza de los Dioses que castigan las acciones criminales?

MERCADER: Te daré noticia de todo eso, porque, sin duda, no lo sabes. Había un adivino de buen linaje, hijo de Príamo, que se llamaba Heleno. El sutil Ulises, cuyos oídos están acostumbrados a oír toda especie de ultrajes y de injurias, habiendo salido solo durante la noche, cogió a Heleno, y llevándole, atado, en medio de los aqueos, les mostró aquella hermosa presa. Éste, entre otras profecías, les predijo que no destruirían jamás la ciudadela de Troya, a menos de llevar a Filoctetes, por la persuasión, fuera de esta isla que ahora habita. Apenas hubo oído al adivino el hijo de Laertes, cuando resolvió al momento volver a llevar a Filoctetes entre los aqueos. Pensaba apoderarse de él por su propio consentimiento, o, al menos, por la fuerza; y daba su cabeza a cortar si no lo hacía. Ya lo sabes todo, hijo. Parte a toda prisa, tú y éste por quien te interesas.

FILOCTETES: ¡Ay! ¡Desgraciado de mí! Ese hombre, esa peste, ha jurado que me llevará por la persuasión entre los aqueos. Me persuadirá tanto como, una vez muerto, a volver del Hades a la luz, cual hizo su padre.

MERCADER: No sé nada de eso, pero me voy a mi nave. ¡Que un dios sea en vuestra ayuda!

(Se va el MERCADER.)

FILOCTETES: ¿No es amargo, ¡oh, joven!, que el hijo de Laertes espere llevarme consigo, después de persuadirme con dulces palabras, y mostrarme en medio de los aqueos? No, ciertamente. ¡De mejor gana escucharía a la execrable víbora que me dejó cojo! Pero no hay nada que él no diga o no ose. Ahora, bien lo sé, vendrá. ¡Oh, hijo, partamos! ¡Que un ancho mar nos separe de la nave de Ulises! ¡Vamos! Quien se apresura a tiempo, puede gozar del sueño y del reposo, habiendo acabado su trabajo.

NEOPTÓLEMO: Cuando cese el viento que sopla de proa, desamarraremos la nave. Ahora es contrario.

FILOCTETES: El viento es siempre favorable cuando se huye de la desgracia.

NEOPTÓLEMO: Ya lo sé, pero su soplo les es también contrario.

FILOCTETES: Ningún viento es contrario para los ladrones si quieren robar y hacer violencia.

NEOPTÓLEMO: Ven, pues, si te place. Vamos, y toma en tu morada aquello de que te sirvas o que más desees.

FILOCTETES: En efecto, hay allí cosas de que tengo necesidad, pero no tengo que escoger entre muchas riquezas.

NEOPTÓLEMO: ¿Qué hay aquí que no esté en mi nave?

FILOCTETES: Tengo una planta con ayuda de la cual acostumbro a calmar mi mal y disminuir su dolor.

NEOPTÓLEMO: Llévala, pues. ¿Hay otra cosa que quieras coger?

FILOCTETES: Voy a ver si he olvidado alguna flecha de éstas, por miedo de dejarla coger por alguien.

NEOPTÓLEMO: ¿No es éste ese famoso arco que posees?

FILOCTETES: El mismo que llevo en las manos. No tengo otro.

NEOPTÓLEMO: ¿Puedo contemplarlo de cerca, tocarlo y besarlo como si fuese un dios?

FILOCTETES: ¡Oh, hijo mío! Sí puedes, esto y todo lo que quieras de lo que poseo.

NEOPTÓLEMO: Lo deseo en verdad, pero en tanto que mi deseo sea legítimo; si no, rehúsamelo.

FILOCTETES: Hablas con piedad, y te está permitido esto, ¡oh, hijo!, a ti que eres el único que me ha concedido ver el esplendor de Helios, y la tierra etaense, y a mi anciano padre, y a mis amigos, y me has sacado de mi postración bajo los pies de mis enemigos para elevarme por encima de ellos. Tranquilízate. Te será permitido tocar este arco, y lo devolverás a quien te lo ha confiado, y podrás gloriarte de que, por tu virtud, y el único entre todos los mortales, has podido tocarlo. Yo mismo, por un servicio prestado fue por lo que lo adquirí.

NEOPTÓLEMO: Entra, pues.

FILOCTETES: Yo te guiaré, pero la violencia de mi mal reclama tu ayuda.

(Entran ambos en la cueva.)

Estrofa I

CORO: He oído decir, porque no lo he visto, que el omnipotente hijo de Cronos había atado a Ixión a una rueda volteante, porque había deseado el tálamo de Zeus; pero jamás he oído decir, que me acuerde, y jamás he visto que ninguno de los mortales haya sufrido un destino más terrible que éste que, no habiendo cometido una acción malvada o violenta, perece de un modo tan indigno. Y estoy lleno de asombro de que, solo, y oyendo por todos lados el rugido de las olas que se rompen, haya podido arrostrar su vida lamentable.

Antistrofa I

No tenía compañero alguno, ningún testigo de su miseria, cerca de quien y con el cual pudiese llorar por su llaga sangrienta y voraz, que calmase, con ayuda de suaves hierbas arrancadas a la tierra bienhechora, el ardiente flujo de la sangre que brotaba de la herida. Solía entonces, cuando el cruel ardor del mal se mitigaba, ir de aquí para allá, arrastrándose como un niño sin nodriza, a buscar algún alivio a sus dolores.

Estrofa II

No hacía su alimento de los frutos de la tierra sagrada, ni de ninguna de las otras cosas con que se sustentan los hombres industriosos; sino que no se mantenía más que con lo que cazaba con las flechas aladas de su arco. ¡Oh, el desgraciado, que no ha bebido vino durante diez años, y que se arrastraba siempre hacia el agua estancada, cuando la veía!

Antistrofa II

Ahora ha encontrado al hijo de hombres valerosos, y, libertado victoriosamente de sus males, será dichoso en adelante.

La nave que corre sobre el mar le llevará, después de los meses sin número, hacia la morada de las Ninfas maliadas y las riberas del Esperquio, en donde el hombre, cubierto por un escudo de bronce, se reunió a los Dioses, enteramente abrasado por la llama sagrada, sobre las cimas del Eta.

(Salen de la cueva NEOPTÓLEMO *y* FILOCTETES. *Pero este último se detiene aquejado de un súbito dolor.)*

NEOPTÓLEMO: Avanza, si quieres. ¿Por qué callas y te quedas como estupefacto?

FILOCTETES: ¡Ay! ¡Ay! ¡Ay!

NEOPTÓLEMO: ¿Qué es eso?

FILOCTETES: Nada, nada. Marcha, ¡oh, hijo!

NEOPTÓLEMO: ¿Es que te aqueja el dolor de tu mal?

FILOCTETES: No, por cierto. Creo que se ha calmado. ¡Oh, Dioses!

NEOPTÓLEMO: ¿Para qué invocas así a los Dioses lamentándote?

FILOCTETES: Para que vengan a nosotros propicios y tutelares. ¡Ay! ¡Ay! ¡Ay!

NEOPTÓLEMO: ¿Qué te sucede? ¿No lo dirás? ¿Permanecerás mudo? Pareces estar atacado por algún mal.

FILOCTETES: Muero, ¡oh, hijo!, y no puedo ocultaros mi mal. ¡Ay! ¡Ay! ¡Ay! ¡Ay de mí! ¡Me penetra, me penetra! ¡Desgraciado! ¡Oh, desgraciado! Muero, hijo, me devora. ¡Ay! ¡Ay! ¡Ay! ¡Ay de mí! ¡Te conjuro por los Dioses, oh, hijo, si tienes una espada en las manos, corta el extremo de mi pie, corta al punto! ¡No economices mi vida, anda, te lo suplico, oh, hijo!

NEOPTÓLEMO: ¿Qué te ha ocurrido de nuevo que te haga lanzar tales gritos y lamentos?

FILOCTETES: Tú lo sabes, ¡oh, hijo!

NEOPTÓLEMO: ¿Qué?

FILOCTETES: Tú lo sabes, ¡oh, hijo!

NEOPTÓLEMO: ¿Qué? No sé nada.

FILOCTETES: ¿Cómo no lo sabes? ¡Ay! ¡Ay! ¡Ay!

NEOPTÓLEMO: ¿Es el terrible dolor de tu mal?

FILOCTETES: Terrible, en efecto, e indispensable. Pero ten piedad de mí.

NEOPTÓLEMO: ¿Qué he de hacer, pues?

FILOCTETES: No me traiciones por temor a mi mal. Viene después de haber vagado largo tiempo y se ceba como tiene costumbre de cebarse.

NEOPTÓLEMO: ¡Ay! ¡Oh, desgraciado! ¡Ay, tú que estás miserablemente abrumado por tantos males! ¿Quieres que te coja, que te dé la mano?

FILOCTETES: No, eso no; pero toma este arco, como me pedías hace poco; tómalo y guárdalo hasta que el dolor de mi mal se apacigüe. En efecto, el sueño se apodera de mí tan pronto como mi mal ha cesado, y no me veo antes libre de él. Pero es preciso que me dejes dormir tranquilo. Si, durante ese tiempo, llegan, ¡por los Dioses!, te recomiendo que no les entregues esas armas, ni voluntariamente, ni por la fuerza, ni de modo alguno, so pena de que te maten al mismo tiempo que a mí, que soy tu suplicante.

NEOPTÓLEMO: Eso toca a mi vigilancia. Tranquilízate: no estarán encomendadas más que a ti y a mí. Dámelas, confiando en la fortuna.

FILOCTETES: Helas aquí, hijo, tómalas, y pide a la divina Envidia que no te ocurra una desgracia como a mí y al que las tuvo antes que yo.

NEOPTÓLEMO: ¡Oh, Dioses! ¡Que esto nos sea concedido, así como una feliz y rápida navegación que nos lleve allí donde un dios estime justo que vayamos!

FILOCTETES: Temo, ¡oh, hijo!, que ese voto no se cumpla. He aquí de nuevo que una sangre negra fluye y brota del fondo de mi úlcera, y espero una nueva angustia. ¡Ay! ¡Ay! ¡Ay de mí! ¡Oh, pie, con qué males me agobias! ¡El mal avanza, hele aquí! ¡Ay de mí! ¡Desgraciado! Todo lo sabéis ahora. No huyáis, yo os conjuro. ¡Ay! ¡Ay! ¡Ay! ¡Oh, extranjero cefalanio, pluguiera a los Dioses que este dolor atacase a tu corazón! ¡Ay de mí! ¡Ay! ¡Ay! ¡Ay! ¡Ay de mí otra vez! ¡Ay! ¡Oh, jefes del ejército, Agamenón, Menelao, ojalá vosotros a vuestra vez os veáis desgarrados por el mismo mal durante tan largo tiempo! ¡Ay de mí! ¡Ay! ¡Oh, muerte!, muerte a quien llamo cada día, ¿nunca puedes venir? ¡Oh, hijo! ¡Oh, bien nacido, cógeme, quémame con el fuego célebre de Lemnos! Ciertamente, a cambio de esas armas que tienes ahora, presté, en otro tiempo, el mismo servicio al hijo de Zeus. ¿Qué dices, hijo? ¿Qué dices? ¿Por qué callas? ¿En qué piensas, oh, hijo?

NEOPTÓLEMO: Hace tiempo que estoy afligido, lamentándome de tus males.

FILOCTETES: Ten valor, ¡oh, hijo!, porque si este mal llega con presteza, se va lo mismo. Pero yo te conjuro, no me dejes solo.

NEOPTÓLEMO: Tranquilízate, nos quedaremos.

FILOCTETES: ¿Te quedarás ciertamente?

NEOPTÓLEMO: Tenlo por seguro.

FILOCTETES: ¡Oh, hijo! No quiero obligarte por juramento.

NEOPTÓLEMO: No me es permitido partir sin ti.

FILOCTETES: Dame la mano en prenda de tu fe.

NEOPTÓLEMO: Hela aquí, porque me quedaré.

(FILOCTETES *señala con la mano el emplazamiento de la cueva para que le conduzca a ella* NEOPTÓLEMO.)

FILOCTETES: Allí, ahora, allí...

NEOPTÓLEMO: ¿Dónde dices?

FILOCTETES: ... arriba...

NEOPTÓLEMO: ¿Deliras de nuevo? ¿Por qué miras la bóveda de lo alto?

FILOCTETES: ¡Déjame, déjame!

NEOPTÓLEMO: ¿Dónde he de dejarte?

FILOCTETES: Déjame de una vez.

NEOPTÓLEMO: No quiero alejarme de ti.

FILOCTETES: Me matarás si me tocas.

NEOPTÓLEMO: Te dejaré, si eres más prudente.

FILOCTETES: ¡Oh, tierra, recíbeme, debiendo morir, tal como estoy, porque este mal no me permite volver a levantarme!

(FILOCTETES *va quedándose dormido.*)

NEOPTÓLEMO: Parece que dentro de pocos instantes va el sueño a apoderarse de él. Ved cómo se inclina su cabeza; el sudor inunda todo su cuerpo, y la vena que estalla al extremo de su pie hace brotar una sangre negra. Queridos, dejémosle gustar un sueño tranquilo.

Estrofa

CORO: ¡Hipno!, ¡el que no conoce ni el dolor, ni las miserias, ven a nosotros, oh, Rey tranquilo, que apaciguas la vida! Haz durar la serenidad que está extendida ahora sobre sus ojos. ¡Ven, oh, tú, el que todo lo curas! En cuanto a ti, hijo, piensa si has de quedarte y qué me resta por hacer. Mírale. ¿Qué esperamos para obrar? La ocasión aconseja excelentemente en todas las cosas, y el que la aprovecha con prontitud obtiene una gran victoria.

NEOPTÓLEMO: Nada oye, sin duda, pero sé que en vano seremos los dueños de este arco, si partimos sin él. En efecto, el honor de la victoria le está reservado, y él es el que un dios ordena llevar. Es un vergonzoso oprobio envanecerse de una cosa imperfectamente llevada a cabo y que se debe a engaños.

Antistrofa

CORO: Hijo, un dios decidirá de eso. Lo que me respondas, dímelo en voz baja, ¡oh, hijo!, porque el sueño de los enfermos es ligero y fácilmente interrumpido. Medita, tanto como te sea posible, y a escondidas de éste, lo que has de hacer; porque, si piensas como él, y ya sabes de quién hablo, hay en ello dificultades inextricables para hombres prudentes.

Epodo

Sopla un viento propicio; este hombre no ve nada, está sin fuerzas, echado y sumido en las tinieblas. El sueño del mediodía es profundo. Este hombre no tiene ni manos, ni pies, ni nada, y está como si yaciese en el Hades. Mira lo que tienes que decir. A mi juicio, hijo, la mejor faena es la que se halla libre de todo temor.

(Se despierta FILOCTETES.)

NEOPTÓLEMO: Te ordeno callar y no hablar sin razón. Ese hombre remueve los ojos y levanta la cabeza.

FILOCTETES: ¡Oh, luz que vienes después del sueño! ¡Oh, extranjeros que me habéis velado contra toda esperanza! Jamás, en efecto, ¡oh, hijo!, hubiera creído que habrías soportado mis males con tanta compasión y hubieses así venido en mi ayuda. Por cierto, los Atreidas, esos valientes jefes, no los aguantaron con tanta facilidad. Pero tú, ¡oh, hijo!, que eres de natural generoso y desciendes de hombres bien nacidos, todo lo has sufrido, aun atormentado por mis clamores y por el hedor de mi llaga. Y ahora que llega, a lo que parece, el olvido y el reposo de ese mal, levántame, tú mismo, ponme en pie, hijo, para que, cuando la debilidad me haya abandonado, vayamos a tu nave y partamos prontamente.

NEOPTÓLEMO: Me regocijo, contra mi esperanza, de verte curado de tu dolor, abiertos los ojos y respirando aún. Estabas agobiado por un acceso tal que parecías un hombre que no está ya entre los vivos. Ahora, levántate, o, si lo prefieres, éstos te llevarán. No rehusarán ese trabajo si tú y yo juzgamos que es preciso hacerlo.

FILOCTETES: Te lo agradezco, ¡oh, hijo! Levántame, como has pensado. Deja a éstos, para que no se vean afectados del horrible hedor antes de que sea necesario. Bastante cruel será para ellos habitar la misma nave que yo.

NEOPTÓLEMO: ¡Sea! Levántate y apóyate.

FILOCTETES: Sosiégate. Yo me levantaré como acostumbro.

(Empieza a caminar, pero NEOPTÓLEMO *se detiene de pronto, bruscamente.)*

NEOPTÓLEMO: ¡Ay! ¿Qué haré yo ahora?

FILOCTETES: ¿Qué es eso, oh, hijo? ¿Por qué esas palabras?

NEOPTÓLEMO: No sé qué giro dar a las difíciles cosas que tengo que decir.

FILOCTETES: ¿Acerca de qué vacilas? No lo dices, ¡oh, hijo!

NEOPTÓLEMO: No acierto a expresar lo que tengo que decir.

FILOCTETES: ¿La molestia que te ha de causar mi mal te turba hasta el punto de que no quieras llevarme a tu nave?

NEOPTÓLEMO: Todas las cosas son difíciles cuando se renuncia al natural propio y se emprende lo que es indigno de uno.

FILOCTETES: Pero nada haces ni dices que sea indigno de tu padre haciendo un servicio a un hombre de bien.

NEOPTÓLEMO: Me veré manifiestamente cubierto de oprobio: esto me atormenta hace tiempo.

FILOCTETES: No, ciertamente, por lo que haces; pero por tus palabras, lo temo.

NEOPTÓLEMO: ¡Oh, Zeus! ¿Qué hacer? ¿Seré doblemente malvado ocultando lo que es vergonzoso ocultar o diciendo ignominiosas mentiras?

FILOCTETES: Este hombre, si mi pensamiento no me engaña, parece querer traicionarme y partir dejándome aquí.

NEOPTÓLEMO: No te abandonaré; temo más bien que experimentes dolor con que te lleve. Ese temor me tortura hace tiempo.

FILOCTETES: ¿Qué quieres decir, hijo, te suplico? No comprendo tus palabras.

NEOPTÓLEMO: No te ocultaré nada. Es preciso que navegues hacia Troya, los aqueos y la flota de los Atreidas.

FILOCTETES: ¡Ay de mí! ¿Qué has dicho?

NEOPTÓLEMO: No te lamentes antes de que lo hayas sabido todo.

FILOCTETES: ¿Qué tengo que saber? ¿Qué piensas hacer de mí en definitiva?

NEOPTÓLEMO: Librarte en primer lugar de tus miserias, luego ir a devastar contigo las llanuras de Troya.

FILOCTETES: ¿Seriamente piensas hacer eso?

NEOPTÓLEMO: Ello es necesario por encima de todo. No te irrites, por tanto, después de haberme oído.

FILOCTETES: ¡Yo muero, desdichado! ¡Estoy traicionado! ¡Tú me has tendido este lazo! Devuélveme al punto el arco y las flechas.

NEOPTÓLEMO: No es posible eso. La justicia y el interés me obligan a obedecer a los jefes.

FILOCTETES: ¡Oh, fuego! ¡Oh, verdadero horror! ¡Detestable obrero de las peores astucias! ¿Qué has hecho conmigo? ¿Con qué mentiras me has engañado? ¿No tienes vergüenza de mirarme, a mí que me he echado a tus pies, a mí que te he suplicado, oh, miserable? Arrancándome mi arco me has arrancado la vida. ¡Vuélvemelo, yo te conjuro, vuélvemelo, yo te lo suplico, oh, hijo! ¡Por los dioses de la patria te conjuro, no me quites mi sustento! ¡Ay! ¡Desgraciado de mí! No me habla, y, como si jamás hubiese de devolverme mis armas, vuelve la cara. ¡Oh, puertos! ¡Oh, promontorios! ¡Oh, cavernas de las salvajes bestias de las montañas! ¡Oh, rocas escarpadas! ¡A vosotras, que sois mis compañeras habituales, me quejo de los males que me ha hecho el hijo de Aquileo, no teniendo ningún otro a quien pueda hablar! ¡Habiéndome jurado que me llevaría a mi patria, quiere conducirme a Troya; y mi arco, que había recibido de mí empeñándome su fe, lo retiene, por más que sea el arma sagrada de Heracles, hijo de Zeus! ¡Y quiere mostrarlo a los argivos! Como si se hubiera apoderado de un hombre robusto, me arrastra por la fuerza, y no sabe que mata a un muerto, que coge la sombra de un vapor, una imagen vana. No se hubiera apoderado de mí en todo mi vigor, puesto que no ha podido cogerme sino por la astucia, aun estando enfermo. ¡Desdichado! El fraude es quien me ha vencido. ¿Qué haré? ¡Pero entrégamelo! Vuelve al cabo en ti. ¿Qué dices? ¿Te callas? ¡Muerto soy, desgraciado! ¡Oh, roca, que te abres por dos lados, te sufriré de nuevo, desarmado, faltándome el sustento! Y me consumiré, solo, en ese antro, no pudiendo ya atravesar con mis flechas ni al pájaro que vuela, ni a la bestia salvaje que habita esta montaña; antes bien, yo mismo, infeliz, seré muerto y devorado por aquellos de quienes me alimentaba, y me cazarán, a mí que antes les cazaba. ¡Desgraciado! ¡Yo expiaré su sangre con la mía, y eso por obra de este hombre que yo pensé que no conocía el mal! ¡No perezcas antes que yo sepa si has de cambiar de pensamiento; si no, perece miserablemente!

CORIFEO (*a* NEOPTÓLEMO): ¿Qué haremos, oh, Rey? A ti toca decir si debemos marchar o ceder a las palabras de este hombre.

NEOPTÓLEMO: En verdad, siento por él una gran piedad, no recientemente, sino hace largo rato.

FILOCTETES: ¡Ten piedad de mí, oh, hijo, te conjuro por los dioses! No hagas, abandonándome cobardemente, que los hombres te cubran de oprobio.

NEOPTÓLEMO: ¡Ay! ¿Qué hacer? ¡Pluguiera a los dioses que nunca hubiese dejado a Esciros; tanto esto me hace sufrir!

FILOCTETES: No eres un hombre malo, pero sin duda has sido instruido por los malos para hacer cosas vergonzosas. Ahora cumple lo que has prometido a otros y hazte a la vela, habiéndome devuelto primero mis armas.

NEOPTÓLEMO: ¿Qué haremos, oh, amigos?

(*Entra en escena violentamente* ODISEO
seguido de dos marineros.)

ULISES: ¡Oh, el peor de los hombres! ¿Qué haces? Déjame ese arco y vete.

FILOCTETES: ¡Oh, Dioses! ¿Qué hombre es éste? ¿No oigo a Ulises?

ULISES: Ya lo sabes, yo soy, Ulises es el que ves.

FILOCTETES: ¡Ay de mí! ¡Traicionado estoy, yo muero! ¡Él es, pues, quien me ha cogido y despojado de mis armas!

ULISES: Yo mismo, sábelo, y no otro. Reconozco todo eso.

FILOCTETES: Devuélveme mi arco, ¡oh, hijo!, devuélvemelo.

ULISES: Nunca lo hará, aunque quisiera; antes bien, te es preciso partir juntamente con esas armas, o éstos te llevarán por la fuerza.

FILOCTETES: ¿A mí? ¡Oh, el peor y el más osado de los hombres! ¿Me llevarán por la fuerza?

ULISES: A menos que no vayas de buen grado.

FILOCTETES: ¡Oh, tierra de Lemnos! ¡Oh, llama brillante que dominas todo y que Hefesto enciende! ¿Soportaréis que me arrastre por la fuerza de vuestro lado?

ULISES: Zeus, que impera aquí, es, para que lo sepas, quien lo ha decretado. Yo cumplo sus órdenes.

FILOCTETES: ¡Oh, detestable! ¿Qué te has atrevido a decir? Tomas por pretexto a los Dioses, y les haces mentir.

ULISES: No, les hago verídicos. Ahora, te es fuerza marchar.

FILOCTETES: No quiero.

ULISES: Lo digo. Es preciso que obedezcas.

FILOCTETES: ¡Desgraciado de mí! ¿No engendró, pues, mi madre un hombre libre, sino un esclavo?

ULISES: No, antes bien el igual de los mejores, juntamente con los cuales tomarás Troya y la destruirás.

FILOCTETES: Eso no será jamás, aunque tenga que sufrir toda clase de males, en tanto me quede la alta tierra de esta isla.

ULISES: ¿Qué te preparas a hacer?

FILOCTETES: Ensangrentaré mi cabeza destrozada al precipitarme desde lo alto de esa roca.

ULISES: Sujetadle, para que no pueda hacerlo.

FILOCTETES: ¡Oh, manos, que no sufrís, privadas del arco querido y atadas por este hombre! ¡Oh, tú que jamás tuviste pensamientos rectos y generosos, cómo me has mentido y cercado, tomando, por escudo para tus astucias, a este joven que me era desconocido, más digno de mí que de ti, sin embargo, y que nada sabía, si no es obedecer! Y ahora está manifiestamente afligido por su falta y por lo que yo he sufrido. Pero tu alma perversa, que mira siempre desde la sombra, le ha instruido en la astucia y el mal, a él que era sincero y lo rehusaba. ¡Y ahora, oh, malvado, teniéndome atado, quieres llevarme de esta orilla sobre la cual me arrojaste sin amigos, solitario, desterrado, muerto entre los vivos! ¡Ah! ¡Perezcas tú miserablemente! Con frecuencia te he lanzado esta imprecación, pero los Dioses no me otorgan nada favorable. Y tú vives con alegría, y yo estoy desesperado viviendo en medio de males innumerables, burlado por ti y por los dos jefes Atreidas a quienes sirves en todo esto. Y, sin embargo, tú fuiste obligado por la astucia y por la fuerza a navegar con ellos; y a mí, desdichado, que lancé de buen grado siete naves al mar, me arrojaron aquí sin honor, según tú afirmas, porque ellos dicen que eres tú quien lo hizo. ¿Adónde me llevas ahora? ¿Para qué me llevas? ¿Por qué razón? Yo no soy ya nada; estoy ya muerto para vosotros hace mucho tiempo. ¡Oh, detestado por los Dioses! ¿Ya no soy para ti cojo y fétido? ¿Podréis mejor, si me lleváis con vosotros, suplicar a los Dioses, quemar las piernas consagradas y hacer libaciones? Porque tal fue tu pretexto para rechazarme. ¡Perezcáis miserablemente! Pereceréis, vosotros que me ultrajasteis, si los Dioses se cuidan de la justicia. Ciertamente, sé bien esto: jamás hubierais hecho este camino por un hombre tan desdichado como yo, si no hubieseis sido excitados divinamente por el aguijón de los remordimientos. ¡Oh, tierra de la patria; oh, dioses que todo lo veis, vengadme de todos ellos, por lo menos algún día, si tenéis piedad de mí! Llevo una vida miserable, pero si les viese perdidos, me creería entonces curado de mis males.

CORO: Este extranjero es violento, Ulises, y habla con violencia, como un hombre a quien el mal no ha vencido.

ULISES: Si tuviera tiempo para ello, respondería muchas cosas a sus frases; pero, ahora, no puedo decir más que una sola palabra. Cuando es necesario proceder con astucia, soy astuto; cuando se trata de un debate entre hombres justos y buenos, no hallarás fácilmente un hombre más piadoso que yo. Ciertamente, está en mi carácter desear siempre la victoria, excepto en lo que a ti se refiere. Ahora, cederé ante ti de buen grado. *(A los marineros.)* Dejadle, pues, no le toquéis, permitidle que se quede. No nos harás falta, puesto que poseemos tus armas. Teucro, hábil en este arte, está entre nosotros; y creo que no valgo yo menos que tú para manejar este arco y dar en el blanco. ¿Qué necesidad tenemos de ti? Vive y habita en Lemnos. Nosotros partimos. Este arco me dará quizá la gloria que tú debías poseer.

FILOCTETES: ¡Ay! ¿Qué haré, desgraciado? ¡Te verán en medio de los argivos, ornado con mis armas!

ULISES: No me respondas nada más. Me marcho.

FILOCTETES: ¡Oh, hijo de Aquileo! ¿No oiré, pues, tu voz? ¿Te irás así en silencio?

ULISES: ¡Vete! No le mires, por más que seas generoso, no sea que malogres nuestra buena fortuna.

FILOCTETES: ¿Y vosotros también, extranjeros, me dejaréis aquí solo? ¿No tendréis piedad de mí?

CORO: Este joven manda en nuestra nave: cualquier cosa que te diga, te decimos.

NEOPTÓLEMO: Aunque deba ser acusado de tener demasiada piedad por éste, quedaos, sin embargo, si tal es su deseo, hasta que se haya vuelto a meter en la nave lo que se ha sacado de ella, y hayamos orado a los Dioses. Quizá, durante ese tiempo, cambie, favorablemente, de sentimiento hacia nosotros. En cuanto os llamemos, venid con prontitud.

(Salen ULISES *y* NEOPTÓLEMO.)

Estrofa I

FILOCTETES: ¡Oh, antro de la vacía roca, caliente y frío, no te abandonaré, pues, pobre de mí, y me verás morir! ¡Ay de mí!

¡Oh, antro lamentable, tan lleno de mis gemidos! ¿Dónde encontraré el alimento de cada día? ¿De dónde nacerá para mí, ¡oh, desdichado!, la esperanza de sustentarme? ¡Pudieran las aves que huyen con estridente vuelo elevarme a la altura del Éter, porque yo no pongo ningún obstáculo!

CORO: ¡Tú mismo te has traído esta calamidad!, ¡oh, desgraciado! No debes este destino a ningún otro más poderoso que tú. Podías ser razonable, y has preferido una suerte peor a un bien mejor.

Antistrofa I

FILOCTETES: ¡Oh, desdichado, desdichado y abrumado de males, aquí pereceré, pues, miserable y sin hombre alguno! ¡Ay de mí! ¡Ay! No me sustentaré ya en adelante dirigiendo con mis fuertes manos las aladas flechas. Las palabras astutas y oscuras de un alma falsa me han engañado. ¡Que pueda yo ver al que ha tramado esas insidias agobiado por tantas miserias como yo y por tanto tiempo!

CORO: Esto es la voluntad de los Dioses, y esas insidias no han sido tramadas por mis manos. Vuelve sobre otros tus execraciones violentas y funestas, porque yo tengo el deseo de que no rechaces mi amistad.

Estrofa II

FILOCTETES: ¡Ay de mí! ¡Ay! Sentado ahora en la blanca orilla del mar, se ríe de mí, agitando en su mano el arco que me sustentó en mi miseria y que nadie había nunca llevado. ¡Oh, arco querido, arrancado de mis manos amigas, indudablemente si algún sentimiento te anima, miras con piedad al compañero de Heracles que no se servirá nunca ya de ti! ¡Eres presa de otro, de un hombre falaz, y ves sus indignos embustes y a ese enemigo detestable excitando con sus viles insidias mis innumerables males, oh, Zeus!

CORO: Es de hombres decir lo que es justo, y, habiéndolo dicho, no esparcir las palabras rencorosas con su lengua. Ha sido ordenado a éste, entre todos, obrar para el bien común de sus amigos.

Antistrofa II

FILOCTETES: ¡Oh, animales alados que yo cazaba; oh, bestias feroces de ojos azules que sustenta esta tierra montuosa, no huiréis ya, habiéndoos acercado a mí desde el fondo de las guaridas, porque no tengo ya en las manos mi antigua defensa de dardos! ¡Oh, desgraciado de mí! ¡Ahora, este lugar no está ya defendido ni es de temer en adelante para vosotros! ¡Venid! El instante es propicio para devolver matanza por matanza y alimentaros con mi carne manchada de llagas, porque voy bien pronto a dejar la vida. ¿De dónde, en efecto, me vendrá el sustento? ¿Quién puede vivir de aire, cuando no hay nada de lo que produce la tierra bienhechora?

CORO: ¡Por los Dioses! Si tienes alguna atención con un huésped, muéstrame la misma benevolencia que te he mostrado. Sabe, sabe bien que está en tu poder librarte de ese mal. Es, en efecto, lastimoso de sustentar, y no puede soportársele a causa de los grandes dolores que le acompañan.

FILOCTETES: De nuevo, de nuevo recuerdas mi dolor antiguo, ¡oh, tú, el mejor de todos los que han llegado aquí! ¿Por qué me matas? ¿Qué me haces?

CORO: ¿Qué dices?

FILOCTETES: ¿Has esperado llevarme a la odiosa tierra de Troya?

CORO: Creo que eso sería lo mejor.

FILOCTETES: Abandóname, pues.

CORO: Voy a hacer de buen grado lo que me pides. Vamos, tornemos a la nave, cada uno al lugar que le corresponde.

FILOCTETES: Te conjuro, por Zeus que venga a los suplicantes, no te vayas.

CORO: Tranquilízate.

FILOCTETES: ¡Oh, extranjeros, quedaos, por los Dioses!

CORO: ¿Por qué gritas?

FILOCTETES: ¡Ay! ¡Ay! ¡Dios! ¡Dios! ¡Yo muero, desdichado! ¡Oh, pie, pie! ¿Qué haré de ti en esta vida miserable? ¡Yo os conjuro; volved, oh, extranjeros!

CORO: ¿Qué hemos de hacer? ¿Será lo contrario de lo que ya hemos hecho por tu orden?

FILOCTETES: Es digno de perdón quien delira al hablar, combatido como se ve por una tormenta de dolores.

CORO: Ven, pues, ¡oh, mísero!, como te hemos aconsejado.

FILOCTETES: ¡Jamás, jamás! ¡Tenlo por cierto, aun cuando el Portafuego fulgurante me consumiera con los ardores del rayo! ¡Que perezca Ilión! ¡Que perezcan todos los que la cercan y que pudieron rechazarme a causa de mi pie! Pero, ¡oh, extranjeros!, conceded al menos una sola de mis súplicas.

CORO: ¿Qué dices?

FILOCTETES: Si tenéis con vosotros una espada, un hacha u otra arma cualquiera, dádmela.

CORO: ¿Qué quieres hacer con ella?

FILOCTETES: ¡Cortarme la cabeza y las articulaciones de las manos! No pido, en fin, más que la muerte.

CORO: ¿Para qué?

FILOCTETES: Para encontrar a mi padre.

CORO: ¿En dónde?

FILOCTETES: En el Hades, porque sin duda no goza ya de la luz. ¡Oh, patria, pluguiera a los Dioses que me fuese concedido volver a verte, a mí, hombre desgraciado, que abandoné tus sagradas fuentes para ayudar a los odiosos danaos![13] Ya no soy nada.

(Entra en la cueva FILOCTETES.)

CORIFEO: Hubiese vuelto hace tiempo a mi nave si no viera venir hacia nosotros a Ulises y al hijo de Aquileo.

[13] Otra denominación de los griegos que participaron en la expedición contra Troya.

(*Entran en escena, discutiendo,* NEOPTÓLEMO *y* ULISES.)

ULISES: ¿Me dirás para qué has vuelto sobre tus pasos marchando con tanta rapidez?

NEOPTÓLEMO: Para reparar el mal que he hecho.

ULISES: Me sorprenden tus palabras. ¿Qué mal has hecho tú, pues?

NEOPTÓLEMO: Por obedecerte a ti y a todo el ejército...

ULISES: ¿Qué has hecho que haya sido indigno de ti?

NEOPTÓLEMO: ... he engañado a un hombre con vergonzosas mentiras e insidias.

ULISES: ¿Qué hombre éste? ¡Oh, Dioses!, ¿en qué piensas ahora?

NEOPTÓLEMO: En nada nuevo, sino en el hijo de Peano...

ULISES: ¿Qué pretendes hacer? El temor me asalta.

NEOPTÓLEMO: ... de quien he recibido ese arco, y en cambio...

ULISES: ¡Oh, cielos!, ¿qué quieres decir? ¿No pretendes, ciertamente, devolvérselo?

NEOPTÓLEMO: ... lo tengo, habiéndolo tomado vergonzosa e injustamente.

ULISES: ¡Por los dioses! ¿Dices eso burlándote?

NEOPTÓLEMO: Si es burla decir cosas que son verdad.

ULISES: ¿Qué dices, hijo de Aquileo? ¿Qué palabras has dejado oír?

NEOPTÓLEMO: ¿Quieres que repita esas mismas palabras dos y tres veces?

ULISES: Quisiera no haberlas oído ni una sola vez.

NEOPTÓLEMO: Sábelo, pues, seguramente: has oído todo lo que tenía que decir.

ULISES: Hay alguien que te impedirá hacer eso.

NEOPTÓLEMO: ¿Qué dices? ¿Quién es el que me impedirá hacerlo?

ULISES: Todo el ejército de los aqueos, y yo entre ellos.

NEOPTÓLEMO: Aunque seas prudente, no hablas con prudencia.

ULISES: Y tú, no hablas ni obras con prudencia.

NEOPTÓLEMO: Si mis actos son justos, valen más que los actos prudentes.

ULISES: ¿Y cómo ha de ser justo devolver lo que has adquirido por mis consejos?

NEOPTÓLEMO: Yo me esforzaré en reparar la vergonzosa falta que he cometido.

ULISES: ¿Y no temes al ejército de los aqueos haciendo eso?

NEOPTÓLEMO: Cuando hago una cosa justa no me detiene el temor de que hablas.

NEOPTÓLEMO: Ciertamente, no está en tu poder que me vea obligado a obrar como te parece.

ULISES: No serán, pues, los troyanos, sino tú, contra quien combatiremos.

NEOPTÓLEMO: ¡Que lo que debe ser sea!

ULISES: ¿Ves mi mano sobre el puño de la espada?

NEOPTÓLEMO: Verás la mía hacer otro tanto y sin más tardar.

ULISES: Te dejaré, pues, y diré esto a todo el ejército, que te castigará.

(Se va ULISES.*)*

NEOPTÓLEMO: Vuelves a la razón, y, si eres siempre prudente de este modo, te verás seguramente siempre fuera de peligro. *(Dirigiéndose a* FILOCTETES, *que está dentro de la cueva.)* En cuanto a ti, ¡oh, hijo de Peano! Filoctetes, sal, deja esa roca que te resguarda.

FILOCTETES: ¿Qué clamor, qué ruido se eleva cerca de mi antro? ¿Para qué me llamáis? ¿Qué queréis, oh, extranjeros? ¡Ay! ¡Es todavía alguna desdicha! ¿Venís a añadir un nuevo mal a mis otros males?

NEOPTÓLEMO: Cobra ánimo. Escucha las palabras que voy a decirte.

FILOCTETES: Tengo miedo, en verdad, porque he caído ya en la desgracia, seducido por tus bellas palabras y persuadido por ellas.

NEOPTÓLEMO: ¿No se puede cambiar de pensamiento?

FILOCTETES: Tales eran también tus palabras cuando me has arrebatado mi arco por la astucia. Parecías sincero y me dañabas en secreto.

NEOPTÓLEMO: No es lo mismo ahora; sino que quiero que me digas si has resuelto quedarte aquí o hacerte al mar con nosotros.

FILOCTETES: ¡Cesa! No digas más. Todo lo que digas será inútil.

NEOPTÓLEMO: ¿Es esa tu resolución?

FILOCTETES: Y más todavía, sábelo, de lo que digo.

NEOPTÓLEMO: Hubiera deseado persuadirte con mis palabras, pero si hablo inútilmente me callo.

FILOCTETES: En efecto, hablarías en vano, porque nunca conmoverás mi corazón, tú que me has privado con tus insidias de lo que me sustentaba, y que vienes después a aconsejarme, ¡hijo indigno de un padre excelente! ¡Perezcáis vosotros, los Atreidas primero, luego el hijo de Laertes, y tú!

NEOPTÓLEMO: ¡Basta de imprecaciones, y recibe estas armas de mi mano!

FILOCTETES: ¿Qué dices? ¿Son éstas nuevas insidias?

NEOPTÓLEMO: Pongo por testigo a la majestad sagrada del supremo Zeus de que no es eso.

FILOCTETES: ¡Oh! ¡Qué dulces son para mí esas palabras, si son verdaderas!

NEOPTÓLEMO: Los hechos lo probarán. Vamos, extiende la mano y recobra tus armas.

(Entra ULISES *en escena.)*

ULISES: Y yo lo prohíbo, que los Dioses lo sepan, en nombre de los Atreidas y de todo el ejército.

FILOCTETES *(a* NEOPTÓLEMO): ¡Oh, hijo! ¿No es la voz de Ulises la que oigo?

ULISES: Ciertamente, y me ves ante ti, a mí que te llevaré por la fuerza a las llanuras de Troya, que el hijo de Aquileo lo quiera o no.

FILOCTETES *(disponiéndose a disparar una flecha con su arco):* No será impunemente, si este dardo no yerra.

NEOPTÓLEMO *(sujetándole los brazos para impedirle el disparo):* ¡Oh! ¡No! ¡Por los dioses, no lances ese dardo!

FILOCTETES: ¡Suelta mi mano, por los Dioses, mi querido hijo!

NEOPTÓLEMO: No la soltaré.

(Se va ULISES.)

FILOCTETES: ¡Ah! ¿Por qué me impides matar con mis flechas a este hombre funesto y odioso?

NEOPTÓLEMO: Porque eso no está bien ni para ti ni para mí.

FILOCTETES: Sabe, sin embargo, que esos jefes de ejército, esos hombres, príncipes de los aqueos, son heraldos de mentiras, cobardes en el combate y atrevidos de lengua.

NEOPTÓLEMO: ¡Sea! Ahora tienes tu arco y no tienes razón para irritarte contra mí y dirigirme reproches.

FILOCTETES: Lo reconozco. Has mostrado, ¡oh, hijo!, de qué raza provienes, no de un padre como Sísifo, sino de Aquileo, que pasaba por el mejor entre los vivos, todo el tiempo que vivió, y ahora entre los muertos.

NEOPTÓLEMO: Me regocijo de que alabes a mi padre y a mí mismo; pero oye lo que deseo de ti. Es necesario que los hombres soporten todos los males que les sobrevienen por la voluntad de los Dioses; pero es justo no conceder perdón ni piedad a los que se precipitan ellos mismos en la desgracia, como tú lo haces. Te enfureces y no aceptas ningún consejo, y aborreces a quien te advierte con benevolencia, y le miras como a un enemigo funesto. Hablaré, sin embargo, poniendo por testigo a Zeus, que castiga el perjurio. Escucha mis palabras y grábalas en tu mente. Has sido afligido con ese mal por los dioses, por haberte acercado al guardián de Crise, a la serpiente vigilante que, escondida, guarda el descubierto altar. Sabe que no hallarás término alguno a ese terrible mal, en tanto tiempo cuanto Helios se levante por aquí y se ponga por allá, antes que hayas ido de buen grado a los llanos de Troya donde, con la ayuda de los Asclepíadas, que son de los nuestros, serás curado de tu mal y abatirás, con tu arco y conmigo, la ciudadela de Ilión. He aquí cómo he sabido lo que digo. Heleno, el excelente adivino que hemos cogido en Troya, ha predicho claramente que las cosas pasarían así. Además, dijo que está en el destino que Troya entera sea tomada en este mismo año, y consiente que se le mate si se prueba que ha mentido. Sabiendo todo esto, cede de buen grado. Tu parte será gloriosa si, habiendo sido juzgado el más bravo de los helenos, acudes a las manos que te han de curar, y si, después de haber abatido a Troya, que ha causado nuestro duelo, obtienes una altísima gloria.

FILOCTETES: ¡Oh, vida detestable! ¿Por qué me retienes tan largo tiempo en medio de los vivos y no me dejas marchar hacia Ades? ¡Ay de mí! ¿Qué haré? ¿Cómo no ceder a las palabras del que me aconseja con un espíritu benévolo? ¿Cederé, pues? Pero entonces, desgraciado, ¿de qué modo, sin avergonzarme, me mostraré a la luz, si lo hago? ¿Con quién hablaré? ¡Oh, mis ojos, que habéis visto todo lo que se ha hecho contra mí! ¿Cómo soportaréis verme vivir con los Atreidas, que me han perdido, y con el execrable hijo de Laertes? El dolor de los males pasados me desgarrará menos que el de los males que tendré que sufrir y que preveo. En efecto, aquellos cuya alma es madre de todos los crímenes, están hechos para ser siempre malvados. Pero una cosa me sorprende en ti: tú debías no volver jamás a Troya, y debías alejarme de allá, puesto que te han ultrajado, despojándote de la gloria de tu padre. ¿Por qué piensas, pues, ir en su ayuda, y me constriñes también a ello? ¡No, oh, hijo! Al contrario, llévame más bien a mi patria, y, quedándote tú mismo en Esciros, deja perecer a los perversos. Así obrarás de la mejor manera respecto de mí y respecto de tu padre, y, no ayudando a los malvados, no parecerás semejante a ellos.

NEOPTÓLEMO: Dices cosas razonables. Sin embargo, quisiera que, obediente a la voluntad de los Dioses y a mis consejos, dejases esta tierra con un hombre que te ama.

FILOCTETES: ¿Es para ir, con este miserable pie, a los llanos de Troya y ante el execrable hijo de Atreo?

NEOPTÓLEMO: Ante los que te librarán de tu mal purulento y te curarán.

FILOCTETES: ¡Oh, tú que me das un consejo funesto! ¿Qué dices?

NEOPTÓLEMO: Lo que a ti y a mí ha de sernos ventajoso.

FILOCTETES: Y, al decir eso, ¿no sientes vergüenza ante los Dioses?

NEOPTÓLEMO: ¿Por qué sentir vergüenza de lo que ha de sernos ventajoso?

FILOCTETES: ¿Y esa ventaja de que hablas concierne al Atreida y a mí?

NEOPTÓLEMO: Puesto que soy tu amigo, también te son amigas mis palabras.

FILOCTETES: ¡Cómo! ¿No deseas entregarme a mis enemigos?

NEOPTÓLEMO: ¡Oh, querido, aprende de tus males a no ser arrogante!

FILOCTETES: Me perderás, bien lo sé, con tus palabras.

NEOPTÓLEMO: No, por cierto; pero veo que no las comprendes.

FILOCTETES: ¿No sé que fui expulsado por los Atreidas?

NEOPTÓLEMO: Ve si los que te expulsaron no te salvarán al fin.

FILOCTETES: Jamás, de esa manera, volveré a ver Troya de buen grado.

NEOPTÓLEMO: ¿Qué haremos, pues, si nada de lo que digo puede hacerte ceder? Lo más breve es ahorrarme palabras y dejarte vivir sin curación donde ahora vives.

FILOCTETES: Déjame sufrir los males que es preciso que sufra; pero, lo que me has prometido con la prenda de tu mano, llevarme a mi patria, cúmplelo, ¡oh, hijo! No pongas más demora, y no me recuerdes a Troya en adelante. Bastante he gemido y llorado.

NEOPTÓLEMO: Partamos, pues, si es preciso.

FILOCTETES: ¡Oh, generosa palabra!

NEOPTÓLEMO: Marcha ahora apoyado en mí.

FILOCTETES: En tanto en cuanto tenga fuerza para ello.

NEOPTÓLEMO: ¿Cómo escaparé a la venganza de los aqueos?

FILOCTETES: No tengas cuidado por eso.

NEOPTÓLEMO: ¿Qué sucederá si devastan mi tierra?

FILOCTETES: Yo estaré allá.

NEOPTÓLEMO: ¿De qué socorro serás para mí?

FILOCTETES: Con las flechas de Heracles...

NEOPTÓLEMO: ¿Cómo dices?

FILOCTETES: ... les expulsaré a lo lejos.

NEOPTÓLEMO: Marcha, pues, después de haber besado esta tierra.

(Cuando están a punto de abandonar la escena aparece por los aires HERACLES.)

HERACLES: No al menos antes de haber escuchado mis palabras, hijo de Peano. Sabe que la voz de Heracles hiere tus oídos y que ves su rostro. He venido aquí por ti, habiendo abandonado la morada urania, para revelarte los designios de Zeus e interceptarte el camino que te preparas a tomar. Escucha, pues, mis palabras. Te recordaré primero mis diversas fortunas y los innumerables trabajos que he sufrido y llevado a cabo antes de haber conquistado el inmortal honor de que me ves revestido. Sabe bien que te está señalando un destino semejante, y que gozarás de una vida gloriosa a cambio de tus males. Después que hayas llegado con éste a la ciudad troyana, curarás por de pronto de tu mal terrible, y, elegido como el más bravo de todo el ejército, con ayuda de mis flechas arrancarás la vida a Paris, causa de estos males, y devastarás Troya; y los despojos que hayas recibido como premio a tu valor los enviarás a tu padre Peano, a tu morada, en las llanuras que se extienden a los pies del Eta, tu patria; pero, en cuanto a los que hayas recibido del ejército, llévalos a mi hoguera, como en homenaje a mis flechas. Y a ti, hijo de Aquileo, te advierto también: no podrás abatir Troya sin él, ni él sin ti; antes bien, unidos como dos leones, no os separéis. Yo enviaré a Ilión a Asclepio, que te librará de tu mal; porque Ilión está destinada a que dos veces la tomen por mis flechas. Y acordaos, cuando devastéis esa ciudad, de honrar piadosamente a los Dioses, porque el Padre Zeus coloca la piedad por encima de todo. La piedad sigue a los mortales al Hades, y, ya vivan o mueran, no perece.

FILOCTETES: ¡Oh, tú que me haces oír tu voz deseada, y que, después de tanto tiempo, me concedes volverte a ver, no seré rebelde a tus palabras!

NEOPTÓLEMO: Y yo también tengo esa resolución.

HERACLES: No pongáis, pues, mayores demoras. He aquí el momento favorable: el viento sopla de popa.

(*Se va* HERACLES.)

FILOCTETES: ¡Vamos! Pero, al partir, he de saludar a esta tierra. ¡Yo os saludo, oh, refugio que me has resguardado, Ninfas, habitantes de las regadas praderas, violento clamor del mar contra el promontorio, donde frecuentemente mi cabeza, en el hueco del antro, fue mojada por los soplos del Noto, y tú, montaña de Hermeo, que me devolviste tantas veces el eco de mis gemidos! Ahora, ¡oh, fuentes; oh, licor licio!, os abandono, sin haber tenido jamás esperanza de ello. ¡Yo te saludo, oh, tierra de Lemnos rodeada por las olas! Envíame, sano y salvo, por una feliz navegación, allí donde me conducen la gran Moira y la voluntad de mis amigos y el Dios que todo lo domina y que ha querido esto.

CORO: Partamos, pues, todos juntos, después de haber suplicado a las Ninfas del mar, para que nos aseguren el regreso.

ÍNDICE